KB271517

이청준과 교환의 서사
배신과 복수의 정신경제학

이청준과 교환의 서사
배신과 복수의 정신경제학

이청준과 교환의 서사

배신과 복수의 정신경제학

이 수 형

역락

머리말

　어떤 소설에라도 '죄와 벌'이라는 제목을 붙일 수 있다는 말을 반드시 과장으로만 볼 수 없는 이유는 우리 삶에서 빚어지는 대부분의 갈등이 누군가의 잘못과 그에 대한 연쇄 반응으로 이루어지기 때문일 것입니다. 또, 법에 의한 처벌을 복수로 볼 수 있을지에 대해서는 논란의 여지가 있지만, 범인(凡人)의 감성에는 "눈에는 눈, 이에는 이"라는 격률이 명시하는 복수법(lex talionis)이 그중 공평한 것처럼 보입니다. 딱 지은 죄만큼 벌해 대칭을 회복하려면 이 방법이 가장 간단명료해 보이기 때문일 것입니다.

　그런데 다른 형태의 처벌은 고사하고 복수에 의해서도 대칭을 이루는 것은 불가능합니다. 가령, 내 눈 하나가 멀었다고 상대방의 눈 하나를 멀게 하면 세상은 공평해질 수 있을까. 나는 여전히 억울하지 않을까. 게다가 우리는 자신에게 관대하고 남에게 엄한 편이므로, 스스로를 피해자라고 믿을 뿐 언젠가 가해자였을지도 모른다고는 꿈에도 생각하지 않습니다. 불행히도, 복수의 드라마로 점철된 희랍 비극 시대 이래로 세상은 그래왔습니다.

　누군가는 죄를 짓고도 잘 살고 누군가는 죄 없이도 불행한 세상의 불공평은 해결하기 어렵지만, 그렇다고 해결하지 못한 채 살기도 어렵습니다. 모스는 선물을 베푸는 것으로 불공평을 해소하려는 오래된 관습을 보여줍니다. 혹은 헤겔이라면 주인과 노예의 변증법을 거론했을지 모릅니다. 가난하고 하찮은 사람이 절치부심 노력해 성공하는 것처럼, 불공평한 세상에 억울해 하던 노예가 노동을 통해 세계를 얻게 되는 시나리오 말입니다. 우리는 이렇게 살고 있습니다. 신문의 미담 기사가 대개 그러하듯, 어디서는 아낌없이 기부하고 또 어디서는 보란 듯이 성공하기도 합니다.

그런 것들로도 문제가 풀리지 않는다면 이때 불공평한 세상, 혹은 죄지은 누군가에 대한 우리의 몫은 어쩔 수 없이 또다시 복수뿐이지 않을까. 그리하여 지라르가 말했던 대로, 복수가 또 다른 복수를 낳고 그 결과 복수가 역병처럼 세상을 휩쓸고 끝내 누군가를 희생양 삼아 우리 모두의 복수를 쏟아 붓고서야 겨우 잠잠해질 위기와 대면하게 되는 것은 아닐까.

널리 알려져 있는 이청준의 소설을 다시 언급하는 이유는 그만큼 배신과 복수, 그리고 용서의 문제를 고민한 작가가 다시없기 때문이며, 또 그만큼 불공평과 비대칭(인류학적이기도 하고 시대적이기도 한)이라는 문제를 고민한 작가가 다시없기 때문입니다. 집요하리만큼 의심하며 쉽게 답을 내놓지 않는 이청준의 소설을 읽으면서 역설적으로 그 속에서 어떤 답을 기대할 수 있었습니다.

　이 책은 박사논문의 내용을 단행본으로 고쳐 쓴 것입니다. 글을 쓰고 고쳐서 책을 내는 데 도움을 주신 여러 선생님들께 깊이 감사드립니다. 역락 출판사에는 다시 한 번 감사의 마음을 전합니다.

2013년 5월

이 수 형

차례

I

이청준 소설을 이해하기 위하여

1965년 「퇴원」으로 등단한 이청준(1939~2008)은 '60년대 작가' 혹은 '4·19 세대'의 대표 주자로 평가되어 왔음은 물론, 40여 년에 이르는 작품 활동을 통해 이러한 규정만으로는 전부 설명될 수 없는 폭과 깊이를 보여 주는 소설들을 지속적으로 발표해 한국소설사의 한 획을 그은 작가로 자리매김했다. 작가 이청준과 그의 작품은 일찍부터 많은 비평가들의 주목을 받았지만, "1960년, 같은 교양학부 강의실에서 1년을 함께" 했던 김현을 첫손에 꼽지 않기란 아무래도 어려울 것이다.

1960년, 같은 교양학부 강의실에서 1년을 함께 보냈는데도, 그때의 그에 대한 기억은 거의 없다. 내 기억 속에 떠오르는 그는 김승옥이 자취하고 있던 성북동 산기슭의 허름한 집의 자취방 윗목에 떨떠름한 얼굴을 하고 앉아 있던 그이다. 학보로 군대를 갔다가 제대한 뒤 며칠 되지 않아서였다. 우리가 그때 무슨 얘기를 했는지도 거의 생각나지 않는다. 자기 자신 속에 자기가 지켜야 할 무슨 엄청난 것이라도 간직한 듯, 자기 자신에 대해서는 서로들 가능하면 말을 삼가려 하고 있던 시기라, 자신들에 대한 애기가 오고가지는 않았을 것이다. 이것은 지금까지도 마찬가지여서 근 20여 년을 사귀어 오면서도 나는 그가 그의 글 속에 피력한 과거 외에는 그의 과거를 거의 모른다. (…중략…) 20여 년간 그와 사귀어 오면서, 아니 그와 술을 마셔 오면서, 내가 언제나 그의 의견에 승복한 것은 아니다. 나는 그와 여러 번 다투고 그 다툼은 때로는 절교 상태까지 우리의 관계를 몰고 갔다. 그때마다 그는 작품으로써 다시 그의 의견을 나에게 되물었다. 때로 그 작품들은 나를 감동시키기도 하였고 때로는 나를 더욱 실망시키기도 하였다. 한 호로써 창간과 동시에 종간이 되어 버린 『68문학』을 내놓고 그것의 앞날의 방향에 대해 심한 논쟁을 한 끝에 너는 내 친구가 아니다 라는 말을 서로 퍼붓고 헤어진 후 거의 1년이 넘어서 그는 나에게 「소문의 벽」을 보여주었다. 그것을 읽고 나는 감동했다. 우리의 우정은 그때 다시 살아났다. 나는 그와 같은 작가를 친구로 갖고 있는 게 즐겁다. 그는 언제나 작품으로써 질문에 대답하는 그런 작가이다.[1]

비평 속의 한 장면에 얼굴을 내민 사적인 기록은 이청준과 김현이 수십 년 지기로되 단지 가까운 친구에 그친 것이 아니라 작가와 비평가의 모범적인 파트너십을 유지했던 관계임을 여실히 보여준다. 이 고백 그대로 비평가로서 작가 이청준에게 빚진 바 크다고 여러 차례 밝힐 만큼 이청준 소설에 특별한 관심과 애정을 가졌던 김현은 그의 소설에서 발견되는 소재의 다양성 및 액자소설 형식을 통해 발현되는 해석의 중층성 등의 문제에 주목하는 동시에 주인공 개인의 욕망이나 진실이 사회에 의해 억압되는 상황에 대한 반성적 성찰이라는 주제의식을 부각시킴으로써, 문학을 통해 현실의 억압을 반성할 수 있다는 자신의 문학관의 주

---

1) 김현, 「욕망과 금기」, 『문학과 유토피아―공감의 비평』, 문학과지성사, 1992, 242 · 245면.

요한 증거로서 이청준 소설을 분석하고 있다.

한편, 작가 이청준의 또 다른 비평적 파트너였던 김윤식은 주로 이청준 소설의 내적 경향과 작가의식의 관련 양상에 주목하여 많은 성과를 낳았다. 이청준을 비롯한 김승옥 등 일군의 1960년대 작가들은 "전통에서 일탈된 문화적 적자(嫡子)로 자처"했으나 객관 현실과 무관한 서구적 경향을 좇는 것은 여러모로 위험성을 내포했던바, 김윤식에 의하면 이청준의 소설에서는 폭력과 억압의 세계로부터 벗어나고자 하는 욕망이 낭만적 초월에 의해서가 아니라 집요하고 꼼꼼한 탐구의 형태로 지속됨으로써 이러한 위험성을 줄일 수 있었다.

> 이청준에게 있어 글쓰기의 기원이 자기구원의 형식으로서의 복수심에 있다고 했을 때 그것은 노예의 자리에 서 있음을 가리킴이 아니었겠는가. 노예가 주인에 봉사하기란 자유를 버리고 비겁하게 삶(굴욕)을 선택한 까닭이다. 그러나 그는 굴욕 속에서 부끄러움이라는 원죄의식을 획득함으로써 그를 둘러싼 이중의 소외의식을 극복하여 주인으로 역전해 갈 수 있었다. 기실 주인이란 노예(나)의 내면화된 모습에 다름 아니었던 것이다. (…중략…) 도스토예프스키와 카뮈에 도전한, 그의 대표작으로 꼽히는 「당신들의 천국」에서도 사정은 같다. 조백헌 원장(소록도)을 모델로 한 이 작품의 기본선은 황 장로(문둥이)와 조 원장(성한 자) 사이에 벌어진, 생사를 건 싸움에 다름 아니었다. 주인·노예의 변증법 구도에서 한 치도 벗어난 것이 아니다. 그것이 도스토예프스키나 카뮈에의 도전인 것은 자유로도 해결될 수 없으며, 또한 사랑으로도 해결될 수 없는 문제에 육박한 까닭이다.[2]

김현에게 이청준 소설이 자신의 문학관을 증명하기 위한 주요한 증거

---

[2] 김윤식, 「미백의 사상 또는 이청준의 글쓰기의 기원에 대하여」, 『작가세계』, 1992. 가을, 75~76면.

였듯이, 김윤식에게도 이청준 소설은 주인과 노예의 변증법이라는 문학적 입지를 위한 대표적인 모델의 하나로 작동해 왔다. 이청준 소설에서 무대에 올려진 주인과 노예의 복합적인 드라마를 추적한 김윤식은 크게 지적인 경향과 지방적 경향을 구분하여 자유에 대한 논리적, 관념적 추구와 고향에 대한 새로운 의미 발견이라는 두 축을 중심으로 이청준 소설을 검토해 왔다.

지금까지 이청준 소설에 대한 연구는 김현과 김윤식이 선도적으로 제시한 방향을 따르는 동시에 보다 세분화된 주제로 논의를 심화시켜 다양한 성과들을 쌓아 왔다. 이와 함께 기존 연구의 주요한 흐름 중 하나로 서사론의 방법을 기본으로 취하면서 언어에 의한 현실 재현 가능성이나 현실에 대한 중층적 해석에 개입하는 권력의 문제 등을 포괄하는 영역으로 관심을 확장시킨 경우를 꼽을 수 있다. 이청준의 소설은 표면적으로도 액자소설 형식이나 추리소설 형식 등을 두드러지게 보이고 있어 초기부터 서사론적 연구의 대상이 되어 왔다. 이러한 흐름의 연장선상에서 단지 서술 방식이나 구성의 문제만이 아니라, 언어와 현실의 관계 혹은 '서사 담론'과 '스토리'의 관계 안에서 발생하는 여러 문제들, 특히 하나의 사건에 다수의 해석이 존재할 가능성의 문제, 또 이러한 상황에서 어떤 특정 해석이 유력한 진실로서 공인되어 가는 과정 중에 개입하는 권력의 문제 등으로 확장된 주제에 대한 많은 연구 성과들이 축적되어 왔다.

이청준 소설에 대한 기존의 연구를 검토할 때, 많은 경우에서 억압이라는 작인을 중심으로 이청준 소설을 의미화하는 경향을 드러내고 있다는 점은 특히 주목할 만하다. 이때 억압이란 인간의 자유를 가로막는 모든 것을 포괄한다는 의미에서 추상적이거나 실존적인 성격을 띠는 것일 수도 있고, 좀 더 구체적으로는 1960~70년대의 권위주의적인 정치권력에 대한 암시로 해석될 수도 있다. 또한 억압의 대상 역시 주인공 개인의 숨겨진 진실일 수도 있고, 나아가 단일한 가치 체계를 유지하고 재생산하기 위해 은폐되는 다원적 가치관일 수도 있다. 이처럼 이청준 소설의 의미화 맥락을 어느 수준과 범위에서 설정하느냐의 문제는 연구자의 관점에 따라 다를 수 있으나, 큰 틀에서 억압이라는 작인의 설정에 대해서는 대체로 동의가 이루어지고 있는 형편이다.

이청준 소설 연구에 있어 표 나게 적용되는 경우는 물론이거니와 그렇지 않은 경우에 있어서도 정신분석학적 방법이 직간접적으로 널리 통용되고 있다는 사실 역시 이러한 맥락에서 이해할 수 있다. 이청준의 첫 소설집의 해설에서 김현은 이청준 소설의 주인공들이 공통적으로 사회에 적응하지 못하는 모습을 드러내고 있는바, 이는 정신분석학의 관점에 따라 주인공의 유년기에서 기원을 찾을 수 있는 기본적 불안(정신적 외상)이 사회적, 문화적 맥락에서 재구성된 것으로 이해할 수 있다는 입장을 피력한 바 있다. 개인적인 심리의 차원에서는 가족 관계 내의 아버지에 의해, 집단적이고 사회적인 심리의 차원에서는 권력에 의해 억압된 것들이 한 개인의 무의식을 형성하거나 혹은 무의식 안에 저장되고, 그 무의식적인 것들이 다양한 증상의 형태로 귀환한다는 정신분석학의 기본 전제는 이청준 소설을 이해하는 데 있어 적절하고도 효과적인 방법인 것처럼 보인다.

이에 대해서는 별반 이견이 없지만, 이청준 소설에서의 주요 갈등이 어떤 억압에 의해 주인공의 자유로운 욕망 실현이 좌절되는 사건과 밀접하게 관련되어 있으며 따라서 그의 소설은 억압에 대한 비판과 반성을 보여 준다고 설명하는 선에서 논의를 그친다면, 이는 피상적인 이해에 머물 위험이 적지 않다. 가령, 「조율사」(1967), 「씌어지지 않은 자서전」(1969) 등의 소설에서 반복되는 낯익은 설정, 즉 어떤 사정 때문에 자기가 하고 싶은 말을 하지 못하고 그 결과 여러 가지 병리적 증상에 시달리는 주인공이 있다고 가정할 수 있다. 물론 그는 말하고 싶다는 욕망을 실현하는 데 있어서는 실패한 것이 틀림없으며, 또 그로 하여금 말하지 못하도록 강요하는 특정한 사정을 억압이라고 부를 수도 있다. 그러나 여기서 중요한 것은, 그럼에도 불구하고 그의 욕망이 전적으로 좌절되는 것만은 아니라는 사실이다.

'조율사'라는 제목 자체가 암시하는 것 역시 바로 이것인바, 연주 허가를 얻어 내지 못한 악사들이 어쩔 수 없이 연주 대신 조율을 하기 시작했는데 어느새 그들은 "연주회를 가지려는 악사들임을 잊어버리고 조율이 자기들의 본래 몫이었던 것처럼 착각"하게 되며, 나아가 "조율에만 열중하고 조율에만 만족한다"는 내용의 「조율사」의 삽입 우화는 욕망 실현의 좌절과 성공을 동시에 보여 주고 있다. 한편으로 허가를 내리지 않는 당국의 억압에 의해 연주회를 갖지 못한다는 점에서 악사들의 욕망은 좌절되었지만, 그러나 다른 한편으로 악사들은 조율을 통해 만족을 얻고 있기 때문이다.

이청준의 소설에서 이와 유사한 사례를 발견하는 것은 그리 어렵지 않다. 예컨대, 「가면의 꿈」(1972)과 「예언자」(1977)에서처럼 외부 상황에 의해 어쩔 수 없이 가면을 쓰게 되었지만 어느새 그 가면을 쓰는 것에서 만족을 얻게 된 주인공들도 적절한 사례가 될 수 있다. 심지어 「조율사」, 「씌어지지 않은 자서전」의 주인공들은 허기 때문에 괴로워하다가 언젠가부터 그 허기에서 묘한 쾌감을 얻게 되기까지 한다. 이처럼 억압과 욕망 실현 사이에 단순한 이분법적 대립이 아니라 보다 복합적인 관계가 형성되어 있다는 점에 대해서는 몇 차례 지적된 바 있는데,3) 이 문제를

---

3) 김진석, 「짝패와 기생─권력과 광기를 가로지르며 소설은」, 『작가세계』, 1992. 여름; 김영
   찬, 「이청준 격자소설의 정치적 (무)의식」, 『한국근대문학연구』 12, 2005; 이현석, 「이청

좀 더 본격적으로 살펴보기 위해 다음과 같은 질문을 제기할 수 있다.

첫째, 억압과 욕망 실현의 대립이라는 이분법적 구도 안에서라면 억압의 작인이 제거되어야 욕망 실현이 가능할 것이므로 그 억압의 제거가 우선적인 목표가 되는 것이 당연한 수순이지만, 이때 위의 사례와 같이 우회로를 통해 만족을 구하려는 경우는 어떻게 이해할 수 있는가? 둘째, 최초의 욕망이 실현되는 데 실패하는 사건과 다른 곳에서 만족을 얻는 데 성공하는 사건이 동시에 교차된다면, 이 둘 사이에서 좌절된 최초의 욕망이 나중의 욕망에 비해 더 진정하거나 진실한 것이라고 말할 수 있는가? 셋째, 처음의 욕망이 좌절되었을 때 어떠한 심리적 과정 혹은 정신경제에 의해 다른 곳에서 만족을 얻는 것이 가능해지는가?

첫 번째 질문은 이청준 소설에 대한 민족문학 담론의 비판적 평가와도 밀접하게 관련되어 있다. 말하고 싶은 것을 말하지 못한다는 문제는 비단 이청준 소설에서뿐 아니라 언론 자유의 확보를 최우선 과제로 내세웠던 1960년대 민족문학 담론에서도 초미의 관심사였다는 점에서,[4] 이 문제와 관련된 입장의 차이를 살펴보는 것을 통해 둘 사이의 간극을 비교적 용이하게 파악할 수 있다. 이 문제에 대해 민족문학 담론은 말하지 못하도록 억압하는 작인이 제거되어야 한다는 당위를 고수하는 입장이었다면, 이청준 소설은 어떤 특정한 것을 말할 수 없다면 다른 것을 말하거나 심지어는 말할 수 없다는 사실에 대한 불만스러운 태도 자체가 바뀔 수도 있다는 입장을 취했다고 할 수 있다.

이와 관련하여 이청준은 권위주의 정권에 의한 검열의 형태를 띤 강압적인 현실원칙에 의해 구획된 "말의 금역(禁域)" 때문에 불안에 떨며

준 소설의 서사시학 연구」, 서울대 박사논문, 2007.
4) 김수영, 「지식인의 사회 참여」, 『사상계』, 1968. 1; 선우휘·백낙청, 「작가와 평론가의 대결―문학의 현실참여를 중심으로」, 『사상계』, 1968. 2.

말하고 싶은 것을 말할 수 없었던 시절을 회고하면서 "그러나 그 때문에
소설이 아예 불가능했던 것은 아니다. 다행스러운 것은 그때 우리에게
어떤 말들이 금기가 되고 있는지를 누구나 환히 알고 있었다는 사실이
다. 어떤 말들이 절대의 금역 속에 갇혀 버리고 있다면, 그때는 그 말들
이 금제된 바깥세상의 이야기를 대신 쓸 수 있었다"고 말한 바 있다.5)
이청준 자신은 금지된 말의 바깥에 대해 말한다고 간단히 해명하고 있
지만, 처음에 의도했던 것을 대신해 다른 것을 말한다는 사태는 상당히
복잡한 양상을 띨 것으로 예상되며, 어떤 의미에서는 이청준 소설 전체
를 일종의 '대신 말하기'로 규정할 수도 있을 것이다.

　말하고 싶은 것 대신 다른 것 말하기로 요약되는 이청준의 소설관과
말하고 싶은 것을 말할 수 있는 자유를 요구하는 입장 사이에는 무시할
수 없는 시각차가 존재한다. 이런 점에서 이청준 소설에서 자주 발견되
는 억압적인 권력(폭력)이라는 모티프의 타당성을 인정한다 하더라도, 문
제를 개인적 차원으로 한정함으로써 해결의 돌파구를 찾지 못하고 또
현실로부터 고립된 내면으로 도피한 결과 "어둡고 음습스런 인간 내면
에의 탐사가 두드러지"게 된다는 윤지관의 비판적 평가는 민족문학 담
론과 이청준 소설 사이에 놓여 있는 차이를 적실히 보여 주고 있다.6) 여
기서 "어둡고 음습스런 인간 내면"이란 우회로를 통해 다른 만족을 얻
게 되는 과정을 의미하는 것으로 볼 수 있기 때문이다.

　한편 위에서 제기한 두 번째 질문과 관련하여 김현은 "음험함"을, 김
윤식은 "얼굴 감추기"를 이청준 소설의 핵심으로 지적하고 있거니와, 이
는 이청준 소설의 주인공들이 진정으로 원하는 것이 무엇인지, 즉 그들

---

5) 이청준, 『씌어지지 않은 자서전』, 중앙일보사, 1987, 13면.
6) 윤지관, 「억압사회에서의 소설의 기능―이청준 문학의 의미와 한계」, 『실천문학』, 1992.
　봄, 173면.

의 욕망의 정체가 무엇인지를 분명히 파악하기가 어렵다는 것을 의미한다. 가령, 「조율사」에서 조율실 안에 갇혀 조율을 즐기게 된 악사들의 경우, 그들이 애초부터 공개적인 무대에서의 연주를 진심으로 원한 것이 아니었다고 단언하기도 어렵지만, 그렇다고 해서 악사들이 그 욕망의 실현을 끝내 포기하지 않았다고 말할 수도 없다. 공개적인 연주와 비공개적인 조율, 이 둘 중에서 악사들이 진정으로 원한 것은 무엇인가? 혹은 두 가지 모두 진정으로 원한 것이라거나, 반대로 두 가지 모두 진정으로 원한 것은 아니라고 할 수 있는가? 이런 맥락에서 이청준 소설은 주인공들의 '진정한 욕망'이나 '자기 진실' '진정성' 등의 개념이 갖는 위상과 의미에 대해 의혹의 시선을 던지고 있다.

어떤 의미에서 세 번째 질문은 앞의 두 질문에 앞서는 것으로 볼 수 있다. '나'가 뭔가를 원하고 또 그것이 적절하게 실현된다면 더 이상 문제될 것이 없겠지만, 그 욕망 실현이 좌절된다면 '나'는 어떻게 할 것인가? 이청준 소설의 경우에 국한하여 말한다면, 이때 '나'는 "복수와 자기보상"을 꾀한다.[7] 일단, 복수와 자기보상이라는 말이 지닌 함의 자체가 그다지 긍정적이지 않을 수 있으므로 이러한 '나'의 반응에 대해서는 여러 측면에서 반론이 가능할 것이다. 이청준 소설에서의 '나'의 반응을 충분히 이해하기 위해서는, 복수와 자기보상이라는 방법에 대해 내용의 차원에서 접근하기 이전에 먼저 형식의 차원에서 접근할 필요가 있다. 그 형식적 측면이란 '나'와 타자 간의 관계를 서로 뭔가를 주고받는 일종의 교환 관계로서 이해할 때 보다 명확하게 드러날 것이라 기대되며, 나아가 '나'와 타자의 관계를 교환이라는 틀 안에서 파악함으로써 이청준 소설을 전반적으로 검토할 수 있다.

---

7) 이청준, 「나는 왜, 어떻게 소설을 써 왔나?」, 『오마니』, 문학과의식, 1999, 192면.

　　교환 관계에 대한 본격적인 설명에 앞서, 이청준 소설을 이해하는 데 있어 '나'와 타자의 관계에 주목하려는 문제의식이 놓인 문학사적 맥락을 간략하게 살펴볼 수 있다. 소설의 주인공 혹은 소설에 반영된 작가의 세계 인식의 형성 및 변모 과정을 설명하기 위해 타자 개념을 원용하는 것은 문학 연구 전반에 걸쳐 일반화된 현상인바, 이청준을 비롯한 최인훈, 서정인, 김승옥, 박태순 등의 1960년대 작가들의 소설을 대상으로 한 연구에서도 주체·타자 관계를 기본적인 분석 방법으로 삼는 경우는 어렵지 않게 찾아볼 수 있다. 이와 같은 일반적인 경향 안에서 특히 1960년대 작가들의 소설을 연구하기 위해 타자(성)에 주목하는 관점이 갖는 의의를 밝히기 위해서는 1960년대를 대표하는 상징적 이념이라고 할 수 있는 자유의 의미를 검토해 보는 것이 도움이 될 것이다.

　　다소 단순화해서 말한다면 '전후소설'이라는 용어 자체에 이미 1950년대 소설 속에서 발생하고 전개되는 갈등 및 사건의 궁극적인 원인을 전쟁으로 귀속시키는 일종의 결정론적 세계관이 함의되어 있다고 할 수 있다. 물론, 전후소설을 본격적으로 논의하는 입장에서는 이러한 판단이 전체가 아닌 부분만을 포착한 단편적 관찰의 산물일 뿐이라고 반박할 수도 있을 것이다. 그러나 전후소설이 다루는 주제 안에 전쟁 및 전후 상황에 대한 절망의식에서부터 이를 극복하려는 휴머니즘에 이르기까지 다양한 스펙트럼이 존재함에도 불구하고, 전후소설을 대표하는 손창섭과 장용학 소설의 주인공들이 공유하고 있는 속성을 전쟁으로 표상되는 폭력과 운명의 힘에 의해 "자신의 의지와는 무관하게 죄의 나락으로 빠져든 인물"에서 찾을 수 있다는 논의를 참고할 때,8) 전후소설과 결정론적 세계관 사이에 모종의 연관성을 설정할 수 있는 근거를 찾을 수

---

8) 조현일, 『전후소설과 허무주의적 미의식』, 월인, 2005, 30~31면.

있다.

전후소설에 등장하는 주인공들의 행동은 옳든 그르든, 선하든 악하든 자유로운 의사나 의지와는 무관한 것이며, 따라서 이들은 전쟁에 대해 수동적인 위치에 있고 또 대부분의 경우 전쟁의 피해자로 드러난다. 비슷한 맥락에서 천이두 역시 전쟁에 대한 긴장과 경각심을 기본적인 정서로 깔고 있는 전후소설은 상황에 대한 엄숙한 태도를 견지하고는 있으나, 다른 한편으로 전쟁을 모든 비극의 근원이자 모든 고뇌의 원인으로 전제해 주인공 자신에게는 책임이 없다는 "도식적인 안일주의"를 노출하게 된다고 지적한 바 있다.9)

이러한 전후소설을 부정하면서 등장한 1960년대 소설의 배경이 되는 자유라는 이념은 4·19 등의 사건을 통해 공적으로 표출되었던 정치적 자유의 영역에서만이 아니라 결정론과 대립하는 자유의 맥락에서도 의미화될 수 있을 것이다. 다시 말해, '나'에게 어떤 사건이 발생하고 또 그 사건이 이러저러하게 전개되어 가는 원인을 궁극적으로 '나'가 감당하거나 책임질 수 있는 범위 너머의 전쟁 탓으로 돌리는 태도에 의문이 제기된다면, 이때 '나'의 자유(자유의사, 자유의지)로부터 비롯되었고 따라서 '나'가 책임질 수 있는 사건의 존재 가능성에 대한 문제의식이 발생하는 것은 어떤 의미에서는 자연스러운 귀결이다.

예컨대, 최인훈의 「가면고」(1960)의 주인공 독고민은 "전쟁이 개인의 운명을 바꾸었느니, 전쟁이 기성 질서와 생활 감정을 어쨌느니, 전쟁이 무엇을 무엇했느니, 그래 전쟁이 없었다면 네가 운동의 네 번째 법칙을 발견할 것을 못했단 말인가. 전쟁통에 그만 배울 걸 제대로 배웠겠습니까 머리를 긁는 친구, 전쟁에 그만 깡그리 가산을 날리고 이러면서 소주

---

9) 천이두, 「계승과 반역」, 『우리 시대의 작가연구총서—이청준』, 은애, 1979, 159면.

잔을 비우는 빵장수, 전쟁이 저를 이렇게 만들었어요. 당치도 않은 피해 망상을 실습해 보는 갈보의 센티멘틀리즘, 거짓의 무리들이여 열세 번이나 지옥으로 가라”고 냉소함으로써 사건의 원인을 전쟁의 탓으로 돌리는 태도를 노골적으로 평가 절하하고 있다.10) 물론 ‘전쟁 탓하지 않기’라는 시대적, 세대적 과제가 냉소만으로 쉽게 성취될 리는 없다. 「가면고」의 작가 역시 이러한 과제의 어려움을 충분히 인식하고 있었으며, 그 결과 전쟁에 의해 자신의 운명이 결정되지 않았다는 데 대한 독고민의 자신감은 “상징적인 악의에 찬 우연의 장난”으로밖에 말할 수 없는, 사소한 그렇지만 외부의 원인이라는 점에서는 전쟁과 마찬가지인 어떤 사건에 의해 어이없이 붕괴되고 이로부터 「가면고」의 갈등이 시작된다. 그럼에도 불구하고 이러한 과제를 통해 회복하려는 주체성의 입지만큼은 비교적 선명하다.11)

　‘결정론 : 자유’라는 문제틀은 다분히 관념적이며, 자신을 둘러싸고 벌어지는 사건을 이해하기 위해서는 타자 원인(foreign cause)으로부터 결정되는 타율적인 측면과 자기 원인(causa sui)에서 비롯되는 자율적인 측면을 적절히 절충하는 선에서 타협하는 것이 상식적인 반응처럼 보인다. 이러한 관념적인 문제 제기는 또한 칸트의 설명처럼 “가까이서 규정하는 원인들과 이것들을 규정하는 원인들에까지 이르는 원인들의 긴 계열”을 추적하다 보면 결국 “궁극의 최고의 원인은 전적으로 타자의 손 안에서 발견”될 확률이 크다는 점에서 ‘나’가 자유롭다는 믿음이 한낱 착각일 뿐이라는 부정적인 결론에 이르게 될 위험성을 내포한다.12) 그러나 이청준을 포함한 1960년대 작가들의 소설에서 이러한 관념적 질문이

---

10) 최인훈, 「가면고」, 『크리스마스 캐럴/가면고』, 문학과지성사, 1993, 164면.
11) 이수형, 「결정론과 자유」, 『1960년대 소설 연구―자유의 이념, 자유의 현실』, 소명출판, 2013, 29면.
12) I. 칸트, 『실천이성비판』, 백종현 옮김, 아카넷, 2002, 220~221면.

제기되는 장면은 빈번히 발견할 수 있는바, 이는 당시 젊은 작가들이 과도하게 관념적이었기 때문이라기보다는 그들이 처해 있는 상황과 그에 대한 인식에서 전쟁이라는 타자 원인의 결정력이 상대적으로 지대했다는 사실에 대한 반작용으로 이해하는 것이 타당할 것이다.[13)]

자기 원인적 자유는 단지 '나'가 하고 싶은 것을 하는 상태에 이르는 것만으로는 충분히 정당화될 수 없다. '나'가 어떤 것을 원하는 상태가 궁극적으로는 타자를 원인으로 하는 것이라면, 자기가 뭔가를 원한다고 믿고 또 그로부터 만족을 얻을 수 있다고 하더라도 그것을 '나'의 자유의 증거로 확정하기는 어렵기 때문이다. 여기서 다시 「조율사」의 우화를 예로 들 수 있다. 당국의 억압에 의해 욕망 실현이 좌절된 악사들이 밀실에 갇혀 조율을 일삼는 것에서 만족을 느낄 수 있었다는 사건의 추이는 타자 원인이 개입한 결과인가, 아니면 그들의 자유로운 선택의 결과인가? 좀 더 구체적인 차원에서 질문한다면, 조율에서 만족을 찾는 악사들은 당국의 억압에 의한 피해자인가, 아니면 무대에서 연주하겠다는 애초의 욕망을 저버린 배신자인가? 이는 대답하기 쉬운 질문은 아니지만, 그렇다고 실제적인 의미를 갖지 않는 가상의 질문에 불과한 것 역시 아니다. 이런 질문들을 염두에 두고 이청준 소설에서 주인공의 욕망 실현과 관련된 사건의 전개 양상을 살펴보는 것은 쉽게 규명하기 어려운 '나'의 자유라는 문제에 접근하기 위한 유력한 방법으로서의 의미를 지닌다.

'나'의 자유를 어디서 어떻게 구할 수 있는가 라는 문제의식이 대상으로 하는 영역은 '나'에 국한된 범위를 넘어 '나'와 타자의 관계로 그 범위가 확장된다. 어떤 의미에서 '나'는 자신이 관계하고 있는 상대방을

---

13) 이수형, 「1960년대 소설과 자의식의 드라마」, 『1960년대 소설 연구』, 129~133면.

비롯해 주위 상황을 포함한 일체의 타자로부터 많든 적든 영향을 받을 수밖에 없다는 점에서 타자 원인으로부터 자유롭기 어려우며, 또 그럼에도 불구하고 이로부터 자유롭고자 한다면 그런 상태는 "다른 사람과 모든 소통을 끊어버린 전적인 고독으로 상상할 수 있을 뿐"이라는 식의 비판을 피해 가기 어렵다.14) 자유라는 가치에 비추어 1960년대 소설의 의의를 밝히려고 할 때, 최인훈, 김승옥, 서정인, 이청준 등의 소설에서 "내성적 폐쇄성" "자의식 과잉" "소시민적 자기중심성"과 같은 한계를 지적하는 백낙청의 비판으로 대표되는 평가와 마주할 수밖에 없다는 점 역시 "전적인 고독"으로서의 자유라는 문제와 무관하지 않다.15)

타자와의 관계가 전적으로 단절된 상태에서 '나'의 자유를 구하는 것이 온전할 리 없으며, 또 가능할 리도 없다. 엄밀히 말하면 내성이나 자의식의 구조 자체가 타자 없이는 형성될 수 없는 것인바, 내성적이라거나 자의식적이라는 말로 곧바로 타자를 배제한 "전적인 고독"의 상태를 지칭하려는 성급함을 피한다면, "세상에는 타인에 의해서 자기를 만들어 가는 사람들이 있는데 내가 바로 거기에 속해 있는 것이다" "우리들은 외계에 재빠르게 반응할 뿐이지, 무엇인가를 내부에서 만든 후에 그것을 외계에 대하여 밀고 나갈 줄을 모르는 족속 같다" "키포인트는 타인 자신이 어떻게 반영되며 타인에게 어떻게 흡수되어 반영되느냐" "소설의 관심은 타인과의 관계, 그것에서 시작되지" "타인 자체, 그 문제부터 시작하는 거지. 의식했든 무의식했든 간에"와 같은 언급으로부터 1960년대 작가들이 오히려 타자와의 관계에 지나칠 정도로 민감했었다는 사실을 읽어내기란 그리 어렵지 않다.16) 이와 관련하여 이청준 소설은 '나'

---

14) Z. 바우만, 『자유』, 문성원 옮김, 이후, 2002, 94면.

15) 백낙청, 「시민문학론」, 『민족문학과 세계문학』 1, 창작과비평사, 1978, 64~69면.

16) 김승옥, 『서울, 1964년 겨울』, 창우사, 1966, 376면; 김승옥·김현·박태순·이청준, 「현대문학방담」, 『형성』, 1968. 봄, 82면.

가 존재하는 데 있어 타자와의 관계가 왜 필연적일 수밖에 없으며, 그럼에도 불구하고 그 관계에서 자유를 추구한다는 것이 어떤 의미를 갖는가 라는 주제의 다양한 양상을 교환 관계의 틀 안에서 진지하게 그리고 지속적으로 점검하고 있다.

'나'는 타자와 분리된 다른 존재로서의 '나'이며, 마찬가지로 자기에 대한 의식인 자의식 역시 타자와 분리된 '나'에 대한 의식이다. 그런데 자의식은 '나'를 주체로 거듭 태어날 수 있는 계기를 제공하기도 하지만 동시에 타자와의 관계에서 '나'를 끊임없이 불안에 시달리도록 만들기도 한다. '나'는 분리된(독립된) 존재이지만 자율적인 존재는 아니다.[17] 가령, 타자와 분리된 존재로서의 '나'를 의식하는 순간, '나'는 곧 타자의 시선에 자기가 어떻게 보일지 알 수 없다는 불확실성에서 기인하는 불안을 느끼게 된다. 이러한 불안은 '나'가 언어를 통해 자기 의사를 타자에게 전달하려고 할 때에도 유사하게 반복되는바, 이때의 불안 역시 '나'의 말을 타자가 어떻게 받아들일지 알 수 없다는 사실에서 비롯된 것이다.

이때 타자는 '나'를 바라보는 자 혹은 '나'의 말을 듣는 자로 현상한다. 이처럼 시선과 언어가 갖는 타자성에 대한 논의는 "이후의 [레비나스, 라캉, 들뢰즈 등] 모든 타자 이론을 그 아류로 만들어 버릴 정도의 놀랄 만한 사유의 깊이를 보여 준" 사르트르에 의해 본격화되었는데,[18] 그에 따르면 '나'는 본질적으로 타자에 대한(향한) 존재, 즉 대타존재(being-for-others)이다. 다시 말해, '나'가 존재한 연후에 그 '나'를 타자가 바라보는 것이 아니라 타자가 바라보고 있다는 사실을 인지한 후에 비로소 '나'는 자기가 존재함을 깨닫게 되는 것이다. 이와 관련하여 사르트르는 자물쇠 구멍을 통해 뭔가를 엿보고 있는 '나'의 경우를 예로 든

---

17) A. 르노, 『개인―주체 철학에 관한 고찰』, 장정아 옮김, 동문선, 2002, 48~51면.
18) 서동욱, 『차이와 타자』, 문학과지성사, 2000, 162면.

다. 뭔가를 들여다보고 있을 때의 '나'는 자기에 대해 의식하지 못하는 상태에 있다. '나'가 자기를 의식하게 되는 것은 타자가 그런 '나'를 바라보고 있음을 알아차린 이후부터이다. "이것은 먼저 내가 있고 나서 [그 나가] 나의 의식에 와서 깃드는 것이 아님을 의미한다." 오히려 반대로 타자의 시선에 의해 '나'가 포착되고 나서야 '나'의 의식이 그 '나'를 지향하게 된다.[19] 그리고 "언어는 타자의 존재의 인지와 다를 것이 없다"는 점에서 "나의 면전에 있어서의 시선으로서의 타인의 출현은, 나의 존재의 조건으로서 언어를 출현시킨다."[20] 이를 통해 '나'는 '나'를 바라보고 '나'의 말을 듣는 타자와 대면하게 되는바, '나'로서는 타자가 어떻게 바라보고 들을지 알 수 없다는 불안 혹은 불확실성에서 벗어날 수 없다. 가라타니가 '말하다≠듣다'의 양상에 주목함으로써 강조하는 것 역시 '듣다'의 타자성이다.[21]

> 나는 내가 의미하려고 하는 바를 의미하고 있는 것인지를 결코 정확히 알지 못하며, 또 내가 유의미적인가 하는 일 역시 정확히 모른다. 바로 이 순간에 나는 타인에게서 무엇인가를 읽어 내야만 될 일인데, 이 무엇인가는 원칙적으로 생각할 수조차 없는 일이다. 그리고 내가 표현하는 바가 현실적으로 타자에게 있어서 무엇인가는 알 길이 없으므로, 나는 나의 언어를 나 밖으로의 도피라고 하는 하나의 불완전한 현상으로서 구성한다. 내가 나를 표현하자마자, 나는 내가 표현하고 있는 것의 의미를 추측하기밖에 못한다.[22]

그런데 이것이 전부라면, '나'는 그다지 불안할 필요가 없을 수도 있

---

19) J.-P. 사르트르, 『존재와 무』 1, 손우성 옮김, 삼성출판사, 1976, 443면.
20) J.-P. 사르트르, 『존재와 무』 2, 110면.
21) 가라타니 고진, 『탐구』 1, 송태욱 옮김, 새물결, 1998, 135면.
22) J.-P. 사르트르, 『존재와 무』 2, 111면.

다. 위에서 말한 과정에 국한한다면, 이는 '나'에게서 타자로의 전달의 문제이다. 이 경우 '나'는 뭔가를 주는 입장이고 타자는 그것을 받는 입장에 있다. 왜 '나'는 자기가 주는 것을 타자가 제대로 받을지에 대해, 즉 타자가 잘못 받거나 혹은 받지 않을지 등에 대해 염려하고 불안해해야 하는가? 주고 나서 신경 쓰지 않을 수도 있고, 심지어는 처음부터 주지 않을 수도 있지 않은가? 그러나 그럴 수 없는 이유는, '나'가 주는 입장에 있는 동시에 받는 입장에 있기 때문이며, 또 '나'가 주는 것을 타자가 제대로 받아야만 '나' 역시 타자로부터 원하는 것을 받을 수 있기 때문이다.

서로 주고받는 것이 교환이다. 이때 '서로'가 표시하는 상호성(reciprocity)의 의미를 놓치면, 교환의 의미를 오해하기 쉽다. '나'와 타자의 교환 안에서는, 예컨대 '나'는 주는 자이고 타자는 받는 자이거나 그 반대인 것이 아니라, '나'도 주고받는 자이며 타자 역시 주고받는 자이다. 언뜻 생각하면 당연한 것 같지만, 교환에서 '나'와 타자 모두 주고받는 자가 되기 위해서는 '나'가 타자에게 어떤 것을 주고, '나'가 주는 것을 타자가 받으며, 또 타자 역시 받은 것에 대한 것을 '나'에게 돌려주고, '나'가 그것을 받는 여러 단계의 과정을 거치는 것이 필요하다. 엄밀히 말하면, 서로 주고받는다는 것은 주고받음의 끊임없는 순환을 뜻한다.

서로 주고받는 관계의 양상을 분절할 수도 있다. 가라타니는 경제 제도에 관한 폴라니의 논의를 참조하여 교환을 호수(互酬), 재분배, 상품교환으로 구분한다. 호수는 고대 공동체로부터 유래한 것으로 의무와 관습에 의해 호혜적인 주고받음(reciprocation)의 대칭성이 성립하는 교환이며, 재분배는 정치권력을 매개로 한 공납(수탈, 착취)과 분배(공공사업, 복지, 치안) 간의 교환이다. 상품교환의 전형적이 사례는 시장에서 이루어지는 등가교환에서 찾을 수 있다. 폴라니는 여기에 자급자족적 가계라는 형태

를 추가하기도 한다.23)

고대 공동체를 대상으로 한 인류학적 연구를 통해 관계의 근원에 증여(gift)의 운동이 있음을 발견한 모스는 이를 '줄 의무(증여)·받을 의무(수혜)·되돌려줄 의무(답례)'의 끝없는 순환으로 정식화하고 있다.24) 이때 증여(선물)는 애매하며 나아가 이율배반적인 속성을 갖는다. 선물을 받은 사람이 그 즉시 등가의 보상을 하는 것, 가령 선물의 가격을 계산해 값을 치르는 것은 선물을 거부하는 것으로 간주된다는 점에서, 선물은 일단 대가 없는 증여이다. 그러나 받은 선물과 질적, 양적, 시간적 차이가 있더라도 언젠가는 답례를 해야 한다는 점에서 등가의 원칙에 따라 즉각적인 청산을 완료하는 교환과는 다르지만, 선물 역시 그에 상응한 대가를 요구한다. 부르디외 역시 교환에 개재하는 시간 간격이 선물의 애매성을 낳는 원인이 됨을 지적한 바 있다.25) 이러한 애매성 때문에 증여(선물)를 교환의 내부로 볼 것인가 외부로 볼 것인가는 판단하기 어려운 문제가 된다. 데리다가 선물을 선물로서 인정하는 한 그것은 부채 관계, 경제적 순환 등의 교환 관계에 귀속되므로, 더 이상 선물이 아니라는 '선물의 역설'을 강조하는 것도 이 때문이다.26)

관계의 기본적인 형태를 교환으로 상정하는 것은 정신분석학의 경우 역시 동일하다. 라캉의 상징적 질서 개념은 교환과 관련된 모스와 레비스트로스의 인류학적 연구에 많은 빚을 진 것으로 알려져 있는데 이는 다음과 같은 설명을 통해서도 확인할 수 있다. "라캉은 레비스트로스로

---

23) K. 폴라니, 『거대한 변환』, 박현수 옮김, 민음사, 1991, 4~5장; 가라타니 고진, 『세계공화국으로』, 조영일 옮김, 도서출판b, 2007, 33~35면.
24) M. 모스, 『증여론』, 이상률 옮김, 한길사, 2002, 72~76면.
25) P. 부르디외, 『실천 이성』, 김웅권 옮김, 동문선, 2005, 203~204면.
26) J. Derrida, *Given Time: 1. Counterfeit Money*, trans. by P. Kamuf, Univ. of Chicago Press, 1992, p.13.

부터 친족 관계와 선물 교환을 규정하는 일정한 법에 의해 구조화된 사회라는 개념을 받아들인다. 그 결과 선물이라는 개념과 교환의 순환이라는 개념이 상징적 질서에 관한 라캉의 기본 개념이 된다. 교환의 가장 기초적인 형태가 커뮤니케이션(말의 증여, 교환) 그 자체이며, 법과 구조의 개념 역시 언어 없이는 생각할 수 없는 것이므로, 상징적 질서는 본질적으로 언어학적 [교환의] 영역이다."[27]

타자와 대면하고 있는 '나'는 자기가 준 것에 상응한 만큼의 답례를 타자로부터 받을 때 만족을 얻을 수 있다. 예컨대, 배고픈 아이는 울음을 통해 어머니에게 자신이 배고프다는 의사를 전달하며, 아이가 전한 바를 제대로 이해한 어머니가 아이의 요구를 만족시킬 대상을 제공함으로써 교환이 성공적으로 이루어지고, 아이는 만족을 느낀다.[28] 물론 어머니로부터 먹을 것을 받은 아이 역시 그에 대한 답례로 어머니에게 감사와 애정을 표시하며, 이러한 과정이 반복됨으로써 아이와 어머니의 관계가 유지될 수 있다. 아이와 어머니의 관계를 통해 교환이 최초로 성공하는 장면을 제시한 정신분석학은 이를 통해 최초로 좌절하는 장면 역시 제시하고 있는바, 아이의 최초의 좌절은 어머니로부터 자신의 요구를 만족시킬 대상을 받지 못한 경우 발생한다. 최초의 좌절은 아이가 어머니로부터 생물학적 욕구(need)를 만족시켜 줄 대상을 제공받지 못하는 상태이지만, 그것은 곧 '사랑'이라는 상징적 대상에 대한 요구(demand)가 받아들여지지 않는 것으로 확장된다.

유아기에 대한 정신분석학의 설명을 좀 더 살펴보면, 첫째 인간은 주고받지 않고서는 생존 자체가 어려울 수도 있으며, 둘째 주고받는다는 것은 물질적인 재화를 주고받는 것에만 해당되는 것이 아니라 좀 더 포

---

27) D. Evans, *An Introductory Dictionary of Lacanian Psychoanalysis*, Routledge, 1996, p.201.
28) B. 핑크, 『라캉과 정신의학』, 맹정현 옮김, 민음사, 2002, 83면.

괄적인 의미에서 요구를 주고(전달하고) 응답을 받는(수령하는) 관계 전체로 확장된다는 것을 알 수 있다. 배고픈 아이의 경우에서처럼, A는 B에게 어떤 메시지를 전하는 것만으로도 B로부터 음식을 얻을 수 있다. 물론 A는 B에게 그에 상응한 답례를 해야 하지만, 그것이 반드시 또 다른 음식일 필요는 없다. 이를 좀 더 일반화하면, 누군가에게 물질적 선물(gift)을 준 '나'는 그로부터 선물에 대한 답례(counter-gift)로 다른 물질적 선물을 받을 수도 있지만, 그뿐 아니라 감사나 존경, 애정 등을 제공받을 수도 있다. 이런 맥락에서 부르디외는 누군가로부터 감사와 존경 등의 형태로 상징적 답례를 돌려받을 수 있는 권리가 상징자본을 구성한다고 설명한다.

> 중단되지 않는 [교환의] 진행은 선물 교환의 대칭성으로부터 정치적 권위를 구성하는 재분배(redistribution)의 비대칭성으로 이동한다. 완전한 상호성을 벗어날 때 감사, 경의, 존경, 의무 혹은 도덕적 부채와 같은 상징적인 형태를 띤 답례(counter-service)는 필연적으로 증가한다. 이러한 관계를 인식한다면, 경제적 자본에서 상징자본으로의 전화를 파악할 수 있다. (…중략…) 상징자본은 경제적인 기반으로부터 독립적이지는 않으나 도덕적 관계의 베일을 쓰고 있다. 대칭적 관계에 봉사하는 교환에만 주목하거나 비대칭적 교환의 경제적 효과에만 주목한다면, 상징적 부가가치를 발생시키는 이와 같은 순환의 효과를 망각하기 쉽다.[29]

요컨대, 물질적인 것과 상징적인 것을 포괄하는 교환 관계에서 증여는 답례에 대한 요구(demand)이고 답례는 그 요구에 대한 응답(response)라고 할 수 있으며, 그 요구와 응답이 등가일 때, 곧 대칭적(symmetric)이고 상

---

29) P. Bourdieu, *The Logic of Practice*, trans. by R. Nice, Stanford Univ. Press, 1990, pp.112~113.

호적(reciprocal)일 때 교환이 완료된 것으로 볼 수 있다. 그런데 현실적으로는 대칭성과 상호성에 이르지 못할 경우가 빈번히 발생할 것이므로 "감사, 경의, 존경, 의무 혹은 도덕적 부채와 같은 상징적인 형태를 띤 답례" 곧 비대칭적으로 재분배된 정치적 권위(상징자본)가 필연적으로 증가한다는 것이다.

교환 관계에서 중요한 것은 교환의 참여자들이 자신이 준 요구에 합당한 응답을 받았는가, 또 자신이 받은 요구에 합당한 응답을 돌려주었는가의 문제이다. 이와 같은 형태로 드러나는 교환의 대칭성은 인류학적 관념인 동시에 가장 근본적인, 곧 인간학적인 관념이기도 하다.[30] 그러나 '나'의 요구에 합당한 응답을 받는 것이나 '나'가 받은 요구에 합당한 응답을 돌려주는 것 모두 쉬운 일은 아니다. 따라서 상호성의 순환(cycle of reciprocity)으로 요약할 수 있는 교환의 논리 혹은 감각이 삶에서 총체적이며 예외 없이 적용됨을 강조하기 위해 이를 자동적이고 기계적인 법칙이라고 불렀던 부르디외 역시 줄 의무와 받을 의무, 돌려줄 의무에 대한 무의식적 원칙이자 실천에 내재하는 법칙이 현실에서는 많은 예외를 드러낸다는 점을 인정한다.[31]

선물과 답례의 경우든, 요구와 응답의 경우든, 준 만큼 받고 받은 만큼 준다는 것이 이상적이며 대칭적인 교환이기는 하지만, 여기에는 몇 가지 난점이 존재한다. 우선, '나'가 주는 것을 타자가 받으려 하지 않는 경우가 있을 수 있다. 이 경우 '나'는 자기가 주는 것을 받으라고 타자에게 강요할 수 있는가? 그러나 '나'가 타자에게 뭔가를 주는 것은 동시에 타자로부터의 답례를 요구하는 것이므로, 주는 것을 받으라는 강요는 '나'의 요구에 합당한 것을 내놓으라는 것과 크게 다르지 않을 수 있다.

---

30) M. 모스, 『증여론』, 47~50면.
31) P. Bourdieu, *The Logic of Practice*, pp.98~99.

'나'의 증여에 대해 답례하기를 원하지 않는 타자라면, 당연히 그는 '나'가 주는 것을 받지 않으려 할 것이다. 물론, 대가에 대한 요구 없이 증여하는 경우는 예외라고 할 수도 있겠지만, 주는 '나' 쪽에서는 대가를 바라지 않을지라도 받는 타자 쪽에서 그것을 빚으로 계산하고 그 결과 언젠가는 갚으라는 요구로 간주할 수 있으므로, 대가 없이 주기, 즉 답례를 요구하지 않는 순수한 증여 역시 쉽지만은 않다. 타자가 받지 않는다면 '나' 역시 타자로부터 아무것도 되돌려받을 수 없다.

또, '나'가 주는 것을 타자가 받았으되, '나'가 주려고 의도했던 것이 타자에게 제대로 전해지지 않을 수도 있고, 그 결과 타자로부터 기대했던 것과 전혀 다른 것을 돌려받을 수도 있으며, 또 타자가 '나'로부터 뭔가를 받고도 아무것도 되돌려주지 않을 수도 있다. 요컨대, '나'는 준 만큼 받기를 원하지만, '나'가 주는 것을 타자가 어떻게 받아들일지, 또 타자가 어떻게 되돌려줄지 '나'로서는 아무것도 장담할 수 없으며, 따라서 타자 앞에서 불안할 수밖에 없다. 이런 불안 때문에 타자와의 교환은 "목숨을 건 도약"에 비유될 만하다.[32]

모스가 언급한 것처럼, 고대 공동체에서 주고받음이 일종의 의무로 강제되었던 것은 대칭적 교환의 성공 여부가 그만큼 불확실하기 때문이다. 작가 스스로 여러 차례 고백했듯이, 전통적인 농촌 공동체였던 고향을 떠나 도시로 올라온 이청준에게 '나'와 타자 간의 관계에 자리 잡은 교환의 불안은 작가 개인에 관한 문제였을 뿐 아니라, 당시 한창 진행 중이던 산업화의 영향으로 급속하게 해체, 재편되던 한국 사회의 한 단면을 드러내는 보다 일반적인 차원에서의 문제였다고 할 수 있다.

삶을 규정하는 관습 자체가 대칭적 관계를 지향하기 때문에 교환의

---

32) 가라타니 고진, 『탐구』 1, 45면.

대칭성이 상대적으로 용이하게 달성될 수 있었던 전통적인 공동체의 경우와 달리, 근대화된 사회에서 가시적으로 대칭적 교환을 발견하기란 쉽지 않다. 가령, 커뮤니케이션은 선순환하기보다 가로막히는 경우가 더 많고, 경제적인 관계나 권력 관계 역시 점점 더 불균형해지는 등, 준 만큼 받고 받은 만큼 준다는 교환의 대칭성에 이르기는 어려운 것처럼 보인다. 그렇다고 해서 오늘날의 교환은 대칭성을 지향하지 않는다고 단정하는 것은 성급한 판단이다. 가령, 증여와 답례의 교환이 무의식적인 대칭성의 원칙(principle of symmetry)에 의해 작동함을 밝히려 한 나카자와는 대칭성을 향한 억압되지 않은 무의식과 대칭성을 향하는 것이 봉쇄된 억압된 무의식의 차이를 지나치게 강조한 탓에 문제의 핵심에서 벗어난 것처럼 보인다.33) 프로이트에 의하면 무의식 자체가 억압된 것의 저장소인바, 억압되었든 그렇지 않든 간에 무의식은 그 자체로 대칭성을 추구하게 된다. 프로이트에 의해 정신경제(psychic economy)가 '나'와 외부의 관계에서 발생하는 내적 흥분의 총량을 일정하게 유지하려는 항상성의 원칙(principle of constancy)을 따르는 것으로 상정되었다는 사실 역시 무의식이 교환의 대칭성을 지향하고 있음을 암시한다.34)

물론 대칭성을 추구하는 무의식이 비대칭적인 것으로 귀결되기 쉬운 현대 생활의 교환 앞에서 다분히 병리적인 증상으로 발현된다는 사실을 부인할 수는 없으며, 이청준 소설의 주인공들이 겪고 있는 여러 증상들 역시 교환의 비대칭성에 그 기원을 두고 있다. 「퇴원」 이후 이청준 소설이 문제 삼고 있는 것은 언어에 의한 커뮤니케이션을 포함한 타자와의 교환 관계에서 발생하는 비대칭성으로 인해 겪는 주인공의 좌절이며, 이

---

33) 나카자와 신이치, 『대칭성 인류학』, 김옥희 옮김, 동아시아, 2005, 35면.
34) S. 프로이트, 『정신분석학의 근본 개념』, 윤희기·박찬부 옮김, 열린책들, 2003, 271~272면.

좌절로부터 다양한 증상들이 발생한다. 여기서 주목해야 할 것은 좌절에 대한 주인공의 반응, 즉 "복수와 자기보상"이라는 반응이 함의하고 있는 또 다른 대칭성이다.

'복수'와 '보상'이라는 말에는 모두 '갚다'라는 뜻이 포함되어 있는데, 이때의 갚음 역시 교환 관계를 배경으로 할 때 제대로 이해될 수 있다. 무엇을 갚는 것인가? 이는 타자와의 교환 안에서 요구와 응답의 주고받음이 대칭에 이르지 못해 욕망 실현이 좌절됨으로써 '나'가 받지 못한 몫(빚)에 관한 것이다. 교환을 대칭적인 상태로 만들려면 그 빚을 갚아야 한다.

'나'가 준 것(요구)에 상응한 것을 타자가 돌려주지(응답) 않을 때의 '나'의 반응이 필연적으로 채권·채무의 형태를 띤다고 할 수는 없을지도 모른다. '나'의 요구에 응답할지 말지를 결정하는 것은 전적으로 타자의 자유이다. 그런데 과연 '나'는 그와 같은 타자의 자유에 수긍할 수 있는가? 아이가 어머니에게 배고프다는 메시지를 전할 때 어머니가 그에 상응한 것을 돌려주지 않는다는 극단적인 사례를 상정하지 않더라도, '나'의 요구에 응답하지 않은 타자에 대해 크든 적든 자신의 기대를 '배신'했다는 이유로 배신감을 느끼는 경우가 있을 수 있다. 이 경우 '나'의 빚갚음은 타자의 배신, 곧 타자의 죄에 대한 정당한 응보(應報)이다.35) 물론 반대의 경우, 즉 '나'가 타자를 배신하는 경우에 대해서도 마찬가지 논리가 적용되며 '나'는 죄의식에 시달리고 또 응보를 받는다.

복수와 자기보상이라는 태도에 대한 비판 중 가장 널리 알려진 것은 니체의 원한감정 담론일 것이다. 니체는 "실제적인 반응, 행위에 의한 반응을 포기하고, 오로지 상상의 복수를 통해서만 스스로 해가 없는 존

---

35) P. 리쾨르, 『악의 상징』, 양명수 옮김, 문학과지성사, 1994, 42면.

재라고 여기는 사람들의 원한"을 '노예 도덕'이라고 평가 절하한다. 그런데 문제는 이러한 도덕의 존재를 부정한다면, 죄의 존재도 부정하게 된다는 것이다. "죄라는 저 도덕의 주요 개념이 부채라는 극히 물질적인 개념에서 유래"된 것이며, "죄, 양심, 의무, 의무의 신성함 등과 같은 도덕적 개념 세계의 발생지는 이 영역, 즉 채무법"이라는 니체의 말에서 명시되는 것처럼 주고받는 관계, 또 그로부터 발생하는 채권·채무 관계를 부정하는 한, 죄나 죄의식은 존재할 수 없다.[36] 그러나 어쩔 수 없는 상황에서 타자에게 죄를 지을 수 있고, 또 그 때문에 처벌받지는 않았지만 죄의식을 느낄 수 있다. 이 죄의식은 '나'가 부정한다고 해서 사라지는 것이 아니라 어떤 식으로든 타자에게 빚을 갚음으로써만 벗어날 수 있다.

크고 작은 배신에 대해 잊어버리고 없었던 일로 여길 수도 있고, 더 진지하게는 용서할 수도 있을 것이다. 반대로 잊어버리거나 용서하는 등의 반응이 쉽지 않거나 심지어는 전혀 불가능한 경우도 있을 것이다. 이청준 소설이 주목하고 있는 것 역시 바로 이 지점이다. 그러나 '나'의 좌절을 야기한 타자의 잘못(죄)에 대한 복수 역시 쉽게 성공할 수 없기 때문에, 좌절에 대한 복수는 다시 한 번 비대칭적 교환에 이르게 된다. 또, '나'와 타자의 관계는 단일한 것이 아니라 사회 전체에 걸쳐 복잡하게 얽혀 있으므로, A와의 교환 관계에서 정당하게 받지 못한 몫을 받아 내려는 "복수와 자기보상"은 다른 B와의 교환 관계에서 예상치 못한 비대칭성을 초래할 수도 있다. 이때 '나'는 A로부터 받을 빚을 청산하지 못하는 것은 물론 B에 대해 의도치 않은 빚을 지게 되는 이중의 곤경에 처하게 된다. 요컨대, 이청준 소설의 구조는 '나'와 타자의 교환 관계라

---

36) F. W. 니체, 『선악의 저편/도덕의 계보』, 김정현 옮김, 책세상, 2002, 367·402면.

는 기본 단위가 여러 겹으로 중첩되어 있는 형국이다. 이러한 구조를 파악함으로써 일견 복잡하고 관념적인 것처럼 보이는 이청준 소설을 좀 더 체계적으로 이해할 수 있을 것이다.

'나'가 전달하는 요구와 타자가 돌려주는 응답이 대칭적 상태를 형성하기는 대단히 어려우며, 어떤 의미에서는 불가능하다고 할 수 있다. 이와 관련하여 자유로운 주체의 자리와 그에 대한 객체의 자리를 끊임없이 바꾸는 '나'와 타자 관계의 모델을 정교화했으며 이로부터 타자는 지옥이라고 단언했던 사르트르가 대가 없는 증여(선물)야말로 인간의 존재 이유라고 밝힌 것은 시사하는 바가 크다. "존재론적으로 증여는 원인 없는 것이며 무상(無償)의 것이다. 증여에는 동기가 없으며 이해관계도 없다. 만약 그렇지 않다면 그것은 [증여가 아니라] 계약이 될 것"이라는 말처럼 증여는 답례(대가, 응답)를 돌려받지 않는다는 점에서 교환의 외부에 있지만,37) 역설적으로 교환을 시동하고 굴러가게 하는 것 역시 증여이다.38) 따라서 '나'와 타자의 관계가 교환의 형태를 띤다면, 언젠가 증여는 필연적으로 요청될 수밖에 없다. 증여 및 이와 관련된 용서와 희생이라는 주제가 이청준 소설에 반영되는 것 역시 이런 이유에서이다.

---

37) J.-P. Sartre, *Notebooks for an Ethics*, trans. by D. Pellauer, Univ. of Chicago Press, 1992, pp.129 · 368.
38) J. Derrida, *Given Time*, p.30.

<h1>교환의 비대칭성   Ⅱ</h1>

1. 좌절 체험의 간접화

"이청준의 모든 글은 고향에 바치는 헌사이며, 그의 글쓰기는 곧 귀향의 과정이라 해도 과언이 아니다"라고 말할 수 있을 만큼 이청준 소설에서 고향(시골)은 무시 못 할 비중을 갖는다.[1] 소설의 표층적 스토리를 기준으로 구분할 때 지식인 주인공이 등장하는 지적 계열과 더불어 시골의 정서와 풍속을 다룬 지방적 계열이 주요한 경향의 하나로 꼽힐 뿐 아니라,[2] 나아가 이청준의 소설 전체에 대해 "자기 자신을 소재로 삼거나 적어도 그러한 지향성을 원질로 하는 글쓰기"라는 설명이 가능하다면,[3] 그의 소설에서 고향이 갖는 의미는 한결 더 중요해진다. 작가 스스로 여

---

1) 류보선, 「귀향의 변증법」, 『또 다른 목소리들』, 소명, 2006, 489면.
2) 김윤식, 「심정의 넓힘과 좁힘」, 『한국현대소설비판』, 일지사, 1981, 27면. 그에 의하면 전자는 작가의 세대감각과 정치학을, 후자는 일종의 원죄의식을 주제로 한다. 이는 김병익에 의해 추상적이고 지적인 경향과 토착적이고 감성적인 경향의 구분으로 이어지며, 이후로 많은 연구자들에 의해 반복적으로 확인되어 왔다.
3) 김윤식, 「고백체와 소설 형식」, 『외국문학』, 1989. 가을, 188~189면.

러 차례 밝혔듯이, 자기를 지향하는 소설쓰기의 계기가 된 것이 바로 고
향과 관련된 경험, 구체적으로는 시골과 도시 사이의 갈등에서 비롯된
좌절 체험인 것처럼 보이기 때문이다.

① 그러고 보면 내가 그 도회살이에 섞여들지 못한 것은 그 도회가 나
를 끼어 주지 않아서보다 그 원죄와도 같은 내 시골내기로서의 초라한
열등감의 허물이 더 컸는지도 모른다. 그래 그 고질병 때문에 지레 그
도회살이에 대한 복수심과 자기보상의 방책(현실적 힘없음에 대한 자기
회복과 확인, 확보의 이상주의적 기제)으로 이 소설이라는 것을 쓰고 싶
어졌는지 모른다.[4]

② 도회살이는 내게 늘 낯설고 서툴렀으며, 부끄러움과 두려움으로 주
눅 들게 하였다. 나는 언제까지나 도회인다운 익숙함이나 이룸, 거둠이
없는 얼치기 떠돌이 꼴일 뿐이었다. 나는 자연히 나를 끼어들여 주지 않
는 세상에 대한 실망과 원망을 삭이고 무력한 자신을 다독이기 위한 자
기 위안의 길이 필요했고, 그것이 나를 배제시킨 현상의 질서보다 내 나
름대로 더 나은 다른 세상 꿈꾸기 격인 소설쓰기의 욕망을 싹트게 한 셈
이었다.[5]

③ 사람들 앞에 잘나 보이고 싶은 욕망은 은근히 큰데 친구에게 우정
을 배반당했거나 하는 식으로 그 바깥 세계를 향한 자기실현의 욕망이
좌절을 당했을 때, 그런 때 사람들은 대개 그 바깥세상으로부터 슬그머
니 자기의 내면으로 숨어 들어와 일기 같은 걸 적기 시작합니다. 좋게
말해 자기 관심의 내면화 현상 같은 것이지요. 하지만 일기를 적는 것은
실인즉 일종의 자기 화풀이요, 자기 위로 행위에 다름 아닌 것이라고 말
할 수도 있습니다.[6]

---

4) 이청준, 「나는 왜, 어떻게 소설을 써 왔나?」, 『오마니』, 문학과의식, 1999, 192면.
5) 이청준, 「나는 왜 문학을 하는가」, 『그와의 한 시대는 그래도 아름다웠다』, 현대문학, 2003, 196면.

　시골 출신의 '나'가 도시 생활에 편입되지 못한 데서 비롯된 열등감이나 실망, 원망과 같은 부정적 감정에 대한 자기보상과 위안, 복수의 방편으로 소설쓰기를 시작했다는 ①, ②의 자전적 기록과 「지배와 해방」(1979)에서 "작가는 왜 글을 쓰는가"를 주제로 한 이정훈의 강연 가운데 자기실현의 욕망이 좌절당했을 때 자기 화풀이나 위로를 위해 글쓰기가 시작된다는 ③의 내용은 이청준을 소설쓰기로 이끈 근본적인 욕망에 대해 공통된 메시지를 전달하고 있다. 소설쓰기에 대한 욕망 자체를 검토하기에 앞서, 이청준이 겪은 좌절의 사회적 성격에 대해 좀 더 자세히 살펴보기로 한다.

　①, ②에서 '시골내기가 도시의 삶에 섞여들지 못할 때'로, ③에서 "바깥 세계를 향한 자기실현의 욕망이 좌절을 당했을 때"로 제시된 상황, 즉 전자에서 개인적이고 특수한 형태로, 반대로 후자에서는 무시간적이고 추상적인 형태로 제시된 상황은, 다른 한편으로는 이청준 개인에게만 국한된 경험도 아니고 또 무시간적인 경험만도 아닌, 1960년을 전후한 당시 한국 사회의 한 단면을 드러내는 사회 현상이라는 점을 지적할 수 있다. 이는 학교 교육의 문제와 긴밀히 관련되어 있다.

　1962년부터 추진된 경제개발계획에 의한 산업화가 이후 한국 사회의 모습을 획기적으로 변화시켰다는 설명에는 이론의 여지가 없지만, 그 이전에 학교 교육의 보편화가 산업화에 필요한 양질의 노동력을 공급할 수 있는 기반을 마련했다는 점에도 주목할 필요가 있다. 1954년에 시작된 의무교육완성 6개년 계획이 완료된 해인 1959년에 초등교육 취학률이 96.4%에 이르러 인적 자원 개발 지수를 비교할 때 1인당 GNP가 한국의 3배인 국가에 필적한 수준이었다는 점을 참고한다면,[7] 산업화가

---

6) 이청준, 「지배와 해방」, 『잃어버린 말을 찾아서』, 문학과지성사, 1981, 112면.
7) 김영화, 「한국의 경제발전과 교육의 역할」, 『교육재정경제연구』 6-1, 1997, 32~41면.

시작될 당시 한국의 교육 수준은 유사한 경제 규모를 가진 다른 국가에 비해 상대적으로 높았던 것을 확인할 수 있다.

　교육의 보편화는 단지 정책적 추진에 의해서만이 아니라 한국 사회 전반의 교육열의 팽배에 의해 가능했다. 교육열의 확산은 20세기 전반기 내내 조선 왕정의 붕괴, 일제 식민 지배, 해방, 토지개혁, 전쟁 등의 큰 사건들을 거치면서 전통적인 계층 구조가 급격히 약화되었을 뿐 아니라 1950년대까지 국민의 80%가 농업에 종사하는 등, 사회경제적 측면에서 상당히 동질적이었던 한국 사회를 배경으로 사회 계층의 이동에 있어 교육, 특히 고등교육이 갖는 역할에 대한 기대감이 한층 고조되었다는 점에서 그 이유를 찾을 수 있다.[8]

　물론 교육에 대한 기대와 그 기대의 실현은 별개의 문제였다. 초등교육 취학률이 96%였던 1960년에 고등교육 취학률이 4.7%에 불과했다는 사실은 학교 교육이 실은 노동집약적 산업에 단순 노동력을 공급하는 선에서 그치고 말았음을 보여 준다. 1960년 현재 한국의 취학률 추이에 의하면, 초등교육의 경우 개발국을 능가할 정도였지만, 이와 달리 중등, 고등교육의 경우는 개발국과 현저한 차이를 보이며 개발도상국 평균을 약간 웃돌 뿐이었다.[9] 그럼에도 불구하고 자유당 정권의 방임적 고등교육 정책에 의해 대학의 숫자가 1945년 28개교(4년제 1개교)에서 1955년 71개교(4년제 45개교)로 늘어나고 사회 전반의 교육열에 의해 대학생 수가 지속적으로 증가한 결과, 해방 직후 7천 명이던 대학 재학생의 수는 휴전 무렵에 4만 6천 명, 1955년에 7만 8천 명 등으로 가파르게 증가하여 1960년에는 10만 명에 육박했다. 대학생 수가 10배 이상 폭발적으로 증

8) 김영화·김병관, 「한국 산업화 과정에서의 교육과 사회계층 이동」, 『교육학연구』 37-1, 1999, 156면.
9) 김영화, 「한국의 경제발전과 교육의 역할」, 36면.

가했던 데에는 일본인의 자리를 물려받거나 적산을 차지하게 된 사람들, 미국 원조나 농지개혁의 혜택을 받은 사람들 등, 고등교육을 시킬 능력을 가진 사람들이 많아졌을 뿐 아니라 대학생에게 징집보류의 혜택이 있었다는 이유도 있지만, 가장 주요한 이유는 신분 상승의 제약이 사라진 결과 교육이 높은 사회적 지위에 도달하는 유력한 수단으로 작동했기 때문일 것이다.[10] 그러나 많은 난관을 뚫고 대학에 진학하여 고등교육을 받았다 하더라도, 1965년 무렵 대학 졸업자의 6%만이 취업에 성공했다는 사실 역시 고등교육이 사회경제적 신분 상승의 첩경이 될 것이라는 예상과는 크게 어긋난다.

5·16 이후 박정희 정권에 의해 본격적으로 단행된 대학 정비의 주요한 명분으로 "고등유민(高等遊民)의 양산, 농촌 경제의 마비"가 내세워졌다는 것은 대학생의 양적 증가가 단지 대학 내의 문제만이 아니라 도시 실업자 문제와 농촌 경제 문제를 초래한, 한국 사회 전체에 걸쳐 있는 문제였음을 짐작케 한다.[11] 그러나 해방과 함께 등장하여 1950년대를 거치면서 본격화된 고등교육에 대한 기대감을 과도한 교육열로 규정하고, 또 이 교육열을 입신출세에 대한 세속적인 요구로 환원해 손쉽게 비판하는 것만이 능사는 아니다. 어떤 측면에서 학교 교육을 지식 추구 이외의 다른 욕망의 실현과 연계하여 생각하는 것은 한국 사회에서만 유독 두드러진 특수하고 비정상적인 현상이 아니라 그 자체로 교육에 대한 기대감의 고유한 속성이기도 하기 때문이다.

다양한 사회 제도들의 상징적 기능을 고찰한 부르디외에 의하면, 학교는 "단순히 여러 가지 일이나 지식, 기술 등을 배우는 장소가 아니라 자

---

10) 이만갑, 「사회불안의 전위, 인텔리 실업자」, 『사상계』, 1961. 2, 46면.
11) 나민주, 「고등교육정책의 주요 논리—역사적 고찰」, 『고등교육연구』 7-2, 1995, 211면. 대학 정비를 위해 입법화된 대학학생정원령(1965) 등의 법규는 대학에 대한 통제 강화, 즉시 동원할 수 있는 노동력 확보 등의 형태로 정치권력에 봉사하기도 했다.

격, 다시 말해 권리를 주는 동시에 열망을 부여하는 하나의 제도"이며, 따라서 이전에는 고등교육을 받을 수 없던 민중 계급 출신이 "고등교육을 받는다는 것은 고등교육에 접근했다는 사실 속에 포함되어 있는 열망을 갖는 것"이다.[12] 부르디외는 고등교육을 받은 민중 계급 출신이 "그들의 실제 기회에 맞지 않는 열망"을 갖게 되는 상태를 '학교의 인플레이션 효과'라고 부르고 있거니와, 그렇게 인플레이션 된 열망이 입신출세에 대한 세속적 욕망과 전적으로 무관한 것이라고 할 수는 없지만, 그것은 또한 변화된 세계, 즉 이전 시기에는 봉쇄되었던 고등교육에의 접근 통로가 개방된 사회에서 살게 된 하층 계층 출신의 자기실현 욕망과 쉽게 분리되지 않는다.

1960년대 소설의 핵심 주제 중 하나로서 시골 출신 대학생이 떠안고 있는 문제를 주목한 김윤식은 대학이 제공하는 환상적 기준과 현실 간의 균열이 서사의 갈등을 유발하는 주요 원인임을 지적하고 있는데,[13] 이는 "학교 제도가 부추긴 열망과 실제로 그것이 보장하는 기회 사이의 괴리는 집단적인 거부와 환멸을 일으키는 원천"이라는 부르디외의 언급과 일맥상통한다.[14] 대학이 제공하는 환상적 기준 혹은 고등교육이 환기하는 열망에 대한 환멸은, '나'의 욕망 실현의 좌절이라는 기본축과 함께 '농촌 경제의 마비'로 암시되는 가족에 대한 부채의식, 입신출세로 대표되는 속물의식에 대한 자괴감 등, 몇 개의 심리적 층위를 형성하고 있었다고 할 수 있다.

김승옥의 소설에서 시골 출신 대학생이 갖는 이러한 복합 심리가 가장 직접적인 수준에서, 즉 화자와 주인공의 감정이 최대한 밀착된 상태

---

12) P. 부르디외, 『혼돈을 일으키는 과학』, 문경자 옮김, 솔, 1994, 165면.
13) 김윤식, 「앓는 세대의 문학」, 『현대문학』, 1969. 10, 43면; 김윤식, 「우리 근대문학 연구의 한 방향성」, 『외국문학』, 1992. 봄, 13~15면.
14) P. 부르디외, 『혼돈을 일으키는 과학』, 167면.

에서 다분히 감상적으로 서술되고 있음은 널리 알려져 있다. 위의 세 항을 기계적으로 분리해 내기는 쉽지 않지만, 「환상수첩」(1962)이 '나'의 욕망의 좌절을 다루고 있다면, 「누이를 이해하기 위하여」(1963)와 「무진기행」(1964)은 각각 부채의식과 속물의식에 대한 자괴감을 주제로 한 것으로 구분할 수 있다. "으레 중학교 한 해 묵었다 가라고 해서 못 가게 하는 게 관습"이던 시골 출신이면서, 또 "사범학교를 가야지, 빨리 졸업해서 돈벌이를 해야지"하는 집안의 권유에도 불구하고 "뿌득뿌득" 우겨서 광주의 일반 중학교로 진학해 고학으로 대학을 졸업한 이청준 역시 큰 틀에서는 김승옥 소설에 반영된 복합 심리로부터 자유로울 수 없다.[15] 그러나 김승옥과 비교하면, 이청준 소설의 서술은 훨씬 간접화되어 있다는 점을 특징으로 한다.

이때 간접화된 서술이란 화자와 주인공 간의 거리가 비교적 멀다는 사태를 지칭한다. 원칙적으로 소설에서의 모든 서술은 화자에 의해 매개된 것이므로 화자와 주인공 간에는 서술거리가 개입하지만, 직접성의 환상(illusion of immediacy) 혹은 리얼리티 효과(reality effect) 등으로 개념화된 서사 담론의 기능에 의해 그러한 거리가 크게 줄어들 수 있다.[16] 그러나 이청준의 소설은 이 서술거리를 의도적으로 부각시키고 있어, 그 결과 주인공의 행동이나 생각, 감정 등에 대한 서술이 화자에 의해 중개되고 있다는 사실을 반복해서 환기시키는 경향을 보인다.[17] 물론 이러한 거리가 전형적으로 드러나는 경우는 이청준의 액자소설 형식에서 찾아볼 수

---

15) 이청준, 「인문학적 사유와 새로운 교육문화를 위한 이야기들」, 『오마니』, 136면.
16) F. 슈탄첼, 『소설형식의 기본유형』, 안삼환 옮김, 탐구당, 1982, 34면; R. Barthes, "The Reality Effect", *French Literary Theory Today*, ed. by T. Todorov, trans. by R. Carter, Cambridge Univ. Press, 1982, pp.14~15.
17) 권택영, 「이청준 소설의 중층 구조」, 『이청준 깊이 읽기』, 문학과지성사, 1999, 164~166면.

있으나, 그러한 서술 형식을 표면적으로 취하지 않더라도 서술거리는 이청준 소설의 곳곳에서 다양한 방식으로 개입한다.

가까스로 대학을 졸업한 후 시골의 홀어머니가 세상을 뜨자 쫓겨 가듯 영국 유학을 떠났다가 대책 없이 귀국하여 지금까지 이렇다 할 직장을 얻지 못했다는 이력을 갖고 있어, 대학 교육의 환멸을 체현하고 있는 것처럼 보이는 주인공 그가 별을 보여 주기 위해 화자 '나'를 강가로 이끌고 간다는 다분히 낭만적인 장면으로 끝나는 「별을 보여 드립니다」(1967)는 이청준 소설 가운데 예외적으로 감정 노출이 두드러진 경우에 해당하지만, 여기서도 서술거리가 은폐되지는 않는다. 그를 관찰하는 '나'의 위치를 통해 간접화의 한 양상에 접근할 수 있다.

"혹독한 사정이 자기를 대학까지 졸업하게 한 강인한 성격의 연원이었던 것처럼 은근한 자부"를 갖기까지 했던 그는, 그러나 "앞으로도 얼마든지 많은 불운이 예비되고 있"을 현실 앞에서 더 이상 적극적인 태도를 유지하지 못한다. 그는 자신을 좌절시키기만 하는, 즉 자신을 "배반"하기만 현실의 논리에 앞서 "가장 비논리적인 것, 전연 그것[현실 논리]을 무시하고 그 이전에 벌써 나를 감격시켜 버리는 것"을 내세워 현실과 절연하려 한다.

'별을 보여 드립니다'라는 제목이 암시하는 것처럼 현실에서는 닿을 수 없는 대상을 구하는 그의 태도는 현실 연관 너머의 진정성(authenticity)을 지향하는 것으로 볼 수 있다. 그러나 속물적 논리에 의해 지배되는 현실, 가령 교환가치가 지배적인 현실에서 그는 더 큰 좌절을 겪게 마련이다. 그 결과 그는 돈 5원에 망원경을 빌려주는 장사꾼에게 100원쯤 받으라고 충고하거나 그 때문에 오히려 미치광이 취급을 받자 아예 망원경을 사들여 홀로 별을 관찰하는 등의 기이한 행태를 보이지만, 그러한 행동은 긍정적인 의미 형성의 차원에 이르지 못하고 끝내 아무것도 가

진 것 없는 자기에게서 하늘의 별만이라도 빼앗지 말아 달라는 애원에
의해 변명될 수밖에 없다.

　　그로부터 녀석은 그 망원경을 자기 하숙방 창문에다 걸어 놓고 밤만
되면 그걸 들여다보고 있었다. 그것은 우리에게 그가 천문학도였었다는
기억을 새롭게 상기시켜 준 것만은 아니었다. 그는 절대로 우리에겐 자
기의 망원경을 들여다보게 하지 않았다. 언젠가 그는 부득부득 망원경을
한 번 들여다보자는 우리들의 성화에 견디다 못해 그 망원경을 때려 부
술 듯 버럭 화를 내버린 일까지 있었다.
　　"사람을 사랑해 본 일이 없는 녀석들이 어떻게 하늘의 별을 볼 수 있
느냐 말야."
　　그리고 나서 그는 이내 다시 목소리를 추겨 사뭇 애원을 해오기 시작
했던 것이다.
　　"나는 지금 아무것도 가진 게 없잖아. 제발 별만이라도…… 별만이라
도 그냥 내 것으로 놔둬 줘……"[18]

　물론 별을 관찰하는 행동의 의미가 무엇인지를 묻는 것과 무관하게,
그에게 연민의 감정을 갖거나 나아가 공감하는 것은 어렵지 않다. '나'
역시 그가 현실 논리의 피해자이며 또 그가 그렇게 된 데에는 자신에게
도 얼마간 책임이 있음을 부인하지는 않는다. 그러나 그럼에도 불구하고
'나'는 그에게 쉽게 감정이입 하지 않는다. '나'를 강가로 끌고 나와 "사
람이 없는 곳에서 별을 보려고" 했다고 진심을 고백하는 그에 대해 "그
에 말에 조금 과장이 숨어 있다"고 느끼는 '나'의 태도는 필요 이상으로
그의 진정성을 의심하고 있어 오히려 가혹하게 보일 정도이다. 그러나
이러한 '나'의 태도는 시종일관 변함이 없다. 예컨대, 귀국한 후의 그의
행태에 대해 "그 사이 '외롭다'는 말의 치사한 뉘앙스를 잊어버린 듯 주

18) 이청준, 「별을 보여 드립니다」, 『별을 보여 드립니다』, 일지사, 1971, 126면.

머니에 손을 구겨 넣고, 걸핏하면 외로운데 외로운데 하는 소리를 함부로 내뱉으며, 거리를 지쳐 쏘다니고 있었다”와 같이 서술하는 데서 볼 수 있듯이, ‘나’는 그의 감정으로부터 거리를 유지한 상태에서 관찰자의 자리를 지킨다.

이 ‘외롭다’를 김승옥의 「무진기행」에 나오는 ‘쓸쓸하다’와 비교하면 그 차이가 확연히 드러난다. “그때 내가 쓴 모든 편지들 속에서 사람들은 ‘쓸쓸하다’라는 단어를 쉽게 발견할 수 있었다. 그 단어는 다소 천박하고 이제는 사람의 가슴에 호소해 오는 능력도 거의 상실해 버린 사어 같은 것이지만 그러나 그 무렵의 내게는 그 말밖에 써야 할 말이 없는 것처럼 생각되었었다”와 같이 「무진기행」의 1인칭 화자는 한때 ‘쓸쓸하다’라는 말을 남발했던 것에 부끄러움을 느끼지만,19) 지금도 여전히 그 감정과 거리를 두지 못한다. 그 결과 ‘나’는 쓸쓸한 자기 자신에 대한 연민에서 벗어나지 못하며, 나아가 하인숙과의 책임지지 못할 연애 역시 그 쓸쓸함에 의해 변명하는 자기기만적 태도를 드러낸다.20) 반면에 「별을 보여 드립니다」에서 ‘나’는 그의 ‘외롭다’를 끝내 외면한다.21)

한편, 별에 대한 집착이라는 형태로 대표되어 나타나는 그의 기이한 행동은 그것 단독으로만이 아니라 그의 습관적인 도벽이나 거짓말과 함께 이해되는 것이 적절할 것이다. 상식적인 차원에서라면 도둑질과 거짓말은 남을 속이는 행동이지만, 그에게는 “[정직한] 사실을 외면하고도

---

19) 김승옥, 「무진기행」, 『김승옥 소설전집』 1, 문학동네, 2004, 188면.
20) 이수형, 「죄의식과 위악」, 『1960년대 소설 연구―자유의 이념, 자유의 현실』, 소명출판, 2013, 174~175면.
21) 「조율사」에서 ‘나’가 친분이 있는 한 작가에 대해 “사실과 논리에 급급하여 무딜 대로 무딘 나의 문장에 비하면 그의 문장은 한참이나 그 구차한 논리를 넘어선 다른 차원의 설득력과 힘이 있었다”라고 서술하는 부분이 흥미롭다(이청준, 「조율사」, 『문학과 지성』, 1972. 봄, 41면). 패배자처럼 갈등의 감정을 교묘할 만큼 잘 묘사하고, 유려한 문장에 힘입어 꿈과 동경과 환멸로 독자들을 무섭게 매혹하는 그 작가는 김승옥의 이미지를 연상시킨다.

언제나 정당화할 수 있는” 현실의 논리가 더 기만적이며, 그 때문에 그는 남의 빈방에서 물건을 말없이 들고 가면서도 “마땅히 가져가야 할 것을 가져가는 사람처럼 그런 짓을 저지른 뒤에도 사과 한 마디 없이 천연덕”스러울 수 있고 “거짓말을 하면서 그것이 거짓말이라는 의식을 갖지 않”을 수 있다. 요컨대, 남들에게 논리적인 것이 그에게는 도둑질이거나 거짓말이며, 반대로 남들에게 도둑질이거나 거짓말인 것이 그에게는 정직(진실)이 된다.

‘나’는 그런 사정에 대해 잘 알고 있지만, 그렇다고 해서 그의 진실과 거짓 중 어느 쪽을 선택하지 않는다. “너는 언제든지 나의 훌륭한 구경꾼이었지. 오늘도 구경꾼 노릇만 하면 돼”라는 그의 말처럼, ‘나’는 일단 관찰자일 뿐이다. 그러나 동시에 그 관찰은 은연중에 ‘나’의 의도가 반영된 것이기도 하다. 소설의 결말에 이르러 강물 속에 망원경을 수장시킴으로써 별에 대한 꿈을 간직하기 위한 “장례식”을 치르는 그를 지켜보던 ‘나’는 “녀석의 입에서 거짓말이라는 어휘가 소리로 되어 나오는 것을 처음으로 똑똑히 들은 것이다. 더욱이 녀석의 목소리는 그 말에 대해서 무척이나 많은 것을 생각하고 있었던 듯 낮고 조심스러웠다”고 강조한다.

> “바보 같은 자식, 유서를 쓰다니!”
> 녀석은 혼자 중얼거리고 있었다.
> “죽으려고 하는 사람의 말을 살고 싶은 사람이 알아들을 수 있는 줄 알았군.”
> 그는 지금 자기의 말을 엿들었거든 얼른 그렇다고 동의를 하라는 듯 나를 돌아다보았다.
> “살아 있는 사람들끼리도 잘 알아들을 수 없는 말을.”
> 그러나 그는 이내 안타까워진 듯 다시 혼잣말을 내뱉아 버리고는 얼굴

을 돌리고 다시 걷기 시작했다.

"배를 사서 이제 우리의 장례식을 지내자."

두 사람이 보트장까지 이르자, 그는 남아 있는 한 척의 보트를 사자고 했다.

나는 어이가 없었다. 도대체 이런 식이라면 진은 녀석이 떠나가는 순간까지도 그가 같이 흐르고 있는 거품이라는 자신을 가질 수 있을 것 같았다. 그의 거짓말은 이제 거짓 아닌 진짜 행동으로 뒷받침이 되어 무서운 파괴력을 지니기 시작한 것 같았다. 오늘 밤 그는 거짓말 같은 것들을 하나도 빼지 않고 이행하고 있는 것이다.[22]

현실의 기만적인 논리에 대해 자신의 정직(진실)을 내세우는 그를 이해할 수도 있고, 그런 태도에 동조하거나 지지를 보낼 수도 있고, 또 그가 현실 앞에서 좌절한다면 연민의 감정을 가질 수도 있다. 그러나 그와 정반대로, 그를 이해하지도 동정하지도 않을 뿐더러 나아가 그를 한낱 미치광이로 취급해 버릴 수 있는 가능성 또한 항상 존재한다. 그와 타자들 간의 관계를 커뮤니케이션 상황에 비유한다면, 그의 정직은 그 본성상 "살아 있는 사람들끼리도 잘 알아들을 수 없는 말"에 의해 매개되므로 늘 오해될 여지가 있다. 통상적으로 관찰자적 화자는 주인공을 대신해 말하는 사람의 위상을 갖지만, "자기의 말을 엿들었거든 얼른 그렇다고 동의하라는 듯 나를 돌아다보았다"라는 서술에서 알 수 있듯 「별을 보여 드립니다」의 화자 '나'는 다른 사람들에 앞서 그의 말을 듣는 최초로 청자이기도 하다. 따라서 구경꾼을 자처하지만, 실은 의심 많은 청자인 '나'는 그의 정직이 오해받을 수 있는 가능성을 끊임없이 환기시키고 있다.

마침내 그는 자신의 '거짓말'(남들에게는 거짓인, 그러나 자기에게는 정직한

---

22) 이청준, 「별을 보여 드립니다」, 133면.

말)을 '거짓말'이라고 스스로 인정한다. 그러한 인정은 "내 자신의 배반" 곧 자기 진실에 대한 배반이며, 따라서 그가 현실에 대해 자기 진실을 끝까지 고수하는 데 실패했음을 의미한다. 그러나 그가 끝까지 자기 진실을 고수했다면, 그래서 그 진실이 "무서운 파괴력을 지니"고 마침내 현실을 대체하게 되었다면, 그가 완전한 미치광이가 되었으리라고 예상하는 것 역시 그다지 어렵지 않다.[23] 이런 이유에서 '나'는 그가 자신의 거짓말을 거짓말로 인정하기를 바라면서 지켜보고 있었던 것이며, 같은 이유에서 그 역시 자신의 거짓말을 거짓말로 인정하기에 이른다. 「별을 보여 드립니다」는 단지 그의 진정성이 현실 앞에서 좌절한다는 사실에 대해서만이 아니라, 왜 그가 자신의 좌절을 인정할 수밖에 없는가에 대해 말하고 있다.

「별을 보여 드립니다」가 한 개인의 내면에 집중하면서 대학생의 좌절을 다루고 있다면, 「굴레」(1966)는 취업이라는 소재를 통해 보다 사회적인 수준에서 이 문제에 접근하고 있다. '나'가 화자이자 주인공으로 등장하는 「굴레」에서 서술거리의 존재를 알려 주는 표지는 시험장에 들어서자마자 까닭 없이 느끼는 '쑥스러움'이라는 감정이다.

창간 3개월이 지난 M 일보사 견습 기자 채용 시험장, '모집인원 약간 명' 아니면 '○○명'의 광고에 몰려든 인파가 교문을 메우고 있었다. 더욱이 '그냥 장난으로' 원서를 낸다던 S가 나를 알아보고 비실비실 웃으며 다가왔을 때, 나는 후회가 되기까지 했다. 그리고 보니 교문을 메우고 선 수험생들은 한결같이 얼굴에 비실비실 웃음을 지어 바르고 있었다. (…중략…) 나중에는 나도 그렇게 하지 않을 수 없었다. 뭐 꼭 합격하겠

---

23) "속지 않는 자가 길을 잃는다"는 라캉의 말을 재구성하여 정신병자야말로 현실의 기만에 속지 않는 사람이라는 지젝의 언급 역시 이런 맥락에서 이해할 수 있다(S. 지젝, 『삐딱하게 보기』, 김소연·유재희 옮김, 시각과언어, 1995, 162~165면).

다는 건 아니지. 그저. 절반쯤 웃음을 띠우고, 살다 보니 별 곳을 다 와 보겠다는 듯한 얼굴을 하고, 나는 S와 시꺼운 이야기를 주고받았다. (…중략…) 긴 이야기는 하기가 싫었다. 까닭 없이 쑥스럽고, 싱겁고, 그리고 후회스러웠다.[24]

"X 지방 출신과 아버지가 생존해 있지 않은 사람"은 채용하지 않는다는 내부 규정을 정한 M 일보사 기자 모집에 입사 불가 조건을 두루 갖추고도 어쩌다가 응시하여 예상치 못한 최종 면접시험까지 치르게 된 독문과 졸업 예정자인 '나'는 입사시험에 대해 이중적 태도를 보인다. 약간 명 모집에 천 명이 넘게 몰려든 지원자들 앞에서 '나'는 한편으로는 절실하게 취업을 원하지만, 다른 한편으로는 불합리한 채용 조건 앞에서 지레 그만두고 싶다. 취업을 못하면 그에 따른 열등감과 경제적 곤란에 고통 받을 것이 분명하지만, 설령 취업에 성공한다고 해도 그런 직장에서 살아남으려면 속물이 되는 것 외에 달리 방도가 없을 것이기 때문이다.

이런 궁지 앞에서 이러지도 저러지도 못하는 경험적 '나'에 대해 서술하는 '나'가 있다. 이 서술적 '나'가 쑥스러움과 싱거움을 느꼈다고 말할 수 있는 것은 경험적 '나'의 곤경을 진지하고 심각한 것이 아니라 우습고 별것 아닌 것으로 애써 평가 절하하고 있기 때문이다.[25] 이런 점에서 서술적 '나'는 경험적 '나'보다 상위 수준에 위치하면서 반성적으로 기능하고 있다고 할 수 있다. 그러나 이러한 반성에 의해 경험적 '나'가 처한 곤경에 대한 불안이 절감될 수는 있겠지만, 그렇다고 현실의 곤경 자

---

24) 이청준, 「굴레」, 『별을 보여 드립니다』, 80면.
25) 프로이트에 의하면, 보다 상위 심급(審級)의 자아(서술적 '나')를 형성함으로써 자기(경험적 '나')에게 고통을 주는 현실적인 이유가 더 이상 문제될 것 없다고 위로하는 것이 가능하다(S. 프로이트, 『예술, 문학, 정신분석』, 정장진 옮김, 열린책들, 2003, 513면).

체가 해소되는 것은 아니다. '나'는 여전히 채용되리라고는 전혀 기대도 않는다는 심정과 그렇지만 어쩌면 엉뚱한 '은총'이 내릴지도 모른다는 심정 사이에서 어느 한쪽으로 갈피를 잡지 못한다.

끝내 단념과 기대 중 어느 하나를 선택하지 못하고, 홀어머니에게는 비밀로 한 채 면접시험장으로 향한 '나'는 그곳의 긴장되고 숙연한 분위기 속에서 쑥스러움 따위를 느낄 여유를 더 이상 갖지 못할 뿐 아니라 "까닭 없이 가슴이 철렁 내려앉고 오줌이 조금씩 더 마려"울 만큼 불안해지기까지 한다. 이런 상황에서 '나'의 불안함을 숨기기 위해서는 "모든 것을 알고 있다는 듯이" 즉 자기 역시 면접 대상자의 한 명일 뿐이라는 사실을 감추고 마치 제3자처럼 말할 수밖에 없다. '나'는 불안을 감추지 못하는 선배에게 "뭐 그냥 연습으로 생각해야지요. 들어갈 놈은 벌써 다 정해져 있어요"라는 요지의 말을, 때로는 짐짓 웃으며 때로는 눈치를 보며 여러 번 반복한다.

> "대학을 갓 나와 철없이 패기에 차서 거리를 활보하는 젊은 녀석들을 무더기로 끌어다가 콧대를 꺾어 놓을 일을 해 보고 싶습니다. 가령 면접 시험관 같은 것 말입니다. 이놈들에겐 우선 합격이 될지도 모른다는 착각이 들게 한 다음, 풀이 죽어서 애원하는 눈초리를 하고 제 앞에 서 있게 하고 싶다는 말씀입니다. 그렇게 하여 세상맛을 보여 주면 젊은 녀석들 거리에서 철없이 굴지도 않고 세상은 좀 더 주무르기 편하게 될 테지요."

> 젊은 친구가 뭐라고 하려는 눈치였으나, 가운데의 사내가 눈짓으로 그를 막았다.

> "이것은 아마 생각하고 계신 점과 부합하리라 믿어지고 있어서 드리는 말씀입니다만, 말하자면 사회 정의를 실현해 가는 한 방편이지요. 하지만 그러기 위해선 물론 먼저 커다란 황금의 궁성을 지을 필요가 있는데, 그것이 가능할는지가 지극히 의문입니다."

　　가운데 사내의 얼굴에는 아무 표정이 없었다. 이 작자들을 정말 화가
나게 할 수는 없을까. 그러나 그런 생각을 할 시간은 나에게 주어지지
않았다.26)

　　그럭저럭 면접을 보던 '나'는 마침내 최종 면접관 앞에서 면접시험 제
도의 이면에 있는 부조리함, 즉 면접시험이란 적절한 사람을 공정하게
선발하기 위해서가 아니라 단지 지원자들을 길들이기 위해서 필요할 뿐
이라고 공개적으로 비난하기에 이른다. 이 장면에서 '나'는 이제까지의
이중적인 태도를 버리고 자신을 좌절시킨 현실과 맞서고 있는 것처럼
보이기도 한다.27) 그러나 면접 제도에 대한 '나'의 비판이 세련되고 명
료하긴 하지만, '나'에게 그것은 현실에서의 실패에 대한 타협 형성물이
라고 봐야 할 것이다. 다시 말해, 청자인 "가운데 사내"에게서 어떤 표
정이나 감정의 변화도 얻어내지 못한, 따라서 어떤 반응도 얻어내지 못
했다는 점에서 커뮤니케이션에 실패한 '나'의 말은 일종의 독백이며, 이
와 같이 독백적인 비판은 현실에 맞서고자 하는 의도의 직접적 표현이
라기보다는 취업에 대한 불안으로부터의 방어(예컨대, '나는 처음부터 실패할
줄 알고 있었다')와 우회로를 통한 만족('그럼에도 불구하고 나는 하고 싶은 말을
했다')을 동시에 얻으려는 의도의 산물인 것이다.28)

　　이러한 타협 형성을 통해 '나'가 현실의 좌절에 대한 자기보상을 꾀할
수 있다는 점에서 「굴레」는 좌절에 대한 자기보상의 글쓰기라는 이청준
소설의 근본적인 욕망과 맥이 닿아 있다. 게다가 이러한 자기보상이 반
성적 '나'의 분석적 언어(관념)라는 방법론에 의해 수행되고 있다는 점에
서 「굴레」는 이청준 소설의 전형을 보여 주고 있다고 평가될 수도 있다.

---

26) 이청준, 「굴레」, 93면.
27) 이경현, 「1960년대 소설에 나타난 대학생상 연구」, 서울대 석사논문, 2002, 39면.
28) S. 프로이트, 『정신분석 강의』, 임홍빈·홍혜경 옮김, 열린책들, 2003, 408면.

그러나 좌절에 대한 자기보상의 문제라면, 굳이 간접적 서술에 의하지 않고도 가능하지 않은가? 오히려 이러한 문제에 있어 가장 쉽게 생각할 수 있는 방법은 김승옥의 소설에서처럼 좌절 체험을 가장 직접적인 수준에서 서술해 스스로에 대한 공감과 연민의 감정을 환기시키는 것일 수도 있다.

물론 김승옥 소설이 단지 통속적인 연민에 대한 공감만을 요구하는 데 그칠 만큼 단순한 것은 아니다. 예컨대, 「생명연습」(1962), 「환상수첩」(1962), 「건」(1962) 등, 김승옥의 초기 주요 작품에는 소년기에 각각 "비밀왕국" "토끼의 세계" "찬란한 왕궁"이라고 이름 붙여진 소중한 대상을 상실한 결과 최초의 좌절을 경험하는 주인공들이 공통적으로 등장한다. 외부 세계의 폭력에 의해 소중한 대상을 상실했다는 사실 하나만으로도 이 주인공들은 통속적인 차원에서 연민의 대상이 될 수 있겠지만, 이들은 한 걸음 더 나아가 소중한 대상을 그들 스스로 다시 한 번 훼손시키는 죄를 자발적으로 저지름으로써 그 상실이 회복될 수 없는 운명적인 것임을 확정한다.

가령, 「건」의 '나'는 어느 날 아침 경비대와 빨치산의 시가전으로 자신의 왕궁이 소실된 것을 발견하고 상실감과 절망을 느낀다. 그것은 물론 좌절이지만, 앞으로 다른 대리물에 의해 그 좌절의 상처가 회복될 수 있는 가능성이나 기대가 전혀 없는 것은 아니다. 그러나 '나'는 그날 오후, 평소 자신이 따르던 윤희 누나를 강간 음모가 계획된 장소로 유인함으로써 그 좌절을 돌이킬 수 없는 것으로 만든다. 그러한 범죄는 "책임이 희박한 행위로써 가담하는 것이 아니었"던 만큼 '나'는 스스로 가해자가 된다. 일방적인 피해자일 뿐이라면 상처(좌절)를 회복할 기회를 기대할 수 있겠지만, '나'는 피해자인 동시에 가해자이며 그 때문에 상처를 돌이킬 은총을 바라는 것이 불가능해진다.

「건」뿐 아니라 김승옥 소설의 전형적인 주인공들이 소위 위악적이라고 통칭되는 행동, 비유하자면 타의에 의해, 곧 타율적으로 어떤 소중한 것을 빼앗기자마자 쫓기듯 서둘러 그 빼앗긴 것에 다시 한 번 스스로 악을 행하는 행동을 일삼는 이유를 밝히기 위해 그들이 어떤 상처를 입었으며, 또 얼마나 억울한가 등에 대해 분석과 설명을 제시할 수 없는 것은 아니지만, 어떤 경우에도 그런 행동이 의미하는 바는 명백하다. 그것은 바로 그들의 상처가 회복 불가능한, 즉 돌이킬 수 없을 뿐 아니라 앞으로도 절대 아물기를 기대할 수 없는 진짜 상처라는 사실을 확정하는 것이다.

만약 김승옥 소설의 주인공에게도 자기보상을 받을 자격이 있다면, 그것은 그들이 선하거나 희생자이기 때문이 아니라 그들의 상처가 진짜라는 의미에서의 진정성 덕분이다. 이와 관련하여 김현은 독자들이 김승옥의 소설에 쉽게 감정이입 하는 이유에 대해 다음과 같이 말한 바 있다. "확실히 많은 독자들은 그가 만들어 놓은 함정에 곧잘 빠져 버리곤 하는 듯하다. 그가 오히려 고발하고 꼬집고 싶어하는 인물들을 사람들은 오히려 순교자라고 생각하고 사랑하고 존경해 버린다. 이것은 아마도 그가, 누구라도 이럴 수밖엔 없지 않느냐는 짙은 체념감에 동조해 버리도록 아름답고 끈적끈적하게 그들을 그려주기 때문인지도 모르며, 사람들이 대단한 흥미를 갖는 것은 항상 약간 어둠침침한 곳이기 때문인지도 모른다."29)

이와 달리, 이청준의 소설에서 간접화되어 서술되는 좌절에는 진정성이 불확실하다. 「별을 보여 드립니다」에서 그의 좌절의 진정성은 '나'에 의해 계속 의심받고, 「굴레」에서 '나'는 아예 좌절하지 않은 듯 보이려

---

29) 김현, 「미지인의 초상」, 『현대한국문학의 이론/사회와 윤리』, 문학과지성사, 1991, 265~266면.

고 끊임없이 노력한다. 「별을 보여 드립니다」에 대한 분석에서 잠시 언급했듯이, 진정성이 의심받는 이유는 이청준 소설의 주인공이 본질적으로 커뮤니케이션 상황 안에 존재하기 때문이다.

2. 커뮤니케이션에서의 자기 진실

「굴레」에서 암시되고 있는 '나'와 언어의 관계는 「씌어지지 않은 자서전」(1969)이나 「소문의 벽」(1972) 등에서 본격적으로 형상화될 뿐 아니라 이청준 소설의 고유한 자질 중의 하나로 지적되어 온 진술공포증 모티프의 단초를 보여 준다는 점에 주목할 필요가 있다. 면접실에서 "영락없이 피고가 되어 있"다고 생각하는 '나'에게 면접관은 곧 심문관이다. 그들은 '나'에게 뭔가를 묻고 답하게 하지만, 정상적인 의미에서의 대화는 이루어지지 않는다.

　나는 피고석에 앉아 있는 것이었다. 나의 둘레에 안경을 번쩍이며 나를 살피고 있는 사람들은 법정의 그 사람들보다 더 위엄이 흐르고 있었다. 영락없이 나는 피고가 되어 있었다. 계획과는 완전히 달랐다. 왜 나는 여기 지금 초라하게 앉아 있는가?
　"다른 덴 몇 곳이나 봤소?"
　맞은편 중앙에 몸을 의자 등판에 비스듬히 기대고 있던 사내가 귀찮아하는 목소리로 윽박지르고 들었다.
　"본 적 없습니다."
　나는 대답했다. 하고 나서 금세 또 후회를 했다. 정직한 대답을 해 준 자신이 못마땅했다. 그리고 목소리가 너무 공손했다. 입이 생각대로 움직여 주지를 않았다.
　"왜 하필 우리 M 일보를 지원했소?"

사이를 주지 않고 아까 앉기를 권했던 사내가 물었다.

"M 일보는 신설 신문삽니다. 새로운 아이디어와 새로운 시대를 호흡할 아량을 가지고 진취적인 자세를 취하리라 믿었습니다. 따라서 여기서만이 저의 젊은 역량을 맘껏 발휘할 수 있으리라 생각되었기 때문입니다."

이번에도 입이 혼자 떠들었다. 떠들고 나니 소름 같은 것이 등골을 서늘하게 하고 지나갔다.

"약간 자신을 과신하고 계신 것 같은데…… 좋습니다. 우리 신문을 보십니까?"

귀밑이 확 뜨거워졌다. 사내는 나를 모욕하고 있다고 생각했다.

"보고 있습니다."

아직도 입은 기능을 잃지 않고 있었다. 그것은 거짓말이었다. 나는 정말로 화가 났다.[30]

문이 열릴 때마다 "터무니없이 가슴이 철렁"하거나 "큰 죄나 지은 것처럼" 조심스럽게 행동하게 만드는 대기실의 분위기부터가 애초에 자유롭게 묻고 답할 수 있는 가능성을 배제하고 있기는 하지만, 면접관과의 대화가 제대로 진행되지 않는 이유는 그뿐만이 아니다. "귀찮아하는" 혹은 "퉁명스러운" 목소리로 몇 마디 질문을 던지는 면접관들이 '나'에게서 어떤 대답을 원하는 것인지, 나아가 그들이 '나'의 대답을 들을 의사가 있는지조차 '나'는 알 수 없다. '나'는 어떤 대답을 해야 하는가? 이 질문에 대한 가장 간단한 답은 정직하게 대답하라는 것이지만, 정직한 대답이라는 것의 의미가 그렇게 간단하지만은 않다.

예컨대, 입사 시험을 본 적이 있느냐, M 일보를 보고 있느냐와 같은 사실 확인의 질문에는 "본 적 없습니다"나 "보고 있습니다"와 같이 참·거짓을 판별할 수 있는 대답을 할 수 있다. 이러한 질문에 대해 '나'

---

30) 이청준, 「굴레」, 89면.

는 경우에 따라 정직하게 대답하기도 하고 거짓으로 대답하기도 한다. 그러면 왜 지원했느냐는 질문에 "여기서만이 저의 젊은 역량을 맘껏 발휘할 수 있으리라 생각되었기 때문"이라는 "입이 혼자 떠들"어 댄 대답은 참인가 거짓인가? 그것은 지금 당장에는 참·거짓을 판별할 수 없다. "역량을 맘껏 발휘할 수 있으리라"는 말은 미래의 행동과 관련된 것으로, '나'가 취업에 성공한다면 그것은 앞으로의 직장 생활의 신조가 되어 적절한 말로 기능할 수도 있고, 취업에 실패한다면 곧 잊혀지거나 부정됨으로써 부적절한 말에 불과하게 될 수도 있다. 다시 말해, 말이 행동과 관련된 경우, 그 말의 의미치는 사실에 대응하느냐 그렇지 않느냐라는 진술적(constative) 차원에서가 아니라 실제 행동으로 이행되느냐 그렇지 않느냐 라는 수행적(performative) 차원에서 판별될 수밖에 없다.

오스틴에 의하면, 발화는 참·거짓을 말하는 것에 관한 진술문(진위문)과 적절함·부적절함을 실천하는 것에 관한 수행문으로 구분된다. 후자는 그 자체로 참이나 거짓을 판별할 수 있는 발화가 아니며, 약속, 계약, 내기, 판정 등의 행위와 관련되어 전형적으로 사용된다.31) 「굴레」의 '나'의 발화는 약속이나 계약에 관한 것이며, 상대방이 그 약속이나 계약을 승인하지 않으면 부적절한 발화가 될 수는 있지만, 그 자체로 참이나 거짓인 것은 아니다.

정직한 대답에 관해서라면, '나'가 자청하여 "낙제를 하고 무슨 일을 하고 싶은가는 묻지 않으십니까?"라고 묻고 그에 대해 "나지막한 소리로, 그러나 똑똑히" 대답한 내용, 즉 자신이 면접관이 되어 철없는 청년의 콧대를 꺾어 놓고 싶다는 말이 함의하는 반어적 의미가 어떤 측면에서는 가장 정직한 것이라고 볼 수도 있을 것이다. 그러나 앞에서 분석했

---

31) J. L. 오스틴, 『말과 행위』, 김영진 옮김, 서광사, 1992, 29~32면.

듯이, 그 대답은 기본적으로는 자기 방어를 위한 것이지 타자, 즉 면접관을 위한 것이 아니다. 그 대답은 타자가 질문한 것이 아니라 스스로 자문한 것에 대한 대답이므로 처음부터 '나'가 한 말을 '나'가 듣는 독백적 상황에서 벗어날 수 없으며, 따라서 타자와의 커뮤니케이션을 형성하지 못한다. "가운데 사내의 얼굴에는 아무 표정이 없었다. 이 작자들을 정말 화가 나게 할 수는 없을까"라는 '나'의 자조 섞인 고백은, 그 스스로도 그러한 한계를 잘 알고 있음을 암시한다.

하지만 문제가 생긴 것은 그러는 심문관에게서가 아니었다. 그러는 심문관을 보게 된 G 자신에게서였다. G는 심문관의 태도에 갑자기 다시 공포감이 일기 시작한다. 아닌 게 아니라 G 자신도 왜 하필 그런 이야기가 맨 첫 번째 기억으로 간직되고 있었는지 스스로 의문스러워진다. 이번엔 좀 다른 이야기를 생각해 내 보려고 한다. 그러나 어찌된 셈인지 금세 다른 이야기가 떠올라 주질 않는다. 이번에도 또 그 전짓불에 관한 이야기가 떠오른다. 그는 안타깝고 초조해진다. 자꾸만 심문관의 눈치가 보아진다.

이 자의 정체는 도대체 무엇인가. 나의 결백은 결국 이 자에 의해 증명되게 되어 있는데, 작자의 마음에 들 수 있는 이야기란 도대체 어떤 것이어야 하는가.

우선 그것부터 좀 알고 싶어진다. 하지만 그러면 그럴수록 머릿속엔 도무지 전짓불뿐이다. (…중략…) 하지만 두 번째 진술이 끝나고 나자 심문관은 드디어 짜증을 내 버리고 만다. G의 이야기가 모두 그 전짓불 한 가지로 일관하고 있는 것은 분명히 정직한 진술이 될 수 없으며, 그것은 곧 G를 의심하기에 충분한 근거가 될 수 있다고 한다. G는 더욱 겁을 집어 먹는다. 심문관의 마음에 들도록 좀 더 정직한 진술거리를 기억해 내려고 머리를 쥐어짠다. 하지만 아직도 그는 심문관의 정체를 알고 있지 못한다는 불안 때문에 도저히 그 이상 정직한 진술거리를 생각해 낼 수 없다.[32)]

넓리 알려진 「소문의 벽」의 심문관 장면은 우연히 '나'를 찾아온 작가 박준의 소설 중 일부를 소개하는 형식으로 제시된다. 액자 속 소설의 주인공 G는 귀가 도중 문득 심문관 환상에 사로잡히며, 이 환상은 지속적으로 G를 따라다닌다. 여기서도 질문하는 심문관의 정체가 무엇이든 상관없이 G는 정직한 진술로 대답하면 될 뿐이라고 간단히 생각할 수 있지만, 그는 그 간단한 방법을 끝내 받아들일 수 없다. G가 그럴 수밖에 없는 이유 역시 심문에서 교환되는 말이 일종의 수행적 발화이기 때문이다. 어떤 측면에서 모든 발화는 단지 어떤 의미 내용을 말하는 것만이 아니라 그것을 상대방에게 전달하려는 의도나 기대를 동시에 포함하고 있는바,[33] 자신의 무죄를 입증하기를 원하는 피심문자 G 역시 단지 어떤 내용을 말하는 것만이 아니라 필연적으로 그것이 심문자에게 인정되기를 기대한다는 점에서 진술적인 차원을 넘어서게 된다.

이에 대해 두 가지 사항을 검토할 수 있다. 심문관은 G에게 "자신의 생애에 관해 그가 기억해 낼 수 있는 모든 것을 진술할 것"을 요구한다. 우선, 이러한 질문의 대답에 대해서는 참·거짓을 판별할 수 있는 기준이 쉽게 설정될 수 없다는 점을 지적할 수 있다. 질문을 받은 G는 국민학교 시절의 전짓불 체험에 대해 고백한다. 심문관의 질문에 대한 G의 대답은 참인가, 거짓인가? 전짓불 체험을 고백한 뒤에 G는 정직한 진술을 해야 한다는 부담과 강박을 느끼게 되는데, 그 이유는 이 고백이 원래부터 거짓이었기 때문이 아니라 그것이 심문관에게 정직한 진술로 받아들여지지 않았기 때문이다. G는 그런 심문관의 태도에 공포를 느끼고 급기야 "아닌 게 아니라 G 자신도 왜 하필 그런 이야기가 맨 첫 번째

---

32) 이청준, 「소문의 벽」, 『매잡이』, 민음사, 1980, 87면.
33) 김선하, 「말하는 주체와 자기─화용론의 주체에 대한 해석학적 고찰」, 『동서철학연구』 25, 2002, 243면.

기억으로 간직되고 있었는지 스스로 의문스러워진다.” 즉, 자기의 진술이 심문관에게 인정되지 않자 그 진술의 진리치마저 의심스러워지게 된다.

둘째, G가 두 번 세 번 진술을 반복하는 전짓불 체험 자체가 말의 수행적 차원을 노골적으로 드러내고 있음을 볼 수 있다. 박준은 한 잡지와의 인터뷰를 통해 자신의 전짓불 체험이 6·25 중의 긴박한 상황 속에서 기원한 것임을 밝힌다. 한밤중에 누군가가 방문을 열어젖히고 “당신은 누구의 편이냐?”고 묻는다. “하지만 어머니는 그때 얼른 대답을 할 수가 없었다. 전짓불 뒤에 가려진 사람이 경찰대 사람인지 공비인지를 구별할 수 없었기 때문이었다. 대답을 잘못 했다가는 지독한 복수를 당할 것이 뻔한 사실이었다. 하지만 어머니는 상대방이 어느 쪽인지 정체를 알 수 없는 채 대답을 해야 할 사정이었다. 어머니의 입장은 절망적이었다. 나는 지금까지도 그 절망적인 순간의 기억을, 그리고 사람의 얼굴을 가려 버린 전짓불에 대한 공포를 생생하게 간직하고 있다.”[34) 눈부신 전짓불 빛 뒤에 서 있는 사람이 “누구 편이냐?”라고 묻는 질문에 대한 대답은 물론 진술적 차원에서 ‘피(彼)다’ ‘아(我)다’와 같은 의미 내용을 갖지만, 그보다 한층 중요한 것은 대답의 내용에 따라 죽음을 선고받을 수도 있다는 것, 즉 그 진술이 상대방의 특정 행동을 이끌어 내는 수행적 성격을 띤다는 사실이다.

이런 상황을 극단화하면, 심문을 당하고 있는 ‘나’, 나아가 자신의 말을 듣고 있는 누군가에 대해 말하는 ‘나’에게는 자신의 의사만으로 정직하게 말한다는 것이 사실상 불가능해진다. 첫째, ‘나’가 정직하게 말해도 듣는 사람은 그것을 거짓이라고 생각할 수 있기 때문이다. 둘째, 듣는

---

34) 이청준, 「소문의 벽」, 77~78면.

사람의 판단과 상관없이 '나'만은 정직하게 말한다고 할 때, 이때의 '정직'이란 '나'에게만 국한된 맹목적인 정직(진실)에 불과하기 때문이다. 누군가에 대해 진실을 말할 것이 요구된다는 측면에서, 심문과 고백은 동일한 구조를 지닌다. 푸코는 고백에서의 진실에 대해, 진실은 두 부분으로 구성되는바 불완전하고 맹목적인 화자의 진실은 청자에 의해서만 완결될 수 있다고 말한다. "진실은 고백함으로써 진실을 완성된 상태로 분명히 드러낼 주체에게만 있는 것이 아니다. 진실은 두 부분으로 구성된다. 즉, 진실은 말하는 사람에게 현전하나 불완전하고 자체에 대해 맹목적이어서, 진실을 전달받는 사람에게서만 완결될 수 있을 뿐이다. 이 모호한 진실의 진실을 말하는 것은 후자의 몫이다"[35] 그래서 '나'는 "작자[심문관='나'의 말을 듣는 타자]의 마음에 들 수 있는 이야기"를 찾을 수밖에 없지만, 또한 '나'는 타자가 무엇을 원하는지 결코 완벽하게 알 수 없다. 그 결과 진술공포증이라는 증상이 발현된다.

이청준의 전기적 사항과 왜 소설을 쓰는가에 대한 이청준 자신의 언급을 참고할 때, 이청준 소설의 근본적인 욕망을 어떤 좌절에 대한 반응이라고 유추하는 것은 지극히 자연스럽다. 또, 표면적 층위에서 그 좌절을 시골 출신 대학생이 도시에서 겪은 체험과 관련된 것이라고 유추하는 것 역시 마찬가지로 자연스럽다. 간단히 생각하면, 좌절한 주인공에게는 두 가지 길이 열린다고 할 수 있다. 첫째는 자신의 욕망을 좌절시킨 작인에 정면 대응하여 욕망 실현에 성공하는 것이며, 둘째는 우회로를 통해 좌절된 욕망의 대리 만족을 꾀하는 것이다. "시골에서 자라서 중학교 때 도회지로 오면서 거기 끼어들지 못한다는 좌절감을 갖게 되었었지요. 이렇게 현실로 끼어들지 못하니까 말로라도 끼어들어 보고 싶

---

35) M. 푸코, 『성의 역사—앎의 의지』, 이규현 옮김, 나남출판, 2004, 89면.

다는 생각이 문학의 동기를 이루게 된 것 같다”는 이청준의 발언은,36)
그가 후자의 방법을, 특히 언어를 통해 취하고 있음을 간명하게 보여
준다. 그러나 대리 만족의 방법으로 언어를 선택한 것 자체는 또 다른
문제를 야기하는바, 이 문제가 상황을 더욱 어렵게 만드는 주요 원인이
된다.

> 그는 그의 복수를 위해 끊임없이, 그리고 보다 더 완벽하게 그의 세계
> 질서를 꾸미고 수정해 나가면서 그것을 또 끊임없이 글로 표현해내고 싶
> 어합니다……. 그러면서 그의 글이, 그의 세계 인식이나 표현이 다른 이
> 웃들에게도 공감이 되어지기를 기대합니다. 그의 세계가 자신 속에만 감
> 금되어 버리지 않고 글로써나마 다른 동시대 사람들의 자발적인 동의와
> 넓은 공감을 얻게 되기를 기대합니다. 자기의 복수심을 이념화시키고 그
> 것을 다시 보편적인 인간 정신의 질서로까지 확대시켜 나감으로써 자신
> 의 삶을 넓게 해방시켜 나갈 수 있게 되기를 소망합니다. 한 사람의 작
> 가가 되기를 기대하게 된다는 말입니다.
> 하지만 한 사람의 작가로 공인을 받는 것은 앞서도 잠깐 말씀을 드린
> 바와 같이 일종의 사회적인 약속 행위인 것입니다. 저 혼자 작가가 되고
> 싶다 해서 마음대로 작가 행세를 하고 나설 수는 없는 노릇입니다. 그의
> 사회가 마련해 놓은 풍속이나 제도 장치를 통해 작가로서 공인을 받는
> 계기나 절차가 필요합니다.37)

「지배와 해방」에서 “작가는 왜 글을 쓰는가”라는 제목으로 강연을 시
작한 이정훈은 그 주제에 앞서 “어떻게 작가가 되는가”의 문제를 먼저
말하고 있다. “바깥 세계를 향한 자기실현의 욕망이 좌절을 당했을 때”
그 현실을 “자기 식으로 뒤바꿔 놓을 수 있는 어떤 새로운 질서를 음모”

---

36) 이청준·권오룡, 「시대의 고통에서 영혼의 비상까지」, 『이청준 깊이 읽기』, 25면.
37) 이청준, 「지배와 해방」, 115~116면.

하기 위해, 즉 "자기의 삶의 근거를 마련하려는 일종의 복수심"을 실현하기 위해 글을 쓰기 시작한 '나'가 "다른 동시대 사람들의 자발적인 동의와 넓은 공감"을 얻기를 기대하는 순간, '나'는 작가가 되기를 원한다.38) 그러나 복수심에서 글을 쓰는 것과 작가가 되는 것 사이에는 예상치 못한 간극, 이청준의 표현에 의하면 "엉뚱한 속임수와 배반"이 개재한다.

글을 쓰는 것 자체는 개인적 동기만으로도 가능한 반면, 작가로서 인정받는 것은 "일종의 사회적인 약속 행위"이다. 작가가 되는 구체적인 절차는 시대와 사회에 따라 다를 수 있지만, 이정훈의 설명대로 일기나 편지가 아닌 이상 작가의 글은 '나'와는 다른, 타자로서의 독자를 대상으로 할 수밖에 없기 때문에 작가로 인정받는 것은 사회적인 약속임에 틀림없다. 중요한 것은 이 약속이 성립되는 데 있어 작가(가 되려는 사람)의 몫은 부차적인 것에 불과하다는 사실이다.

가령, 신춘문예 낙선자를 예로 들면서 이정훈이 누군가가 작가로 인정받기 위해서는 "그가 도달하고 그의 독자들에게 보여 주려는 세계가 쓸모없는 가짜가 아닌가를 반성해" 볼 필요가 있다고 말할 때, 여기서 작가 지망자가 도달한 세계 인식이 진짜인지 가짜인지를 판단하는 것은 대부분 독자의 몫이다. 다시 말해, 작가가 되는 과정은 작가 지망가가 어딘가에 원본(original)으로 존재하는 자기 진실을 독자에게 전달하는 절차를 따른다기보다는, 거꾸로 작가 지망자의 어떤 메시지가 독자에게 전달되는(읽히는) 데 성공할 때 그것이 바로 진실로 성립되는 형태에 가깝다.

"작가는 왜 글을 쓰는가"라는 제목으로 강연하는 「지배와 해방」의 이

---

38) 욕망 실현의 방편으로서의 창작이라는 모티프는 프로이트의 「창조적 작가와 백일몽」의 주제이기도 하다.

정훈은 「문학이란 무엇인가」에서 "왜 쓰는가?(why write?)"라는 질문에 답하는 사르트르를 떠오르게 한다. 자신이 수동적인 피조물이 아니라 본질적인 존재, 즉 자유의 존재임을 느끼려는 창조적 동기에 의해 글쓰기(창작)가 촉발된다는 점에서 글쓰기가 작가의 자유로운 행위이며 또 자유로운 상상력의 산물이라는 것은 틀림없지만, 그렇다고 해서 이것만으로 창조의 과정이 완결될 수는 없다. 언어의 타자성을 염두에 둘 때, "창조[작가의 글쓰기]는 오직 읽기를 통해서만 완성될 수 있기 때문에" 독자를 필요로 하며 따라서 "쓴다는 것은 내가 언어라는 수단으로 기도한 드러냄을 객관적 존재로 만들어주도록 독자에게 호소하는 것"이 된다.[39]

이런 정황을 고려한다면, 「소문의 벽」의 심문관과 「지배와 해방」의 독자의 위상은 거의 동일한 것으로 봐도 무방하다. 역시 심문관 모티프를 중심으로 하는 「씌어지지 않은 자서전」에서 잡지사 기자이며 이제막 작가가 된 '나'가 "문학예술 활동은 당사자 자신을 제외하고서도 다른 두 부류의 감시자들로부터 늘 시달림을 당해 오고 있었다. 하나는 거의 언제나 그것을 달갑게 생각지 않는 정치권력과 다른 하나는 시민대중의 그것이었다"라고 자조 섞인 목소리로 발언하는 장면은 이런 맥락에서 이해할 수 있다.[40] 여기서 정치권력(심문관)과 시민대중(독자)을 지칭하는 "감시자"는, 구체적으로는 '나'의 글을 읽는, 특히 그들에 의해 '나'의 글이 오독(오해)될 수도 있는 타자를 의미한다. 오해받는 한에서라도 계속 글을 쓸 수는 있겠지만, 이때는 이미 좌절된 자기 진실에 대한 공감을 기대하는, 작가의 문학에 대한 욕망은 이미 실현 불가능하며 따라서 원칙적으로 "그런 사정에서는 문학이 결국 불가능한 일"이라는 결론에 도달할 수밖에 없을 것이다.

39) J.-P. 사르트르, 『문학이란 무엇인가』, 정명환 옮김, 민음사, 1998, 59면.
40) 이청준, 「씌어지지 않은 자서전」, 『소문의 벽』, 민음사, 1972, 202면.

요컨대, 작가는 항상 타자에 대한(향한) 존재일 수밖에 없으며, 이 사실이 "엉뚱한 속임수와 배반"을 낳는다. '나'의 말을 어떻게 의미화할지의 문제는 타자의 자유에 속한다는 점에서 듣는 타자, 청자로서의 타자는 근본적인 타자성을 구현한다. 다시 사르트르는 말한다. "나는 나의 몸짓 시늉이며 나의 태도들이 어떤 효과를 나타내는지 생각할 수조차 없다. 그 까닭은 나의 거동이며 나의 태도들이 항상 그것을 뛰어넘는 하나의 [타자의] 자유에 의해서 다시 잡혀지고 또 근거지어지기 때문이며, 그리고 나의 거동이며 나의 태도들이, 만일 이 [타자의] 자유가 그것들에게 하나의 의미를 부여하지 않는다면 아무런 의미를 가질 수 없을 것이기 때문이다. 이리하여 나의 표현들의 '의미'는 나로부터 항상 벗어져 나간다."41) 사정이 이러하다면, 현실에서 좌절하여 언어를 통해 복수를 꾀했던 '나'는 언어를 통한 커뮤니케이션 자체의 속성에서 비롯한 속임수 때문에 또 한 번 좌절하게 되는 것은 아닌가? 그 좌절은 우선은 진술공포증을 낳고 궁극적으로는 문학의 불가능성으로 귀착될 것이다.

물론, 이정훈의 강연은 소설 언어 안에서 이루어지는 작가와 독자의 화해를 꿈꾼다. 그 화해는 '지배와 해방'이라는 제목에 걸맞게 '지배에서 해방으로'의 경로를 밟고 있는 것으로 볼 수 있는데, 구체적인 과정은 다음과 같다. '나'는 자신을 좌절시킨 현실의 질서에 복수하기 위해 새로운 질서, 즉 자신의 진실에 기반한 새로운 이념을 구현하려고 노력하며, 이때 '나'의 욕망은 개인적인 복수의 차원을 넘어 이념에 의한 지배를 꿈꾸는 작가의 욕망으로 승격된다. 그러나 작가가 되려는 '나'가 자신의 욕망을 복수에서 지배로 승화시키는 데 자유로운 만큼, 타자로서의 독자 역시 자신의 욕망에 자유롭다. 그 결과, "독자는 작가에게 지배

---

41) J.-P. 사르트르, 『존재와 무』 2, 손우성 옮김, 삼성출판사, 1976, 110~111면.

당하기 위하여 그의 책을 읽는단 말이냐. 독자가 과연 어떻게 하여 그와 같은 작가의 일방통행적인 의지를 승인할 수가 있단 말이냐"라는 근본적인 질문에 봉착하게 된다. 즉, 독자라는 존재는 작가의 욕망 실현을 위해 일방적으로 봉사하는 노예일 리 없다는 것이다. 오히려 작가의 욕망에 동의하고 이를 승인하느냐 마느냐는 전적으로 독자의 자유이다. 따라서 작가가 꿈꾸는 지배는 자유에 의해, 즉 자유롭게 행사되어야 한다. 곧, "자유의 질서를 찾아 그것을 넓게 확대해 나감으로써 이 세계를 지배"하는 것이다.42) 과연 '자유에 의한 지배'라는 과제가 소설에서 어떻게 형상화될 수 있으며, 또 이청준 소설이 그러한 과제를 성공적으로 수행했는지 등의 문제에 대한 본격적인 논의는 다음으로 넘기고, 여기서는 '나'가 마주치게 되는 "엉뚱한 속임수와 배반"에 대해 좀 더 살펴보기로 한다.

3. 삶의 기본 원칙으로서의 교환

「지배와 해방」에서 글을 쓰고자 마음먹은 '나'는 글쓰기가 사적인 행위가 아니라 독자라는 타자를 전제한 행위라는 사실의 중요성을 새삼 발견하고 있지만, 이는 작가 이정훈, 나아가 그의 배후에 있는 작가 이청준이 타자로서의 독자의 존재를 진지하게 의식하고 있다는 의미이지, 글쓰기만이 타자를 향한 행위라거나 독자만이 타자라는 의미는 아니다. 모든 인간은 적어도 사회화 이후에는 타자를 향한 대타존재, 즉 타자와

---

42) 읽기는 전적으로 독자의 자유에 속한다. 그럼에도 불구하고 쓰기와 읽기가 대칭적으로 교환될 수 있다면, 그 이유는 작가와 독자가 서로 자유를 행사하리라고/했으리라고 신뢰하기 때문일 것이다. 이런 점에서 쓰기와 읽기는 자유롭고 너그러운, '관대한' 교환이다 (이수형, 「문학의 무상성(無償性)」, 『문학, 잉여의 몫』, 문학과지성사, 2012, 13면).

의 커뮤니케이션 안에 있을 수밖에 없는 존재이다. 그리고 어떤 측면에서, 좌절 역시 '나'가 대타존재인 한에서 시작된다고 할 수 있다. '나'가 타자와 맺는 커뮤니케이션은 글자 그대로 교환, 곧 주고받음이며, 좌절은 '나'가 자신이 원하는 바(욕망)에 대한 요구를 건네주었지만 그에 상응한 것을 타자로부터 받지 못한 결과 교환이 비대칭적인 상태에 머물 때 발생하기 때문이다.

> 나는 그해 이른 봄 광주의 한 중학교 입학시험에 합격하여 그 개학날이 이틀 뒤로 다가와 있었다. 내일이면 나 혼자 고향집과 어머니를 떠나 광주의 한 친척집으로 기식살이를 가야 하였다. 어머니는 빈손에 아이를 맡기러 보낼 수가 없어, 일테면 그 미안막이 선물로 갯가에 지천으로 기어 다니는 게라도 한 자루 잡아 보내려는 것이었다. 그 시절 어려운 시골의 봄살림엔 그 밖의 다른 치레거리를 마련할 길이 없었기 때문이었다. 산비탈을 스쳐지나가는 솔바람 소리에도 가슴이 메어오고, 먼 수평선 위를 흐르는 흰 구름덩이까지 공연히 눈물겹기만 하던 한나절, 어머니와 나는 그 막막하고 애틋하고 하염없는 심사 속에 짐짓 더 열심히 게들만 쫓고 있었다.
> 그러나 막상 친척집까지 도착하고 보니 게자루는 이미 아무 소용도 없는 것이 되어버렸다. 게자루 따위가 변변한 선물거리가 될 수도 없던 터에, 덜컹대는 찻길에 종일을 시달리다보니, 자루 속의 게들은 이미 부스러지고 깨어져 고약스레 상한 냄새를 풍기고 있었다. 나는 그 게자루가 그토록 초라하고 부끄럽게 느껴질 수가 없었다. 그것이 나의 몰골이나 처지를 대신하고 있기라도 하듯이 친척집 사람들 앞에 자신이 그토록 남루하고 창피하게 느껴질 수가 없었다. 하여 그 친척 누님이 코를 막고 당장 그 상한 게자루를 쓰레기통에다 내다버렸을 때, 나는 마치 그 쓰레기통 속으로 자신이 통째로 내던져버려진 듯 비참스런 심사가 되고 있었다.[43]

---

43) 이청준, 「키 작은 자유인」, 『키 작은 자유인』, 문학과지성사, 1990, 121~122면.

서두에 "1954년 4월 3일 오후" "고향 마을 산모퉁이의 한가한 바닷가 개펄 바닥"라는 구체적인 시공간이 명시되어 있는 「키 작은 자유인」(1989)에서 화자이자 주인공인 '나'와 작가 이청준을 구분하기란 쉽지 않다. 앞에서 인용한 이청준의 자전적 기록이 시골 출신으로서 도시 생활에 끼어들지 못한 데 대한 좌절을 언급하고 있다면, 「키 작은 자유인」은 그 좌절의 원장면(primal scene)을 보여 주고 있다.

여기서 '나'가 도시로 오면서 들고 온 "게자루"는 고향을 떠나면서 느꼈던 막막함과 애틋함의 상관물인 동시에 고향의 특산물로서 일종의 체면치레용 선물이라는 실제적인 의미를 띤 것이다. 이 선물이 광주에 도착하자마자 "아무 소용도 없는 것"으로 쓰레기통에 버려졌을 때, '나'는 고향에 대한 정서적 유대는 물론 고향에서 통용되던 가치 척도로부터도 단절되었을 뿐 아니라 자기 스스로가 도시에 의해 받아들여지지 않은 폐기물(쓰레기)이 된 듯한 상태에 비참함을 느낀다. 이 체험은 한때의 사건으로 그치지 않는다. 다시 말해, '나'가 준 선물이 도시의 친척에게 받아들여지지 않았다는 사건은 '나'가 전달한 요구, 가령 도시 생활에 성공적으로 진입하기를 원한다는 요구를 타자가 수령하기를 거부했으며, 타자가 받지 않았으므로 '나' 역시 자신의 요구에 상응한 어떤 것도 돌려받지 못했음을 상징적으로 보여 준다. 이러한 좌절에 대해 '나'는 어떤 반응을 취할 수 있는가?

도시와 고향 사이의 갈등을 해결하는 가장 손쉬운 방법은 아마도 귀향일 것이다. 고향을 떠난 자가 갖는 좌절감이나 상실감이 귀향에 대한 욕망을 낳는 것은 일견 자연스러운 현상이다. 당연히 많은 작가들에 의해 귀향이라는 사건이 다루어졌으며,44) 이와 관련하여 "귀향형 소설"이

---

44) '이촌향도'로 압축 표현되는 도시로의 대규모 이주는 산업화 이후 전국적인 현상이 된다. 대학 진학을 위한 이청준의 이향과 산업화로 인한 대규모 이농은 시기적으로 구별된

라는 용어를 제안한 김윤식은 "60년대 이래 우리 소설에서 가장 안정된 소설 유형"이며 "60년대에서 70년대 소설의 상당수가 귀향형일 뿐 아니라, 우수한 작품의 상당수가 또한 이 유형"이라고 평가하고 있다.[45] 한편 좀 더 시야를 넓히면, 소설(서사)에서의 귀향은 일종의 원형적 모티프라고 할 수도 있다. 이는 "주인공으로 하여금 고향을 떠나게 만든 외부적 장애 요인이 제거되고 나면, 주인공은 고향으로 되돌아올 수 있고 예전의 조화로운 삶이 다시 계속될 수 있다"는 스토리로 구현된다.[46]

요컨대, 고향은 그 자체로 의미의 총체성으로 충만한 장소이며, 또 그로 인해 "한 개인의 내러티브를 총체적으로 재구성하게 하고 동시에 반성하게 하는 계기"가 되는 지점이기도 하다.[47] 그런데 도시와 고향의 긴장을 실제적이거나 정신적인 귀향을 통해 해소하려는 시도, 즉 귀향을 통해 도시에서 훼손되기 이전의 본래의 '나'를 회복하려는 시도로부터 일정하게 거리를 둔다는 점에서, 이청준 소설에서의 고향은 다른 작가들의 경우와 구별된다. '일정하게'라는 한정어의 의미를 잠정적인 지연으로 이해할 경우, 이청준 소설의 주인공은 그리움과 증오감 혹은 친숙함과 불편함 등으로 정리될 수 있는, 고향에 대한 이중 감정을 다른 작가들에 비해 상대적으로 보다 분명하게 드러내고 있으나 그럼에도 불구하고 1970년대 후반에 「새가 운들」(1976)과 「눈길」(1977) 등의 소설을 발표한 이후에는 고향과의 화해를 모색, 지향하고 있다는 통상적인 해석으로

다. 통계 자료에 의하면 농촌 인구의 절대숫자가 감소하기 시작한 것은 1968년 이후이다(한도현, 「1960년대 농촌사회의 구조와 변화」, 『1960년대 사회변화연구』, 백산서당, 1999, 128면). 대규모 이농에 의한 도시로의 인구 유입은 고향을 떠나온 도시빈민이나 일용 노동자들이 대거 주인공으로 등장하는 1970년대 소설에 이르러 본격적으로 조명된다.

45) 김윤식, 「감동에 이르는 길」, 『이청준론』, 삼인행, 1991, 69면.
46) 김태환, 「고향을 찾아서」, 『눈길』, 열림원, 2000, 359면.
47) 류보선, 「귀향의 변증법」, 487면.

이어질 수 있다.

그러나 좀 더 꼼꼼히 살펴보면, 주인공이 잠정적으로 지체하고 있을 뿐 언젠가는 고향과 화해하게 된다는 사실 이외에, 그 화해의 과정이 고향이라는 특수한 대상에 국한되는 것이 아니라 여타 다른 대상에도 보편적으로 적용될 수 있는 형태를 취하고 있다는 점을 확인할 수 있다. 다시 말해, '나'와의 관계에서 고향 혹은 어머니가 다른 타자들과 구별되는 특권적 위상을 갖고 있지 않다는 것인데 이를 살펴보는 것이 이청준 소설을 이해하는 데 보다 긴요한 일이다.

이청준은 한 자술 연보에서 "서울을 사수하자. 서울을 다시 쫓겨나지 않도록 하자. 어떻게 올라온 서울 길이었던가. 어떻게 버티어 온 서울의 6년이었던가. 그리고 어떻게 얻게 된 이 자랑스런 도시의 시민이 된 영광이었던가"라고 고향과 서울에 대한 심경을 다소 위악적으로 선언하고 있는데,48) 이는 서울 생활에서 겪는 곤란에 대한 반어적 표현인 동시에 김현의 지적대로 "귀향이 제일 좋은 생활 방법인 것처럼 자랑하는 문인들에 대한 심한 반발"의 표시이다.49) 후자의 측면에 주목해 보면, 「어떤 귀향」(1972)에서는 고향을 떠나 도시에 살고 있는 사람들이 "순박한 인심이니 맑은 공기니 버릇처럼" 품고 있는 고향 이미지에 대해 "멀쩡한 바다를 두고 사람들이 이러쿵저러쿵 다른 환상을 갖고 싶어하는 건 아무리 그 사람들이 바다에 반한 척 바다를 아끼는 척해도 정말로 그 바다와 친해질 수 있기는커녕 자기들이 도회지 같은 데서 품고 온 병적인 사념이나 그런 것으로 바다를 오염시킬 뿐"이라고 비판함으로써 도시로 떠난 자가 고향에 투영하는 욕망에 대한 탈환상화가 수행되고 있다.

K시에 있는 상급학교 진학을 위해 일찍이 고향을 떠난 이후 "'염'자

---

48) 이청준, 『작가의 작은 손』, 열화당, 1978, 226면.
49) 김현, 「욕망과 금기」, 『문학과 유토피아—공감의 비평』, 문학과지성사, 1992, 242면.

돌림의 질병은 모조리 한차례씩 섭렵"했을 뿐 아니라 "지금까지 겪어온 그 수많은 질병들이 가장 흉악한 병증으로 완성되어져 가고 있는 한 증세로 보여지고 있을 만큼" 절망스러운 만성 배앓이에 시달리고 있던 '나'는 과수원을 경영하는 고향 친구 기태의 초청을 받고 요양차 시골로 내려간다. '나'의 시골행은 엄밀하게 말해 귀향은 아니다. 고향인 동백골이 아니라 그곳과 30여 리 떨어진 기태의 과수원에 머물면서 서울 출신으로 고향을 알 길 없는 소년인 훈이에게 고향의 의미를 가르쳐 주기 위해 고향에 대한 기억을 회상하는 것 이외에는 별달리 할 일이 없는 '나'의 시골 생활은, 말 그대로 일종의 '귀향 연습'인 셈이다.[50]

'고향을 떠남 → 도시 생활 → 질병과 증세'라는 단선적인 인과 관계를 고려한다면, '나'가 "고향으로 돌아가면, 그리고 언젠가 잊어버린 고향을 내게서 다시 찾아내고 나면 나는 고향을 잃음으로 하여 얻어진 나의 모든 증세들을 씻어낼 수가 있지 않을까"라고 기대하는 것은 수긍할 만하다. 그러나 귀향을 연습하는 과정에서 '나'는 스스로가 고향의 환상을 형성해 가고 있음을 깨닫고, 다시 과수원을 떠나기로 한다.

"그래, 나아질 게 없으면 도대체 자넨 여길 떠나서 어디로 가겠다는 거야? 서울? 그 몸을 해 가지고 또 서울인가?"
기태는 다시 숟가락질을 멈추더니 이젠 아주 그것을 상 바닥에다 내려 놓고 말았다.
"갈 데야 뭐. 서울이 뭣하면 우선은 동백골도 있지 않아? 이러잖아도 난 이참에 동백골을 한 번 들러 볼 작정이 서 있는 참이니까 잘 됐지 뭐. (…중략…) 하지만 뭐 새삼스런 기대가 생겨서 그러는 건 아니니까 안심해도 좋아. 오히려 난 그 반대야. 난 사실 동백골이 어떤 곳이었는가를 아직 다 잊진 않고 있거든. 그런데 너무 오랫동안 발을 끊고 지내자니까

---

50) 「어떤 귀향」은 뒤에 「귀향 연습」으로 개제, 개작된다.

어릴 적 일들이 터무니없는 요술을 부린단 말야. 아주 그럴듯한 요술로
나를 속이려 들거든. 이번에 들어가서 분명하게 다시 보아 둘 작정이야.”
　　“병은 고칠 작정이 아니군.”
　　기태는 그제서야 겨우 기가 꺾이기 시작했다. 비로소 정색을 하며 혼
잣말처럼 중얼거렸다. 그러자 나는 마지막으로 좀 더 지껄였다.
　　“할 수 없는 일이지. 이제 와서 알게 된 일이지만, 그건 맘대로 되는
일이 아니거든. (…중략…) 어떻게 보면 나는 그 많은 증세들 때문에, 그
것을 건강삼아 지금까지 살아오고 있었던 것 같거든. 고칠 수도 없고 굳
이 고치려고 하지도 않겠어. 마음에 들진 않지만 이게 살아 있는 나의
진짜 얼굴이거든. 지금까진 엉터리없는 수작을 많이 했어.”51)

　　고향에 대한 담론처럼 보이는 것은 사실은 ‘나’의 욕망의 반영에 불과
한 것이다. 다시 말해, ‘나’를 포함한 시골 출신의 도시인들이 고향에 대
한 환상을 품는 이유는 고향 자체가 실제로 가지고 있는 실정적인 내용
때문이 아니라 갖가지 질병과 증세로 발현되는 그들 자신의 좌절을 보
상받고 싶다는 욕망 때문이다. 서울 생활 때문에 병이 생겼고 따라서 귀
향을 통해 건강을 회복할 수 있다고 믿는다면, 그런 한에서 고향은 늘
병을 치유할 수 있는 환상의 장소, “아주 그럴듯한 요술로 나를 속이”는
‘나’만의 특별한 고향이 될 수 있다. 이와 반대로 ‘나’가 자신의 병을 그
대로 인정하는 한에서 고향은 상대적으로 좀 더 친숙할 수도 있고 혹은
좀 더 불편할 수도 있는, 그저 실제의 장소일 뿐이다. 실제의 장소일 뿐
이라면, 그곳이 고향이든 서울이든 별반 다를 것은 없다.
　　물론 병을 치유할 수 있다면 좋을 것이다. 그리고 그 병은 서울 생활
때문에 생긴 것이라고 할 수도 있다. 그러나 그렇기 때문에 귀향을 통해
그것을 치유할 수 있다고 믿는 것은 지극히 단순한 인과 관계만을 따르

---

51) 이청준, 「어떤 귀향」, 『세대』, 1972. 8, 443~444면.

는 꼴이다. 오리엔탈리즘이 동양을 여기와 다른 저기, 주로 수탈이나 원조의 대상이 되는 열등한 공간이자 동시에 매혹적인 공간이라고 상상하는 담론의 총체로 정의될 수 있다면,[52] 고향에 대한 의식적, 무의식적 우월감을 즐기는 한편, 도시 생활에서의 불만을 고향에서 해소할 수 있다고 믿는 도시인의 감정 상태야말로 고향에 대한 오리엔탈리즘적 태도의 전형을 보여 준다. 서울을 책임의 공간으로, 고향을 무책임의 공간으로 간주하는 「무진기행」은 이러한 오리엔탈리즘을 노골적으로 전제하고 있다. 아내의 전보를 받자마자 하인숙과의 약속을 저버리고 상경하는 「무진기행」의 '나'는 마지막으로 한 번만 무책임을 긍정하고 한정된 책임 속에서만 살겠다고 생각하지만, 서울에서의 한정된 책임이란 실은 아내와 장인의 명령에 따르는 지극히 무책임하고 타율적인 삶에 불과하다. 결국 '나'는 서울에서의 무책임한 삶을 속이기 위해 그보다 더 무책임한 무진의 삶을 상상하고 이를 전유했을 뿐이다.[53]

귀향에 대한 욕망의 통상적인 구조는 '고향에 대한 애정⇄도시적 질병의 치유'와 같은 교환으로 요약할 수 있다. '나'와 고향의 관계에 형성된 이러한 주고받음이 원활하게 이루어진다면, 여하간 '나'의 욕망은 만족을 얻을 수 있을 것이고, 또 이런 경우가 현실적으로 불가능한 것만도 아닐 것이다. 그러나 「어떤 귀향」의 '나'는 중학교를 마치고 일찌감치 고향에 정착한 기태의 태도에 미심쩍은 구석이 있음을 지적하면서 그러한 가능성에 회의적인 입장을 취한다. 물론 기태는 '나'에 비할 수 없이 건강하며, 심지어 '나'를 비롯해 정 선생과 훈이 등, 도시 생활에서 정신적, 육체적 병을 얻은 사람들에게 요양 장소를 제공하고 있기도 하다.

---

52) 서양에 의해 대리 표상된 동양에 관한 담론인 오리엔탈리즘에 의해 동양은 유럽이 달성한 것에 미칠 수 없는 선천적인 후진성의 표상인 동시에 풍요로움과 관능성의 표상이 된다(E. W. 사이드, 『오리엔탈리즘』, 박홍규 옮김, 종로서적, 1991, 253·309면).
53) 이수형, 「죄의식과 위악」, 174~175면.

그런데 이런 행동은 단지 기태의 후의에서만 비롯된 것인가?

기태를 의심하는 것이 "치사하고 옹졸한" 심사 때문일지 모른다고 주의하면서도 '나'는 기태가 "그 후의 이상의 것을 즐기고 있음에 분명"하다고 생각한다. 기태의 후의 자체가 실은 "함부로 다른 사람들을 환자시 했고 자신이 그들을 도울 수 있다"는 자기만족적인 태도에 근거하고 있거니와, '나'는 그가 "자신도 의식할 수 없는 은밀한 방법으로 어떤 묘한 우월감 같은 것을 즐기고 있"으며 이러한 상태에 대해 "도회 생활에 대한 어떤 동경이, 또는 너무도 건강하고, 너무도 건강하기 때문에 오히려 싱겁기 짝이 없어진 그의 오랜 시골 생활이 기태에게선 열등감 대신 그런 어떤 묘한 무의식의 우월감으로 변모되"어 나타난 것이라고 추측한다. 만약 그렇다면, 고향 생활에 만족하지 못하고 은밀한 경로를 통해 자신의 욕망(우월감)을 만들고 즐기는 기태 역시 도시 생활에서의 불만을 고향에서 해소하려는 도시인과 똑같은 환자이며, 게다가 "자기만은 환자가 아니라고 자신만만"한 "자기의 증상조차 알지 못하고 있는, 누구보다 난처한 환자"에 지나지 않는다. 도시인에게든 기태에게든, 욕망의 은밀한 즐김은 병의 치유가 아니라 병든 상태의 지속적인 은폐를 낳을 것이다.

이와 달리 병을 "건강삼아 지금까지 살아"왔고, "마음에 들진 않지만 이게 살아 있는 나의 진짜 얼굴"인 병을 "고칠 수도 없고 굳이 고치려고 하지도 않"겠다고 결심하는 '나'는 표면적으로는 병을 고치는 것을 단념했으며, 따라서 자신의 좌절을 극복 불가능한 것으로 인정하는 비관적 태도를 굳힌 것처럼 보인다. 그러나 엄밀히 말해 그 단념은 병의 치유에 대한 단념이 아니라, 고향을 포함해 서울이나 다른 어떤 장소에 품을 수 있는 기대나 환상에 대한 단념이다. 그 환상은 '나'의 병에 의해 만들어진 것이지 고향이나 서울이 원래부터 제공했던 것이 아니다. 어떤 장소가 특권적 의미를 갖는 것은 '나'의 기대나 환상들을 포함한 욕망이 투영된 덕분이므로, 욕망을 단념할 때 장소의 특별한 의미 역시 사라진다.

「어떤 귀향」은 터무니없는 요술을 부려 자신을 속이는 고향을 있는 그대로 볼 작정으로 귀향을 계획하고 길을 떠나는 장면에서 결말을 맺고 있지만, '나'가 당장 귀향을 실행하느냐 그렇지 않느냐가 중요한 것은 아니다. 언제가 되었든 '나'가 귀향을 감행한다면, '나'는 자기만의 의미로 충만한 장소가 아닌 곳으로서의 고향에 가게 될 것이다. 혹은 '나'는 고향의 특권적인 의미가 환상임을 깨닫고 나서야, 즉 '나'의 욕망이 투영된 '나'만의 고향에 대한 기대를 버리고 나서야 비로소 귀향할 수 있을 것이다.

귀향을 소재로 한 이청준의 대표작인 「눈길」에서도 어떤 대상에 투영된 환상을 벗기려는 태도는 크게 변하지 않는다. 여기서는 고향 대신 어머니와의 관계에 초점이 맞춰져 있는데, 이때의 어머니 역시 '나'와의 관계에서 특별한 의미를 갖는 대상이 아니다.

> 고등학교와 대학교와 군영 3년을 치러내는 동안 노인은 내게 아무것도 낳아 기르는 사람의 몫을 못했고, 나는 또 나대로 그 고등학교와 대학과 군영의 의무를 치르고 나와서도 자식놈의 도리는 엄두를 못 냈다. 노인이 내게 베푼 바가 없어서가 아니라 그럴 처지가 못 되었기 때문이었다. 나는 나대로 그 형이 내게 떠맡기고 간 장남의 책임을 감당하기를 사양치 않을 수가 없었기 때문이었다. 노인과 나는 결국 그런 식으로 서로 주고받을 빚이 없는 처지였다. 노인은 누구보다 그것을 잘 알고 있었다. 그렇기 때문에 내게 대해선 소망도 원망도 있을 수 없었다.
>
> 어쨌거나 이제 위태로운 고비는 그럭저럭 거의 다 넘겨가는 셈이었다. 눈을 붙였다 깨고 나면 그것으로 모든 건 끝나는 것이었다. 지붕이고 옷궤고 더 이상 신경을 쓸 일이 없어진다. 노인에게 숨겨진 빚 문서가 있

을까. 하지만 이날 밤만 무사히 넘기고 나면 노인의 빚 문서도 그것으로 영영 휴지가 되는 것이다. 잠이나 자자. 빚이고 뭐고 잠들면 그만이다. 노인에게 빚은 내가 무슨 빚이 있단 말인가······.54)

「눈길」의 ‘나’에게 자신과 어머니의 관계는 서로 뭔가를 주고받는 관계 그 이상도 이하도 아니다. 어머니를 노인으로 부르는 호칭법부터 그렇거니와, ‘나’에게 어머니는 준 만큼 받고 받은 만큼 주면 충분한 타자의 하나일 뿐이며, 어머니로부터 아무것도 받지 않았으므로 ‘나’ 역시 어떤 것도 줄 필요가 없다. 물론 어머니가 악의를 품고 자식인 ‘나’에게 아무것도 주지 않았을 리 없고, 자식인 ‘나’ 역시 악의로 그랬을 리 없다. 이 관계에 대해 ‘나’는 다만 가난한 살림에서 비롯한 여러 사정 때문에 어쩔 수 없었을 뿐이라고 변명한다.

이런 상황에서 고향에 유행하는 지붕 개량 사업 소식을 듣던 ‘나’는 어머니가 집을 개축하고 싶은 “엉뚱한 소망”을 품고 있지나 않은가 의심스러워진다. 이에 대해 ‘나’는 어머니로부터 아무것도 받지 않았으므로 그에 대한 대가로 아무것도 주지 않는다는 생각을 되풀이해서 상기한다. 하지만 주고받은 것이 없기에 모자간에 청산될 채권이나 채무가 있을 수 없다는 사실을 여러 번 확인했음에도 불구하고, “금세 어디서 묵은 빚이라도 불쑥 불거져 나올 것 같은 조마조마한 기분”과 “노인에 대해선 처음부터 빚이 있을 수 없는 떳떳한 처지”라는 생각 사이의 공방은 시종 이어진다.

‘나’와 어머니의 관계를 교환의 틀로 인식하는 것은 고향의 오리엔탈리즘이라고 명명할 수 있는 고향 담론에 대한 비판보다 더 가혹해 보이는데, 이는 어머니에 대한 특권적 의미 부여가 고향의 그것을 능가할 정

---

54) 이청준, 「눈길」, 『예언자』, 문학과지성사, 1977, 11 · 32면.

도로 관습적 인정을 받아 왔기 때문이다. 관습적으로 '나'와 어머니의 관계는 서로 주고받는 관계가 아니라 어머니가 아낌없이 일방적으로 주는 관계로 간주된다. 그러나 관계라고 이름 붙일 수 있는 모든 사태의 이면에서 교환의 구조를 발견하는 것은, 특히 인류학적 사유에 기반한 논의에서는 그리 낯선 것이 아니다. 물론 부모와 자식의 관계에서, 예컨대 시장에서의 교환처럼 화폐와 같은 일반적 가치 형태를 매개로 한 교환이 이루어지는 것은 아니다. 이 경우의 교환은 증여·답례의 교환(선물교환)이라는 형태를 띠는 것으로 볼 수 있다. 고대 공동체 사회에서의 증여의 성격을 규명한 모스에 의하면, 증여는 '증여·수혜·답례'라는 분리 불가능한 세 가지 의무에 의해 끝없이 지속되어 호혜적이고 상호주의적인 교환으로 성립한다.[55]

　화폐를 매개로 한 교환을 포함해 오늘날에도 교환이란 기본적으로 주고받음의 형태를 띠는 것이 당연하다. 그러나 자본주의라는 개념을 끌어들일 필요도 없이, 공리주의적이고 축적적인 이해관계를 배경으로 하는 오늘날의 교환은 될 수 있으면 준 것보다 많이 받기, 또 받은 것보다 적게 주기를 추구한다. 요컨대, 이 교환은 '나'를 중심으로 하는 일방적이고 비대칭적인 교환이다. 이와 달리 선물 교환의 경우, 선물은 원칙적으로 보상받기를 바라지 않고 주는 것이므로 언제나 받은 것보다 많이 주는 것을 추구한다. 또한 누가 강제한 것은 아니지만 선물을 받으면 답례해야 하는 것이 마땅하므로 선물은 일방적으로 주는 것만으로 종결되지 않고 상호적인 주고받음의 관계를 발생시킨다.[56] 대가를 받기를 기대하지 않고 주었지만 결국 대가를 받게 된다는 이율배반 때문에 선물(증여)

---

55) M. 모스, 『증여론』, 이상률 옮김, 한길사, 2002, 72면.

56) J. Derrida, *Given Time: I. Counterfeit Money*, trans. by P. Kamuf, Univ. of Chicago Press, 1992, p.30.

역시 교환되는 것은 틀림없지만, 이때의 교환은 참여자 모두 뭔가를 받게 된다는 점에서 일방적이라기보다는 호혜적이라고 할 수 있다.

부모는 자식에게 정신적이거나 물질적인 봉사를 제공한다. 이는 일종의 선물이므로 부모는 자식에게서 그에 대해 어떤 대가를 기대하지 않을 수도 있다. 그러나 중요한 것은 부모가 자신이 준 것에 대한 답례를 기대하건 하지 않건 간에, 즉 부모의 기대 여부와는 무관하게 자식은 받은 것에 대한 교환으로 이미 뭔가를 되돌려 주고 있다는 사실이다. 이에 대해 가라타니는 다음과 같이 말한다. "부모가 자식을 키운다는 것은 증여다. 그러나 부모가 답례를 기대하는 일은 없다(실제로 답례를 기대하는 부모가 있기는 하지만). 아이가 어엿한 성인으로 자라면 그것이 (부모에게는) 답례인 것이다. 그렇다고 하더라도 이러한 부모의 증여는 답례를 기대하지 않는 순수한 것일수록 아이에게는 갚을 수 없는 부담감을 준다. 말할 것도 없이 이 부담감 혹은 죄책감은 '경제적'인 것이다."57) 이처럼 부모의 증여에 대한 대가로서의 답례는 부모의 기대에 부응하겠다는 생각이나 혹은 부모의 기대에 부응하지 못한 데 대한 부담감 등의 정신적인 것으로 발현될 수도 있고, 노후의 부모에 대한 부양 등의 물질적인 것으로 발현될 수도 있다.

「눈길」에서 '나'는 시종일관 어머니의 "숨겨진 빛 문서"가 귀환할지도 모른다는 불안을 강박적으로 회피하려고 하지만, 이러한 태도는 역설적으로 빛 문서가 존재한다는 사실을 '나' 역시 잘 알고 있음을 암시하고 있다. 다만 '나'는 그것을 인정하고 싶지 않을 뿐인데, 따라서 「눈길」의 주제는 그 빛 문서를 어떤 식으로 인정할 것인가의 문제에 달려 있다.

---

57) 가라타니 고진, 『일본 정신의 기원』, 송태욱 옮김, 이매진, 2003, 176면. 여기서 '경제적'이란 교환 관계에서 준 것과 받은 것 간의 대차대조표를 상정한다는 의미로 이해할 수 있다.

노인이 그 후 어떻게 길을 되돌아갔는지는 나로서도 아직 들은 바가 없었다. 노인을 길가에 혼자 남겨두고 차로 올라서버린 그 순간부터 나는 차마 그 노인을 생각하기가 싫었고, 노인도 오늘까지 그날의 뒷얘기는 들려준 일이 없었던 것이다. 한데 노인은 웬일로 오늘사 그날의 기억을 돌이키고 있는 것이었다.

　(…중략…)

　"그래서 나는 굽이굽이 외지기만 한 그 산길을 저 아그 발자국만 따라 밟고 왔더니라. 내 자석아, 내 자석아, 너하고 나하고 둘이 온 길을 이제는 이 몹쓸 늙은 것 혼자서 너를 보내고 돌아가고 있구나."

　"어머님 그때 우시지 않았어요?"

　"울기만 했겄냐. 오목오목 디뎌놓은 그 아그 발자국마다 한도 없는 눈물을 뿌리며 돌아왔제. 내 자석아, 내 자석아, 부디 몸이나 성히 지내거라. 부디부디 너라도 좋은 운 타서 복 받고 살거라…… 눈앞이 가리도록 눈물을 떨구면서 눈물로 저 아그 앞길만 빌고 왔제……."[58]

다음날 아침 서울로 돌아가기 위해 잠을 청하던 '나'는 잠결에 어머니와 아내의 대화를 엿듣는다. 17, 8년 전 고등학생이었던 '나'가 잠시 고향을 찾았을 때, 집안 살림살이가 파탄에 이르러 예전에 살던 집은 이미 남의 손에 넘어간 상태였지만 옛집에서 자식을 맞아들이기 위해 어머니가 새 주인의 양해를 얻어 예전과 같이 '나'에게 밥을 먹이고 잠을 재운 적이 있었다. 그 다음날 새벽 면소 차부까지 동행했던 '나'와 어머니는 황급히 헤어졌다. '나'는 그때 어머니가 어떻게 혼자 동네까지 돌아왔는지를 처음으로 알게 된다.

이 부분에 주목한다면, '나'는 지금까지 몰랐던 어머니의 사연을 통해 "내게 아무것도 낳아 기르는 사람의 몫을 못했"던 어머니가 다른 것, 즉 '나'를 위한 눈물과 기원(祈願)을 주었다는 사실을 깨닫고 그 결과 빚 문

---

58) 이청준, 「눈길」, 35~37면.

서에 대한 자신의 부채의식의 정체를 인정할 수 있게 되는 것으로 이해할 수 있다. 부채를 인정하는 것은 당연히 답례로 이어질 것이다. 이와 같은 주고받음의 회복은 단지 '나'가 뭔가를 통해, 가령 지붕 개량 사업에 돈을 대는 것을 통해 어머니에게 대가를 보상하리라는 것뿐만이 아니라 그로 인해 '나'와 어머니의 관계가 회복되리라는 것을 예상케 한다.

여기까지 이른다면, 「눈길」은 어머니와의 관계라 할지라도 교환이라는 틀 너머에 있는 것은 아니며, 어머니와의 관계 회복은 바로 이 주고받는 교환 관계의 회복에 있다는 주제를 전달하는 것으로 이해할 수 있다. 이러한 주제는 「어떤 귀향」에서 고향의 위상이 그러했던 것처럼, 어머니의 위상 역시 타자 일반과 크게 다를 바 없다는 인식을 바탕으로 한다. 그러나 이렇게만 본다면, 「눈길」은 복잡하게 에둘러오기는 했지만, 아무것도 주지 않은 것 같았던 어머니가 실은 많은 것을 주었고 또 지금도 주고 있다는, 모두가 알고 있는 진실을 뒤늦게야 깨닫는 '나'의 스토리에서 크게 벗어나지 못하게 된다. 물론 「눈길」의 폭은 그보다 넓다.

떠돌아들어 살아오긴 했어도, 난 이 동네 사람들한테 못할 일은 한 번도 안 해 보고 살아온 늙은이다. 궂은 밥 먹고 궂은 옷 입고 궂은 잠자리 속에 말년을 보냈어도 난 이웃이나 이 동네 사람들한테 궂은 소리는 안 듣고 늙어 왔다. 이 소리가 무슨 소린고 하니 나 죽고 나면 그래도 이 동네 사람들, 이 늙은 주검 위에 흙 한 삽 뗏장 한 장씩은 덮어 주러 올 거란 말이다. 늙거나 젊거나 그렇게 내 혼백을 들여다봐 주러 오는 사람들을 어찌할 것이냐. 사람은 죽어 이웃이 없는 것보다 더 고단한 것도 없는 법인디 오는 사람 마다할 수 없고 가난하게 간 늙은이가 죽어서라도 날 들여다봐 주러 오는 사람들한테 쓴 소주 한 잔을 대접해 보내고 싶은 게 죄가 될거냐. 그래서 그저 혼자서 궁리해 본 일이란다. 숨 끊어지는 날 바로 못 내다 묻으면 주검하고 산 사람들이 방 하나뿐 아니냐. 먼데서 온 느그들도 그렇고…… 그래서 꼭 찬바람이나 막고 궁둥이 붙여 앉을 방 한 칸만 어떻게 늘여 봤으면 했더니라마는…… 그게 어디 맘 같은 일이더냐. 이도 저도 다 늙고 속없는 늙은이 노망일 테이제…….[59]

어머니가 집에 대한 "엉뚱한 소망"을 품게 된 이유가 자신의 장례를 치를 때를 대비하기 위해서라는 점에 주목할 필요가 있다. 시골에 남아 있는 전통적인 공동체 사회에서 장례식은 전형적인 증여·답례의 교환을 확인할 수 있는 예외적인 경우에 속하며, 자신의 장례식에 대한 어머니의 걱정 역시 이러한 교환을 전제하고 있다. 전통적인 결혼식이나 장례식의 경우, 초대하는 것도 초대를 받아들이는 것도, 그리고 초대 받았으면 다시 초대하는 것도 일종의 의무에 속한다.[60] 어머니는 "날 들여다 봐 주러 오는 사람들한테 쓴 소주 한 잔을 대접해 보내고 싶은 게 죄가 될거냐"라고 묻고 있지만, 실은 "주검 위에 흙 한 삽 뗏장 한 장씩은 덮어 주"기 위해 상가를 찾은 조문객들에게 답례로 소주 한 잔 돌려주지 않는다면 그것이야말로 씻을 수 없는 죄가 아닐 수 없다. 장례식의 경우는 조문하는 것도, 또 조문한 사람에게 답례하는 것도 일종의 의무이며, 따라서 그 주고받음이 중지되는 것은 공동체의 유대로부터 제외되는 것을 의미한다. 이 같은 교환은 좋고 싫음, 옳고 그름의 차원을 넘어 공동체 안에서 인간답게 살기 위한 필요충분조건이라고 할 수 있다.

이런 측면에서 보면, 증여·답례의 교환이란 단지 어머니의 장례라는 사건에만 국한되는 것이 아니라 (공동체적) 삶 전반을 규정하는 원칙이라고 할 수 있다. 예컨대, 동네 사람들이 어머니의 장례에 참례하는 것이 어머니가 "궂은 소리"를 듣지 않은 덕분이고, 어머니가 궂은 소리를 듣지 않은 것은 지금까지 살아오면서 그 증여·답례의 원칙을 될 수 있

---

59) 이청준, 「눈길」, 20면.
60) 유기환, 『조르주 바타이유』, 살림, 2006, 74면.

는 한 어기지 않은 덕분이라고 한다면, 이러한 주고받음의 연쇄는 어느 특정한 순간이나 사건에만 해당하는 것이 아니라 삶 전반에 걸쳐 연속적으로 작동하는 원칙이 되기 때문이다. 모스가 선물 교환을 "총체적인 사회 현상"으로 규정한 것 역시 이러한 교환이 일시적, 국지적, 불연속적, 개별적 현상이 아니라 가족, 정치, 경제, 도덕 제도를 아우르는 사회생활의 공통적이고 연속적인 현상임을 환기시킨다.[61]

여기서 「눈길」의 결말에 드러나는 어머니의 부끄러움의 정체를 이해할 수 있다. 자식을 떠나보내고 혼자 동네로 돌아온 어머니는 동네 어귀의 잿등 위에서 한참을 기다렸다고 회고한다. '나'의 아내는 그것이 돌아갈 집이 없어서라는 현실적인 이유 때문이라고 생각하지만, 어머니는 그렇지 않다고 부인한다.

> 하지만 이것만은 네가 잘못 안 것 같구나. 그때 내가 뒷산 잿등에서 동네를 바로 들어가지 못하고 있었던 일 말이다. 그건 내가 갈 데가 없어 그랬던 건 아니란다. 산 사람 목숨인데 설마 그때라고 누구네 문간방 한 칸에라도 산 몸뚱이 깃들일 데 마련이 안 됐겠냐. 갈 데가 없어서가 아니라 아침 햇살이 너무 눈에 시리더구나. 그때는 벌써 동네 아래까지 햇살이 활짝 퍼져들어 있는디, 눈에 덮인 그 우리 집 지붕까지도 햇살 때문에 볼 수가 없더구나. 더구나 동네에선 집집마다 아침 짓는 연기가 한참인디 그렇게 시린 눈을 해갖고는 그 햇살이 부끄러워서라도 차마 어떻게 동네 골목을 들어설 수가 있더냐. 그놈의 말간 햇살이 부끄러워서 그럴 엄두가 안 생겨나더구나. 시린 눈이라도 좀 가라앉히자고 그래 그러고 앉아 있었더니라……[62]

한때 남부럽지 않게 살았던 어머니는 이제 방 한 칸 없는 처지가 되

---

61) 김성례, 「증여론과 증여의 윤리」, 『비교문화연구』 11-1, 2005, 156면.
62) 이청준, 「눈길」, 38면.

었다. "술버릇이 점점 나빠져 가던 형이 전답을 팔고 선산을 팔고, 마침내는 그 아버지 때부터 살아온 집까지 마지막으로 팔아넘겼다"는 식으로 몰락의 과정이 간단하게 서술되어 있지만, 어머니가 지금 같은 외로운 처지가 된 데 대해서는 어느 누구에게 책임을 묻기 어렵다. 한 소설집의 후기에서 이청준은 「눈길」의 어머니의 처지를 남 이야기하듯 "나의 시골 고향 사람들은 자기 집안이나 신상의 불상사를 늘 자신의 부덕과 허물 탓으로 돌려 스스로 부끄러움을 금치 못하곤 하였다"고 말하고 있다. 또, 「빼앗긴 부끄러움」에서도 거의 동일한 내용을 볼 수 있다. "집안사람 가운데서 상서롭지 못한 시비나 송사가 생겼을 때, 화재나 수해 같은 재액을 만났을 때, 우환과 상사가 잇따를 때, 심지어는 논밭 농사가 남보다 못해 보일 때마저도 어른들은 그 재난과 불운의 원인을 따지기에 앞서 자신의 덕 없음과 박복을 먼저 부끄러워하곤 하였다."63) 이 부끄러움은 어디에서 비롯한 것인가?

이러한 부끄러움은 주고받음으로서의 삶의 방식 안에서 이해할 수 있다. 누군가가 불행을 떠안았다면, 즉 총체적 교환의 장으로서의 삶에서 불행을 건네받았다면, 그것은 자기도 모르게 누군가에게 그와 동등한 무게의 불행을 주었기 때문이다. 혹은 남들은 모두 받는 것, 가령 자기 집에서 일어나 아침을 지어먹을 수 있을 정도의 사소한 행복조차도 돌려받지 못했다면, 그것은 남들은 그런 작은 행복을 되돌려받을 만큼 언젠가 누군가에게 뭔가를 주었을 테지만 자기는 그렇지 않았기 때문이다. 어느 경우라도 불행은 다른 누구를 탓하기 전에 "자신의 부덕과 허물" 혹은 "자신의 덕 없음과 박복"을 탓해야 하며 대명천지간에 스스로를 부끄러워해야 한다. 김윤식은 이러한 태도를 두고 "인간으로서 끝내 허

---

63) 이청준, 『남도사람』, 예조각, 1978, 321면; 이청준, 『인생』, 열림원, 2004, 170면.

물어뜨릴 수 없는 품격"이라고 말하고 있거니와,[64] 이 부끄러움은 상호주의적 교환으로서의 삶 안에서 살아가는 방식을 끝내 지키기 위해 필요한 것이다. 또 그러한 교환 안에서만 인간적인 삶을 영위할 수 있는 것이라면, 그 부끄러움은 인간다움을 유지하는 최후의 방식이라고 하지 않을 수 없다.

이처럼, 「눈길」에서 '나'가 어머니와의 관계를 인정하는 과정은 단지 부모와 자식 간의 주고받음보다 더 확장된, 삶 전반을 규정하는 교환의 틀 안에서 이해할 수 있다. 단적으로 말해, 어머니가 스스로를 부끄러워하는 만큼, '나' 역시 그만큼 자신을 부끄러워할 때 타자와의 관계를 인정할 수 있다. 그 부끄러움은 남들에게 주지 못했음에 대한, 혹은 남들만큼 받지 못했음에 대한 부끄러움이다. 이런 맥락에서라면, 「눈길」에서 제시되고 있는 관계의 회복 과정은 단지 부모와 자식 간에만 국한되어 적용되는 것이 아니라 함께 살아가는 모든 사람들에게까지 확대 적용될 수 있는 것이다.

이청준 스스로도 경계하고 있는 것처럼, 이러한 태도 중 일부는 "자기원망이나 체념"과 구별하기 어려운 경우가 적지 않다. 또한 증여·답례의 교환은 기본적으로 전통적인 공동체 사회의 삶의 원칙이므로 오늘날의 삶에는 적용하기 어렵다고 할 수도 있다. 전자에 대해서는 앞으로 이청준의 소설의 분석하면서 꾸준히 검토해야 할 필요가 있는 반면, 후자에 대해서는 좀 더 분명하게 반박할 필요가 있다. '나'가 타자와 관계를 맺고 유지하는 데 있어 주는 것과 받는 것 사이의 대칭성을 추구하는 경향은 단지 고대로부터 계승된 관습에서만 발견되는 것이 아니기 때문이다.

---

64) 김윤식, 「심정의 넓힘과 좁힘」, 23면.

물론 전통적인 공동체의 경우, 삶을 규제하는 관습 자체가 대칭적인 구조를 갖고 있기 때문에 교환의 대칭성이 비교적 수월하게 달성될 수 있는 것과 달리, 오늘날의 삶에서는 가시적인 수준에서 대칭적 교환을 발견하기란 쉽지 않다. 오히려 경제 관계나 권력 관계에서 발생하는 대부분의 교환은 비대칭적인 것처럼 보이며, 이는 앞에서 살펴본 이청준 소설에서의 대화 장면, 즉 '나'의 말이 청자에 전달되지 않고, 그 결과 청자의 반응(응답)이 '나'에게 돌아오지 않는 커뮤니케이션의 실패에서도 여지없이 드러난다.

그러면 대칭적인 교환은 소멸된 것인가? 혹은 교환은 비대칭적인 것으로 변한 것인가? 가시적인 수준에서는 그렇다고 할 수 있을지도 모른다. 그러나 부르디외에 의하면, 그 교환의 비대칭적인 틈새를 메우는 것이 바로 상징자본이다. 다시 말해, 증여·답례의 상호주의적 교환이 가시적인 수준에서 완결되지 않을 때 존경이나 의무 또는 도덕적 부채의식 같은 상징적 형태의 답례가 증가할 수밖에 없으며, 그런 답례들에 의해 상징자본이 구성된다.[65] 상징자본은 물질적 교환에서 발생하는 비대칭성을 보충하기 위한 것이다. 누군가로부터 뭔가를 받았지만 그에 대한 답례를 물질적으로 되돌려줄 능력이 없을 때, '나'에게 상징적 부채가 생기고 이 빚을 갚기 위해 '나'는 감사, 경의, 존경 등의 상징적 의무를 제공해야 한다. 비대칭성을 보충하기 위해 상징자본이 발생할 뿐 아니라 사회가 복잡해질수록 상징자본의 가치가 점점 중요해지고 있다는 사실은 교환의 대칭성이 현대사회에서도 여전히 삶의 기본 원칙으로 작동하고 있음을 보여 준다.

이청준 소설의 핵심에 있는 좌절이라는 사건은 '나'가 준 만큼 돌려받

---

65) P. Bourdieu, *The Logic of Practice*, trans. by R. Nice, Stanford Univ. Press, 1990, p.110.

지 못하거나 '나'가 준 것에 상응한 것을 돌려받지 못할 때, 가령 '나'는 호의를 보였는데 타자 쪽에서 악의적인 반응을 돌려줄 때 발생한다. 이는 '나'가 뭔가를 주는 데 성공하지 못했거나 혹은 타자가 '나'에게서 받은 만큼 돌려주지 않았음을 의미한다. 이런 맥락에서 좌절, 즉 대칭적 교환의 실패에 처한 '나'가 선택할 수 있는 길은 두 가지로 수렴된다. 첫 번째 길이 이런저런 곤란함에도 불구하고 '나'가 주려는 것이 타자에 의해 받아들여지기를 끊임없이 시도하는 것이라면, 두 번째 길은 타자가 '나'에게 실망이나 좌절을 안겨주었을 때 그것 그대로를 타자에게 똑같이 되갚아주는 것이다. 이 두 가지 길은 모두 '나'와의 대칭적 교환을 수행하지 않은 타자에 대한 복수라고 부를 수 있다. 이에 대해서 이청준은 이미 「지배와 해방」에서 소설쓰기란 "현실의 질서에 패배하고 그것에 복수를 꿈꾸"는 행위이며 이때 복수는 "자기의 삶의 근거를 마련하려는" 시도라고 밝힌 바 있다. 관계를 규정하는 기본 원칙으로서의 교환은 그 자체로는 대단히 단순하지만, 그 교환이 대칭적 상태에 이르도록 하기 위한 시도는 또 대단히 다양한 양상으로 드러난다. 이때 교환의 대칭성은 물론 인류학적 원칙이지만, 동시에 글자 그대로 유적(類的) 존재인 우리 모두에게 적용되는 인간학적 원칙이기도 하다.

4. 좌절과 거절의 변증법[66]

복수의 가장 간단한 사전적 정의는 원수를 갚는 것이다. 복수에 대한

---

66) 이때 변증법은 라캉의 용법을 따른 것으로, 요구에 대한 고착으로부터 벗어나 끊임없이 운동하는 욕망의 논리를 가리킨다(B. 핑크, 『라캉과 정신의학』, 맹정현 옮김, 민음사, 2002, 56~57면).

가장 명료한 격률이 "눈에는 눈, 이에는 이"라면, 이는 정확히 받은 만큼 되돌려주는 것을 의미한다. 그런데 받은 만큼 되돌려준다는 것이 과연 가능한가? 타자가 '나'의 눈을 해하고 그에 대한 복수로 '나'가 타자의 눈을 해하면, '나'와 타자 간에는 대칭적인 교환이 이루어진 것인가? 이를 통해 둘 사이의 채무는 아무런 잔여 없이 청산된 것인가? 그러나 '나'의 눈 한쪽이 상한 대가로 누군가의 눈 한쪽을 상하게 했을 때, 그가 '나'만큼 괴로워하지 않는다면 어떻게 할 것인가? 그렇다고 해서 그의 다른 한쪽 눈까지 요구할 수 있는가? 이런 문제에 쉽게 답할 수 없는 것은, 준 만큼 받고 받은 만큼 준다는 교환의 대칭성이 현실적으로 실현되기란 거의 불가능하기 때문이다. 어떤 측면에서 복수는 대칭적 교환을 위한 가장 좋은 사례이며, 동시에 대칭적 교환의 난관에 대한 가장 좋은 사례이다.

「숨은 손가락」(1985)에서 주인공 동준은 한 마을 친구인 현우에게 복수할 기회만을 손꼽아 기다리고 있다. 청색군과 흑색군 사이에 벌어진 전쟁의 혼란 속에서 흑색군이 마을을 점령하자 위원장이 된 현우는 반동 혐의로 체포된 동준에게 함께 체포된 다른 혐의자들 중 한 사람을 고발할 것을 제안한다. 어쩔 수 없는 상황에서 요식적으로 이루어진 것이기는 하나 여하간 동준의 손가락이 애꿎은 그의 종숙(從叔)을 가리켰고 그럼으로써 동준은 총살의 위험을 면한다. 그러나 얼마 후 현우로부터 재차 누군가를 고발할 것을 강요당하자 동준은 현우의 본심이 자기를 비호하는 데 있지 않음을 깨닫고 탈출을 감행, 이제 청색군 별동대의 일원으로 수복된 마을을 향하고 있다.

하지만 백현우! 네가 아무리 삶과 죽음의 비밀을 꿰뚫어보고 나의 배신을 확신하고 있었던들 그 처절스런 고통까지는 차마 상상할 수가 있었겠느냐. 네가 아무리 교묘한 절망의 연극을 꾸몄던들 배신과 절망의 크기를 알겠느냐. 그날의 그 피가 타는 듯하던 고통과 절망을. 그리고 그 성자처럼 부드럽고 숭엄하기만 하던 나의 종숙의 모습이 이토록 가혹스런 가형자로 변해가던 이 몇 달간의 고통과 절망을. 너는 모를 거다. 네 놈도 거기까지는 차마 짐작을 못했을 거다…… 더욱이 이토록 황량하고 처절스런 모습으로 너에게로 가고 있는 나의 복수심을.

　동준은 이번에도 거기서 한 번 더 각오를 다지듯 속으로 혼자 이를 부드득 갈았다. 그리고 끊임없이 눈앞으로 다가드는 종숙과 친척들의 분노라도 달래듯 다시 한 번 복수의 주문을 외워댔다. 그래, 기다리거라. 내가 그것을 알게 해주마. 싫더라도 내가 네게 신세를 진 만큼만 말이다. 내게는 그걸로 충분하니까. 그걸로도 내가 나의 종숙과 마을 사람들에게 진 빚을 네게로 대신 넘겨줄 수가 있으니까. 그리고 이번에는 네가 내 앞에 그것을 승복하고 대신해야 할 차례니까…….[67]

　복수에 대한 동준의 계획은 간단하고 또 그만큼 정당하다. 그는 자신의 행동이 마을 사람은 물론 친척까지 배신했다는 데 대한 죄의식으로 인해 상상할 수 없는 고통과 절망을 겪었다. 동준의 생각처럼, 그 고통과 절망은 아마 그를 그런 상황으로 몰아넣은 현우조차 세세히 짐작하지는 못했을 것이다. 여기서 동준은 정확히 자기가 받은 만큼만, "내가 네게 신세를 진 만큼만" 현우에게 되돌려주기로 한다. 구체적으로 그것은 자기가 당했던 것과 똑같이 현우에게도 부역 혐의자들 중에서 한 사람을 손가락으로 가리키도록 요구함으로써 가능할 것이라고 동준은 예상한다.

　그러나 이러한 예상은 빗나가고 현우가 아니라 동준이 다시 한 번 누군가를 손가락으로 가리켜야 하는 상황이 전개된다. 그러한 결말에 앞서, 우선 동준이 과연 현우에 대한 복수가 성공할 것인가에 대한 의혹을

---

67) 이청준, 「숨은 손가락」, 『키 작은 자유인』, 227~228면.

처음부터 떨치지 못한 이유를 살펴볼 필요가 있다. 현우는 동준을 해칠 의도에서 계획적으로 배신을 요구했고, 동준은 어쩔 수 없이 그 요구를 받아들인 결과 절망적인 상황을 맞았다. 이에 대해 현우에게 똑같은 것을 요구해 복수하려는 동준의 예상이 들어맞기 위해서는 현우 역시 동준과 똑같이 반응(응답)해야만 한다. 다시 말해, 동준이 그랬던 것처럼 현우 역시 누군가를 손가락질해야만 한다. 그러나 현우가 자기의 예상대로 반응할지 동준으로서는 알 수 없으며, 그래서 현우가 "어떤 뜻밖의 반격을 기도하고 있는 것은 아닐까"라는 의혹을 버릴 수 없고, 또 그 때문에 복수가 실패할지도 모른다는 두려움과 불안을 떨칠 수 없다.

이와 같은 동준의 불안은 자기가 건넨 말이 타자로부터 예상치 못한 응답으로 되돌아올 수도 있다는, 타자와의 커뮤니케이션에서 발생할 수 있는 비대칭성에 대한 불안과 맥이 닿아 있다. 동준은 이러한 불안을 지금 처음으로 겪는 것이 아니다. 사실, 동준을 곤경으로 몰아넣은 현우의 음모 자체가 이미 동준으로서는 예상치 못한 반응이라고 할 수 있다. 동준과 현우는 소학교를 함께 다녔고 당시로서는 흔치 않은 상급학교 진학도 함께 했지만, 거기서 동류의식을 느꼈던 것은 동준뿐이었다. 동준의 기대와 달리, 그와 많은 시간을 함께해 온 현우는 오히려 동준에 대한 적대감을 쌓아 가고 있었다.

다른 선택의 여지도 없었지만, 둘에게는 서로 다투고 시기하며 앙숙으로 지내야 할 이유가 없었다. (…중략…) 그런데 알고 보니, 그것이 동준의 오만이었다. 머리가 단순한 동준에 비해 현우에게는 그 우정의 그늘 속에 어른들의 감정이 은밀히 유전되고 있었는지 모른다. 그래서 번번이 동준을 내심 견딜 수 없어해 온 대목이 많았는지 모른다. 현우는 뜻밖에도 뒷날 스스로 동준에게 그것을 고백해온 일이 있었다.

"난 참 자네한테 비하면 불운한 데가 너무 많았어. 자네는 늘 그걸 당연한 일처럼 여기고 있었으니까 기억에도 없겠지만.”

　그의 말대로 하나하나 따지고 보면 현우에겐 사실 그렇게 생각되어질 일이 전혀 없었던 것은 아니었다. (…중략…) 그 모든 것이 동준의 오만이었다. 한마디로 동준도 자신의 행운만을 생각했을 뿐, 현우 쪽의 불운은 염두에 두어보질 않았던 것이다. 현우에게 그 불운이 너무 자주 겹치고 있는 것을, 그래서 현우가 그의 행운을 얼마나 부러워해오고 있었던가를 동준은 알아차리질 못해온 것이었다.[68]

　전쟁이 발발하기 얼마 전, 동준은 뜻밖에도 현우가 자기에 대해 적대감을 갖고 있음을 알게 된다. 동준은 자신의 순탄한 삶을 그다지 특별한 것 없는 정도로만 생각했을 뿐이며, 자신의 삶에 비해 현우의 “세상살이가 늘 삐걱삐걱 답답하게 비끌리고만” 있는 것 역시 대수롭지 않게 여겼다. 동준으로서는 당연히 그렇게 생각할 수 있다. 적어도 그가 악의적으로 그런 태도를 취했을 리는 없다. 그러나 “하나하나 따지고 보면 현우에겐 사실 그렇게 생각되어질 일이 전혀 없었던 것은 아니었”던 것처럼, 둘 사이의 관계에서 현우가 동준에게 열등감과 부러움을 넘어 원한과 적의를 품는 것 역시 현우 편에서 보면 당연한 것일 수 있다. 요컨대, 동준은 자신이 알게 모르게 현우에게 전하고 있던 메시지의 의미를 제대로 파악하지 못했으며, 바로 그 점에 있어 현우에게 오만했다고 할 수 있다. 오만했던 만큼 그는 현우와의 관계를 오해하고 있었고, 따라서 현우의 뜻밖의 고백에 “뒤통수라도 얻어맞은 듯 놀라 물러”설 수밖에 없다.

　현우에 대한 동준의 불안은 둘 사이의 커뮤니케이션에서 자기(자기가 전하는 것)가 타자에게 전혀 예상 밖의 의미로 수령될 수도 있다는 위험성에 대한 불안이다. 그 불안은 두 번에 걸쳐 현실로 나타난다. 첫 번째

---

68) 이청준, 「숨은 손가락」, 195~196면.

는, 위에서 살펴본 바대로, 자신의 평탄한 삶을 당연한 일처럼 여겼던 동준의 태도가 현우에게는 오만으로 받아들여졌다는 것을 확인한 순간이다. 이런 맥락에서 동준을 곤경으로 몰아넣은 현우의 계략은 동준의 오만한 태도에 대한 현우의 복수(응답)라고 할 수 있다. 동준에 대한 현우의 복수는 또 다른 관계를 시동한다. 커뮤니케이션의 대칭성을 지향하는 한 복수는 복수에 의해 교환될 수밖에 없는데, 그러나 복수를 위한 동준의 요구는 현우에게 받아들여지지 않는다. 즉, 현우는 손가락질하기를 거부했고, 그 결과 동준의 복수는 실패한다. 복수의 실패는 대칭적 커뮤니케이션의 실패이기도 하므로, 이때 동준의 불안은 두 번째로 현실화된다.

동준으로서는 억울한 일이 아닐 수 없다. 오만했다는 이유를 들이대고는 있지만, 자기로서는 대수롭게 생각하지 않았던 태도가 현우에게서 의도치 않은 응답(복수)으로 되돌아왔을 뿐만 아니라, 그에 대한 응답(복수)으로 전달한 요구가 현우 쪽에서 또다시 의도치 않은 응답으로 되돌아왔기 때문이다. 자기로서는 어떻게 손쓸 여지없이 당할 수밖에 없는 상황에서 동준이 현우와의 관계를 "축복받지 못한 운명의 맞부딪침의 악연"이라고 한탄하는 것을 이해하지 못할 바도 아니지만,69) 그렇다고 해서 그것이 전부는 아니다.

자신의 요구에 상응한 타자의 응답을 받지 못한다는 기본적인 의미에서 동준이 처한 상황은 앞에서 여러 번 사용했던 이청준의 관용어인 좌절로 규정할 수 있다. 이 좌절을 다시 한 번 이청준의 관용어 중 하나로 치환한다면, 그것은 배신(배반)이다. 교환 관계에서 배신이란, A와 B의

---

69) 「숨은 손가락」의 화자는 동준과 현우의 미묘한 관계가 한 마을에서 오랫동안 반목해 왔던 "나씨와 백씨 집안간의 오랜 불화 관계에까지 뿌리가 닿아" 있는 것임을 암시하고 있다. 두 집안의 오랜 불화 관계 역시 반복적으로 복수를 교환해 온 관계였음은 쉽게 짐작할 수 있다.

관계에서 A의 기대나 믿음에 부응하여 마땅히 되돌려주어야 할 어떤 것을 B가 저버리는 행동이며, 동준의 편에서 보자면 자신의 좌절은 곧 현우에 의해 배신당한 결과라고 할 수 있다. 사실 배신은 이청준이 가장 빈번하게 사용하는 관용어인바, 때로는 배신이라는 단어를 쓰지 않아도 무방하거나 그 단어를 쓰는 것이 다소 부자연스럽고 적절치 않은 것처럼 보이는 자리에까지 배신이라는 말을 고집하는 경우를 그리 어렵지 않게 찾아볼 수 있다. 이와 관련하여 「당신들의 천국」(1974)을 분석하는 자리에서 정명환은 다음과 같이 말한다.

> 독자에 따라서는 작가가 이 모든 '어긋남'을 일률적으로 배반이라고 지칭하지 말고 각각의 경우에 대해서 보다 적절한 단어를 사용했으면 하고 바랄지도 모른다. 가령 배신, 저항, 반항 또는 모반 등과 같은 말들이 있을 것이다. 그러나 내 생각으로는 남용과 혼란의 인상에도 불구하고 배반이라는 말로써 모든 어긋남을 총칭한 것은 이 소설의 경우 고의적인 것 같다. 그것은 제현상이 항상 유동적이며 뒤집혀질 수 있고, 불안과 불확정에 의해서 지배되어 있다는 것을 뜻하려는 것이 아니겠는가? 다시 말하면 어긋남의 하나하나에, 그리고 그 사이의 관계에 초점이 맞추어져 있는 것이 아니라, 삶의 바탕을 이루는 악몽적인 분위기를 전체로써 지시하려는 것이 아니겠는가?[70]

배신을 대략 "어긋남" 정도를 의미하는 것으로 전제하는 정명환은 그 단어가 혼란스러울 정도로 남용되는 이면에 숨겨진 작가의 의도를 발견할 수 있는데, 그것은 삶 전체가 불안하고 불확정적이라는 인식을 내포하고 있다고 추론한다. 「당신들의 천국」 곳곳에서 찾아볼 수 있는 "도대체 모든 것이 배반의 연속이었다"나 "피할 수 없는 운명의 배반이었다"

---

70) 정명환, 「소설의 세 가지 차원」, 『우리 시대의 작가연구총서―이청준』, 은애, 1979, 233~234면.

라는 표현이 암시하듯, 이청준의 소설에서 배신은 삶의 한 요소라기보다는 그 자체가 삶을 근본적으로 규정하는 계기라는 것이다.

단순한 어긋남이 아니라 대칭적 교환의 실패라는 관점에서 배신에 접근할 때, 두 가지 사항에 주목할 수 있다. 첫째, 어떤 사건을 배신 대신 어긋남이라고 부르는 일종의 용어 순화를 거친다면 사건의 전개를 보다 기술적으로 이해할 수는 있겠지만, 반면에 이러한 변환은 배신의 의미에 당연히 수반되는 당위(윤리) 판단을 배제하는 부작용을 낳을 수도 있다. 즉, 배신은 단순히 뭔가가 어긋난다는 사태를 가치중립적으로 기술하는 말이 아니라 '마땅히' 들어맞아야 할 어떤 일이 의외로 어긋났으며, 그로 인해 또 다른 부정적 효과들이 부수적으로 발생하는 것까지를 모두 함의하는 말이다. 물론 그 당위의 근거는 주는 만큼 받는다는 대칭적 교환의 원칙에서 찾아야 한다. 둘째, 교환 관계의 일방에 치우칠 경우, 가령 '나'를 중심에 놓고 사건을 조망할 경우 '나'를 좌절시키거나 배신하는 타자의 억압적 성격만이 부각될 위험이 있다. 기존의 연구에서 이청준 소설이 주인공을 억압하는 심리적, 사회적 작인(타자)에 대해 지속적으로 탐구하고 있다는 것으로 요약될 수 있는 평가가 정통적인 판본의 하나로 자리 잡아 왔다는 점에서 이에 대해서는 보다 세밀한 검토가 필요하다.

이와 관련하여 김현은 이청준의 등단작 「퇴원」(1965)에서 "소설 속의 원체험"이라고 할 수 있는 주인공의 행동들이 "이미지의 관계망" 안에서 변형되고 있는바, 그 관계망에 의해 드러나는 세계 인식이 대립적 구도를 이룬다는 점에 주목한다. 예컨대, 주인공이 어머니와 누이들의 속옷을 깔아 놓고 잠을 즐기다가 아버지가 비춘 전짓불에 들켜 광 속에 갇히게 된 사건은 "꿈/현실, 비현실적인 것의 기능/현실적인 것의 기능, 쾌락 원칙/현실 원칙" 등의 대립 관계 속에서 이해되는 것이 적절하며, 이

러한 대립은 "갇힘/벗어남"이라는 보다 상위의 관계로 수렴된다는 것이
다.71)

　김현에 의해 대립적이라고 지칭된 관계 안에서 전자가 후자에 의해
억압되고 그 결과 주인공이 좌절을 겪고 있음을 확인하는 것은 그리 어
렵지 않다. 그러나 이청준의 소설은 주체와 타자의 대립, 그로부터 기인
하는 욕망의 억압이라는 개념만으로는 충분히 설명될 수 없는 복잡한
양상을 드러낸다. 오히려 단순하게 이해할 수도 있을 대립 관계를 의도
적으로 복잡하게 만드는 것에 이청준 소설의 특징이 있다고 볼 수 있는
바, 그 전개 과정을 살펴보는 것이 한층 긴요하다. 그리고 그 복잡성은
'나'가 타자에 의해 일방적으로 좌절당하는 것이 아니라 어떤 식으로든
쌍방이 뭔가를 주고받는다는 사실로부터 나온다고 할 수 있다.

　　하긴 그렇다. 그것은 바로 그날까지의 나 자신의 내던져짐이었음에 다
　름 아니었을 터였다. 내가 고향에서 도회의 친척집에 가져올 수 있는 것
　이 오직 그뿐이었듯, 그 게자루에는 다만 상해 못 쓰게 된 게들만이 아
　니라, 남루하고 초라한 대로 내가 그때까지 고향에서 심고 가꾸어 온 나
　름대로의 꿈과 지혜와 사랑, 심지어는 누추하기 그지없는 가난과 좌절,
　원망과 눈물까지를 포함한 내 어린 시절의 삶 전체가 담겨 있었던 [것인
　데, 그] 어린 시절의 삶 전체가 무용하게 내던져버려진 것 한가지였다.
　그리고 그것은 어찌 보면 지극히 당연한 노릇이기도 하였다. 나는 이제
　그 남루한 시골살이의 껍질을 벗어던지고 보다 더 깔끔하고 강건하고 영
　민한 도회인의 삶을 배워 익혀 나가야 했기 때문이었다. 고향 마을에서
　들은 누구나 그것을 동경하고 부러워했듯이, 바야흐로 내겐 그런 삶의
　길이 앞에 한 때문이었다. 맵시 곱고 정갈스런 누님이 아니었더라도, 나
　는 상한 냄새의 게자루와 함께 고향과 고향에서의 모든 것들을 스스로
　미련 없이 내던져버렸어야 하였다. (…중략…) 하지만 내겐 아마도 그런

<hr>

71) 김현, 「욕망과 금기」, 248면.

노력이 많이 모자랐던 모양이다. 아니면 지혜가 모자랐는지도 모른다. 나름대론 노력을 안 한 바도 아니었고 지혜를 구하지 않은 바도 아니건 만, 한마디로 내게선 그 쓰레기통에 버려진 게자루가 여태도 멀리 떠나 가 주질 않고 있는 것이다.[72]

「키 작은 자유인」에 제시된, 이청준 소설의 근본에 놓여 있는 좌절의 원장면을 다시 살펴볼 때, 이 사건을 전적으로 좌절로만 볼 수 있는가 라는 문제를 제기할 수 있다. 게자루가 선물로서 받아들여지지 않고 오 히려 무가치한 것으로 폐기되자 '나'는 스스로를 그 폐기된 게자루와 동 일시하고 있는데, 이는 곧 '나'라는 존재의 내용을 채우고 있던 "그때까 지 고향에서 심고 가꾸어온 나름대로의 꿈과 지혜와 사랑, 심지어는 누 추하기 그지없는 가난과 좌절, 원망과 눈물까지를 포함한 내 어린 시절 의 삶 전체"를 받아들여 달라는 요구가 도시에 의해 거부된 것을 의미한 다. 그러나 명백히 좌절로 보이는 이 장면의 이면을 들여다볼 때, '나'가 전적으로 좌절했다고만 할 수 있는가? 혹시 '나'는 "어린 시절의 삶 전 체"를 내던지고 다른 삶, 즉 "더 깔끔하고 강건하고 영민한 도회인의 삶"을 받아들인 것은 아닌가? 그 당시를 회상하는 화자는 아직까지 "고 향에서의 모든 것"을 모조리 내던지지 못한 것 같다고 모호하게 말하고 있지만, 어떤 측면에서 '나'의 최초의 좌절은 실은 최초의 교환이기도 하다. 다시 말해, '나'는 고향의 자기와 도시의 자기를 맞바꾸려고 한 것 이다.

이는 여러 언어권에서 통상 '좌절'(frustration)로 번역되는 개념을 위해 프로이트가 선택했던 단어가 '거절'(Versagung)이라는 사실과도 관련된다. 권위 있는 정신분석학 사전의 설명대로 *"frustration*은 주체가 수동적으로

---

72) 이청준, 「키 작은 자유인」, 122면.

좌절된다는 것을 의미하는 데 반해, *Versagung*에는 누가 거절하는지 전혀 나타나 있지 않다. 어떤 경우에는 '스스로 거부하다'라는 재귀적 의미가 우세한 것처럼 보"일 수도 있다.[73] 동일한 사태를 지칭하기 위해 사용된 좌절·거절의 용어쌍은 그 사태에 있어 주체가 수동적이냐 능동적이냐의 문제를 낳는다. 주체는 외부(타자)에 의해 자신의 요구가 응답되지 않는 상황을 맞는다는 점에서는 수동적이지만, 그 상황에서 처음의 요구를 다른 것과 바꾼다는 점에서는 능동적이다. 예컨대, "어린 시절의 삶 전체"로서의 '나'가 도시에 의해 받아들여지지 않을 때, 처음의 요구를 변경하지 않음으로써 끝까지 그 요구에 고착되어 있다면 '나'는 오로지 수동적으로 좌절당하기만 것이다. 그러나 그 상황에서 '나'가 자신의 요구를 거절하고 다른 것을 원한다면, 가령 어린 시절의 '나'를 지켜내지 않고 다른 식으로라도 도시에서 살아남겠다고 결심한다면, '나'는 능동적으로 뭔가를 선택한 것이고 또 그것과 원래의 요구를 교환한 것이다.

소년은 오랫동안 다시 바닷가 고향마을을 돌아오지 못했다. 한 몇 년 공부를 하고 돈을 벌어 고향으로 돌아오겠다는 것은, 어머니나 마을을 떠나 사는 것은 그동안뿐이라는 생각은 그의 형 한가지로 집을 떠날 때의 결심이자 희망일 뿐이었다. 소년은 철따라 잊지 않고 편지를 보내왔다. 공부를 열심히 하고 있다고도 하였고 조그만 돈벌일 시작했다고도 하였다. 그러면서 언젠가는 다시 고향으로 돌아가 어머니를 편하게 모시겠노라고 변함없는 다짐을 되풀이하였다.
하지만 해가 몇 번씩 바뀌어 흘러가도 소년은 정작 돌아올 기미가 없었다. (…중략…) 하다 보니 금산댁에겐 그 아들이 돌아오기가 싫어선지 돌아올 수가 없어선지 뒷사연이 차츰 미심쩍어지고 있었다. (…중략…)

---

73) J. 라플랑슈·J.-B. 퐁탈리스, 『정신분석 사전』, 임진수 옮김, 열린책들, 2005, 428면.

한데 고향을 돌아오기가 싫어서든 돌아올 수가 없어서든, 아들은 끝내 그 바닷가 마을로는 돌아오지 않으려는 것이 확실해지고 있었다.
어머니, 저는 노래를 짓는 사람이 되어 보렵니다…….74)

「해변 아리랑」(1985)은 「키 작은 자유인」에서 고향을 떠나 도시로 올라간 '나'의 다음 행적을 짐작할 수 있게 해 준다. 소년은 고향에 어머니를 홀로 남겨두고 열여섯에 서울로 올라와 신문팔이를 시작한다. 소년은 당연히 도시에서 좌절을 맛보지만 "공부를 하고 돈을 벌어 고향으로 돌아오겠다"는 결심을 굽히지 않는다. 그로부터 열두 해가 지나 또 한 번 큰 좌절을 맞았을 때, 소년은 "노래를 짓는 사람이 되"겠다고 마음을 굳힌다.

누가 시킨 것이 아니므로 소년은 좌절을 감수하면서까지 서울에 머물 필요 없이 곧바로 귀향할 수도 있었고, 처음 계획한 바에는 미치지 못했을지라도 돈벌이와 공부를 적당히 마치고 귀향할 수도 있었고, 어쩌면 판검사가 되어 금의환향할 수도 있었을 것이다. 그러나 어머니의 한탄대로 소년은 "돌아오기가 싫어선지 돌아올 수가 없어선지" 귀향하지 않았고 마침내 작가가 되겠다고 결심한다. 소년이 귀향하지 않는 이유가 "돌아오기가 싫어선지 돌아올 수가 없어선지" 판단하기 어렵다는 수수께끼 자체가 이 사건이 수동적인 동시에 능동적이라는 사실을 간명히 보여 준다. 실은 그 두 가지 이유 모두 진실일 것이다.

열여섯에 고향을 떠나 그로부터 12년 뒤에 작가가 된다는 소년의 행적은 이청준의 실제 이력과 일치한다. 몇 번의 좌절을 겪은 끝에 소년이 작가가 되겠다고 결심한 것 자체에 대해 잘잘못을 논하는 것은 적절치 않다. 오히려 현실적인 성공 대신 작가의 길을 걷겠다는 결심은 세속적

---

74) 이청준, 「해변 아리랑」, 『비화밀교』, 나남출판, 1990, 27~28면.

인 욕망에 비해 한층 진정한 것일 수 있다. 그러나 작가에 대한 소년의 욕망은 다른 한편으로는 어머니와 고향에 대한 거절이며, 좀 더 일반적인 표현으로 바꾸면, 그것은 어머니와 고향에 대한 배신이다.[75] "돌아올 수가 없어" 좌절한 자가 동시에 "돌아오기가 싫어" 배신한 자가 될 수 있다는 것은 단순논리에 의하면 이율배반이지만, 이청준 소설에서 이러한 이율배반을 찾기란 그리 어렵지 않다.

> 중학생마저 몇 되지 않은 나의 시골 마을에는 서울까지 와서 대학을 다니고 있던 나에 대해서 기대가 무척 대단했었다. (…중략…) 방학 때 집으로 내려가면 나는 어리둥절할 만큼 추켜세워졌고 어머니와 형은 민망스러울 만큼 기대에 들떠 있었다. 그러나 나는 판사나 경찰서장이 되리라는 마을 사람들과 어머니와 형의 기대를 짓밟고 문학부로 대학 진학을 하고 말았었다. 만약 내가 가족에 대해서 또는 친척이나 마을에 대해서 어떤 식으로든지 부채를 지고 있었다면, 나는 법과를 가서 지금쯤은 판사나 검사쯤 되어 있을는지도 모른다. 그러나 나는 그렇지를 못했다. 나는 형의 주벽이 노골화되면서 가세가 기울기 시작한 고등학교 1학년 때부터 사실상 집과는 인연을 끊어버리고 있었다. 그 힘겨운 작업의 내력에는 아랑곳없이 터무니없는 기대에 차 있는 주위의 칭송은 역겨운 것이었다. 남의 기대를 짊어지고 한참 동안 비틀거리던 나는 그래도 끝내 붙잡고 일어설 손이 없는 것을 알자 드디어 그 기대에 배반할 용기를 얻었다. 나는 그 기대에 배반했다. 아니 배반하기 위해서라기보다 나는 그 기대의 중압감에서 해방이 되었다.[76]

「조율사」(1967)에서 그러한 배신의 정황을 좀 더 구체적으로 확인할 수 있다. 가족의 기대를 한 몸에 받았던 '나'는 법대 대신 문리대에 진학

---

75) 좌절(거절)이 동시에 배신이 되는 심리적 과정에 대해서는 S. 지젝, 『당신의 징후를 즐겨라!』, 주은우 옮김, 한나래, 1997, 273~274면 참조.
76) 이청준, 「조율사」, 『문학과 지성』, 1972. 봄, 31면.

함으로써 가족과 고향을 배신한다. 이청준 소설에 자주 언급되는 이 사건 역시 작가의 개인사가 반영된 것이다. "청준이를 데리고 온 내 친구를 통하여 그가 중학교 때부터 가정교사를 하며 공부를 했다는 것, 전남 지방에서는 일류라고 하는 광주서중, 광주일고에서 계속 수석을 해 온 수재라는 것 등을 알았다. 한편으로는 뜻밖이라는 느낌을 가졌다. 독문학을 할 친구같이 뵈지 않았던 것이다. 전남 지방에서는 가정 형편이 어려운 수재들은 대개 판검사를 목표로 법대에 진학하는 것이 통례이었기 때문이다. 나는 이청준이도 그러려니 생각했던 것이다. 아니 그래야 할 친구로 생각했던 것이다. 내가 그런 뜻의 말을 했더니 그는 별다른 대답 없이 웃기만 했다."[77]

주위의 기대를 저버린 문리대 진학에 대해 '나'는 마치 그것을 일부러 선택한 양 위악적으로 말하고 있지만, 그것이 "끝내 붙잡고 일어설 손이 없는" 고립무원의 상황에 구속된 선택, 말하자면 반복된 좌절을 겪은 끝에 어쩔 수 없이 내린 선택이었다는 것은 앞에서 여러 번 확인한 바 있다. 그럼에도 불구하고 '나'는 배신자이다. '나'로서는 받아들이기 어렵고 또 어쩔 수 없었다고는 하지만, '나'에 대한 가족의 기대에 부응한 응답을 돌려주지 않았기 때문이다. '나'는 「눈길」의 주인공과 흡사하게 가족과의 관계에서 부채 운운하며 받은 것이 없으므로 줄 것도 없다고 나름대로 항변하고 있지만, 이러한 변명은 이미 부채의식이 존재한다는 것에 대한 증거일 뿐이다.

만약 '나'와 타자가 대립하고 있다면, 「숨은 손가락」에서 동준과 현우의 반복되는 배신과 복수 관계가 의도치 않은 오만(오해)에서 비롯되었듯이, 그 대립 역시 어떤 선험적이거나 초월적인 이유 때문이라기보다는

---

77) 김승옥, 「산문시대 이야기」, 『뜬 세상에 살기에』, 지식산업사, 1977, 210~211면.

‘나’와 타자의 커뮤니케이션(교환)이 대칭에 이르지 않았기 때문이다. ‘나’와 타자의 커뮤니케이션은 기대했던 응답을 제공하지 않음으로써 그 안에 있는 ‘나’ 혹은 타자를 좌절시킨다. 그 좌절 때문에 누군가가 복수를 꾀한다면, 상대방 역시 복수를 꾀할 것이다. 물론 그 복수의 교환 역시 대칭적이지 않다. 누군가의 복수는 늘 넘치거나 모자란다.

게다가 「해변 아리랑」, 「조율사」 등에서 볼 수 있듯, 어떤 타자 A에게 복수를 꾀하는 ‘나’는 전혀 의도치 않게 또 다른 타자 B와의 커뮤니케이션에 실패함으로써 그를 배신할(좌절시킬) 수 있다. 가령, 자신을 좌절시킨 도시에 대해 작가가 되는 것을 통해 복수하려 했던 ‘나’는 그러한 복수를 계획함으로써 의도치 않게 가족을 배신하게 된다. 그 배신은 또 다른 복수를 부를 것이다. 왜냐하면 주고받음의 대칭적 교환은 어느 한 곳만이 아니라 삶 전체에 걸쳐 있기 때문이다. 교환이 대칭적이지 못할 때 그 전체 삶 중 어딘가에서 채무가 발생하며, 이는 부채의식 나아가 죄의식을 유발한다.

이런 상황에서 ‘나’로서는 좌절에 대해 복수를 꾀하는 것도, 또 결과적으로 욕망을 실현하기 위해 뭔가를 선택하는 것도 결코 쉽지 않다. ‘나’에게는 복수나 욕망 실현을 위한 정당한 행동이 다른 누군가에게는 배신으로 수령될 수 있기 때문이다. 이러한 태도에 대해 이청준 스스로 “겁 많고 옹졸스런 인간관” “의혹과 불신”이라고 비교적 솔직하게 고백하고 있거니와,[78] 이청준 소설에 등장하는 모든 인물들은 이러한 의혹과 불신의 시험으로부터 자유롭지 않다. 이러한 태도는 “어떤 욕망이 충족되는 순간에 병에 걸리는” 증상으로 요약되는, 욕망의 실현을 스스로 지연시키는 강박신경증으로 진단할 수도 있으며,[79] 또 이를 부정적으로 평

---

78) 이청준, 「키 작은 자유인」, 126면.
79) S. 프로이트, 『예술, 문학, 정신분석』, 354면.

가할 수도 있다.[80] 그러나 그 "의혹과 불신"의 구조를 파악하고 이에 근거해 이청준 소설을 읽는 것이야말로 그 속에 내재된 깊이 있는 인간학에 다가가는 첩경이다.

---

80) 이청준 소설의 주인공들이 공유하는 "지연과 망설임"의 태도가 선택과 결단을 '하지 않는' 것을 마치 '할 수 없는' 것처럼 왜곡한다고 볼 수도 있다(김영찬, 「이청준 격자소설의 정치적 (무)의식」, 『한국근대문학연구』 12, 2005, 346~347면).

요구와 응답의 커뮤니케이션

1. 타자의 질문이라는 원인

이청준 소설의 기본 갈등이 '나'와 타자의 관계에서 이루어지는 교환이 대칭에 이르지 못하는 사건에서 비롯된다고 할 때, 가장 가시적이고 일상적인 수준에서 발생하는 교환인 '나'와 타자 간의 대화에 개재하는 비대칭성을 문제 삼고 있는 「퇴원」(1965)은 시기적인 의미에서뿐 아니라 작가의 문제의식의 출발점이라는 의미에서도 등단작이라는 이름에 값한다. 고등학교 동창이 운영하는 내과 병원에 위궤양을 핑계로 입원한 '나'는 독실에서 이삼인용 병실로 옮긴 뒤 창문에 비친 단조로운 풍경을 바라보며 상념에 잠기는 것을 일삼는다. 병실에는 '나' 이외에 "마치 애초부터 벽을 향해 만들어진 가구"처럼 "아주 입을 다물고 돌아누워" 있는 환자와 그를 간호하는 아내, 또 "이야기는커녕 물 한 모금 마실 여유도 없이 배가 부풀어 숨을 헐떡이고" 있는 청년과 그를 간호하는 노인이 있다.

소설의 서두에서 환자의 아내는 적막한 병실 분위기를 따분해 하며 끊임없이 '나'에게 말을 걸어오지만, '나'는 "대화라는 것이 있을 리 없다. 그저 상대방의 얼굴을 빌어 자기 이야기를 지껄이면 그만인 것"이라고 생각한다. 이처럼 상호간에 말을 주고받는다는 기본적인 의미를 상실한 일방적인 대화의 비대칭성은 결국 소설의 결말에 이르러 청년과 노인 사이에서 노골적으로 폭로된다.

> 청년에게는 권고가 처음부터 소용없는 짓이었다. 자기 요구라는 것, 그것을 청년은 알고 있었다. 그리고 그 요구라는 것이 자기에게는 용납되고 있지 않다는 것을 누구보다 더 잘 알고 있었다. 그는 괴로워하고 있었다. 그는 그 요구대로 될 수가 없었다.
> 노인은 훌쩍이고 있었다. 하지만 자기 요구를 알고 있는 자에게 권유가 무슨 소용이 있을 것인가? 권유란 일종의 자기대화 그리고 그 대화는 죽어 나간 그 사내의 여자에게서처럼 스스로를 향한 행위에 불과한 것이었다.
> 모든 요구는 언어가 허용될 수 있는 한계 이전의 것이었다. 팬토마임(…중략…) 마지막 음절에서 자동적으로 입을 폐쇄당하고 나서, 나는 몇 번이고 이 단어의 이미지를 실감했고 한 번도 본 일이 없는 그 연극의 본질에까지도 어떤 예감을 지니게 되었던 것이다. 언어가 완전히 소멸된 거기에는 슬프도록 강한 행동의 욕망과 향수만이 꿈틀거렸다. 허나 나에게는 이미 그 욕망마저도 죽어 버리고 없는 것 같다. 완전한 자기 망각. 그렇게 나는 시체처럼 여기 병실에 누워 있는 것이다.[1]

언어를 매개로 한 교환은 그 기원상 A의 요구에 대한 B의 응답으로 구성된다. 가령 '나는 배고프다'라고 말한다면, 이 발화는 의미에 대한 진술(발화행위)인 동시에 배고프니 먹을 것을 달라는 요구(발화수반행위)이

---

1) 이청준, 「퇴원」, 『별을 보여 드립니다』, 일지사, 1971, 21면.

며 나아가 이 요구를 상대방이 받아들여 실제 음식을 제공하도록 하는 설득(발화효과행위)일 수 있다. 오스틴의 설명에 따르면, 발화행위는 "어떤 것을 말하는 것이 어떤 것을 행하는 것"이고 발화수반행위는 "어떤 것을 말하는 가운데 어떤 것을 행하는 것"이며 발화효과행위는 "어떤 것을 말함으로써 어떤 것을 행하는 것"을 의미한다.2) 이 과정 중 어떤 것이 실패하면 언어의 교환(커뮤니케이션) 역시 실패하고 화자는 좌절을 겪게 된다. 장막에 물이 차기 때문에 아무것도 먹지 못하는 청년에게 뭐라도 먹으라는 노인의 권유 역시 요구의 완곡한 표현임에 틀림없다. 청년 역시 뭔가 먹기를 원할 것이다. 그러나 청년이 스스로 뭔가를 먹고 싶다고 말하거나 옆에서 간호하는 노인이 뭐라도 먹으라고 말하는 것과 같은 요구들은 실제로 무엇을 먹는 행동으로 이행하지 못한다. 그 요구는 어떠한 응답도 되돌려 받지 못한다는 점에서 교환에 실패했으며, 또 그 요구의 매체인 언어 역시 교환되지 못한다. 표면적으로 청년과 노인은 서로에게 말을 건네고 있지만, 기실 그들은 "스스로를 향한 행위"로서의 독백을 계속하고 있을 뿐이다.

청년과 노인의 대화 아닌 대화를 지켜보던 '나'는 무언극을 연상하면서 "모든 요구는 언어가 허용될 수 있는 한계 이전의 것"이며, 따라서 언어로 표현된 요구 너머의 영역이 불가피하게 존재한다는 사실을 강조하고 있다. 이 장면이 대화에서의 곤경이라는 소설의 주제와 직접적으로 닿아 있다는 사실에 대해서는 『사상계』 신인문학상의 심사평에서 이미 지적된 바 있다.

　작가는 한 작은 개인 병원 속에 몇 명의 인간을 몰아넣고 있다. 의사
　와 간호부와 두 명의 환자와 한 환자의 아내와 그리고 나. 그렇지만 이

---

2) J. L. 오스틴, 『말과 행위』, 김영진 옮김, 서광사, 1992, 139면.

몇 명의 사이에서 아무런 대화도 맺어지지 않는다. 문제는 바로 여기에 있다. (…중략…) 착실하고 질긴 언어와 적확한 묘사가 우리를 끈다. 그러나 끝까지 읽고 나면 석연치 않은 느낌이 간다. 작가가 마지막에 이르러 강조하는 무언극의 진정성에 대해서 의심이 간다. 그는 "모든 요구는 언어가 허용될 수 있는 한계 이전의 것이었다"라고 자신 있게 말하고 있다.

정말일까? 내레이터인 '나'는 '언어의 한계'를 알기 위해서 무슨 실험과 추구를 해 나갔단 말인가? 그는 애초부터 삶은 무언극이라는 가정을 세워 놓고 자아와 타인의 합치를 위한 일체의 기도를 우정 거부하려는 자세를 취하고 있는 것이 아닐까?

'나'는 냉철한 관찰자도 아니고 타인과의 만남의 시도를 극한까지 추구하려는 것도 아니다. 이 단편의 애매성은 바로 여기에 있다. (…중략…) 그러면서도 우리는 바로 이러한 애매성 때문에 「퇴원」을 당선작으로 결정했다. 매우 예민한 감수성과 재치 있는 관찰과 그리고 삶의 어떤 양상을 기존적 사고방식 밖에서 다루려는 의욕을 지닌 이 애매성 속에 풍요한 가능성을 발견할 수 있었기 때문이다.[3]

「퇴원」의 장단점에 대한 평가는 대체로 정확하다고 할 수 있는데, 이 소설에서 가장 애매한 문제로 지적된 것은 '나'의 의심스러운 태도이다. "냉철한 관찰자도 아니고 타인과의 만남의 시도를 극한까지 추구하려는 것도 아니"라는 지적대로 '나'는 청년이 처한 상황을 관찰하는 동시에 그 상황을 일반화하여 자신에게까지 확대시킨다. 이러한 일반화는 정당한 것인가? 청년의 처지는 비교적 명확하다. 그는 자기 요구를 분명히 알고 있지만, 언어의 영역에서는 이 요구에 대한 응답을 얻을 수 없다. 이때의 언어는 진술적일 뿐 아니라 수행적인 것이다. 당연히 그는 자기 요구를 말할 수 있고 또 경우에 따라서는 그러한 진술적 발화 자체만으

---

3) 정명환 외, 「애매한 가운데 풍요한 가능성」, 『사상계』, 1965. 12, 270면.

로 충분할 수 있겠지만, 수행적 차원에서 접근할 경우 그 발화가 적절한 응답을 얻을 수 없다면 대화로서 완성된다고 할 수 없다. 오스틴이 든 예처럼 "나는 너에게 이것을 준다"라고 말은 하지만 결코 건네주지 않는다면 그것은 선물이 되지 못하는 것이다.[4] 이와 비교할 때 '나'의 처지는 어떠한가?

여기서 '나'의 애매한 태도는, 우선은 위궤양 치료를 위해 입원한 것으로 되어 있는 '나'가 진짜 환자인지 아닌지 명확히 판단할 수 없다는 애매한 사정과 일치한다. '나'가 환자라면 '나'는 분명히 존재하는 자기 요구를 말로 옮기는 과정에서 문제를 갖고 있는 청년과 같은 처지라고 할 수 있다. 그러나 '나'가 환자가 아니라면, 적어도 청년과 달리 자기가 원할 경우에는 언제든지 공복과 허기를 채워 달라고 말로 요구하고 또 그 요구에 상응한 응답을 받는 것이 가능하다면, 요구는 언어 이전의 것이고 그 결과 삶은 무언극일 뿐이라는 '나'의 결론은 그 진정성이 의심받을 수도 있으며, 심사평에서 지적된 대로 "애초부터 삶은 무언극이라는 가정을 세워 놓고 자아와 타인의 합치를 위한 일체의 기도를 우정 거부하려는 자세를 취하고 있는 것"으로 이해될 수도 있다.

심사평에서 지적된 애매성이 의미하는 바는 이청준 소설의 문제점을 지적할 때 빠지지 않는 항목인 관념성과 크게 다르지 않다. 이는 또한 이청준 소설이 리얼리즘의 관습과 거리가 멀다는 지적과도 쉽게 연결된다는 점에서 주목을 요한다. 간단히 말해, 그 애매성은 대화에 대한 부정적인 판단에 이르는 과정이 심사위원, 나아가 독자 일반의 통상적인 이해의 범위에 비춰볼 때 설득력이 부족하다는 것을 의미한다. 결론부터 말하자면, 청년의 문제와 '나'의 문제는 서로 다르다. 청년의 문제가 자

---

4) J. L. 오스틴, 『말과 행위』, 30면.

기 요구의 언어화에 실패한다는 것이라면, '나'의 문제는 자기 요구 자체가 무엇인지 알 수 없다는 것이기 때문이다. 이는 '나'의 "완전한 자기 망각"으로 이어질 것이다. 이와 관련하여 "원인·결과의 인과론적 세계 인식"과 이청준 소설의 "조작적 세계 인식"을 대비시키고 있는 김현의 논의를 참고할 수 있다.

> 그의 대립적 세계 인식은 세계의 여러 현상을 잘라서 재조정하는 조작적 세계 인식이다. 그의 세계 인식은 조작적이기 때문에, 원인·결과의 인과론적 세계 인식과는 그 구조가 다르다. 그의 소설 속의 행위가 결정론적으로 해석되지 않음은, 아니 오히려 그런 해석을 거부하는 것은 그것 때문이다. 행위는 행위이되, 그 행위는 갇힘/벗어남의 대립 관계만을 보여 줄 따름이다. 그래서 상당수의 그의 소설 속의 행위는 앞에 인용한 「퇴원」의 주인공의 회상과 마찬가지로 납득할 수 없는 행위들이기 일쑤이다. 어떤 행위를 납득할 수 없다는 것은 그 행위의 원인·결과를 모른다는 것과 다름없다. (…중략…) 조작적 세계 인식은 원인·결과적 세계 인식의 단순성을 비판할 수 있는 정신적 조작을 가능케 한다. 원인·결과적 세계 인식은 어떠한 원인이 주어지면, 어떠한 결과가 반드시 노출된다는 단순한 세계 인식이다. 그러나 인간의 행위는 그렇게 단순한 것이 아니다.5)

김현은 인과론적(결정론적) 세계 인식을 문제 삼으면서 "인간의 행위는 그렇게 단순한 것이 아니다"고 단정하고 있지만, 인과 관계에 의해 설명될 수 있는 행동이 보다 쉽게 납득될 수 있다는 점을 부인하기란 어렵다. 가령, 청년의 경우 역시 '그에게 먹으라고 말하는 것은 대화(언어)의 한계를 드러낸다. 왜냐하면 그는 어떤 경우에도 먹을 수 없기 때문이다'와 같은 인과 관계에 의할 때 쉽게 이해될 수 있다. 그러나 김현에 의하

---

5) 김현, 「욕망과 금기」, 『문학과 유토피아―공감의 비평』, 문학과지성사, 1992, 249~250면.

면 이청준 소설의 주인공은 으레 그렇다는 듯 인과 관계에 의해 파악되기 어려운 행동을 일삼고 그 결과 그의 행동은 요령부득으로 보인다는 것이다.

납득하기 어려운 주인공의 행동에 대한 지적은 대개 "인물의 성격이나 개성을 구체적으로 형상화하는 점에 있어서는 실패"라거나 "인물들이 자유롭게 생동하면서 스스로 삶의 공간을 채워 나간다기보다는 작가의 생각을 치밀하게 대변하는 꼭두각시에 불과"하다는 등의 확인을 거쳐 이청준 소설이 관념적이거나 사변적이라는 비판적 평가로 이어진다.[6] 리얼리즘과 관련된 경우도 사정은 비슷하다. 리얼리즘 개념은 연구자들의 관점에 따라 무시할 수 없는 편차를 보이기 때문에 그 자체를 본격적으로 다루지 않는 한 쉽게 접근할 수 있는 문제가 아니지만, 원인·결과의 연쇄라는 측면에서 비교적 용이하게 접근할 수 있다.

이때 원인과 결과를 어느 수준에서 설정하는가에 따라 풍속적이거나 역사적인 리얼리즘 또는 개인적이거나 사회적인 리얼리즘 등으로 분기될 수는 있겠지만, 리얼리즘에서의 리얼리티가 행동이나 사건의 인과 관계를 주요한 참조항으로 상정한다는 점에 대해서는 별다른 이견이 없을 것이다. 하우저에 의하면, 리얼리즘 소설의 리얼리티는 "심리적 진실의 개념은 인과율의 원칙에서, 플롯의 올바른 구성은 우연과 기적의 제거에서, 그 환경묘사는 모든 자연현상이 제반 조건과 동기의 끝없는 연쇄작용의 일환이라는 개념에서, 특징적인 디테일의 활용은 아무리 하잘것없는 사실도 흘려버리지 않는 과학적 관찰의 방법에서"와 같이, 다양한 차원에서 작동하는 인과 관계를 참조한다.[7] 이런 맥락에서 이청준 소설의

---

6) 장경렬, 「알레고리의 소설 미학」, 『숨은 손가락』, 열림원, 2001, 264~265면.
7) A. 하우저, 『문학과 예술의 사회사—현대편』, 백낙청·염무웅 옮김, 창작과비평사, 1974, 66면.

세계가 인과론적으로 설명되지 않다는 김현의 지적은 그가 의도했든 그렇지 않든, 그것이 리얼리즘에 결격이라는 점에 대한 적절한 증거가 될 수 있으며, 이에 따라 별다른 분석 없이도 "이청준의 많은 작품들[에서는] 사실주의적 논리가 무시"된다는 식의 비판이 간단히 통용될 수 있다.8)

이러한 비판의 빌미를 제공하고 있음에도 불구하고 김현은 인과론적 세계 인식과 관련해서 더 이상의 해명을 보충하지 않는다. 사실, 김현이 제시하고 있는 "인과론적 세계 인식"과 "조작적 세계 인식"의 대비라는 논의 구도 자체가 엄밀한 논리나 개념의 차원에서 설정된 것이라기보다는 1960년대 당시 20대였던 젊은 작가들의 새로운 문학성을 옹호하려는 세대론적 기획의 일환으로 설정된 것이라고 보는 것이 타당한바, 이때 김현의 의도는 조작적 세계 인식의 의의를 밝히는 데 현저히 치우쳐 있다.

실제로 김현은 이청준을 비롯한 서정인, 김승옥, 박태순, 홍성원 등 대표적인 1960년대 작가의 공통적 특징을 계열화하기 위해 여러 자리에서 조작적 세계 인식과 그것의 연장선상에서 이해할 수 있는 "정신적 조작" "의식적 조작" "지적 조작" "내적 조작"과 같은 표현을 관용적으로 사용하고 있으며, 이를 통해 1960년대 작가에게는 현실 사회나 역사에 대한 의식이 결여되어 의식(관념)의 유희나 사소주의적(trivialistic) 경향이 무분별하게 드러난다는 식의 비판과 대립하고 있음을 볼 수 있다. 이때 조작은 사르트르의 「존재와 무」를 포함한 현상학적 용법을 참조해 의식이 외부의 대상을 자기 앞에 세우는 조정 혹은 정립의 의미로 사용된 것으로 보인다. 사르트르에 의하면 의식이 외부의 대상을 정립할 때 거리가

---

8) 백낙청, 「민족문학의 새로운 고비를 맞아」, 『민족문학과 세계문학』 2, 창작과비평사, 1985, 88면.

발생하며, 특히 '나'에 대한 정립적 의식이 반성적 의식이다.[9] 김현이 조작적 인식이라는 말로 강조하려 한 것 역시 "상대방과 자아의 거리감" 이나 "대상과 관찰자와의 거리" 그리고 "그 거리감에 대한 자각"이다.[10]

> 55년대 작가들이 만든 주인공들의 가장 큰 특성 중의 하나는 그들이 대부분 자신의 상황을 무의지적으로 수락해 버린다는 것이다. 상황의 절대적인 압력을 그들은 선험적인 것으로 받아들인다. (…중략…) 반면에 65년대 작가에 이르면서 소설의 주인공들은 섬세한 변모를 감수한다. 55년대 작가들의 무의지적이며 수동적인 주인공들의 의식이 점차 깨어나기 시작하고, 자기 환경과 상황의 의미를 캐어 내려는 시도를 시작하게 된다. 이 말은 65년대 작가들의 주인공들이 승리한 인간이라는 것을 의미하지는 않는다. 마찬가지의 조건, 마찬가지의 상황 속에 위치해 있으면서도, 65년대 작가들의 주인공들은 그 상황을 뚜렷이 인식함으로써 그 상황을 극복해 내는 것이다.[11]

위의 인용에서 전후 작가와 1960년대 작가의 비교를 통해 김현이 부각시키고자 한 주제가 상황과의 거리두기라는 점을 확인할 수 있다. 손창섭과 장용학 등의 전후소설에서 전형적으로 드러나는 장면과 같이, 가령 폭탄이 저기가 아니라 여기에 떨어졌다면 죽을 수도 있었을 주인공에게 의지와 능동을 요구하기에는 외부 상황의 구속력이 압도적으로 우월하다.[12] 이때 '나'는 상황에 전적으로 종속되어 있는 수동적 존재이며, 그 결과 '나'는 부재한다. 이런 점에서 전후소설은 절박한 상황에 대한 엄숙한 긴장을 보여 주고 있지만, 그와 동시에 "엄숙주의의 밑바닥에는

---

9) 변광배, 『존재와 무—자유를 향한 실존적 탐색』, 살림, 2005, 133~141면.
10) 김현, 「세대교체의 진정한 의미」, 『세대』, 1969. 3, 204면.
11) 김현, 「구원의 문학과 개인주의」, 『현대한국문학의 이론/사회와 윤리』, 문학과지성사, 1991, 383~384면.
12) 조현일, 『전후소설과 허무주의적 미의식』, 월인, 2005, 149~152면.

모든 책임이 전쟁으로 돌려져도 좋다는, 따라서 자기 자신에게는 책임이 없다는 일종의 도식적인 안일주의가 깔려 있었던 것”이라는 평가로부터 자유롭기는 어렵다.13) 이와 달리 1960년대 작가는 의식의 유희나 사소주의적 경향을 드러내기는 하지만, “자기 환경과 상황의 의미를 캐어내”고 “상황을 뚜렷이 인식함으로써 그 상황을 극복해 내”려는 시도를 계속한다. 김현이 말하는 조작적 인식은 이러한 시도를 위한 방법이며, 외부의 상황을 구성하고 있는 사물 및 타자로부터 거리를 두는 동시에 그 상황에 속해 있는 ‘나’로부터도 거리를 두는 것을 의미한다. 곧, 의식이 조작을 거쳐 사물과 타자, 그리고 ‘나’까지도 대상화하는 데 성공함으로써 그 의식에 의해 비로소 세계에 의미가 부여될 수 있다.

주인공의 반성적 태도가 두드러진다는 통상적인 평가를 따를 경우, 이청준 소설에 대한 김현의 분석은 적절한 것처럼 보이기도 한다. 그러나 주인공의 의식이 사물과 타자 혹은 자기 자신에 대해 반성적 태도를 취하고 있다는 점에 대한 강조는 상황에 대한 의식의 우위를 주장할 수 있는 근거를 마련하는 데는 도움이 되는 반면, 그럴수록 주인공의 의식이 일방적으로 작동하고 있다는 혐의를 증대시키기도 한다. 후자에 대해서는 관념적, 사변적 혹은 비리얼리즘적이라는 비판이 여전히 가능하다. 예컨대, 1960년대 작가군의 신세대적 의의를 밝히는 데 열심이었던 김현과 달리 백낙청은 “앞서 ‘60년대 문학’론을 언급했으나 이는 지금 수준으로 보면 일시적 에피소드에 불과”할 뿐, 획기적인 변화는 “70년대 초에 본격화된 민족문학론과 민족문학운동”에 있으며 “60년대와 70년대를 가르는 결정적 차이가 어떤 ‘신세대적 감각’이 아니라 김지하의 「오적」과 황석영의 「객지」로 표상되는 새로운 문학정신의 대두”라는 입장

---

13) 천이두, 「계승과 반역」, 『우리 시대의 작가연구총서─이청준』, 은애, 1979, 158~159면.

을 취한다. 여기서 1960년대 작가는 "내성적 폐쇄성" "자의식 과잉" 등과 같은 부정적 꼬리표를 쉽게 떼지 못한다.14)

물론 이청준 소설에 리얼리즘에 의해 설명될 수 없는 부분이나 관념적인 요소가 적지 않은 것이 사실이며, 또 이청준 소설에 국한되지 않고 한국문학 전체를 대상으로 오랫동안 진행되어 온 리얼리즘 논쟁의 관성적 힘을 쉽게 무시할 수 있는 것도 아니지만, 이청준 소설을 옹호하는 측이나 비판하는 측 모두 주인공이 세계를 인식하거나 형상화하는 데 있어 자의적이거나 일방적인, 즉 상황으로부터 무관한 태도를 취하고 있다는 판단을 서둘러 내린 감이 없지 않다. 특히 김현의 경우, 이청준 소설의 세계 인식을 해명하면서 '무엇을 위해서'라는 목적만이 아니라 '무엇 때문에'라는 원인을 밝히려는 노력이 상대적으로 부족했다고 할 수 있다. 인과론적 세계 인식과 관련시켜 말하면, 이청준 소설을 이해하기 위해서는 원인 없음을 전제한 상태에서 출발할 것이 아니라 가시적인 인과 관계의 이면에 숨어 있는 심층적인 원인에 대한 파악이 필요하다는 것이다.

가령 거리두기라는 문제를 살펴볼 때, 「퇴원」에서 창밖의 풍경과 병실의 환자들을 관찰하고 있는 '나'는 전형적으로 사물과 타자를 대상화하는 태도를 취하고 있는 것처럼 보이지만, 정작 '나'를 괴롭히는 문제는 거꾸로 자기 자신이 타자에 의해 관찰되는 존재, 즉 타자의 의식에 의해 수동적으로 대상화되는 존재일 수밖에 없다는 사실이라는 점에 주목할 필요가 있다. 다시 말해, '나'가 타자를 대상화함으로써 거리를 둘 수 있다는 것과 전혀 별도로 '나' 역시 자기도 모르는 사이에, 또 자기가 개입할 수 없는 수준에서 타자에 의해 대상화될 수 있다. 시선에 의한

---

14) 백낙청, 「시민문학론」, 『민족문학과 세계문학』 1, 창작과비평사, 1978, 65면; 백낙청, 「2000년대의 한국문학을 위한 단상」, 『창작과 비평』, 2000. 봄, 214면.

거리두기는 '나'만의 독단적인 전유물이 아니라 다른 어떤 타자에게도 가능한 것이며, 따라서 '나'가 누군가를 대상화할 수 있다면 그 누군가도 '나'를 대상화할 수 있다는 점에서 거리두기의 시선은 일방적인 것이 아니라 상호 교환적인 것이다.

> "선생님은 아마 적적하실 때, 거울을 들여다보신 적이 없으신가 봐요. 거울을 들여다보느라면 잃어진 자기가 망각 속에서 살아날 때가 있거든요."
> "참 괴상한 취미로군요."
> "그렇게 생각되실지도 모르죠. 제가 틀리지 않다면 선생님은 분명 내력 깊은 이야기가 있으실 분인데, 그 이야기가 너무 깊이 숨어 버린 것 같거든요."
> 나는 미스 윤이 왜 이런 소리를 지껄이고 있는지 알 수가 없었다.
> 이상하다. 이 여자는 틀림없이 나의 병세를 알고 있는 모양이다. 거울을 봐라? 그러면 제가 어쩌겠다는 것인가? 나는 침상 위에 벌렁 드러누워서 한동안 미스 윤과 씨름을 하고 있었다. 어쩐지 조금이라도 미스 윤의 환영을 나의 내부에 들여보내어서는 안 될 것 같은 두려운 생각이 들었다.15)

게다가 위의 인용에서 보듯 '나'가 자기 자신을 대상화하는 반성적 시선에 관한 한, 그 출발점은 '나' 쪽에 있지 않고 명백히 타자 쪽에 있다. 병원에서 근무하는 간호사 미스 윤은 '나'에게 거울을 들여다볼 것을 권한다. 거울에 비친 자기를 바라보는 것은 반성적 시선의 가장 일반적인 형태이다. '나'는 윤의 권유(요구)를 받아들여 거울을 볼 수도 있고 그렇지 않을 수도 있다. 그것은 '나'의 자유이다. 그러나 중요한 것은 '나'가 거울을 통해 자기를 바라보든 그렇지 않든, '나'는 이미 윤에 의해 보여

---

15) 이청준, 「퇴원」, 17면.

지고 있는 존재라는 사실이다. 이는 '나'의 반성적 시선에 의해 '나' 자신이 하나의 존재로서 정립되기 이전에 이미 타자의 시선에 의해 정립된 '나'가 존재함을 의미한다.16) '나' 자신도 알 수 없는 "내력 깊은 이야기"가 '나'에게 있으리라고 확신하고 이를 찾을 것을 요구하는 윤의 태도는 이러한 사실의 증거이다.

윤은 거듭해서 '나'에게 내력 깊은 이야기가 있을 텐데 그것을 잊어버렸으며, 그 결과 '나'는 자기 망각의 상태에 머물러 있다고 말한다. 그러나 윤이 보고 있는 대상임이 분명한 '나'는 자기 자신을 증명해 줄 내력 깊은 이야기가 무엇인지, 심지어는 그런 것이 있기나 한 것인지조차 알지 못한다. 그렇다면 윤이 잘못 본 것인가? 그러나 그러한 판단과 무관하게 '나'는 윤이 자기를 바라보고 있다는 사실만으로도 불안과 두려움을 느낀다. 또, 사실 '나'는 윤이 '나'에 대해 알고 있는 만큼도 자기에 대해 알지 못하기 때문에 윤이 '나'를 제대로 보고 있는지 아니면 오해했는지 판단할 수도 없다.

위에서도 잠시 언급했듯이, 「퇴원」은 '나'가 환자인가 아닌가 라는 수수께끼를 중심으로 전개되고 있다. 수수께끼는 질문이되 답하기 어려운 질문이다. '나'에게 숨겨진 내력 깊은 이야기가 그 질문에 대한 적절한 답임에는 틀림없지만, '나'는 그 답을 알지 못한다. 보다 엄밀히 말하면, 질문을 받기 전에는 그러한 답이 있다는 사실조차 알지 못했으며, '나'를 바라보는 타자가 질문을 던졌을 때 비로소 답을 찾기 시작한 것이다. 물론 그 탐색은 '나'가 '나' 자신을 대상으로 한 것이므로 당연히 반성적인 탐색이지만, 그렇다고 해서 그것이 가령 반성적 '나'와 경험적 '나' 사이에 형성되는 내성적 관계 안에서 완결될 수 있는 성질의 것은 아니

---

16) J.-P. 사르트르, 『존재와 무』 1, 손우성 옮김, 삼성출판사, 1976, 443면.

다. 왜냐하면 탐색의 결과로 얻어진 답이 애초에 질문을 던진 타자에게 되돌아가 답으로서 인정받아야 하기 때문이다.

　윤과 '나'의 관계는 「소문의 벽」에서 "자신의 생애에 관해 기억해 낼 수 있는 모든 것을 진술할 것"을 요구하는 심문관과 이에 답해야 하는 G의 관계를 예비하고 있다. G가 자기 나름에는 열심히 고백하지만 심문관이 이를 인정하지 않는 것처럼, '나' 역시 질문에 대한 답으로 군대 시절의 뱀잡이 경험을 되살려 내고 "귀를 기울기고 있으리라 믿고 한참 동안 그 뱀에 대한 이야기를 늘어놓"지만 윤은 이를 듣지 않는다. 윤의 질문은 '나'에 대한 질문이고 또 '나'만이 답할 수 있는 질문이라는 점에서 반성적 질문이지만, 그 질문에 대한 답이 단지 '나'에게만 제출되는 것이 아니라 윤이라는 타자에게까지 도달해야 한다는 점에서 반성적 질문 이상의 것이다. 그 질문에 대한 판단의 최종 심급은 타자에 속해 있다.

　「퇴원」에서 타자와의 커뮤니케이션은 '나'와 윤의 대화만으로 드러나는 데 그치지 않고, '나'와 준, 그리고 '나'와 아버지의 관계로까지 이어진다. 제대 후 고등학교 동창이자 자신의 가정교사 노릇을 했던 의사 준의 병원으로 기어든 '나'는 "그러니까 내가 제대를 하고 준을 다시 찾아간 것은 아예부터 무엇을 돌려받자는 생각에서였던 것은 물론 아니었"으며 따라서 "추호도 빚을 받는다는 생각은 없었다"고 말한다. '나'에 대한 윤과 준의 태도를 비교하면, 윤은 '나'를 바라보는 타자인 동시에 '나'에게 질문하는 곧 '나'의 응답을 요구하는 타자인 데 비해, 준은 명시적으로 뭔가를 요구하지 않고 무관심한 듯 기다리면서 '나'를 바라보기만 하는 타자이다. 그러나 윤처럼 굳이 가시적인 수준에서 실제로 질문하고 응답을 기다릴 필요는 없다. 타자가 '나'를 바라보는 것만으로도 '나'는 이미 '너는 왜 나를 바라보는가?'와 같은 질문을 마주하게 되기 때문이다. 그리고 이 질문은 "당신이 원하는 것은 무엇인가?(che vuoi?)"라

는, 타자의 요구에 대한 질문으로 변환된다.17) 준이 말없이 기다리는 것
에 대해 "이쯤 되었으면 오늘은 무슨 시원한 소리가 있으려니 하고 나는
은근히 기다리고 있"다는 것은, 오히려 질문 없이 바라보기만 하는 것이
'질문할 때가 이미 지났는데 왜 질문하지 않는가?'라는 또 다른 부가적
인 질문을 낳을 수도 있음을 보여 준다.

「퇴원」에서 타자로부터 받은 시선이나 질문에 대해 어떤 응답을 되돌
려주지 못한다는 형태로 드러나는 커뮤니케이션의 곤경과 관련된 최초
의 사건은 광 속에 쌓여 있던 볏섬 사이의 틈에 어머니와 누이들의 속옷
을 깔아 놓고 잠을 즐기던 '나'가 아버지에게 그 모습을 들켰던 어린 시
절의 경험으로 거슬러 올라간다. 이 장면이 어머니와의 관계에서 발생하
는 만족이 아버지로 대표되는 현실에 의해 금지되는 사건을 상연하고
있음에 틀림없고 또 여러 연구자들에 의해서도 그와 같이 해석되어 왔
지만, 이 장면이 구성하고 있는 실패가 궁극적으로는 커뮤니케이션의 실
패라는 점에도 주목할 필요가 있다.

> 그런데 어느 날은 거기서 너무 오래 잠이 들어 있다가 아버지가 비춘
> 전짓불 빛을 받고서야 눈을 떴었다. 아버지는 아무 말도 하지 않고 그대
> 로 광을 나가더니 나를 남겨 둔 채 문에다 자물쇠를 채워 버렸다. 그 문
> 은 이틀 뒷날 저녁때 열렸다. 나는 광에다 나를 가두어 놓은 동안 밖에
> 서 일어난 일에 대해서는 아무것도 모른다. 그러나 문이 열렸을 때, 거기
> 있던 옷가지는 한 오라기도 성한 것이 없이 백 갈래 천 갈래로 찢기어
> 있었다.
> 이틀을 굶겨 놔도 배고픈 줄을 모르는 놈입니다. 저놈은.18)

---

17) J. 라캉, 『욕망 이론』, 권택영 외 옮김, 문예출판사, 1994, 138면.
18) 이청준, 「퇴원」, 13면.

이 장면에 대해 김현이 "속에 들어가 있으면 부드러운 느낌을 얻게 되고 그것은 기분 좋은 잠을 유발한다는 감각적인 체험"과 "그 감각적 황홀을 방해하는 것은 어머니, 누이와 대립되는 인물인 아버지의 전짓불"의 이항 대립이라는 내적 구조를 찾아내고, 또 이를 "꿈/현실, 비현실적인 것의 기능/현실적인 것의 기능, 쾌락 원칙/현실 원칙" 등의 대립으로 확장시켜 이해했다는 것은 앞에서도 말한 바 있거니와 이것이 적절한 분석임에는 의심의 여지가 없다. 그러나 이러한 분석은 사건의 전제 조건을 형성하는 구조에 집중되어 있어, 정작 사건의 전개 자체에 대해서는 충분한 설명을 제공하고 있지 못하다.

'나'는 아버지가 전짓불을 비춰 자기를 확인하고는 바로 문을 잠갔다가 이틀 뒤에 문을 열어 주었다고 회상하고 있다. 이러한 회상에 따르면 아버지의 자의적인 행동에 '나'가 수동적으로 당하기만 한 것이므로, 이때 '나'와 아버지의 관계는 지극히 일방적인 것처럼 보인다. 그러나 이 관계 역시 일종의 커뮤니케이션이다. '나'에게 전짓불을 비추는 것을 통해 시선을 던지는 아버지는 아무 말도 하지 않고 있음에도 불구하고 바라보는 동시에 질문하고 있으며, 당연히 그 질문에 대한 응답을 기대하고 있다. 그 질문의 내용이 무엇인지를 살피는 것은 그다지 중요하지 않다. 중요한 것은 아버지는 뭔가 응답을 기대했으나 '나'는 아무것도 돌려주지 않았다는 점이다. 그 응답에의 기대가 어그러졌기 때문에, 아버지는 '나'에 대해 "이틀을 굶겨 놔도 배고픈 줄을 모르는 놈"이라는 최종 평가를 내리게 된다.

다시 말해, 광 속에서 잠을 즐기는 괴상한 버릇 그 자체는 "배고픈 줄을 모르는 놈"이라는 평가와 직접적인 관련이 없다. 이러한 평가는 '나'가 자신의 행동에 대해 변명하거나 잘못했다고 사죄하거나 하다못해 배고프다고 애원하거나, 여하간 어떤 식으로든 아버지에게 반응을 해야 했지만 그러지 않았거나 그러지 못했다는 데서 비롯된 것이다. 따라서 "이틀을 굶겨 놔도 배고픈 줄을 모르는 놈"이라고, 나아가 "너는 제구실도 한 번 못해 볼 게다"라고 공공연하게 비난할 정도로 아버지가 '나'를 인정하지 않게 된 이유는 '나'가 광 속에서 잠을 즐기는 괴상한 버릇을 갖고 있다는 사실 때문이 아니라 '나'를 바라보는 아버지에게 아무 응답도, 심지어는 애원조차도 하지 않았다는 사실 때문이라고 해야 한다.

통상적인 경우라면, 또 위의 장면에서 자연스럽게 연상되는 오이디푸스 콤플렉스의 극복에 성공하는 경우라면, '나'는 아버지의 요구에 대해 어떻게든 응답함으로써 가족 구성원으로서의 아들이 되고, 나아가 사회화된 존재가 될 수 있었을 것이다.[19] 그러지 못했으므로 '나'는 자기를 상실하고 나아가 "제구실도 한 번 못해 볼" 존재가 된다. '나'에 대한 아버지의 인색한 평가는 단 한 번의 예외를 제외하고는 대체로 들어맞았다고 할 수 있는데, 그 예외가 바로 '나'가 윤에게 이야기하려고 했던 군대에서의 뱀잡이 경험이다. 여기서 제구실을 한다는 것은 타자의 요구에 제대로 응답한다는 것을 의미한다.

내력 깊은 이야기를 요구하는 윤에게 제시한 뱀잡이 경험에서 '나'는 뱀을 잡아오라는 군대 상관들의 요구를 충실히 따름으로써 사람 구실을 수행할 수 있었다. 그러나 이 경험은 타자의 요구에 무조건 긍정으로 응답할 수밖에 없는 군대라는 상황에서 발생한 것이라는 점에서 타율적이다. 이런 측면에서 윤의 질문에 대한 응답으로 뱀잡이 경험을 말하는 것은 일종의 역설이다. 윤이 내력 깊은 이야기라는 이름으로 요구한 것이 '나'의 자기 증명을 위한 이야기인 데 반해, 이러한 요구에 대해 '나'가 제시한 것은 지극히 타율적인, 따라서 자기 부재 증명이라고 명명하는

---

19) 김성경, 「이청준 소설 연구—외디푸스 서사 구도를 중심으로」, 연세대 박사논문, 2001, 36~37면.

것이 더 적절한 이야기이기 때문이다. 윤이 이를 인정할 수 없었던 것은 당연하다.

그렇다면 이와 달리, 내력 깊은 이야기를 요구하는 윤에게 어린 시절의 전짓불 사건에 대해 말하는 것이 더 적절했을까? 그것이 뱀잡이 경험에 비해 더 근본적(외상적)이라는 점에서는 일리가 없지 않으나,[20] 전짓불 사건 역시 역설이라는 점에서는 동일하다. 왜냐하면 그 사건의 내용은 '나는 타자(아버지)의 요구에 응답하지 않는다'라고 요약할 수 있는데, 대답을 요구하는 타자(윤)에게 그 사건에 대해 말하는 것은 '나는 타자에게 대답하지 않는다고 대답한다'와 같은 역설적 효과를 발생시키기 때문이다.

「퇴원」에서 '나'는 타자의 요구에 전적으로 따르는 타율적인 존재로서 제시되거나 혹은 타자의 요구에 응답하지 않는 존재로서 현상한다. 이 두 존재가 반드시 구별되는 것만은 아니다. 가령, 자신의 요구에 따를 것을 강요하는 억압적인 타자 앞에서 '나'는 타율적이 되거나 혹은 응답하기를 거부할 수 있다. 또, 이청준 소설을 대상으로 한 상당히 많은 연구에서 타율적이거나 응답하기를 거부하는 주인공에 대한 해석을 1960~70년대의 권위주의적 사회 분위기와의 관련 속에서 진행해 왔다는 점에서 억압적인 타자라는 작인이 별 이견 없이 받아들여져 왔다고 할 수 있다.

그런데 이청준 소설에서의 타자는 단순히 '나'와 대립하는 혹은 '나'를 억압하는 작인으로만 기능하지는 않는다. 예컨대, 「퇴원」에서 자유당 정권의 부패 관리로 설정된 아버지는 그렇다 해도, 준이나 윤에게서 억압적인 성격을 발견하기란 거의 불가능하다. 그들은 그저 타자일 뿐이지

---

20) 이승준, 「이청준 소설에 대한 정신분석적 연구」, 고려대 박사논문, 2002, 37면.

만, 단지 타자라는 바로 그 이유만으로 '나'에게 질문하고 또 응답을 요구하며, '나'는 대체로 이에 응답하는 데 실패한다. 이런 측면에서 「퇴원」의 갈등은, 억압적이든 그렇지 않든 타자라는 존재 일반과 '나' 사이의 커뮤니케이션은 본질적으로 불안을 야기할 수밖에 없다는 보다 보편적인 맥락에서 발생한다.

이러한 측면은 이청준 소설의 평가와 관련하여 미묘한 문제를 낳는다. 가령, 주인공이 말하지 못하는 원인을 어떤 형태로든 억압적인 권력에서 찾을 수 있다면, 이청준의 소설은 당시의 권위주의적 정치권력을 비판하는 알레고리로 이해될 수 있으며, 또한 민족문학 및 리얼리즘 문학 담론에 의해 부분적이나마 자유주의 문학의 성과로 긍정되기도 한다.[21] 반면, 권력의 억압이라는 원인이 의심받는다면 이청준 소설은 사회와의 연결고리를 상실한 관념성의 문학으로 재단될 것이다. 이런 위험에도 불구하고 이청준 소설이 '권력 : 개인'이라는 이분법적 대립만으로 설명될 수 없다는 것은 분명하며, 이에 대해 김진석은 "권력은 억압하고 그 반대로 펜 또는 지성은 표현의 자유와 해방을 원한다는 논리는 맞지 않는다"고 단언한 바 있다.[22]

그렇다면 이청준 소설은 지극히 관념적이거나 개인적인 차원에서만 전개되고 있는 것인가? 이런 방향을 극단적으로 따르면 이청준 소설의 주인공들은 언어(텍스트)에서의 의미의 불확실성이나 결정불가능성을 즐기고 있다는 다분히 해체주의적인 이해로 이어질 수 있다. 그러나 적어도 그들이 겪고 있는 문제가 자기폐쇄적이거나 자기중심적인 속성에서 비롯한 것이 아니라 반대로 타자의 시선에 의해 촉발된 것이며,[23] 따라

---

21) 윤지관, 「억압사회에서의 소설의 기능—이청준 문학의 의미와 한계」, 『실천문학』, 1992. 봄, 158~160면.
22) 김진석, 「짝패와 기생—권력과 광기를 가로지르며 소설은」, 『작가세계』, 1992. 여름, 89면.

서 김현에 의해 인과 관계를 따르지 않는 것으로 해석된 주인공의 행동 역시 바로 타자, 곧 타자의 시선 혹은 타자의 질문(요구)이라는 원인에서 비롯된 것으로 보는 것이 타당하다.

아마도 인과 관계에 의해 이해되기를 거부하는 것처럼 보이는 주인공의 대표적인 사례는 원인 없는 병, 즉 "환부다운 환부가 없는" 병을 앓고 있는 「병신과 머저리」(1966)의 동생('나')일 것이다. 그러나 '나'를 환부 없는 환자 혹은 "영영 문을 열지 않을 성주"로 만든 것 역시 바로 혜인이라는 타자의 시선이다. 그녀가 '나'를 바라보기 전까지는 '나'는 환자도 아니었고, 그 안에 "내력 깊은 이야기" 따위를 감추고 있는 "영영 열리지 않을 문의 성주"도 아니었다는 점에서 「병신과 머저리」의 주인공은 「퇴원」의 주인공과 마찬가지로 꾀병이 아니라 타자라는 병을 앓고 있다.24)

이청준의 두 번째 발표작 「임부(姙夫)」(1966) 역시 타자의 요구와 그에 대한 '나'의 응답의 사례를 다루고 있다. 자기에 대해 아는 것이 별로 없는 「퇴원」의 '나'와 비교할 때, 「임부」의 '나'는 자기에 대한 파악을 지나치게 빨리 완료한 상태이다. 복국을 잘못 먹어 부모가 세상을 뜨자 고아원에서 사팔뜨기 누이와 함께 자랐고, 전람회 특선의 감격을 안고 미술학교에 진학했으나 결국 장의차 운전사로 낙착되고 만 삶의 경과 속에서 '나'는 "불평을 해 보아야 별 요량이 나서지 않는다는 것을 너무나 일찍 알아 버"린다. 좌절과 거절이 미묘하게 얽힌 '나'의 태도를 반성적

---

23) 이수형, 「1960년대 소설과 자의식의 드라마」, 『1960년대 소설 연구─자유의 이념, 자유의 현실』, 소명출판, 2013, 113~116면.

24) "도망간 아가씨의 얼굴이 그리고 싶어졌군"이라는 형의 말에 주목한다면, '나'는 자신을 바라보는 그녀의 얼굴을 화폭에 옮겨 타자의 시선의 정체를 파악하고자 했던 것으로 이해할 수 있다. 그러나 「병신과 머저리」는 이러한 시도가 성공하지 못한 상태에서 결말을 맺는다.

이라고 명시하는 것이 그리 적절치 않을지라도 여하간 '나'가 자기 자신(경험적 '나')과 일정한 거리를 두고 있다는 것은 분명하다. 자신의 불행한 이력을 "청승맞은 넋두리" 정도로 치부하거나 늘 죽음과 가까이 있는 직업을 갖고 있으면서도 죽음이 일종의 "축복"일 수도 있다고 생각해 버리는 태도가 그렇거니와, 그 덕분에 '나'는 상사(喪事)에 관한 정보를 알려 주는 다섯 군데의 연락소를 순시하면서 이런저런 인간 군상들을 무심히 관찰할 수 있다. 그러나 이런 '나'에게도 견디기 어려운 타자의 시선이 개입한다.

> 못난 짓을 골라 한 것은 누이년이니까. 속게 마련이었다. 항상 헛눈만 파는 눈이 그랬다. 아니, 속는다는 것보다 그 눈이 먼저 보고 싶어하는 것에서 비뚤어져 버렸다. 누이란 년은 그런 눈깔에서 오히려 자기 진실을 만난 비극의 주인공 행세를 하는 것이다.
> 그런데 왜 하필 그런 누이년만 보면 나는 깜박 잊고 지내는 '나'라는 것을 생각하게 되는지 모르겠다. (…중략…) 나는 울컥 화가 치밀어서 대문을 차고 나와 버렸다. 마침 거기 현희가 지나가다 나의 거동을 물끄러미 바라보고 서 있었다. 그 눈에는 전번 날 밤, 흉하게 이그러지던 세모눈의 흔적이 아직도 남아 있었다. 그것은 절반쯤 방심한 듯한, 그 눈이 평소에 지니었던 경멸감보다는 차라리 어떤 오뇌에 가까운 것이었다. 나는 견딜 수 없었다. 현희를 위해서, 그 맑은 눈동자를 지켜 주기 위해서, 그날 밤 나의 결정은 백 번이라도 옳았던 것이다.[25]

위의 인용에서 볼 수 있듯, 그 시선은 누이와 현희의 것이다. 자기가 처해 있는 불행한 상황을 일찌감치 파악했고 그에 대해 불평해야 소용없다고 믿고 있는 '나'에게는 진실한 사랑이나 행복 같은 것보다 더 멀게 느껴지는 것도 없을 것이다. 그런 사정은 누이라고 해서 예외가 아닐

---

25) 이청준, 「임부」, 『별을 보여 드립니다』, 30면.

것임에도 불구하고 누군가의 아이를 유산하고 드러누워 "자기 진실을 만난 비극의 주인공 행세"를 하는 누이의 "사팔눈이 나를 몽롱하게 쳐다보"자 "그 비뚤어진 눈에 신호를 받은 것처럼 나는 울컥 화가 치"민다. 누이의 시선과 또 오빠라는 누이의 호명에 의해 '나'는 "깜박 잊고 지내는 '나'라는 것을 생각하게" 되기 때문이다. 그 '나'란 오빠로서의 '나'인 동시에 사랑이나 행복 따위의 가치를 받아들여야 하는 '나'인바, 누이의 시선은 너무 일찍 삶의 가치를 포기한 '나'에게 질책과 함께 망각한 자기를 찾을 것을 요구하고 있다.

누이의 시선뿐이었다면 '나'는 지금까지 그래왔던 것처럼 어떻게든 응답하지 않고 견뎌 냈을지도 모른다. 그러나 현희의 시선을 끝까지 모른 체하지는 못한다. '나'는 같은 집에 세 들어 살고 있는 그녀를 좋아한다고 말하지만, 그 감정은 통상적인 연애의 경우와는 다르다. 우연히 그녀를 알게 되었을 때 그녀는 "잠시 나를 건너다보"기는 했으나 "그러나 현희의 눈은 나를 보고 있는 것 같지는 않았"고, 그것에 잠시 모멸감을 느끼던 '나'는 역설적으로 바로 그 무관심한 눈 때문에 그녀를 좋아하게 되었다고 고백한다. 그런데 이와 달리 누이의 사정을 알고 난 뒤 그녀가 '나'를 정면으로 바라보자 "정면으로 마주친 현희의 눈에는 약간 신경질을 담고 있었"으며 "나는 겁부터 났다"고 말한다. 요컨대, 현희의 "맑은 눈동자"란 '나'에 대해 어떤 요구도 전달하지 않는 텅 빈 시선이며 그 덕분에 '나'는 그녀를 좋아할 수 있었지만, 그 시선이 뭔가를 구체적으로는 불쌍한 누이에 대한 오빠 구실을 요구하기 시작하자 '나'는 그 시선을 견딜 수 없게 된다.

누이와 현희의 요구를 좇아 '나'가 오빠 구실을 하는 것이 요구와 응답의 대칭적 교환의 적절한 사례일 테지만, 그렇게 하기 위해서는 삶과 거리를 두고 있는 '나'의 태도부터 바뀌어야 할 것이다. 그러나 애초에 그러한 태도는, 적어도 '나'에게는 끊임없는 좌절을 겪은 끝에 더 이상 어쩔 수 없는 상황에서 형성된 것이므로 쉽게 변경될 수 있는 것이 아니다. 이런 이중구속 속에서 '나'는 오빠 구실을 원하는 누이의 요구를 들어 주면서 동시에 현희가 누이와 관련해서 더 이상 뭔가를 요구할 수 없도록 하기 위해 단 한 번의 극단적인 응답을 찾고, 그리하여 누이에게 죽음이라는 "축복"을 내리기로 한다. 누이의 자살에 대한 구체적인 과정은 제시되어 있지 않지만, "무슨 일이 있든지 오늘은 황천객을 한 사람 맡아 놓지 않으면 안 된다" "어떻게 하든지 사팔이년의 일에 끝장을 내야 한다"라는 반복되는 다짐은 누이가 음독자살한 데 '나'가 어떤 식으로든 개입하고 있음을 암시한다.

소설의 서두에서부터 뭔가를 초조하기 기다리던 '나'는 누이의 자살 소식을 듣고 "이렇게 한 번이라도 자랑스런 오빠 구실을 해 줄 수 있는 것으로 만족한다. 그리고 현희. 이제 네게도 그 눈을 지켜 줄 수 있게 되었구나"라고 말함으로써 자신의 행동이 누이와 현희의 요구에 대한 자기 나름의 응답임을 강조한다. 이제 '나'는 누이와 현희의 시선이 요구한 데 상응한 응답을 함으로써 주고받는 관계에 남아 있던 빚을 청산한 것인가? 그러나 집으로 돌아오는 도중 마주친 현희의 요구를 '나'가 여전히 알아듣지 못할 뿐 아니라, '임부(아이 밴 남자)'라는 제목의 암시처럼, 누이가 남긴 것을 고스란히 돌려받아 마치 아이가 들어서는 듯 "뭐가 뱃가죽을 툭툭 치받는 것 같"은 복통에 시달리는 장면으로 끝나는 소설의 결말은 누이와 현희로 대표되는 타자와 '나' 사이의 교환이 대칭에 이르는 데 실패했음을 보여 준다.

아무것도 주지 않고 또 받지 않는다면 문제는 간단하겠지만,[26] 타자

---

26) 정과리, 「의사의 윤리에 대하여—〈당신들의 천국〉과 〈페스트〉의 경우」, 『문학이라는 것의 욕망』, 역락, 2005, 358면.

는 끊임없이 '나'의 응답을 요구한다. 그렇다고 '나'가 응답을 한다고 해서, 그 응답이 타자에게 받아들여지고 그에 대한 대가로 타자로부터 뭔가를 얻는 것도 쉽지 않다. 심지어 어떤 응답은 '나'를 더욱 좌절로 몰아간다. 타자와의 커뮤니케이션을 완벽하게 봉쇄하는 것이 불가능하다면, '나'로서는 어떤 응답이 타자에 대한 적절한 응답이 되는가를 고민하지 않을 수 없다.

2. 항상 적절하게 응답하는 방법

타자는 '나'를 바라보는 자이며, 동시에 '나'의 말을 듣는 자이다. 보다 엄밀히 말하면, '나'가 타자에게 보여지고 '나'의 말이 타자에게 들려진 후에 비로소 '나'가 출현한다. 따라서 '나'의 발생의 기원에 충실할수록 '나'의 존재는 타자의 시선에 의해 규정되며, '나'의 사고와 감정을 표현하는 언어 역시 타자의 판단에 맡겨진다. 어떤 측면에서 타자는 신과 같은 절대적 존재이며, 「행복원의 예수」(1967)에서 고아원 원생이었던 '나'에게 그 타자는 바로 예수이다.

행복원 원생이던 시절 나이가 많은 축에 속했던 '나'는 '엄마'라고 불러야 했던 한 여직원의 특별한 사랑과 관심을 바란다. 그런데 "한 아이에게만 고정되지 않고 모든 아이들에게 골고루 나누어"지는 그녀의 시선을 독점하기를 원했던 '나'는 오히려 그녀가 목욕하는 장면을 우연히 훔쳐봤기 때문에 그 시선으로부터 배제된다. 그에 따른 절망과 원망은 그녀가 시내 예배당에 갈 때마다 늘 동행하던 한 아이에 대한 질투와 폭력으로 번지고, 그 때문에 '나'는 관리인인 최 노인으로부터 "네놈은 하나님도 용서 못한다. 하나님이 용서해도 내가 못 한다"라는 저주를 들으며 행복원에서 쫓겨난다.

행복원에서 추방된 '나'는 한동안 "어디를 가도 누군가가 뒤에 숨어 키득키득 나를 비웃는 것 같고, 걸핏하면 혼자 얼굴이 붉어져서 누구에게도 아닌 앙심을 짓씹으며 복수를 꿈꾸"는 상태에 시달리지만, "그 알사탕 놀이에 대해서 다시 곰곰이 생각"한 결과 안정된 삶을 얻게 된다. 행복원에서 자주 열중했던 알사탕 놀이란 외국에서 원조된 사탕을 가진 아이의 손에 숨겨진 사탕의 개수를 맞추는 게임이다. 행복원에서 쫓겨난 '나'가 그 알사탕 놀이를 떠올린 이유는 무엇인가?

아이로서 누군가의, 특히 엄마의 사랑과 관심을 원하는 것은 당연하다. 그런데 '나'는 무엇 때문에 그 당연한 요구의 만족에 실패하는가? '나'의 표현에 따르면, 그것은 '나'의 잘못(죄)도 아니고 그렇다고 '엄마'의 잘못도 아닌, 다만 '나'와 '엄마'의 관계에서 발생하는 알 수 없는 "요술" 때문이다. 알사탕 놀이를 떠올린 순간 '나'는 '엄마'와 자기의 관계란 곧 사탕을 손에 쥐고 섞어서 내미는 A와 그 손 안의 사탕 개수를 맞추는 B의 관계와 같다는 것을 알게 된다.

> 정문을 들어서다가 나는 무엇인가 제법 재미있는 장난에 열중하고 있는 아이놈들을 마주쳤었다. 그리고 그것이 어떤 놀이인가를 알았을 때 나는 잠시 걸음을 멈추고 서서 녀석들을 지켜보지 않을 수 없었다. 그것은 나 역시 바로 이 행복원 시절에는 퍽 익숙해 있던 놀이였다. (…중략…) 오무려 쥐고 내민 손바닥 속의 사탕알 수를 알아맞히는 아이가 그것을 얻는 것이었다. 한 아이가 알아맞히지 못하면, 사탕의 주인은 짓궂은 요술쟁이처럼 다시 턱을 높이 세워 눈을 무연히 하고는, 사탕알을 흔들어서 두 손에다 나눠 쥔 다음, 그 한쪽 손을 내미는 것이었다.
>
> 몇 개게?[27]

---

27) 이청준, 「행복원의 예수」, 『별을 보여 드립니다』, 160~161면.

알사탕 놀이에서 타자와 마주하고 있는 '나'가 원하는 것을 얻기 위해서는 "몇 개게?"하는 타자의 질문에 적절하게 대답해야만 한다. 물론 '나'는 타자가 쥐고 있는 패(牌)가 무엇인지 알지 못하므로 항상 적절하게 대답할 수는 없으며, 성공할 수도 있고 실패할 수도 있는 내기의 확률을 뚫고 어쩌다가 간혹 사탕을 얻을 수 있을 뿐이다. 알사탕 놀이에서 사탕을 얻는 것은 순전히 운이나 우연의 결과이며, 따라서 '나'로서는 그 관계가 어떻게 작동하는지 알 수 없는 요술의 결과이다.

사탕을 받기를 원하는 '나'에게 그 요술은 대단히 안타까운 것일 테지만, 알사탕 놀이는 차라리 가장 간단한 경우라고 해야 한다. 그 요술은 '나'와 타자의 모든 관계로 확장될 수 있기 때문이다. 행복원의 벽에 걸려 있는 그림 속의 예수가 "두 손을 꼭 모아 쥐고, 지금 막 손아귀에 감춘 것을 흔들어 섞은 다음, 그것을 어떻게 다시 나누어 줄까를 생각하고 있는 것"처럼 보이는 '나'에게는 모든 타자가 알사탕 놀이의 요술쟁이다. 따라서 자기가 간절히 원하던 '엄마'로부터의 사랑과 관심을 얻지 못한 것도 '나'가 타자의 질문에 적절하게 대답하지 못했기 때문이다. 그리고 이때의 타자는 "몇 개게?"하고 명시적으로 질문하는 최소한의 친절조차 베풀지 않는다. 타자와 대면하고 있는 '나'는 원하는 것을 얻기 위해 어떤 응답을 해야 하는가?

내민 주먹만 쳐다보며 알사탕의 수를 정직하게 알아맞히려고 했던 것이 후회되기 시작했다. 알사탕을 쥐고 흔들 때의 표정, 그것을 마지막 갈라 줄 때의 동작, 그리고 내가 개수를 말하려고 하는 순간의 그 요술쟁이의 눈을 주의 깊게 살펴야 한다는 것. 그렇게 했더라면 나는 훨씬 쉽게 더 많은 알사탕을 얻어낼 수 있으리라는 생각이었다.

다음부터 나는 어떤 요술에서도 훨씬 많은 알사탕을 얻어 낼 자신이 섰다. 그러한 나의 작업의 최초의 밑천이 되어 준 것은 나의 하느님이었다. 도대체 나는 그때까지 하느님에게 기도하는 것 외엔 가진 것도 아는 것도 아무것도 없었으니까. 그리고 하느님이 밑천이 되어 주신 나의 작업은, 바로 그 요술이라는 것이 어떤 속임수와 같은 '죄'와 상관될 수밖에 없는 것이었고, 또한 '사죄'의 기도가 필요한 것이었다.28)

그런데 행복원에서 쫓겨난 '나'는 이 수수께끼 같은 요술의 해답을 발견했다고 믿는다. '나'는 "이제 내가 만약 그 알사탕의 요술 소년 앞에 선다면 나는 한 번의 실수도 없이 그것을 알아맞히고, 원하는 대로 사탕을 얻어 낼 수 있는 것이다. 그것은 간단하다"고 자신만만하게 말한다. 그 요술에서 자기가 원하는 것을 얻는 방법은 '나'의 고백 그대로 아주 간단하다. 그 방법은 우선 상대방의 표정을 주의 깊게 살피는 것에서 출발한다. 어떻게 그렇게 간단히 요술을 풀 수 있는가?

내가 본 그 아이는 그 학교의 공깃돌이란 공깃돌은 모두 휩쓸어 버린 거야. 물론 그 아인 홀짝을 맞출 때 일정한 원칙을 가지고 있었지. 그리고 그 원칙이란 단순히 그의 놀이 상대가 얼마나 영리한가를 관찰하고 재어보는 데서 나오는 것이라는 거야. (…중략…) 그 아이에게 도대체 어떻게 그런 완전한 동일시를 해서 놀이에서 이길 수 있느냐고 물으니까 이러더라구. "어떤 이가 얼마나 현명한가 혹은 얼마나 멍청한가, 얼마나 착한가 혹은 얼마나 악한가, 혹은 지금 무슨 생각을 하고 있는가를 알고 싶을 때, 나는 할 수 있는 한 정확하게 그 사람의 표정과 같은 표정을 지어요. 그리고는 그 표정과 상응하기 위해 내 속에서 무슨 생각이나 감정이 일어나는가를 기다리지요."29)

「행복원의 예수」에서 제시되는 알사탕 놀이는 포의 「도둑맞은 편지」

---

28) 이청준, 「행복원의 예수」, 166면.
29) E. A. 포, 『도둑맞은 편지』, 김진경 옮김, 문학과지성사, 1997, 29~30면.

의 스토리 중에 삽입된 홀짝 놀이와 그 형태나 의미의 측면에서 매우 흡사함을 지적할 수 있다. 홀짝 놀이에서 늘 이기는 아이가 알려준 비결 역시 우선은 상대방의 표정을 살피는 것인데, 그에 대한 설명이 「행복원의 예수」에 비해 좀 더 상세하다. 홀짝 놀이에서 항상 이기는 비결은 단순하게는 타자의 표정을 살피는 것이지만, 좀 더 구체적으로는 타자가 어떤 사람인가를 가늠하는 것이고 궁극적으로는 타자와 동일시하는 것이다.[30] 홀짝 놀이 혹은 알사탕 놀이가 요술인 것은 '나'로서는 타자의 손에 쥐어 있는 패를 알 길이 없기 때문이다. 만약 타자와 동일시할 수 있다면, 논리적으로 '나'는 더 이상 타자와 다르지 않으므로 당연히 타자의 패를 알 수 있고, 타자의 질문에 적절하게 대답할 수 있으며, 이길 수도 있고 질 수도 있는 놀이에서 항상 이길 수 있고, 마침내는 항상 원하는 것을 얻을 수 있다.

요컨대, 타자와의 관계에서 '나'가 원하는 것을 얻을 수 있는 최선의 길은 타자와 동일시하는 것이다. 동일시를 통해 '나'가 타자의 생각이나 감정 따위를 속속들이 알 수 있다면, 알사탕 놀이는 물론 타자와의 어떤 관계에서도 '나'가 원하는 것을 얻어내기란 어렵지 않다. 다만, 동일시가 단지 "상대방의 표정을 살피"거나 "자신의 표정을 최대한 상대방의 표정과 비슷하게" 하는 것만으로 실현될 수 있다는 설명은, 라캉 역시 「도둑맞은 편지」 분석에서 지적하는 것처럼 일반화하기에는 다소 불충분하다. 라캉은 홀짝 놀이에 대해 다음과 같이 논평한다. "아이는 상대방과 자신을 동일시하는 수법으로 게임을 승리로 이끈다. 그러나 두 사람의 관계를 기초로 하는 시각적 동일화만으로는 게임을 승리로 이끌 수 있는 고차적인 정신상태에 도달할 수 없다." 게임을 늘 승리로 이끌 수 있

---

30) J. 라캉, 『욕망 이론』, 108면.

는 "고차적인 정신상태"란 상징적 질서를 의미하며, 「행복원의 예수」의 동일시 역시 이와 관련된다. '나'가 개별적인 타자 하나하나와 모두 동일시를 수행한다는 것은 현실적으로 불가능할 뿐 아니라 경제적이지도 않다. 이에 대한 대안으로 「행복원의 예수」는 '나'와 타자라는 이항 관계에서의 동일시가 아니라 그 관계를 매개하는 상징적 질서, 구체적으로는 기독교와의 동일시를 제시하고 있다. 기독교라는 상징적 질서와의 동일시에 대해 다음의 두 가지 측면을 검토할 수 있다.

우선, '나'는 기독교를 믿음으로써 개별적인 타자와 동일시하지 않더라도 기독교인 전체와 동일시하는 데 성공할 수 있게 된다. 행복원에서 쫓겨나 타자에 대한 피해의식과 복수심에 시달리던 '나'가 그대로 타자와 마주하게 되었다면, 행복원의 알사탕 놀이나 '엄마'와의 관계에서 겪었던 좌절에 비할 수 없이 심각한 또 다른 좌절들을 맞게 되었을 것이다. "뒤에 숨어 키득키득 나를 비웃는 것 같"은 타자에게 '나'는 어떤 응답을 건네야 자기가 원하는 것을 받을 수 있는가? 그러나 교회에 나가 열심히 기도하고 속죄하는 "충직하고 떳떳한 신의 아들"이라는 정체성을 획득하는 순간, 적어도 '나'는 교회에 나오는 사람들의 시선을 두려워 할 필요가 없게 된다. 진실을 말하자면 교회의 기독교인들이 실제로 '나'에게서 무엇을 요구하는지 알 수 없다는 수수께끼는 여전히 풀리지 않았지만, 여하간 기독교인인 타자 앞에서 훌륭한 기독교인으로 행세하는 한, 표면적으로 '나'는 타자의 요구에 적절하게 응답하는 것일 수밖에 없다. "그렇게 하여 어느 집 양자로 있는 적도 있었고, 덕분에 학교도 다닐 수 있었"던 '나'는 결국 기독교와의 동일시를 통해 "몇 개게?"하고 물어 보는 알사탕 놀이의 요술에서 더 이상 실패하지 않게 된다.

두 번째, 기독교 자체가 타자가 '나'에 무엇을 요구하는지 알 수 없기 때문에 발생하는 불안을 적절하게 방어하는 종교라는 점을 지적할 수 있다. 종교적 차원이 아니라 심리적 차원에서 접근할 때, 기독교의 예수는 신 앞에서 불안해하며 어쩔 줄 모르는 인간들에게 신이 그들을 사랑한다는 사실에 대한 최종적인 증거로 기능한다.

> 그것['당신이 원하는 것은 무엇인가?'라는 수수께끼]은 단순히 타자의 욕망의 참을 수 없는 지점, 성스러운 것의 매혹적인 현존에 의해 숨겨진 타자의 공백이며 간극인 것이다. 유태인은 타자의 욕망의 이러한 수수께끼에 집착한다. 다시 말해 희생이나 사랑의 헌신을 통해서 상징화될 수 없고, '길들여질' 수 없는, 참을 수 없는 불안을 일으키는 순수한 '케 보이?'의 외상적인 지점을 고집하는 것이다. (…중략…) 기독교는 유대교의 '케 보이?'를 사랑과 희생의 행위를 통해서 길들이려는 시도로서 간주될 수 있다. 가능한 가장 위대한 희생, 십자가에 못 박힌 예수 그리스도, 다시 말해 신의 아들의 죽음은 분명 신 아버지가 하해와 같은 무한한 사랑으로 우리를 사랑하심의 최종 증거이며, 우리는 이 증거를 통해 '케 보이?'의 불안으로부터 벗어날 수 있게 된다.[31]

다시 말해, 기독교는 도무지 알 수 없는 수수께끼를 던지는 "신과 인류의 상상적 화해"의 시나리오를 제공하고 있으며,[32] 이에 따라 '나' 역시 기독교인이 됨으로써 "두 손을 꼭 모아 쥐고, 지금 막 손아귀에 감춘 것을 흔들어 섞은 다음, 그것을 어떻게 다시 나누어 줄까를 생각하고 있는" 즉 '나'에게 어떤 질문을 건넬지, 무엇을 요구할지 알 수 없어 불안을 야기했던 예수가 결국에는 용서와 구원을 건넬 것임을 알게 되고 더 이상 불안하지 않을 수 있다.

아마도 실상은 이와 정반대일 것이다. 기독교의 신이 존재한다면, '나'

---

31) S. 지젝, 『이데올로기라는 숭고한 대상』, 이수련 옮김, 인간사랑, 2001, 202~203면.
32) S. 지젝, 『그들은 자기가 하는 일을 알지 못하나이다』, 박정수 옮김, 인간사랑, 2004, 72면.

를 용서할지 구원할지 '나'로서는 알 수 없다는 점에서 그 신은 절대적 타자이기도 하다. 신이 '나'를 용서할 것이라는 상상적 시나리오에 대한 거부로서 이청준은 인간 쪽에서는 끝내 보이지 않는 "인색한 구원자"로서의 신과 대면했을 때 발생하는 불안에 대해 다음과 같이 말한 바 있다. "설잠 속의 그것처럼 그 반쪽밖에 보이지 않는 신의 모습, 나머지 반쪽의 모습을 아무리 찾아보려 애를 써도 끝내 보이지 않는 그 인색한 구원자의 모습! 이야말로 우리들의 생명과 삶을 안간힘으로 발버둥치게 만드는 가장 두렵고 안타까운 숙명적 가위눌림 속의 그림일 수 있지 않을까."[33]

이에 반해 「행복원의 예수」의 '나'는 더 이상 고민하지 않는다. '나'는 "열심히 기도하고 있다는 것을 보여 주는 것만으로" 사람들을 쉽게 속일 수 있고, 또 속임수라는 죄 역시 사죄의 기도를 통해 쉽게 용서받을 수 있다는 것을 즐길 뿐이다. 요컨대, '나'는 기독교인으로 행세함으로써 다른 사람들로부터 원하는 것을 얻을 수 있으며, 그렇게 사람들을 속였다는 죄에 대해서도 역시 마찬가지로 "대부분의 나의 잘못은 그 기도로 하여 하느님의 사랑을 얻을 수 있었고, 또 사람들로부터도 하느님의 이름으로 쉽게 용서"받을 수 있다. 이제 용서와 구원은 알 수 없는 타자의 손에 쥐어 있는 알사탕이 아니다. 그와 반대로 "용서와 구원은 나의 손바닥에 있는 것이나 마찬가지로 얻어내기 쉬"운 것이며, 그 결과 '나'는 점점 자신만만해진다. 그랬던 '나'가 어떤 이유에서인지 행복원을 다시 찾게 된다.

그리하여 가엾은 예수는 이제 인간들의 요구대로 그들의 귀신처럼 오로지 '용서'와 '구원'을 줄 수밖에 없는 신세가 된 것이다. 예수가 언제나

---

33) 이청준, 「가위 밑 그림의 음화와 양화」, 『키 작은 자유인』, 문학과지성사, 1990, 25면.

> 인간을 사하기만 하고 무한정하게 구원만을 나누어 주고 있다는 것이 그
> 가장 좋은 증거였다. 그러나 그것은 이미 구원도 용서도 아니었다. 예수
> 의 손에서 찾아낼 수 있는 것은 기껏해야 조약돌 정도였다. 그러나 그들
> 은 그것을 사탕으로 믿고 싶어했고, 예수로 하여금 그렇게 말하도록 강
> 요했다. 그것은 인간 스스로의 기만이었고 가엾은 예수를 농락한 짓이었
> 다. (…중략…) 그러니까 나의 작업은 그 사람들과의 공모인 셈이었고,
> 그 공모에 가장 적극적으로 참여해 준 사람들은 역시 예수에게 스스로의
> 용서를 맡겨두고 필요할 때는 언제나 그것을 다시 꺼내올 수 있는 여유
> 만만한 사람들이었다.[34]

‘나’는 쉽게 속아 주고 쉽게 용서해 주는 기독교인들에게 감사해야 할
지도 모른다. 그러나 그들이 ‘나’에게 속아 주고 ‘나’를 용서해 주는 것
은 그들 역시 쉽게 서로를 속이고, 용서하고 있기 때문이다. 물론 예수
가 이웃(=원수)을 사랑하고 용서하라고 한 말의 참뜻이 이런 것은 아니
었을 것이다. 예수가 말한 사랑과 용서는 이웃인 것처럼 보이다가 한순
간 원수가 될 수 있는, 다시 말해 ‘나’가 함부로 동일시할 수 없는 낯선
타자에 대한 사랑이자 용서지만,[35] ‘나’ 주위의 기독교인들에게 그것은
서로 공모한 한통속(=이웃≠원수)끼리만 쉽게 주고받는 것일 뿐이다. 자기
가 베푼 사랑에 대해 타자가 오해하거나 배신하지는 않을 것인가 따위
의 불안은, 그런 불안의 혐의를 품은 타자는 원수로서 배제될 것이므로
서로 공모한 그들에게는 끼어들 여지가 없다. 그리고 이런 공모가 가능
한 이유는 그들이 요구하는 대로 언제나 사랑이나 용서, 구원을 제공하
는 예수가 있기 때문이다.

‘나’에게 있어, 타자와의 관계는 알사탕 놀이의 확장된 형태이다. 그

---

34) 이청준, 「행복원의 예수」, 168면
35) S. 지젝, 『이라크』, 박대진 외 옮김, 도서출판b, 2004, 166면.

관계에서 '나'는 "몇 개게?"라는 간단한 질문을 던지거나 나아가 말없이 '나'를 바라보기만 하는 것에 이르기까지 '나'에게 무엇을 요구하는지 알 수 없는 타자 앞에서 불안할 수밖에 없었다. 그 타자와의 대면에서 비롯된 불안을 타자와의 동일시를 통해 해소할 수 있었던 '나'는, 그러나 그것이 실은 속임수이거나 기만이며 그것도 '나'만의 속임수나 기만이 아니라 다른 사람들까지 포함된 공모에 의한 것이라고 생각하게 된다.

> 무슨 이유인지 모른다. 최 노인이 나를 용서해 버렸다는 것이 어째서 이렇게 사지를 마비시킨 듯 나를 지치고 초조하게 하는 것인지. 지금까지의 나의 모든 생활이 연기처럼 흩어져버린 것 같다. 하지만 곰곰 생각해 보면 언제나 자유롭고 자신만만하기만 한 나로 하여금 아직도 어느 먼 곳에서 인간의 이름으로 치러야 할 일이 남아 있는 것처럼 느끼게 해 온 것은 가장 서투르게밖에 하느님을 부를 줄 모르던 그 최 노인에게 목덜미를 잡히고 눈물을 흘렸던 일과 버둥거리던 나를 문밖으로 밀어내 버리던 노인의 그 격한 목소리, 하나님이 용서해도 내가 못한다, 바로 그것이었다.[36]

'나'가 행복원을 다시 찾은 것은 최 노인 때문이다. 좀 더 정확하게는 "하나님이 용서해도 내가 못한다"는 최 노인의 마지막 말 때문이다. 행복원에서의 추방 이후 "하느님의 이름으로" "언제나 자유롭고 자신만만하기만" 했던 '나'에게 있어 최 노인과의 관계는 "인간의 이름으로" 남은 예외적인 경우이다. "인간의 이름으로"라고 지칭되는 관계란 '나'로서는 알 수 없는 손을 불쑥 내밀고 "몇 개게?"라고 질문하는 타자와의 관계이며, '나'의 속임수나 기만을 허용하는 공모가 통하지 않으므로

---

36) 이청준, 「행복원의 예수」, 171면.

‘나’의 대답이 타자에게 어떻게 받아들여질지 알 수 없는 관계이다.

그러나 ‘나’는 기대와 달리 최 노인마저 세상을 떠나기 전에 이미 하느님의 이름으로 ‘나’를 용서했다는 소식을 전해 듣는다. ‘나’는 예수가 하느님에게 “아버지, 이제 가엾은 저를 그만 저 인간들에게서 풀어주십시오. 저들은 저들의 이름으로 죄를 짊어지게 하고 용서를 행하게 하소서”라고 기도하기를 바란다. 그렇지 않으면 ‘나’만이라도 “저들[인간]의 이름으로” 돌아가기로 결심하고 “떨리는 눈으로 불안한 듯 나를 쳐다보고 있는 예수”의 화상을 벽에서 떼어낸다.

기독교와의 동일시 이전에 ‘나’는 낯선 타자 앞에서 견딜 수 없는 불안을 느꼈고 또 그만큼 타자와의 관계에서 좌절을 겪었던 반면, 그에 대한 해결책으로 기독교와 동일시한 이후에는 자유롭고 자신만만해졌으며 결과적으로 원하는 것을 얻어 행복해질 수 있었다. 그런데 ‘나’는 왜 기독교를 버리려고 하는가? 그 이유는 교회에서 기도하고 용서를 구하는 ‘나’의 행동이 속임수이며 ‘나’뿐 아니라 다른 사람들도 그에 공모하고 있다고 생각하기 때문이고, 보다 근본적으로는 ‘나’가 기독교에 대한 믿음이 없기 때문이다. 그렇다고 해서 ‘나’의 행동 이전에 믿음이 미리 존재하는 것은 아니다. 기독교에 대한 파스칼의 옹호는 “마치 네 자신이 이미 믿고 있다는 듯이 행동해라, 그러면 믿음이 저절로 생길 것이다”로 요약될 수 있는바,[37] ‘나’ 역시 믿고 안 믿고를 떠나서 현실적인 필요에 따라 계속 교회에 출석해 기도한들 크게 문제될 것은 없을 수도 있다.

흥미롭게도 기독교에 대한 파스칼의 변증론 역시 알사탕 놀이나 홀짝 놀이 같은 게임의 비유로 제시되고 있다. 그에 의하면 기독교를 믿는 것은 일종의 내기인바, 이 내기는 무한한 득(得)에 대해 유한한 실(失)을 거

---

37) S. 지젝, 『이데올로기라는 숭고한 대상』, 78면.

는 것이다. "얻어야 할 무한히 행복한 무한한 삶이 있고, 유한한 수의 실의 확률에 비해 득의 확률은 하나이며, 당신이 거는 것은 유한하다. 이렇게 되면 내기가 아니다. 무한을 얻을 수 있고 또 득의 확률에 대해 실의 확률이 무한이 아니라면 그런 내기는 어디서나 조금도 망설일 이유가 없다. 모든 것을 내던져야 한다."[38]

「행복원의 예수」가 겨냥하고 있는 것은 단지 "예수에게 스스로의 용서를 맡겨두고 필요할 때는 언제나 그것을 다시 꺼내올 수 있는 여유만만한" 현실 기독교인에 대한 비판에 그치는 것이 아니라 상징적 동일시 전체에 대한 비판적 검토로 확장된다고 할 수 있다. 언어, 법 등의 상징적 질서에 대한 동일시가 목적하는 것은 알 수 없는 낯선 타자를 친숙한 존재로 길들이는 것이다. 동일시에 성공한다면, '나'는 더 이상 불안하지 않을 수 있고 행복해질 수 있다. 반대로 동일시에 실패한다면, '나'는 끊임없이 불안해하고 또 불행해질 것이다. 다시 파스칼의 말을 빌리면, 실보다 득이 훨씬 클 것 같은 이 선택에서 동일시를 마다하는 이유는 무엇인가?

> 주일날 안식일의 계율을 지켜서 기도와 주찬미 속에 지내는 장로님보다 자신과 여덟 아이들을 위해 안식일의 계율까지 어기며 찌는 들판 햇볕 아래 흙 묻은 손으로 이마의 땀을 씻어 내리는 그 정직한 늙은이에게서 오히려 섭리자의 신선한 사랑을 찾고 싶어해 온 내 고약스런 곡해벽, 이건 이렇고 저건 저렇다 치자고 사람들 간에 미리 서로 약속된 일의 값과 질서들, 나아가 그 진실성과 권위를 의심하고 믿지 못해하는 내 겁 많고 옹졸스런 인간관(혹은 세상관)의 한 달갑잖은 씨앗을 그 누추한 자루 속에 담아 지니게 된 사례다.[39]

---

38) B. 파스칼, 『팡세』, 이환 옮김, 민음사, 2003, 183면.
39) 이청준, 「키 작은 자유인」, 『키 작은 자유인』, 126면.

「행복원의 예수」에서 "인간의 이름으로" '나'와 대면했던 최 노인은 20여 년이 지나 「키 작은 자유인」(1989)에서 계율을 어기면서 안식일에 들일을 나가는 시골 장로의 모습으로 다시 등장한다. 여기서 화자 '나'는 단지 기독교에 국한된 영역을 넘어 "이건 이렇고 저건 저렇다 치자고 사람들 간에 미리 서로 약속된 일의 값과 질서들, 나아가 그 진실성과 권위" 전반에 대한 의심과 불신에 대해 말하고 있다. 그러나 "사람들 간에 미리 서로 약속된 일의 값과 질서"야말로 언어와 법 등의 상징적 질서를 구성하는 기본 요소인바, 이런 것들을 의심하고 불신한 채 살아가는 것이 과연 가능할 것인가? 「행복원의 예수」의 '나'의 경우를 예로 들면, '나'의 의도가 남을 속이려는 것이었든 아니었든 간에, '나'가 타자와 관계를 유지하며 살아가기 위해서는 "미리 서로 약속된 일"을 적어도 따르는 척이라도 해야 하는 것 아닌가?

그럼에도 불구하고 '나'가 의심과 불신을 선택하려고 한다면, 이 선택은 하느님의 "계율"과 시골 장로의 "신선한 사랑"의 대비 안에서 이해되어야 할 것이다. '나'를 포함한 모든 사람들이 계율(법)을 지킨다면, '나'는 타자와의 관계에서 불안할 필요가 없다. 모두 법과 동일시한 존재로서 '나'가 따르는 법을 타자 역시 따르고 있기 때문이다. 이때 법은 전통적인 차원에서는 옳은 것으로, 공리주의적인 차원에서는 다수의 행복을 위한 것으로 정당화될 수 있다.[40] 반대로, 법의 정당성이 의심받는다면 그것은 어떤 경우에서인가? 쉽게 생각할 수 있는 것은 법의 테두리 바깥에 있다는 이유만으로 옳은 것 혹은 선한 것이 금지되는 경우일 것이다. 그러나 좀 더 생각해 보면, 이 경우에 있어서도 법에 의해 금지된 것 중 어떤 것이 옳거나 선한 것인가를 판단하는 기준이 재차 요청될 수

---

40) S. 지젝, 『당신의 징후를 즐겨라!』, 주은우 옮김, 한나래, 1997, 136면.

밖에 없음을 알 수 있다. 판단 기준을 위해 또 다른 법을 만든다는 것은 모순이며, '법의 법의 법의……'와 같은 편집증적 악순환을 낳을 뿐이다.

3. 대결로서의 언어

이청준의 소설에서 금지된 것과 가치 있는 것 간의 갈등으로 요약될 수 있는 사건, 가령 현실의 법과 관습에 의해 진정성이 훼손되는 사례나 정치권력에 의해 해야 할 말을 하지 못하게 되는 사례를 발견하는 것은 그리 어려운 일이 아니다.[41] 이러한 주제의 연장선상에 있으면서 동시에 다소 독특한 사례를 괴상한 소매치기가 주인공으로 등장하는 소설 「소매치기올시다」(1969)와 「문단속 좀 해 주세요」(1971)에서 찾아볼 수 있다. 소매치기는 법을 따르지 않는 불법적인 존재인바, 상식적으로라면 불법적인 행위는 은밀히 저질러지게 마련이다. 이청준 소설의 소매치기가 괴상한 이유는 다른 사람의 소유물을 훔치는 것을 그 스스로 정당한 대결이라고 생각하기 때문이다.

> 앞서도 누누이 말씀드리고 부탁까지 드렸지만 소매치기란 직업(이것도 직업이라 할 수 있을는지)은 만인으로부터 그 존재가 부인되어야 하는 것입니다. 존재가 부인된 형편에서 그 존재를 유지하고 사실상의 존재로서 상대방과 대결해야 하는 데에 이 소매치기업의 긴장과 묘체가 있는 것입니다.
>
> 제가 소매치기에도 본분과 도리가 있다고 한 것은 바로 이것을 가리킨 것이었습니다. 의식하지는 못했지만 원래 제 소매치기업은 분명 이런 본분과 도리가 지켜지고 있었습니다. 존재가 부인되는 곳에서 사실상 존재

---

41) 채대일, 「이청준 소설의 죄의식과 고백 양상 연구」, 서강대 석사논문, 2002, 44면.

하며 투철한 대결을 통해 그것을 증명해 냈던 것입니다. 그렇습니다. 거기에는 이 투철한 대결이라는 것이 가장 중요한 것입니다.[42]

언어, 법 등의 상징적 질서는 사람들 사이의 교환을 가능케 하는 규칙이다. 교환은 주고받는 것이므로, 몰래 남의 물건을 훔치는 소매치기는 실정법을 위반하는 동시에 그보다 더 근본적으로는 교환의 원칙을 위반하고 있다. 주지 않고 받기만 하기 때문이다. 「소매치기올시다」의 '나'가 "소매치기란 직업은 만인으로부터 그 존재가 부인되어야 하는 것"이라고 말하는 것은 이런 이유에서이다. 물론 법이 지배하는 세계에서도 소매치기와 같은 불법적인 행동이 얼마든지 은밀하게 존재할 수는 있지만, 여하간 그것은 정당한 것에 대한 부정태로서만 존재할 수 있다. 그런데 소매치기 '나'는 "존재가 부인된 형편에서 그 존재를 유지하고 사실상의 존재로서 상대방과 대결"함으로써 "본분과 도리"를 다하겠다고 선언한다. 이러한 '나'의 태도를 어떻게 이해할 수 있는가?

언어라는 상징적 질서의 경우에 비유하면, 이때의 소매치기란 '진정한 거짓말'과 같은 역설적 위상을 갖는다고 할 수 있다. 거짓말 자체가 이미 진정하지 않음을 의미하는 한에서 진정한 거짓말이란 오직 역설로서만 가능하다. 소매치기라는 직업 역시 은밀하게만 존재할 수 있으므로 남에게 드러낼 수 없는 부끄러운 것이며 따라서 본분이나 도리 따위가 있을 수 없음에도 불구하고 "소매치기의 본분과 도리에 부끄럼이 없는 진짜 소매치기다운 소매치기" 운운하는 것 또한 역설이다. 이 역설을 실천하기 위해 '나'는 "정체를 감추고 남의 주머니 돈을 꺼내 오기란 누워서 떡먹기"처럼 쉬운 일인데도 구태여 "그 손님으로 하여금 주변에 소매치기가 접근하고 있다는 것을 어떤 방법으로든지 알려 주어서 주위를

---

42) 이청준, 「소매치기올시다(상)」, 『사상계』, 1969. 5, 83면.

환기시켜"고 이를 통해 상대방과 "정당한 대결"을 하려고 한다. 그러나 이와 같은 '나'의 계획은 처음부터 난관에 부딪친다. 소매치기인 '나' 쪽에서는 정당한 대결을 준비하고 있는 데 비해 오히려 상대방인 "손님"들 쪽에서 그 대결을 의도적으로 회피하고 있기 때문이다.

「소매치기올시다」의 '나'는 「행복원의 예수」에서 기독교를 등진 '나'의 연장선상에 있다. 「행복원의 예수」의 '나'는 타자와의 대결에서 항상 이길 수 있는 비결을 터득했다고 믿고 있으며, 그 비결이 상징적 질서(법)를 매개로 한 타자와의 동일시임은 앞에서 언급한 바 있다. 그러나 그 비결은 일종의 속임수인데, 왜냐하면 모두 동일한 법을 따르는 것으로 믿어지는 한 '나'는 타자가 갖고 있는 패와 다음 수를 미리 알고 있기 때문이다. 이는 정당한 대결이 아니다. 그런 속임수를 배제하고 정당한 대결을 원하는 「소매치기올시다」의 '나'는 자기 쪽에서 스스로 소매치기라는 정체를 알려 줌으로써 자신이 타자의 법(상징적 질서)을 따르지 않는다는 사실을 처음부터 공개한다. 이제 '나'는 "인간의 이름으로" 돌아가 타자와 정당한 대결의 관계를 이룰 수 있으리라 기대한다. 그러나 '나'가 예상치 못했던 난관은 자기 스스로 소매치기라고 밝혔음에도 불구하고 손님이 '나'의 말을 믿지 않는다는 것이다.

> "아니, 곧일 듣게 될 것 같다니요. 물론 곧일 들으셔야지요. 전 지금 진짜 소매치기라고 하지 않았습니까."
>
> 나는 정색을 하고 말했다. 그러나 사내는 여전히 빙글거리고만 있다.
>
> "원, 농담두. 선생께선 워낙 농담을 좋아하시는 모양입니다만 그렇다구 소매치긴 무슨……"
>
> "농담이라뇨. 난 지금 농담을 하고 있는 게 아니란 말이예요."
>
> "농담이 아니시라면 거짓말이겠죠. 글쎄 나 여기 있습네 하고 스스로 광고하는 소매치길 보신 일이 있습니까."

> "그렇게 날 믿지 않으셨다간 괜히 후횔 하시게 될 텐데요."
>
> (…중략…)
>
> 영 먹혀들어갈 기미가 보이질 않았다. 할 수 없었다. 사내는 이제 움츠러들었던 팔목까지 유유히 다시 뽑아내놓고 있었다. 이 녀석은 아무래도 안 되겠군. 하긴 이 녀석만이 아니지. 모두가 이런 식이었지.43)

「문단속 좀 해 주세요」에 다시 등장한 괴상한 소매치기 '나'는 자신의 말을 믿지 않는 동시에 '나'의 정체를 지나치게 믿는 손님의 "아량과 관대함" 때문에 정당한 대결을 시작조차 하지 못한다. 그 아량과 관대함의 이면에는 물론 일종의 공모가 숨어 있다. 간단히 말해, 그 공모는 자신이 동일시한 상징적 질서 바깥의 존재에 대해서 인정하지 않는 것이다. 몰래 남의 물건을 훔치는 소매치기라면 인정할 수 있다. 그 소매치기는 불법적인 존재일 뿐이기 때문이다. 그러나 공개적으로 "나 여기 있습네" 하는 소매치기는 인정할 수 없다. 그 소매치기는 합법이나 불법을 구별하는 기준 너머에 존재하는 타자이기 때문이다.

이러한 공모는 대화만이 아니라 물건의 교환에도 그대로 적용된다. 소매치기 '나'와 상대방의 대화가 쉽게 이루어지지 않는 것은 '나'의 말이 통상적인 말하기 방식을 벗어나, 예컨대 '나는 거짓말쟁이다'라고 말하는 역설의 형태를 취하고 있기 때문이다. 이러한 역설은 거짓말쟁이라는 말이 참인지 거짓인지를 판별하기 어렵다는 점에서 그 의미치나 진리치의 규정을 어렵게 만들며, 그 결과 교환(커뮤니케이션) 역시 곤란해진다. 이런 곤란은 비단 커뮤니케이션에서만이 아니라 물건의 교환에서도 동일하게 발생할 수 있다. 즉, 어떤 물건의 가치를 규정하지 못한다면 물물 교환 역시 어려워진다. 이 때문에 물물교환은 화폐를 매개로 한 교환

---

43) 이청준, 「문단속 좀 해 주세요」, 『가면의 꿈』, 일지사, 1975, 113~114면.

의 형태로 전환되는바, 화폐에 의해 표시되는 가치는 교환을 위한 가치, 말 그대로 교환가치이다.

> 물건은 그것이 가지는 독자적인 가치도 무시할 수가 없겠지만 그것보다는 그 소유주와의 금전가치 외적인 결합상태라든가 또 소유주가 바뀌는 경우 그 방법에 따라서 여러 가지로 지폐와는 다른 양상을 띠우게 마련일 것입니다. 그래서 저는 다만 금전가치만을 노리는 터이므로 물건에는 손을 대지 않으려고 했다는 것도 이해해 주실 줄 믿습니다. (…중략…) 한데 그 여학생은 저의 그런 배려를 배반해 버렸던 것입니다. 저는 사람들이 물건을 지니고 다닐 때 그것을 독자적인 금전가치를 가지고 다니고 있다는 것을 알았단 말입니다. 그러한 확신을 금 십자가로부터 최초로 확인하게 되었을 때 하물며 여하한 장식물에 대한 저의 배려가 다시는 문제될 수 없었음을 쉽사리 유추하시겠지요.44)

그런데 주지하다시피 교환가치라는 개념에서 발생하는 문제는, 교환의 편의를 위해 만들어냈을 뿐인 화폐가 어느새 가치의 유일한 자리를 차지하게 된다는 것이다. 다시 말해, 어떤 물건에 내재되어 있는 가치를 알아야 교환이 성립할 수 있다는 애초의 논리는 "상품은 서로 직접적으로 교환될 수 없으며 반드시 화폐(상품의 등가 형태)와 교환되어야" 하므로 "상품 자체에는 가치가 내재되어 있지 않으며 다른 상품(화폐)과 교환되지 않으면 가치를 가질 수 없다"는 논리, 곧 교환이 성립한 후에야 비로소 그 물건의 가치를 알 수 있다는 논리로 전도된다.45) 이때 물건의 교환이 화폐에 의해 매개되는 한, 그 물건의 가치는 필연적으로 얼마짜리라는 식의 교환가치로만 표시될 수 있다. 그러나 괴상한 소매치기 '나'는 이러한 전도에 무지하거나 혹은 이를 무시한다. 여전히 '나'는 물건

---

44) 이청준, 「소매치기올시다(하)」, 『사상계』, 1969. 6, 109면.
45) 가라타니 고진, 『탐구』 1, 송태욱 옮김, 새물결, 1998, 101면.

은 “독자적인 금전가치”(교환가치)와는 구별되는 가치, 말하자면 “소유주와의 금전가치 외적인 결합상태라든가 또 소유주가 바뀌는 경우 그 방법에 따라서 여러 가지로 지폐와는 다른 양상을 띠우게” 되는 가치가 내재되어 있다는 고전적인 생각을 갖고 있다. “지폐 이외의 물건에 손을 대지 않는다”는 신조를 갖고 있는 ‘나’는 “금전가치”를 훔칠지언정 다른 가치에 대해서는 그렇지 않다는 자부심을 유지할 수 있다.

이러한 자부심 때문에 ‘나’는 얼마든지 슬쩍 훔치는 것이 가능한 데도 어떤 여학생의 목에 걸려 있는 금 십자가 목걸이를 똑같은 모양의 가짜 백동 목걸이와 바꿔치기 하는 수고를 아끼지 않는다. 그런데 며칠 뒤 여학생이 백동 십자가 목걸이 대신 다른 금목걸이를 걸고 있는 것을 발견한다. 이를 어떻게 이해할 수 있는가?

소매치기라는 행위가 교환의 원칙에 위배된다는 것은 의심의 여지가 없다. 그렇다면 통상적으로 인정되듯 돈을 지불하고 물건을 사는 행동은 전적으로 정당한 것인가? 그러나 만약 돈을 매개로 교환될 수 없는 가치가 존재한다면 그러한 가치는 어떤 방법으로 교환될 수 있는가? 가령 금 십자가 목걸이의 경우, 십자가 자체의 가치가 돈으로 표시되기 어렵다는 것은 쉽게 이해할 수 있다. 지폐를 몰래 훔치는 소매치기로서 금전가치에 관한 한 주지 않고 받기만 하는 ‘나’의 행위는 값싼 백동을 비싼 금과 맞바꾸는 데서도 변함이 없지만, 값싼 재료일망정 똑같은 모양의 십자가로 바꿔치기 하는 것은 적어도 돈으로 환산될 수 없는 십자가의 가치만큼은 그대로 보존하려는 의도를 반영한다. 요컨대, 금 십자가를 백동 십자가로 바꿔치는 ‘나’의 행동에서 백동을 주고 금을 받는 것은 돈으로 환산될 수 있는 가치의 측면에서 부당한 교환이지만, 십자가의 가치의 측면에서는 십자가를 주고 십자가를 받는 등가 교환, 즉 대칭적 교환의 성격을 띠는 것일 수도 있다.

이처럼 복잡한 고민과 함께 목걸이를 훔치는 대신 바꿔치기 하는 수고를 아끼지 않은 이면에는 교환, 곧 교환가치(화폐)에 의해 매개되지 않은 교환이 어떻게 가능한가 라는 근본적인 질문이 놓여 있다. 괴상한 소매치기가 정당한 대결 운운할 때 소매치기의 명분으로서의 대결이란 과장된 허세처럼 보일 수 있지만, 교환가치에 매개되지 않은 상태에서라면 '나'가 건네는 것이 타자에게 어떤 의미나 가치로 평가될지 알 수 없다는 점에서 '나'와 타자의 관계는 본질적으로 대결이다. 이런 측면에서 '대결'이란 '불안한 교환'의 다른 이름이다. 그런데 '나'의 물건과 타자의 물건을 교환하는 대결의 순간에 발생하는 불안을 절감하기 위해 요청되었던 따라서 일종의 수단에 불과했던 화폐가 가치 그 자체로 전도되는 것처럼, 의미나 가치를 어떻게 교환할 것인가 라는 불안한 문제는 교환 가능한 것만이 의미나 가치를 가진다는 안이한 사실 확인으로 변질된다.

괴상한 소매치기가 다시 등장하는 「문단속 좀 해 주세요」는 언어에 의한 커뮤니케이션이라는 문제를 좀 더 집중적으로 다루고 있다. 그 소매치기는 우연히 한 소설을 읽고 나서 "[소설 쓰는] 작자들의 고민거리라는 게 이상스럽게도 나의 소매치기와 비슷한 데가 많아 보이더란" 생각을 지우지 못한다.

   ① 소설이란 결국 어떤 시대엔가는 그 시대의 인간들에게 가장 사랑을 받을 수 있었던 정신이나 언어의 질서가 아니겠습니까. 하지만 지금은 그런 소설적인 질서나 그 화법이 사랑을 받을 수 있는 시대가 아니에요. (…중략…) 글이 잘 써지질 않는다고 했더니 이 친구 대뜸 절더러 겉늙었다고 하지 않겠습니까. 세상을 너무 어렵게 생각하지 말라구요. 무엇보다도 중요한 것은 자기 자신의 개인이며 쓸데없이 세상을 어렵게만 생각하다가 자기의 개인까지 허망하게 늙혀 버리지 말라구요. 그는 아주

의기양양하더군요. 자기에겐 세상이 뜻밖에 수월하다구요. 전 그 친구에
게 말했지요. 하지만 늘 세상의 어려운 곳은 외면을 해 버리려고 하는
너야말로 정말로 곁늙은 게 아니냐, 어려운 곳을 보지 않으려는 곳에서
자신이 정직하게 구해질 수 있느냐구요. 했더니 이 친구 절더러 그런 식
으로 터무니없는 데 신경을 쓰니까 세상이 제겐 자꾸 더 어려워질 수밖
에 없다고 동정이지 뭡니까. 그러면서 저 같은 소설가 따윈 사람들에게
자꾸 그 보기 싫은 곳, 어려운 곳이나 들춰내 보여 주는 거북한 심술쟁
이들이라구요.46)

② 듣자하니 소설이라는 건 원래 사람 살아가는 세상 일 가운데서 제
법 진실스러운 것만을 골라 이야기하는 거라고들 한다. 한데 요즘 사람
들 어디 그런 것 좋아할 리가 있는가. 귀찮고 불편스럽게만 여겨지는 판
이다. (…중략…) 소설이라는 건 사람들에게 바로 그런 달갑잖은 진실을
감당시키고 싶어하는 것들이라니까 말이다. 하니까 만약 사람들이 그런
이유로 그의 소설을 싫어하고, 그 때문에 그가 실패를 거듭할 수밖에 없
다는 나의 추측이 사실이라면, 그의 고민 역시 나의 그것과 비슷한 것이
안 될 수 없는 것이다. 도대체 사람들이 지금 그처럼 소설을 달가워하지
않는다는 건 무엇을 말하는가. 그것은 마치 사람들이 나와의 싸움에서
긴장을 하려고 하지 않는 것과 무엇이 다른가. 소설장이가 어떤 진실을
말하고 싶어한다면 그것은 마치 이 세상에 대해 선전 포고를 하고 나서
는 거나 마찬가지다. 사람들은 그 선전 포고를 받아들이기가 싫은 것이
다. 겁이 나기 때문에 모른 체 외면을 해 버리는 것이다. 소설장이라는
귀찮은 부류에게서 쓸데없는 아픔을 사기가 싫은 것이다.47)

「문단속 좀 해 주세요」의 '나'가 읽었다는 소설은 「목포행」(1971)이다.
「목포행」의 '나'는 10년 경력의 작가이지만 지금은 소설을 쓰지 못해 낭
패를 겪고 있다. '나'가 소설을 쓰지 못하게 된 것은 "소설로써 독자에게

---

46) 이청준, 「목포행」, 『병신과 머저리』, 삼중당, 1983, 194~195면.
47) 이청준, 「문단속 좀 해 주세요」, 123~124면.

무슨 말을 할 수 있다는 것은 이제 불가능하게 되어 버린 것 같다”는, 추상적이지만 동시에 본질적인 이유 때문이다. 소설을 쓰지 못하는 작가 ‘나’는 되풀이해서 “소설이라는 화법”의 난항을 토로하고 있거니와 ‘나’에게 소설은 글자 그대로 타자(독자)에게 말하는 방식의 일종이며 따라서 “소설이라는 화법”은 ‘화법으로서의 소설’이기도 하다.

 ‘나’가 타자에게 말하는 데서 겪는 곤란은 “이해가 가능한 말로 어떤 사람에게 저의 말을 할 수 없다는 것”이며, 이는 ‘나’의 말하기와 관련된 문제만이 아니라 타자의 듣기와 관련된 문제이기도 하다. ①에서 볼 수 있듯, 「목포행」에서 ‘나’의 곤경은 타자가 ‘나’의 말을 들으려 하지 않는다는 즉 타자가 ‘나’의 말의 의미를 인정하려 하지 않는다는 이유에서 비롯된 것으로 제시된다. 언젠가 ‘나’가 토로한 이러한 고민에 대해 의기양양하게 “세상을 너무 어렵게 생각하지 말라”고 충고하던 친구의 자신감은 「행복원의 예수」의 ‘나’의 자신만만함과 동일한 성격의 것이다. 알사탕 놀이의 비결을 간파한 그 친구는 타자의 질문에 항상 적절한 대답을 하는 방법을 알고 있으며, 그런 그에게 타자와의 커뮤니케이션은 손바닥 뒤집듯 수월한 일이다. 그 비결은 물론 타자와의 동일시, 즉 “소설적 질서”가 아니라 세상 돌아가는 질서와의 동일시이며, 비유하자면 좋은 값에 교환될 수 있는 물건만을 취급하는 것이다. 타자의 손에 쥐어진 사탕을 쉽게 얻는 수완 좋은 친구에게 ‘나’는 “어려운 곳을 보지 않으려는 곳에서 자신이 정직하게 구해질 수 있느냐”고 반문한다. 그런데 ‘나’가 세상을 쉽게 살기를 거부하고 굳이 심술쟁이로 남으면서까지 구하려는 것, 다시 말해 세상의 어려운 곳, 보기 싫은 곳을 주시함으로써 발견되는 ‘정직한 자기’란 무엇인가?

 이에 대해 답하기 위해 「문단속 좀 해 주세요」의 소매치기 ‘나’가 자신의 처지를 작가의 그것과 비교하는 이유를 살펴보는 것이 도움이 된다. ②에서 '나'는 작가가 소설을 쓸 수 없는 것은 그가 말하는 진실을 독자들이 듣지 않기 때문이라고 생각한다. 작가가 말하고자 하는 진실은 기성의 질서 바깥에 있는 것이며 따라서 그것을 말하는 작가나 그것을 듣는 독자 모두 불안한 대결을 감수해야 하지만, 독자 쪽에서 작가의 "선전 포고"를 애초에 받아들이지 않는 한 그 대결은 성립되지 않는다. 사람들이 작가와의 대결을 회피하는 것처럼 소매치기와의 대결 역시 회피하고 있다는 공통점 때문에 '나'는 자신의 처지를 작가에 비견할 수 있다. 그런데 작가가 자신의 진실을 걸고 독자와 대결하려 한다면, 소매치기는 무엇을 걸고 사람들과 대결하려 하는가? 이에 대해서는 우선 '나' 역시 자신이 진짜 소매치기라는, 자기 정체의 진실을 걸고 있다고 말할 수 있다. 그런데 설령 '나는 소매치기다'라는 말이 진실이라고 해도 그것이 과연 무슨 의미가 있을지는 여전히 의문이다.

물론 '나는 소매치기다'는 말의 내용만으로는 어떤 가치나 의미를 전할 수 없다. '나는 거짓말쟁이다'와 마찬가지로 말 자체로는 참·거짓을 판단할 수 없는 '나는 소매치기다'라는 역설에 관한 한, '귀찮고 불편하고 달갑잖은 진실'이란 '나는 소매치기다'라는 말의 내용이 아니라 그 형식의 차원에서 찾아야 한다. 다시 말해, 타자가 발화하는 말의 참·거짓을 쉽게 판별할 수 없다는 사실 자체가 바로 타자와의 관계에서 맞닥뜨리는 '귀찮고 불편하고 달갑잖은 진실'인 것이다. 이는 「목포행」에서의 작가의 진실에도 동일하게 적용될 수 있다. '나'가 말한 대로 세상의 어려운 곳을 외면하지 않을 때 진실이 찾아진다면, 그 어려운 곳이란 무엇인가? 그것 역시 내용의 차원에서 접근하기에 앞서 형식의 차원에서 접근해야 한다. 다시 말해, '나'와 타자의 커뮤니케이션이 불안한 대결일 수밖에 없는 근본적인 이유는 '나'와 타자 사이에 봉합될 수 없는 심연이 가로놓여 있기 때문인바, 그 심연이 바로 세상의 '어려우며 외면하고 싶은 곳'이다.

예컨대, '나'는 목포행 열차에서 우연히 동석한 사람에게 시간과 장소를 달리하는 육촌형의 사망 소식을 여러 차례에 걸쳐 전해들은 경험에 대해 말하려고 하지만, 끝내 성공적인 대화에 이르지 못했음을 자인한다. 몇 번이고 죽었다가 되살아나는 육촌형이란 '나'의 말대로라면 "낭만이나 정열"의 체현이자 또 '나'의 진실일 테지만, 여기서 중요한 것 역시 '나'의 말의 내용이 얼마나 가치 있는가가 아니라 '나'의 말을 타자에게 전하는 것이 얼마나 어려운가이며, 이 어려움이 바로 사람들이 외면하고 싶은 진실이다.

> "하지만 전 낮잠 덕분에 드디어 선생의 직업이 진짜 말씀대로라는 걸 인정하게 되었는 걸요. 하하하."
> 느닷없이 다시 나의 직업 얘기를 꺼내고 있었다.
> "글쎄요. 이제서야 그런 말씀을 하시니 다행이긴 합니다만 좀 새삼스런 느낌인데요. 너무 늦은 감이 들기두 하구 말이에요."
> 이 작자가 무슨 얘기를 하려는 건가. 방법이 막된 식이기는 했지만, 그래도 내가 소매치기라는 나의 정체를 밝힌 건 차중에서의 한가한 시간을 위해서였는데, 이제 와서 무슨…… 게다가 이젠 나의 정체가 설명대로라는 걸 겨우 인식하게 되었노라구? 한데 사내는 과연 다른 말이 있었던 게 틀림없었다.
> "때가 좀 늦긴 했지만, 어차피 선생의 말씀을 이해하게 되었으니 이제 장난은 그만 거두시죠."
> 여전히 장난기가 배어 있는 투였지만, 얼굴은 완연히 여유가 덜한 표정이었다. 나는 그제서야 펀뜩 한 가지 생각이 머리를 지나갔다. (…중략…) 그러나 나는 역시 할 말이 있을 턱이 없다.
> "이것도 저것도 끝내 모두 믿질 않으시는군요. 하지만 할 수 없죠. 이제 와선 나 역시도 형씨 이상으로 피해를 입은 셈이 되고 있으니까 말입니다. 형씨가 끝내 날 믿지 않으셨기 때문이지요. 그 때문에 형씨도 나도

모두 터무니없는 피해를 입게 되었단 말입니다."[48]

　'나'와 타자의 커뮤니케이션이 진실에 이르는 것이 절대 불가능한 일은 아니다. 「문단속 좀 해 주세요」는 '나는 소매치기다'라는 '나'의 말을 믿지 않을 뿐 아니라 심지어 '나'를 작가로 오해하던 상대방이 결국 '나'가 소매치기라는 사실을 인정하게 되는 장면에서 종결된다. 그러나 '나'의 진실이 타자에게 전달되는 방식은 단선적이지 않다. 소매치기라는 말을 농담으로 생각하고 아예 금딱지 손목시계를 좌석 한 구석에 던져 놓고 잠을 자는 상대방 앞에서 자기 진실이 전달되지 않는 것에 심한 낭패감을 느끼던 '나'는 열차에서 내리기 전까지는 소매치기이기를 포기하기로 하고 잠을 청한다. 그런데 열차가 종점인 목포에 이를 때쯤, 잠을 자던 사이 시계가 사라진 것을 발견한 상대방은 마침내 '나'가 소매치기라는 사실을 인정한다. 그러나 '나'는 그의 시계에 손을 대지 않았다. 그는 '나'의 말을 믿는 것인가, 믿지 않는 것인가?

　'나'를 소매치기로 인정한다는 점에서 그는 '나'를 믿고 있지만, '나'는 그의 시계를 훔치지 않았으므로 그는 '나'를 믿고 있지 않다. 혹은 '나'의 탄식처럼 그는 "이것도 저것도 끝내 모두 믿질 않"는 것일 수도 있다. 여하간 그는 다소 복잡한 경로를 거쳐 '나'가 소매치기라는 진실에 도달했다. 진실이 전달되는 미묘한 경로를 설명하기 위해 프로이트가 예로 든 '렘베르크-크라카우 농담'을 참조할 수 있다. 그 농담은 다음과 같다. 두 유대인이 어떤 열차 역에서 만난다. A가 어디 가느냐고 묻자 B는 크라카우에 간다고 대답한다. 그러자 A가 화를 내며 말한다. "이런 거짓말쟁이가 있나! 넌 크라카우에 간다고 말하면서 네가 렘베르크에 간다고 내가 믿기를 원하겠지. 하지만 난 네가 실제로는 크라카우에 간다

---

48) 이청준, 「문단속 좀 해 주세요」, 130~131면.

는 걸 안다구. 그런데 왜 거짓말을 하는 거야?"[49]

　프로이트의 지적처럼, A에게 B는 진실을 말할 때 거짓말을 하고 있으며, 따라서 진실을 거짓으로 이야기하고 있는 셈이다. 「문단속 좀 해 주세요」의 상대방 역시 A와 같이 오해하고 있다. 그는 '나'에게 '넌 네가 소매치기라고 말하면서 네가 소매치기가 아니라고 내가 믿기를 원하겠지. 하지만 난 네가 실제로는 소매치기라는 걸 안다구. 그런데 왜 거짓말을 하는 거야?'라고 말하고 싶을 것이다. 이에 비해 '나'의 경우는 어떠한가? '나'는 상대방이 "이것도 저것도 끝내 모두 믿질 않"고 있으며 자기 역시 그만큼이나 피해자라고 불평한다. 그러나 '나'의 말을 귀 기울여 듣고 또 그대로 믿어 주는 상대방이라면 그는 이미 엄밀한 의미에서의 타자가 아닐 것이며, 또 '나'와 그의 커뮤니케이션 역시 정당한 대결이 아닐 것이다. 따라서 진실을 말하고 싶어하는 한, '나'의 불평은 스스로 자초한 것이며 또 스스로 감수해야 할 몫이다. 요컨대, 진실은 '나'가 의도한 대로 타자에게 전달되는 것이 아니라, 이를테면 오해의 오해를 통해 전달되는 것이다. 상대방의 첫 번째 오해가 '나'의 말을 농담으로 받아들인 것이라면, 두 번째 오해는 '나'가 자신의 시계를 훔쳤다고 생각하는 것이다. 이런 점에서 커뮤니케이션에서의 진실이란 타자는 물론 '나'에게도 '귀찮고 불편하고 달갑잖은' 것이며 '어려우며 외면하고 싶은' 것이다.

　이청준 소설에서 '나'와 타자의 커뮤니케이션은, 말하는 자의 의도가 듣는 자에게 언제나 정확히 전달되는 것은 아니라는 의미에서 '말하다≠듣다'의 관계를 바탕으로 한다.[50] 비유하자면, 말하는 자는 몇 개인지 알 수 없는 사탕을 쥔 손을 내미는 타자에게 대답하는 처지에 있는 사람

---

49) S. 프로이트, 『농담과 무의식의 관계』, 임인주 옮김, 열린책들, 2003, 148면.
50) 가라타니 고진, 『탐구』 1, 31~32면.

이다. 물론 말하는 자가 아무 말도 할 수 없는 것은 아니다. 오히려 그는 무엇이든 말할 수 있다. 다만 타자가 받아들이지 않을 뿐이다. 말하는 '나'가 "몇 개게?"라는 타자의 질문에 대답하는 것은 단지 사탕의 개수를 말하는 것이 아니라 사탕을 달라고 말하는 것이기도 하다. 부적절한 대답을 한다면 타자는 당연히 사탕을 주지 않을 것이며, 이는 또한 사탕을 달라는 '나'의 말을 타자가 들어주지 않는 것이다.

물론 질문을 던지는 타자에게 항상 적절한 대답을 할 수 있는 방법이 없는 것은 아니지만, 이는 동일시를 통한 공모에 지나지 않는다. '말하다=듣다'의 관계가 성립된다면 그것은 타자와의 커뮤니케이션이 아니며, 그 결과 '나'와 타자는, 마치 가치에 대한 고민 없이 팔릴 만한 물건만 내 놓는 상인처럼, 서로가 이해할 수 있는 말만을 교환하게 될 것이다. 이와 반대로 커뮤니케이션에 내재하는 타자성을 극대화한다면, 그 결과는 진술불능증을 앓는 환자의 사례와 거짓말쟁이의 사례로 수렴될 것이다. 전자가 자기 진실이란 전달될 수 없다는 부정적 결론에 도달한다면, 후자는 말 그대로 '나는 거짓말쟁이다'라는 역설에 의한 의미의 불확정성에 도달한다.

진술불능증과 거짓말쟁이 역설은 공통적으로 언어적 커뮤니케이션에 대한 회의와 불신이라는 주제를 전하고 있다. 특히 후자와 관련해서, 이청준 소설에서 텍스트 의미의 결정 불가능성을 강조하는 해체주의적 경향의 전조를 발견해 낼 수도 있다. 해체주의의 방법에서 선호되는 것이 바로 "말해진 것과 말하려 의도한 것 사이에 존재하는 간극" 즉 "기표과정의 근본적인 간극을 열어 놓는 불가능한 발화('나는 지금 거짓말을 하고 있다'라는 역설의 논리를 따르는 발화)"이기 때문이다.[51] 이에 대해서는 이청

준 스스로 "언어가 할 수 있는 것은 삶의 진실에 대한 암시 정도일 뿐, 직접적으로 드러내 보이는 경우에 있어서도 그것은 하나의 예시일 뿐 최종적인 진실의 실체는 아닐 것"이라고 언급하고 있을 뿐 아니라,[52) 액자소설에서의 의미의 불확정성 등에 대한 논의를 통해 여러 연구자들도 공통적으로 지적한 바 있다. 그런데 언어와 진실의 관계에 대한 탐구가 이청준 소설의 주요한 주제 중 하나이기는 하지만, 그렇다고 언어와 관련된 주제가 단지 의미의 불확정성이나 결정불가능성으로만 수렴되는 것은 아니다. 이청준의 '언어사회학서설' 연작에 대한 분석을 통해 언어와 관련된 또 다른 주제에 접근할 수 있다.

4. 약속으로서의 언어

자서전 대필 작가 지욱이 주인공으로 등장하는 '언어사회학서설' 연작은 이 연작이 수록된 소설집의 제목 그대로 '잃어버린 말을 찾아서' 순례하는 주인공의 편력을 서술하고 있다. 여기서 '잃어버린 말'은 말이 실체와의 약속을 상실했다는 의미로 해석될 수도 하고, 또 그로 인해 화자가 말을 상실했다는 의미로 해석될 수도 한다.

> 모든 말들이 길을 헤매고 있었다. 사람들은 이제 말을 하지 않는다. 그
> 들은 너무나 많은 말을 하여 말들의 주소를 바꿔 놓음으로써 말들을 혹
> 사했고 말들을 배반했고 결국에는 그 말들이 기진맥진 지쳐나게 했다.
> 말들은 그들의 고향을 잃어버렸고 그들의 고향에 대한 감사와 의리를 잃
> 어버렸다. 그들이 태어날 때 지은 모든 약속에서 말들은 자유였다. 그러

---

52) 이청준·권오룡, 「시대의 고통에서 영혼의 비상까지」, 『이청준 깊이 읽기』, 문학과지성사, 1999, 28면.

나 말들은 이제 정처가 없었다. 말들은 이곳저곳 떠돌아다니며 그들이 깃들 곳을 찾았다.[53)]

　　말들은 과연 이제 정처가 없었다. 말이 존재의 집이라면, 말의 집은 또한 존재의 실체일 수밖에 없었다. 하지만 말들은 이제 그 실체의 집을 떠난 지 오래였다. 집을 떠난 말들은 그가 깃들였던 실체와의 약속을 잊어버린 지도 오래였다. 그것은 일견 말들의 자유스런 해방처럼 생각될 수도 있었다. 하지만 실체와의 약속을 저버림으로써 얻을 수 있었던 말들의 해방은 그 실체에 대한 지배력도 함께 단념을 해야 했다.[54)]

'잃어버린 말'에서 '말'은 목적격이지만 그 의미를 파악하기 위해서 일단은 주격으로서의 '말'로부터 출발할 수 있다. 곧, 누군가가 말을 잃어버린 것이 아니라 말이 뭔가를 잃어버린 것이다. 위의 인용에 의하면, 말은 길을 잃었고 고향을 잃었고 정처를 잃었으며 궁극적으로는 실체를, 실체와의 약속을 잃었다. 그런 것들을 잃어버린 말은 자신이 깃들 곳을 찾아 헤맨다. 다른 한편으로 말을 발화하는 사람의 편에서는, 실체와의 약속을 잃어버려 그 자체로 자유로운 것이 된 끝에 이제는 제멋대로 헤매는 말 앞에서 자기 자신과 말의 연관이 끊어졌다는 것을, 즉 자기가 말을 잃어버렸다는 사실을 깨닫게 된다.

'언어사회학서설' 연작에서 문제시되는 말과 실체의 약속이라는 개념을 이해하기 위한 가장 손쉬운 방법은, 가령 이름(명사)이 현실 세계의 어떤 대상을 지시(reference)하는 관계를 언어 전반으로 확장시키는 것이다. 이렇게 보면, 말과 실체의 약속이란 말과 대상 간의 지시 관계를 뜻한다고 할 수 있다.[55)] 이러한 지시 관계는 자연스럽게 언어에 의한 현실 재

53) 이청준, 「떠도는 말들」, 『잃어버린 말을 찾아서』, 문학과지성사, 1981, 27면.
54) 이청준, 「자서전들 쓰십시다」, 『잃어버린 말을 찾아서』, 65면.
55) 박준호, 「기술론과 직접 언급론」, 『범한철학』 23, 2001, 426~427면.

현의 문제로 확장될 수 있을 뿐 아니라, 말과 진실의 관계라는 주제 역시 이 지시 관계의 연장선상에서 쉽게 이해될 수 있다.

요컨대, 말이 대상과의 약속을 지키지 못하고 말이 진실을 전달하지 못하는 것은 그 지시 관계, 혹은 지시 관계를 규정하는 "주소" 체계가 얽혀버렸기 때문이고, 이처럼 실체와의 연관이 끊어져 제멋대로 떠도는 말은 화자와의 연관마저 끊어버린다. 이런 맥락에서 지욱이 대필하고 있는 코미디언 피문오의 자서전을 여는 "자기의 말과 웃음이 끝끝내 자기의 것이 될 수 없는, 자기의 것이 되어서도 안 되는, 그래서 그 말이나 웃음이 항상 자기하고는 따로따로여야 하는 그 슬픈 코미디언의 숙명"이라는 서두는 비단 피문오뿐 아니라 모든 언어 사용자에게로 확대 적용될 수 있다.

그뿐 아니라 "자기의 과거사를 고백하는 데 있어 남의 입을 빌"려야 하는 사람들을 대상으로 하는 자서전 대필업이라는 직업 자체가 이미 어떤 측면에서는 말과 '나'의 분리를 부추기고 있다. 대필된 자서전은 "자기의 정직한 생의 궤적과는 아무 상관도 없는 말의 허구에 불과하다는 점에서 그것들은 또 자서진 집필의 본뜻이 되어야 할 한 시대나 역사에 대한 진실의 증언과도 아무런 관계가 없"기 때문이다. 대상과의 관계, 실체와의 약속을 잃어버린 말은 마치 화폐와 교환될 때만 가치를 가지는 상품처럼 자신의 의미를 상실하고 이리저리 팔려 다닌다. 피문오의 자서전 대필을 거절하다 폭행당한 지욱이 망연자실한 상태에서 "자서전들 쓰십시다아, 자서전이요, 자서전, 자서전드을 써요⋯⋯"라는 자서전 대필 장사꾼의 호객 소리를 환청으로 듣는 것으로 끝나는 「자서전들 쓰십시다」(1976)의 결말은 이러한 실상을 여실히 보여 준다.

그런데 말과 실체의 약속이란 단지 이런 의미로만 해석될 수 있는 것은 아니다. 말과 대상의 지시 관계만이 문제라면, 자서전을 대필하기로 한 또 다른 인물인 최상윤의 경우와 관련하여 지욱이 보이는 반응을 이해하기가 쉽지 않다. 피문오와 달리 10여 년에 걸친 개간에 의해 황무지를 옥토로 바꾼 의지의 인물 최상윤은 "말들을 거짓 없이 부릴 수 있는 소박하고도 떳떳한 삶의 실체"와 "자서전에 봉사시킬 말들에 값할 거짓 없는 삶의 내력"을 갖고 있음에 틀림없다는 것을 지욱 역시 인정하고 있는 데도 불구하고 그는 최상윤의 자서전 대필마저 끝내 단념한다. 그 이유를 살펴보기 위해서는 말과 실체의 약속이 갖는 두 번째 의미를 파악할 필요가 있다.

> 자서전은 한 번 씌어지고 나면 거꾸로 그의 살아 있는 주인공을 사로잡고 그를 지배하는 이상한 힘을 발휘하기 시작합니다. 오늘날의 자서전들은 그 대부분이 실상은 과거의 시제를 빌어 쓴 미래의 자기 암시에 다름 아니기 때문입니다. 자서전들은 살아 있는 주인공으로 하여금 그의 새로운 미래상을 보게 합니다. 그리고 그것의 실현을 꿈꾸게 합니다. (…중략…) 자서전의 살아 있는 주인공들은 저마다의 가슴 속에 그 화려한 동상을 지닙니다. 그리고 그것을 실현해내고자 탐욕스런 지략을 다 짜냅니다. (…중략…) 동상은 지으려 해서 지어지는 것이 아니라 지어져서 지어질 수 있을 뿐인 것입니다. 지으려고 해서 억지로 짓는 동상은 탐욕의 거짓 표상일 뿐입니다. 속임수일 뿐입니다.56)

피문오의 자서전 대필을 거절하는 이유가 말과 실체의 관계 혹은 진실과 거짓의 관계라는 틀 안에서 비교적 쉽게 이해될 수 있는 반면, 최상윤의 자서전 대필을 거절할 수밖에 없는 이유에 대한 지욱의 설명은 다소 산만하거나 장황하다는 인상을 줄 만큼 쉽게 이해되지 않는 편이다. 불가능해 보이는 일을 실현해 낸 최상윤이 "털끝만큼한 회의도 용납

---

56) 이청준, 「자서전들 쓰십시다」, 71~72면.

치 않는 투철한 자신감"을 지니고 있는 것은 한편으로는 당연한 일이지만, 다른 한편으로는 그 신념이 지욱에게 "맹목적인 아집이나 독단"으로 비칠 수 있는 가능성도 없지는 않다. 그러나 그렇다고 해서 그것이 자서전을 쓰지 못할 필연적인 이유라고 보기는 어렵다.

여기서 지욱은 말하기 방식의 일종인 자서전에 빗대어 자신의 언어관을 피력하고 있다. 이때 언어는 '나는 ~하기로 약속한다'와 같은, 글자 그대로 일종의 약속의 성격을 갖는다. 지욱에 의하면, 자서전이란 "과거의 시제를 빌어 쓴 미래의 자기 암시"이며 따라서 자서전은 그것이 씌어진(발화된) 시점까지 이렇게 살아왔다고 말함으로써 앞으로도 그렇게 살겠다고 다짐하는 약속에 다름 아니다. 약속으로서의 말이라면, 그것은 단지 어떤 의미를 전달하는 것으로 끝나는 것이 아니라 그것을 실현(실천)함으로써, 즉 '~하기로 약속한다'는 말을 행동으로 옮김으로써 비로소 완결될 수 있음은 당연하다. 이런 점에서 약속은 수행적 발화의 대표적인 경우이다. 오스틴은 수행적 발화를 판정발화, 행사발화, 언약발화, 행태발화, 평서발화 등으로 분류하고 있는데, 이 중 약속과 관련된 것은 언약발화(commissive)이다. 오스틴이 수행적 발화의 기본적인 예로 든 약속, 내기, 계약 등의 발화가 모두 언약발화에 포함된다는 사실은 수행적 발화에서 언약발화가 중심적 위치를 차지하고 있음을 짐작케 한다. 원초적 수행동사(shall)에 의해 포괄될 수 있는 언약발화의 전반적인 목적은 "화자를 일정한 행동의 과정에 책임을 지우는 것"이다.[57]

지욱이 최상윤의 자서전 대필을 단념하는 이유는 바로 이러한 약속으로서의 언어에 관해 자신을 갖지 못하기 때문이다. 그의 의심은 두 가지 방향으로 발전한다. 첫째, 최상윤의 삶을 관찰한 지욱이 우려하는 것처

---

57) J. L. 오스틴, 『말과 행위』, 158~159면.

럼 누군가는 자신의 약속을 실천하기 위해 억지를 쓰고 속임수를 부릴지도 모른다. 약속을 말하고 그 약속을 실제 행동으로 이행하는 것 자체는 더할 나위 없이 정당한 것처럼 보이지만, 그 약속을 지키기 위해 억지와 속임수를 쓴다면 그것은 약속(말)에 의해 행동이 전적으로 지배당하는 꼴이 아닐 수 없다. 이런 식으로 약속을 실천하려는 것은, 지욱의 비유를 빌리면, 억지 동상을 짓는 결과를 초래할 것이다. 두 번째 의심은 자서전을 대필하는 지욱 자신과 관련된 것으로, 그가 누군가의 자서전을 쓴다면 다시 말해 누군가의 삶을 (대신) 말함으로써 동시에 뭔가를 약속한다면, 지욱 역시 그 약속을 지켜야 할 것이지만 "남의 회고록이나 자서전들을 수없이 써 오면서도 그분들의 삶이나마 한 번도 저의 삶을 대신해 살아 볼 수 없었"던 그로서는 자신의 약속을 한 번도 실천한 적이 없기 때문에 더 이상 자서전을 쓸 수 없다고 생각한다.

요컨대, 「자서전들 쓰십시다」에서 제기된 약속으로서의 말에 관한 의혹은 누군가가 자신이 말한 약속을 지키지 않는다면 어떻게 할 것인가라는 당연한 문제(지욱의 경우)는 물론 약속을 지킨다는 것은 대체 무엇인가 라는 보다 발전된 문제(최상윤의 경우)까지를 포괄하고 있다. 전자와 관련하여 '언어사회학서설' 연작의 첫 번째 소설인 「떠도는 말들」(1973)에서 지욱이 말과 실체의 약속이 끊어졌음을 깨닫는 계기가 되는 사건을 살펴볼 수 있다. 이 사건은 한 여자로부터 잘못 걸려온 오접(誤接)된 정체불명의 전화 통화 중에 지욱이 그녀와 만날 약속을 했으나 끝내 만나지 못하는 것으로 요약된다.

> "그야 나보다도 아가씨 쪽이 더 잘 알고 있는 일일 테지만, 처음부터
> 우리는 다만 말끼리만 만나고 있는 중이니까요."
> "역시 알아들을 수가 없네요."

하긴 그럴지도 모르지. 하지만 굳이 또 긴 설명은 해 무엇하랴.

"모르고 있는지 모르지만 아가씨의 말은 자유니까요. 아가씨의 말은 아가씨하곤 이미 아무 약속도 가지지 않고 있단 말입니다……."

"결국 선생님께선 제 말을 신용할 수가 없으시다는 말씀인가요?"

"좋은 증거가 있어요. 아가씨의 말은 지금 조금도 나에게 아가씨를 설명하지 못하고 있어요. 아가씬 나에게 없습니다. 단지 아가씨의 말뿐입니다. 지금도 나는 아가씨의 정처 없는 말의 유령을 만나고 있을 뿐이지요."[58]

여기서도 말의 약속이 갖는 의미의 두 측면을 발견할 수 있다. 전화상으로만 주고받는 말, 그리고 비단 전화만이 아니라 신문이나 라디오에 의해 유통되는 말은 실체와의 연관이 점차 약화된다. 이런 말은 대상과의 지시 관계를 잃어버리고 점점 "다만 말끼리"만의 관계를 견고하게 구축하며, 필경에는 말을 발화하는 사람의 존재감 자체를 희박하게 할 것이다. 그래서 지욱은 "아가씬 나에게 없습니다. 단지 아가씨의 말뿐"이라고 단언할 수 있다. 그러나 이러한 단언에도 불구하고 지욱은 그녀의 말이 참인지 거짓인지 쉽게 판단할 수 없다. 그 결과 지욱은 그녀의 말을 신용할 수 없다고 생각하면서도 그녀의 말(약속)에 따라 서대문 문화방송 앞으로, 대학병원 병실로 그녀를 찾아 집을 나섰다가 번번이 허탕을 친다. 지욱이 마침내 말이 약속을 잃어버렸음을 확인할 수 있었던 것은 바로 그녀가 자신이 말한 약속을 지키지 않았기 때문이다. 이때의 약속은 단지 말과 대상 간의 지시 관계가 아니라 글자 그대로 자신이 말한 약속을 실제 행동으로 지켰느냐 그렇지 않느냐와 관련된 문제이다.[59]

---

58) 이청준, 「떠도는 말들」, 31면.
59) 이는 거꾸로 말하면, 실체와의 관계가 불분명한 말이라 할지라도 누군가가 그 말의 약속을 실천한다면 그것은 약속으로서의 기능을 수행할 수 있음을 의미하기도 한다. 이로부터 말의 상징적 힘에 대한 탐구라는 또 다른 주제가 분기되는바, 이러한 주제와 관련된

따라서 말의 약속은 말과 실체와의 관계뿐 아니라 말과 실천(행동)과의 관계에도 걸쳐 있다. 이러한 두 측면을 함께 고려할 때, 비로소 '잃어버린 말을 찾아서'라는 제목이 단지 말로 명확한 의미를 전하기 어렵다거나 나아가 진실을 전하기 어렵다는 식의 불확정성이나 결정불가능성에 대한 검토를 의미하는 것만이 아니라, 사정이 이렇다면 도대체 말로 무엇을 할 수 있는가 라는 문제에 대한 탐색까지를 의미하게 된다.

가령, 「빈 방」(1979)은 말과 실체(진실)의 관계를 다루고 있다. 3년 전 노사분규의 현장에서 배신자로 몰려 수모와 고통을 당하는 충격적인 사건을 겪었지만, 노사분규의 전말에 대해서도 또 자신의 억울함에 대해서도 끝내 말할 기회를 얻지 못해 딸꾹질을 멈추지 못하는 지승호와 한 방을 쓰게 된 신문기자 '나'는 다음과 같은 방법으로 그의 증상을 고치려고 시도한다. "작자에게서 그 말의 뿌리를 뽑아 버리도록 하자. 그것은 지승호 씨에게 하고 싶은 이야기가 있으면 무엇이든지 하고 싶은 대로 이야기를 모두 시켜 버리는 것이었다. 그가 보고 듣고 살아 온 내력들을, 그리고 생각하고 느낀 일들을 남김없이 이야기로 토해 버리게 하는 것이었다." 그러나 지승호가 이야기를 끝내고 더 이상 할 말이 없다고 인정했음에도 불구하고 그의 증상은 멈추지 않는다. 이는 언어로는 모든 것을 말하는 것이 불가능하기 때문인가, 아니면 모든 것을 말한다 한들 그것으로는 어떤 것도 할 수 없기 때문인가? 두 이유 모두 가능한 대답일 수 있는바, 이로 인해 「빈 방」의 스토리를 막다른 곳에 이른다.

이와 달리 「몽압발성(夢魘發聲)」(1981)은 말과 실천의 관계를 다루고 있다. "말에 대한 믿음을 되찾고자 고심하던" 지욱은 "작가는 왜 글을 쓰는가"라는 주제의 문학 강연에서 이정훈을 만난 뒤 자서전 대필업을 그

대표적인 소설로 「이어도」(1974)를 들 수 있다.

만두고 조율실로 쓰이는 기적 다방에 합류한다. "조율"이란 "무책임하고 파괴적이 되어 버린 말들과의 화해를 시도하면서 그 말들에 대한 신뢰 관계를 회복"하기 위해 "말이 말할 수 있는 것을 말하려 하고, 말이 말할 수 있는 방법을 잊지 않으려 자기들끼리 말 연습을 하는 것"이다. 그러나 "말 연습"(말놀이)만으로는 참·거짓 사이의 역설을 즐기는 상태 이상에 이르기 어려울 뿐 아니라 "강한욱의 해프닝"에 의해 "허탈스럽고 자조적인 분위기"의 실체가 폭로된 후에는 이마저도 파국을 맞게 된다.

그러던 중 "부흥 강사 안춘근 장로의 이적에 관한 소문이 가랑잎의 불길처럼 시내를 온통 휩쓸고" 이 소문을 접한 뒤 "감금시킨 말들의 순결"을 즐기던 조율실 멤버들도 "말들이 어떤 모습으로 세상을 떠돌아 다니"는지 그 "말의 현장"을 확인하기 위해 하나둘 부흥회가 열리는 장소를 찾는다. 그러나 "직접 보고 겪은 일이라도 입을 열어 말을 하는 순간 그것은 금세 소문으로 변해 버리"는 말, 즉 실체와의 약속을 잃고 헤매는 언어로는 부흥회 현장에 대한 진실은커녕 화자의 자기 진실조차도 제대로 전달하기 어렵다. 그렇다면 부흥회에 대한 소문이야말로 조율실 안에 감금된 채 진행되던 "말놀음"이 마침내 현실로까지 확장된 것이 아닌가? "녀석들이 말하는 부흥회의 규모나 이적의 내용은 하나같이 모두 제멋대로였다. 부흥회장을 다녀온 사람이 늘어 가면 갈수록 현장 사정은 혼란만 더해 갔다"는 것은 말과 진실(사실)의 지시 관계가 붕괴되었을 뿐 아니라, 그 결과 "네 말은 네 말이고 내 말은 내 말일 뿐"이라는 식으로 커뮤니케이션 자체가 성립될 수 없는 지경에 처했음을 암시한다.

다른 한편, 실천에 대한 책임을 부과하는 약속으로서의 말에 대해 생각해 볼 수 있다. 가령 조율실에서 "실체와의 약속 단계를 벗어나 제멋대로 세상을 떠돌고" 있는 말의 사례로서 누군가가 제기한 "십년 뒤의 소득 수준을 약속받은 바 있었고, 그 십년 뒤에 우리는 실제 숫자로 그 약속을 분명히 성취하였다. 이것은 무엇보다 분명한 사실이다. 한데도 사람들은 이제 다시 그 십년에 대한 기대를 지니지 않으려 한다. 과거의 십년마저 약속이 이루어지지 않은 것처럼 생각한다. 이런 불신감도 우리들의 말에 책임이 있는가”라는 질문이 있다. 어떤 위정자가 대중에게 10년 뒤에 도달할 소득 수준에 대해 약속했으며 그것을 달성한 것이 사실로 증명되었다고 가정할 수 있다. 그렇다면 그는 약속을 지킨 것인가? 그러나 위정자가 약속한 상대방인 대중이 그 약속이 지켜지지 않았다고 생각한다면 문제는 좀 더 복잡해진다.

이 사례에서 「몽압발성」이 발표될 무렵 종말을 고한 박정희 정권의 지배술, 구체적으로는 경제 성장 지표에 의해 국민을 지배하는 방식에 대한 암시를 읽어 내기란 그리 어렵지 않으나, 워낙 단편적으로 제시되는 데 그칠 뿐이어서 이에 대한 논의를 확장시키기는 쉽지 않다. 지배의 문제를 보다 본격적으로 다룬 「당신들의 천국」(1974)을 참조해 이를 보충할 수 있다.

> “그분은 무엇보다도 먼저 이 섬을 나환자의 복지로 꾸밀 것을 약속했습니다. 학대받고 쫓겨 다니며 서러운 유랑 생활을 되풀이할 것이 아니라, 오손도손 서로를 위로하며 의지하고 살아갈 그들의 고향을 만들자고 설득했습니다. 인간으로서의 최소한의 긍지와 보람을 누리자고 격려했습니다. 병사와 의료 시설을 늘리고 생활 환경과 후생 시설을 다시 꾸미자고 했습니다. 그러자면 먼저 환자들 자신부터 절망과 비탄에서 벗어나 추악한 유랑 습벽을 버리고 새로운 인간으로 다시 태어나야 한다고 충고했습니다. 그리고 스스로의 복지를 스스로 꾸며 간다는 자부심과 자활 의욕이 솟아나야 한다고 촉구했습니다. 환자들은 박수를 아끼지 않았습니다.”
>
> “그는 약속을 지켰겠지.”
>
> “하지만 그는 약속을 지킨 대신 이곳에 자신의 동상을 세웠습니다.”[60]

「당신들의 천국」에서 이상욱은 부임 초기의 조백헌 원장에게 해방 전 소록도 병원 시설을 개발한 주정수 전 원장의 행적에 대해 설명한다. 주정수의 정력적인 취임 연설은 "나는 여러분에게 약속하겠습니다"로 시작된다. 이상욱에 의해 요약적으로 제시된 바에 따르면, 주정수는 원생들에게 섬의 개발을 약속하는 동시에 원생들을 "설득"하고 "격려"하고 "충고"하고 "촉구"하는 등, 특히 발화효과행위가 집중적으로 강조된 수행적 발화를 전달했다. 발화효과행위는 상대방에게 말로 단지 어떤 내용을 전하는 것을 넘어 요구하는 것이고, 단지 요구할 뿐 아니라 설득, 타협, 강제, 위협 등 여러 방식을 통해 상대방이 그 요구에 따르도록 하는 것이다.[61] 주정수는 말로 약속함으로써 청자였던 원생들의 아낌없는 박수를 이끌어 냈고, 박수뿐 아니라 "마침내는 원생들 스스로가 공사 협력을 다짐하고 나서게" 했으며, 실제로 원생들로 하여금 누구라 할 것 없이 모두 공사 현장에서 열심히 일하게 했다. 주정수의 약속을 받아들인 원생들의 노력은 당연히 가시적인 개발 성과를 낼 것이다. 그러면 주정수는 약속을 지킨 것인가?

자기 자신과의 약속도 있을 수 있겠지만,[62] 궁극적으로 약속은 타자와의 약속이며 타자와의 약속이란 또한 타자에 대한 요구이다. "섬을 나환자의 복지로 꾸밀 것"이라는 주정수의 약속은 그 혼자서 진심으로 약속을 지키기를 원한다고 해서 지켜지는 것이 아니라 원생들이 그 약속이 요구하는 바를 따라 열심히 일할 경우에만 지켜질 수 있다. 즉, '나'

---

60) 이청준, 『당신들의 천국』, 문학과지성사, 1984, 63면.
61) J. L. 오스틴, 『말과 행위』, 140면.
62) 자신과의 약속이란 '나'와 또 다른 '나', 즉 이상적 자아나 초자아의 위상을 갖는 '나' 사이의 약속으로 분석할 수 있다. 또 다른 '나'는 부모로 대표되는 타자가 내면화된 결과 형성된 것이므로, 결국 자신과의 약속이란 내면화된 타자와의 약속이다(S. 프로이트, 『정신분석학의 근본개념』, 윤희기 · 박찬부 옮김, 열린책들, 2003, 367면).

가 말로 약속한 것을 행동으로 보여줄 뿐 아니라 동시에 타자 역시 '나'의 약속이 요구한 바에 따를 경우에만 약속을 지키는 것이 가능하다. 이런 맥락에서 약속이란 '나'가 타자에게 일방적으로 전달하는 것이 아니라 '나'와 타자가 서로 주고받는 것이다.

주정수의 재임 시절 개발된 섬을 둘러본 조 원장은 주정수가 약속을 지키지 않았느냐고 되묻지만, 이에 대해 이상욱은 주정수가 약속을 지킨 대신 자신의 동상을 세웠다고 말한다. 주정수는 섬 개발에 대한 자신의 약속을 지켰을 수도 있으며, 그것이 가시적인 성과로 증명될 수도 있을 것이다. 그러나 이때 지켜진 것은 단지 약속의 진술적 내용에 관한 것일 뿐이다. 그 약속의 수행적 과정이 타자에게 요구하고 또 그 요구를 따라 타자가 제공(응답)한 것에 상응한 것만큼을 되돌려주지 못했다면, '나'와 타자 사이에 대칭적 교환은 이루어지지 않은 것이고 따라서 약속 역시 지켜지지 않은 것이 된다.

「몽압발성」에서 제기된 질문으로 되돌아가 위정자의 약속에 대해서도 같은 관점에서 접근할 수 있다. 위정자가 약속한 경제 성장 지표가 수치로 달성되었을 수는 있지만, 그 약속이 대중에게 요구하고 그에 대해 대중이 응답한 어떤 것(가령, 근면·자조·협동으로 표상된 열성적인 노력 동원)에 상응한 대가를 그들에게 되돌려주지 않았다면 약속은 지켜지지 않은 것이다. 이상욱이 경계하는 동상이란 단지 진술적 차원에서만 지켜진 약속의 증거물이다. 그것은 한편으로는 약속이 지켜졌다는 증거이기도 하지만, 다른 한편으로는 약속이 배신당했다는 증거이기도 하다.

약속을 지키는 것 역시 일종의 대칭적 교환이라면, 현실에서 교환이 대칭을 이루기란 지난하므로 약속 역시 지켜지기 어렵고 그 때문에 약속의 당사자들은 항상 불안하다. 약속에 대한 불안을 떨쳐 버리는 가장 손쉬운 방법은 약속을 하지도, 약속이 요구하는 것을 따르지도 않는 것

일 수 있다. 그러나 문제는 그렇게 간단하지 않다. 주정수가 소록도를
복지(福地)로 만들 것을 약속하겠으니 자신을 따르라고 요구했을 때 원생
들은 왜 그 약속(요구)을 받아들였는가? 그 이유는 명백한데, 그것은 주정
수가 약속한 것이 실은 원생들도 원하는 것이었기 때문이다. 심지어 원
생들은 복지를 실현하겠다는 약속이 지켜지기 어렵다는 사실을 잘 알고
있었지만, 그럼에도 불구하고 그 복지에 대한 유혹을 이겨 내지 못했으
며 그 때문에 주정수의 약속을 받아들인 것이다. 조금 과장하면, 주정수
쪽에서 복지를 약속하지 않았더라면 원생들 쪽에서라도 그와 비슷한 약
속을 만들어 냈을 것이라고 추측할 수 있다. 「몽압발성」의 부흥회 현장
은 바로 그러한 약속이 만들어지는 장면을 보여 준다.

> 안 장로의 능력이나 권위가 모두 거짓인 것은 사실일 수도 있겠지. 하
> 지만 그걸 안 장로에게 지어 붙인 건 바로 우리들 자신이었어. 그리고
> 그런 점에서 그건 실상 의미가 전혀 없었던 일도 아니었지. 그게 바로
> 구원자로서의 안 장로에 대한 우리들의 희망과 기대였으니까. 안 장로는
> 우리의 희망과 기대의 표상이었고, 그에게 어떤 구원의 능력과 권위가
> 임했다면, 그건 바로 우리 자신이 그에게 탄생시킨 우리들 자신의 기도
> 의 능력이요 권위였던 셈이지. 결국 안 장로 자신은 문제가 아니었어. 우
> 리들이 갈구해 온 구원은 안 장로의 문제가 아니라 우리들 자신의 문제
> 였으니까. 안 장로를 심판하려 드는 것은 바로 우리 자신의 구원의 문제
> 를 스스로 배반하고 나서는 것이 되는 거지. 안 장로가 스스로의 정체를
> 드러내 준다면 몰라도 우리 자신이 그런 배반을 먼저 감행하고 나설 수
> 는 없는 일이었어⋯⋯.[63]

안 장로의 부흥회에 대한 소문이 빠르게 퍼진다. 이러한 소문으로서의
말은 참·거짓을 판단하기 어려운 것은 물론 근거(실체)가 있는지조차 확

---

63) 이청준, 「몽압발성」, 『잃어버린 말을 찾아서』, 237~238면.

인할 수 없지만, 그럼에도 불구하고 대중의 믿음을 사고 대중을 끌어 모을 수 있다는 점에서 순수한 발화효과행위를 수행하고 있다. 위의 인용에서 한욱은 지욱에게 어떻게 실체를 알 수 없는 소문으로서의 말이 수행적 효과를 발휘할 수 있었던가에 대해 일목요연하게 설명하고 있다. 부흥회와 관련된 소문은 단지 앉은뱅이를 일으키고 장님을 눈뜨게 한다는 식의 소박한 이적(異蹟)에 관한 것만이 아니라 구원에 관한 것이며, 그 소문의 수행적 효과는 바로 구원에 대한 대중의 희망과 기대, 즉 대중이 구원을 원하고 있다는 사실에서 비롯된 것이다.

이런 점에서 「몽압발성」에서 제시된 소문의 심리학은 「소문의 벽」 (1971)의 그것과 다르다. 이러한 두 가지 소문의 유형 역시 말과 진실의 관계 그리고 말과 실천의 관계라는 큰 틀에서 이해될 수 있다. 「소문의 벽」 단계에서 소문은 단지 익명의 화자들에 의해 발화되는, 진실에의 접근을 가로막는 정체불명의 말, 곧 그릇된 의식(false consciousness)의 표현이라는 의미만을 갖는 데 비해, 「몽압발성」에서는 이른바 '소문의 진실'이 탐구되고 있다. 그 진실이란, 소문은 다른 누군가들에 의해 만들어지는 것이 아니라 바로 우리 자신의 욕망에 의해 만들어진다는 것이다. 만약 이데올로기가 욕망 실현의 환상에 의거해 자신의 일관성을 유지할 수 있는 것이라면,[64] 이데올로기와 소문은 동일한 동기를 공유한다. 민족이나 국가에 대한 이데올로기는 동시에 민족이나 국가에 대한 소문이기도 하다.

구원에 대한 소문은 구원에 대한 약속과 다르지 않으며, 따라서 구원에 대한 소문을 부정하는 것은 구원에 대한 약속을 부정하는 것이고, 또 자신이 갈구하는 "구원의 문제를 스스로 배반"라는 것에 다름 아니게 된

---

64) S. 지젝, 『이데올로기라는 숭고한 대상』, 220면.

다. 앞에서 언급했듯이, 「이어도」에서 실제로는 존재하지 않는 따라서 이름(말)뿐인 '이어도'가 천남석에게 발휘하는 효과 역시 그 이름이 "피안의 섬" "이승의 고된 생이 끝나고 나면 그곳으로 가서 새로운 저승의 복락을 누리게 된다는 제주도 사람들의 구원의 섬"을 약속하기 때문이다.

'나' 자신의 욕망이 소문을 지은 것이라면, 자기가 믿고 싶은 만큼만 소문을 믿고 또 자기가 따르고 싶은 만큼만 소문을 따르면 더 이상 문제될 것이 없을지도 모른다. 그러나 "소문이 윤형[지욱]한테 제 식으로 값을 요구하고 제 식으로 보답을 해 오"리라는 한욱의 말과 같이, 소문의 수행적 효과 역시 단지 구원(욕망의 실현)을 약속하는 것만이 아니라 동시에 뭔가를 요구하고 또 요구에 따른 대가로 뭔가를 제공하는 과정을 밟는다. 다시 말해, 소문과 '나' 사이에도 교환의 관계가 형성되는바, 소문이 요구하는 것과 소문이 제공하는 것 간에 대칭적인 교환이 이루어졌는가는 여전히 미제의 문제로 남는다. 게다가 누군가와의 약속과 달리 소문에 관해서는 체불된 대가를 누구에게 청구해야 할 것인지가 훨씬 더 모호하다는 점에서, 소문에서의 교환의 문제는 보다 복잡한 양상을 띨 수밖에 없다.

말이란 진실의 전달과 관련된 것인 동시에 욕망의 실현과 관련된 것이기도 하다. 특히 타자의 질문에 대해 '나'가 느끼는 불안감, 타자의 질문에 적절하게 응답하는 방법, 약속과 소문의 수행적 효과 등은 언어와 욕망의 관계라는 주제 쪽에 좀 더 치우쳐 있다. 물론 언어와 진실의 관계가 상대적으로 간단명료하고 또 진실을 말한다는 명분을 갖고 있다는 점에서 언어와 욕망의 관계보다 더 본질적인 주제처럼 보일 수는 있으나, 실제로 진실만이 따로 떨어져 존재하는 경우란 거의 없다. 어떤 측면에서는 진실을 굳게 지키려고 하는 태도마저 욕망 실현의 한 방편이기 십상이다. 적어도 이청준의 소설에서는 그렇다.

이와 관련하여 4·19 무렵의 한 사건에 대한 비밀을 알아채고 진실을 위해 이를 말해야 하는가, 대의명분을 위해 은폐해야 하는가 라는 문제를 다루고 있는 「뺑소니 사고」(1974)를 살펴볼 수 있다. 이 소설의 의도는 4·19의 의의나 명분에 대해 의혹을 제기하거나 그것을 흠집 내고자 하는 데 있지 않다. 소설의 핵심 의도는 표면적으로는 신문기자로서 진실을 밝혀야 할 사명을 내세우는 주인공 배영섭의 고민이 실은 남들이 모르는 것을 말하고 싶다는, 지극히 단순한 욕망의 문제임을 보여 주는 데 있다.

> 배영섭에게 자꾸 그런 충동이 생기고 있는 것은 물론 어떤 분명한 목적이 있어서가 아니었다. 양진욱으로부터 충고를 받았던 바 그 '역사에 대한 책임'에 관해 어떤 새로운 각성이 생겨나서도 아니었다. 그는 그저 말을 하고 싶었을 뿐이었다. 아무도 알고 있지 못하고 있는 일을 자기 혼자 알고서 입을 다물고 있을 때의 그 기묘한 승리감 같은 것이 한사코 그를 참지 못하게 했다. 때로는 그를 즐겁게도 했고 때로는 견딜 수 없도록 괴롭혀 대기도 했다.[65]

「소문의 벽」에 삽입된 박준의 소설 원고 '벌거벗은 사장님'의 스토리 역시 「뺑소니 사고」와 동일한 맥락에서 이해할 수 있다. 표면적으로는 언어와 진실의 관계를 다루고 있는 것처럼 보일지라도 그 이면에서 이청준 소설은 언어와 욕망의 관계에 얽힌 문제를 끊임없이 환기시키고 있다. 이청준 소설에서 언어의 진실에 계속해서 문제되고 있다면, 이는 그 진실이 욕망으로 얼룩진 진실이기 때문일 것이다.

---

65) 이청준, 「뺑소니 사고」, 『가면의 꿈』, 253면.

용서와 희생, 애도　Ⅳ

1. 두 개의 아버지의 법

앞에서 언어나 법 등의 상징적 질서와의 동일시를 하나의 공동체를 구성하는 사람들이 공모한 속임수 정도로 서둘러 평가 절하하기도 했지만, "이건 이렇고 저건 저렇다 치자고 사람들 간에 미리 서로 약속된 일의 값과 질서들"을 인정하고 따르는 것이 통상적인 사회화 혹은 주체화의 과정이라는 것에는 의심의 여지가 없다. 정신분석학의 용어를 빌리면 이는 오이디푸스 콤플렉스를 극복하고 아버지의 법을 따르는 것이라고 할 수 있는데, 이청준 소설의 주인공들이 아버지와의 관계에 있어 통상적인 경로를 따르지 않는다는 점에 대해서는 여러 연구자들에 의해 지적되어 왔다. 아버지와의 관계에 있어 적절한 해결책을 찾지 못한 상태로 갈등이 지속되는 한, 사회의 법이나 질서와의 동일시에 문제가 생기고 그 결과 타자와의 관계 역시 마찬가지로 미해결 상태에 머물 것임은 쉽게 추측할 수 있다.

그러나 이청준 소설의 모든 경우에서 아버지와의 관계가 미해결된 상태로 남아 있는 것은 아니다. 대표적으로 「불 머금은 항아리」(1977)와 「흐르지 않는 강」(1979)을 분석함으로써 이청준 소설에 드러나는, 다소 독특한 부자 관계에 접근할 수 있다. 여기서 독특하다 함은 첫째, 대개의 이청준 소설과 달리 「불 머금은 항아리」와 「흐르지 않는 강」에서는 주인공이 아버지의 상징적 이름(법)을 받아들이며 둘째, 이때 아버지의 이름이 일반적인 경우로 환원되기는 어렵다는 두 가지 의미를 지닌다.

「불 머금은 항아리」에서 70대 노도공(老陶工) 백용술은 죽음에 임박해 60여 년 전 스승인 허봉도 노인의 눈을 피해 몰래 내다 판 사기 항아리들을 되찾아 없애려고 한다. 사기를 내다 판 것은 물론 생계를 위한 돈벌이였지만 동시에 허 노인에 대한 반감의 표시이기도 하다. 선생과 전수공의 관계이지만 또한 "그냥 그대로 부자간과 한가지"로 산중의 가마에서 함께 지내고 있는 용술은 허 노인에게 많은 불만을 가지고 있다. 허 노인이 특별한 기술을 가르쳐 주지 않고 잡일이나 시키면서 뜻도 알 수 없는 질책만 할 뿐 아니라 용술이 보기에는 어느 정도 모양을 갖춘 사기들을 미련 없이 깨 버리는 괴팍스런 성벽을 갖고 있기 때문이다. "가마 일에 웬만큼 요령이 트인 깐으로 해서는 이제 그만 어디 다른 데로 가서 따로 가마를 내고 싶어지기도 했지만, 노인의 나이나 주변머리로 보아 차마 그럴 수도 없는 노릇"인지라 용술의 불만은 점점 깊어 간다.

그러던 중 가마로 찾아든 한 사내가 "잘못되어 나와 버려도 좋은 것"을 한 점 얻어 가기를 청한다. 허 노인의 성격을 잘 알고 있는 용술이 이를 거절하자 그는 허 노인을 만나겠다고 하고 사람을 만나 주지 않던 허 노인은 의외로 그의 면담 요청을 받아들인다. 그날 밤, 허 노인과 사내는 용술을 사이에 두고 일종의 시험을 꾸민다. 이번이 처음이 아닌 허 노인의 시험은 용술에게 사기 가마를 물려줄 만한가를 평가하는 것이다. 이전의 시험에서 실패한 적이 있던 용술은 두 사람의 대화를 엿듣고 크게 깨달은 바 있어 다음날 새벽 가마가 열리자 사내의 은밀한 요청에도 불구하고 사기를 모두 깨 버린다.

그 사건이 있은 후 며칠 뒤 허 노인은 홀연 자취를 감추고 그로부터 한 달여가 지나 용술은 허 노인의 죽음을 전해 듣는다. 용술은 "그 후로도 계속 허 노인의 뜻을 이어 분매산 가마를 지켜" 가기로 한다. 게다가 "스승의 눈을 속인 자신의 어리석음이 또다시 부끄럽고 후회스럽기만 하였다. 그는 그 자신의 어리석음으로 하여 돌아가신 스승의 영혼에까지 욕을 보이고 있는 느낌이었다"는 고백에서 볼 수 있듯이, 젊은 시절의 사소한 실수라고 관용할 수도 있는 행동에 대한 죄를 씻기 위해 죽기 직전까지 자신이 몰래 내다 판 사기 항아리들을 회수하려고 하는 용술의 태도는 아버지의 이름을 지키는 데 있어 대단히 철저함을 보여 준다. 그 때문에 한때의 실수의 흔적을 거둬들이지 못했다는 것에 대해 "백용술 노인은 그 후로 평생 동안을 죄책감 속에서 지내"게 된다.

「불 머금은 항아리」의 기본적인 스토리는 아버지가 부과한 시험을 통과하여 아버지에서 아들로의 계승 혹은 상속이 성공적으로 수행되는 입문식(initiation) 서사를 비교적 충실히 따르고 있다.[1] 여기서 「불 머금은 항아리」처럼 성공적인 결말에 이르지는 않지만, 이청준 소설 중 예인이나 장인을 소재로 한 상당히 많은 경우에서 아버지와 아들의 관계가 서사의 기본축을 이룬다는 공통점을 발견할 수 있다.

예컨대, 「줄」(1966)에서는 서커스단에서 줄을 타는 광대 허 노인과 운의 관계가, 「변사와 연극」(1969)에서는 시골 장터로 흘러든 떠돌이 무성

---

1) A. 주판치치, 『실재의 윤리』, 이성민 옮김, 도서출판b, 2004, 286면.

영화 변사와 그의 아들의 관계가 중요하게 다루어지며, 「서편제」(1976)로부터 시작된 '남도사람' 연작 역시 떠돌이 소리꾼 아버지와 의붓아들의 관계가 스토리의 한 축을 이룬다. 또, 「매잡이」(1968)에서도 이제 죽음을 앞두고 있는 매잡이 곽 서방과 벙어리 소년 중식은 유사 부자 관계로 설정되어 있다. 여기서 아버지와 아들의 관계는 표면적으로는 줄타기나 소리, 매잡이 등 특정 기예의 전승과 관련되어 있지만, 그 전승은 단지 어떤 기술을 주고받는 것만을 의미하는 것이 아니라 아들이 아버지를 받아들이느냐 그렇지 않느냐로 의미가 확장된다. 물론 그 전승이 항상 순탄하게 진행되는 것은 아니다.

> 할 수 없이 버버리 한 놈을 데리고 번개쇠를 부리는 수밖에 없었다. 이제 마을 사람들은 할 일이 없어도 몰잇군 노릇을 하려고 하지는 않았다. 박달나무 방망이를 하나라도 더 깎아다 장터에서 조 됫박 값을 만들거나, 아니면 차라리 뜨뜻한 아랫목에서 화투판을 벌리는 편이 낫다고들 생각하는 것이었다. 하지만 예전 사람들은 몰잇군 놀이를 무슨 삯일로 생각했나, 그저 재미만으로 즐거이 몰잇군을 자청해 나섰던 것이다. (…중략…) 한데 요즘은 매로 잡은 꿩이 장거리에서 돈으로 팔리는 판국이다. 안주 핑계하고 술을 마시지도 않았고, 아예 값을 저쪽 처분에 맡기고 잔칫집에 꿩을 보내는 일도 없으니 그 답례가 있을 리도 없었다. 하긴 그런 사람들이 터무니없는 쪽일는지는 모른다. 하지만 그렇게 터무니없는 짓들에 정신을 빼앗기고 살았어도 그 사람들은 걱정들이 적었는데 요즘은 가로 재로 모로 재고 해서 그런 터무니없는 일에는 정신을 팔 겨를이 없는 양 아득바득대도 그 사람들 사는 요령에는 어림이 없다.[2]

"이들[예인과 장인]은 '교환가치'가 지배하는 시장 경제 체제 속에서는 일상적 행복을 누릴 수 없도록 '진정한 가치'만을 추구하고 있다. 그

---

2) 이청준, 「매잡이」, 『별을 보여 드립니다』, 일지사, 1971, 277면.

러나 이들이 '교환가치'를 추구하지 않기 때문에 이들은 스스로를 사회
로부터 유리시키게 되고, 따라서 시장 경제의 입장에서 보면 '문제아'가
되는 것"이라는 김치수의 지적이 간명하게 보여 주듯,3) 아버지의 기예
가 화폐로 표시되는 교환가치에 의해 지배되는 세계에서 이미 배제되고
축출되었다는 사실이 아들이 아버지를 계승하지 않으려는 이유의 하나
일 수 있다. 위에 인용된 민형에 의해 씌어진 '매잡이'라는 소설에서는
몰잇군 놀이가 삯일로 여겨지고 꿩이 돈으로 팔리는 그 교환가치의 세
계라는 것이 얼마나 하잘것없는가에 대해 다분히 조소하는 어조로 서술
되어 있지만, 그렇다고 해서 현실의 힘을 무시할 수는 없다. 특히 예인
이나 장인을 소재로 할 때 "복고적 감상에 근거를 두고 있지 않"으며
"구체적인 현실적 관계 속에서 의미로 형상화되고 있다는 점"이 이청준
소설의 특징이라면,4) "진정한 가치"와 "교환가치"의 대립에서 무조건
전자의 우세를 예상하는 것은 성급하지 않을 수 없다.

　그보다도 그런 생각이 들게 한 것은 부자간으로서는 두 사람의 거동이
전혀 이가 잘 맞지 않고 있는 듯한 기분을 늘 느끼게 하고 있었기 때문
이었다. 사내는 아닌 게 아니라 자애스런 아버지답게 언제나 아들을 돌
보고 '이애 때문에, 이애 때문에'하면서 자기가 나이 먹도록 아직 살아남
아 있어야 하는 이유를 곱씹어 말해도 좋을 정도로 진심으로 아들을 살
피는 것 같았다. 그러나 이상한 것은 그러는 사내의 표정에는 언제나 초
조하고 불안한 빛이 떠나지 않는다는 점이었다. 그리고 그 표정은 가끔
어떤 애원으로 가득 차 버릴 때도 있었다. 아들 쪽은 이상한 점이 많았
다. 그는 물론 자신이 사내의 아들이 아니라는 투의 말이나 암시를 해
보인 일은 없었다. 그러나 사내가 청년을 자기 아들이라고 할 때, 혹은
사내가 '저것 때문에, 저것 때문에'하며 아버지의 정을 보이려고 애를 쓸

---

3) 김치수, 「소설에 대한 두 질문」, 『박경리와 이청준』, 민음사, 1982, 134면.
4) 손정수, 「예술과 현실의 대립과 초월」, 『시간의 문』, 열림원, 2000, 325면.

때 그는 묘하게 귀찮은 듯한 또는 신경질적인 얼굴이 되었고, 그래서 사
내의 눈에 애원이 담기기라도 하면 그는 오히려 경멸의 빛이 역력한 눈
으로 화가 난 사람처럼 사내를 쏘아보곤 했다.[5]

현실의 논리 앞에서 예인과 장인은 우선은 돈벌이와 관련된 경제적
능력을 상실했겠지만, 궁극적으로 그들이 상실한 것은 아들에 대한 아버
지로서의 상징적 권위일 것이다. 이는 「변사와 연극」에서 명시적으로 드
러난다. 시골 장터에 나타난 중년의 사내와 더벅머리 총각에 대해서 소
문이 분분하다. 말끝마다 '것이었다'를 붙이는 사내의 직업도 호기심의
대상이지만 무엇보다 부자간으로 보이는 사내와 총각의 관계가 "전혀
이가 잘 맞지 않고 있는 듯" 기이하기 때문이다. 사내는 말과 행동으로
스스로 아버지임을 강조하고 진심으로 총각을 보살피면서도 초조, 불안,
애원의 표정을 짓는 데 비해, 총각은 그러한 사내에 대해 귀찮음, 신경
질, 경멸, 화 등의 반응으로 일관할 뿐이다.

장터를 떠돌다 마을 회관에 붙박이로 잠자리를 빌리던 사내는 어느
날 마을 청년들에게 연극 공연을 제안한다. 그리고 "변사가 있는 이 연
극에서 중요한 변사 역할을 위해 그는 누구보다 연습에 열을 올"린다.
사내는 연극 연습이 진행되는 동안만큼은 "다시는 아들을 내세워 자기
가 살아온 것을 한탄스레 말하지 않았고, 그 아들에 대해 호소하고 애원
어린 눈초리를 보내는 것도 좀처럼 볼 수가 없"다. 게다가 사내가 총각
에게 한 배역을 맡겼을 때, 총각은 "늘 사내에게 보이던 표정으로 몹시
신경질적이고 경멸스런 눈초리로 사내를 바라보긴 했지만 그때는 벌써
거인처럼 행세하기 시작한 사내의 서슬에 눌려 그것을 수락"하기까지
한다. 그러나 잠시 동안 태도가 바뀌는 듯했던 총각은 "공연 날짜가 박

5) 이청준, 「변사와 연극」, 『가면의 꿈』, 일지사, 1975, 77면.

두해 올수록 묘하게 더 초조하고 그리고 불안해” 하고, 마침내 공연 당일 자기가 배역을 맡은 인물이 무대에 등장할 차례가 되기 전 마을에서 사라져 버린다.

「변사와 연극」의 주요 사건인 아버지에 대한 아들의 배신을 이해하기 위해 연극에서 아들이 맡은 배역의 성격을 살펴볼 필요가 있다. 마을 청년들의 연극은 계모에게 학대당하던 끝에 집을 떠난 오빠가 성공해 돌아오겠다는 누이와의 약속을 지킨다는 “뻔한 내용”이다. 부랑 청년과 강제로 결혼할 것을 누이가 거부하자 계모는 그 청년으로 하여금 누이를 강간하게 할 음모를 꾸미고, 오빠는 누이가 위기에 처한 순간 구원자로서 등장할 예정이다. 이러한 결말은 “도회지를 나갔다가 고생만 죽게 돌아온” 마을 청년들의 불평을 사기에 충분했으나, 사내는 절대 양보하지 않는다. 그리고 오빠 역을 맡은 총각이 끝내 무대에 등장하지 않아 모두들 연극이 끝났다고 생각하는 데도 불구하고, 누이 역의 배우와 함께 연극을 계속하던 사내는 “오오, 그리하여 운명은 우리의 가엾은 주인공 연심을 끝내 버리지 않았으니 고맙습니다, 감사합니다, 하느님이여! 이는 어찌 악하고 착한 인간을 쌀에서 돌 추리듯 가르시어 착하고 가엾은 자를 지키시는 당신의 거룩한 뜻임을 모르겠나이까”라는 감격 어린 변설을 마친다. 사내의 감격이 연극 속의 누이에 대한 것만이 아니라 현실의 자기 자신에 대한 것이기도 하다는 점을 짐작하기는 그리 어렵지 않다.

결국 오빠 역을 떠맡은 총각은 무대 위 누이의 구원자가 되어야 할 뿐 아니라 현실에서 실제 아버지의 구원자가 되기도 해야 한다. 교환가치가 지배하는 속악한 현실이 조만간 훼손하게 되는 것은 누이의 순결만이 아니라 아버지의 권위이기도 하기 때문이다. 그리고 아버지의 권위를 구원하기 위한 가장 분명한 방법은 아들이 아버지의 길을 계승하는 동시에 현실적으로도 성공을 거두는 것이다. 그런데 과연 그 성공이 가능할 것인가? 권선징악의 구도가 분명한, 뻔한 내용의 연극에서라면 마을 청년들의 불평에도 불구하고 어떻게든 그 성공을 고집하는 것이 가능할는지 모르지만, 현실에서는 선선히 장담하기 어렵다. 마찬가지로 사내 역시 연극을 준비할 때나 무대 위에서 변사 노릇을 할 때는 "거인"처럼 행세할 수 있겠지만, 연극이 끝나자마자 다시 아들에게 안타까움, 귀찮음, 신경질을 환기시키는 무능한 아버지로 되돌아올 것은 자명하다. 정과리도 지적하고 있듯, 이청준 소설의 아버지는 아들에게 거세 위협을 가하는 도식적인 오이디푸스 구도를 따르지 않는다. 그와 달리 이청준 소설에서 "실제의 아버지는 농투성이의 멍에를 쓰고 있는 약하고 힘없는 존재에 지나지 않기 때문"에 이를 큰 타자로서의 아버지와 구별해야 한다.[6] 요컨대, 이청준 소설에서 아들이 아버지를 배신하는 진짜 이유는 그 아버지가 아버지의 권위, 즉 부성적 기능(paternal function)에 부응하지 못하는 무능한 아버지이기 때문이다.[7]

다시 「불 머금은 항아리」로 돌아오면, 용술은 한때나마 허 노인에 대한 배신을 생각한 적이 있어 "평생 동안을 죄책감 속에서 지내" 오긴 했지만 오히려 그 때문에 끝내 허 노인을 배신하지 않는다. 허 노인을 배신하지 않는 이유는 용술이 단지 허 노인의 뒤를 이어 "진정한 가치"를 존중하기 때문만은 아니다. 용술이 사기 항아리들을 몰래 내다 판 사건이 스토리의 출발점이 된다는 점에서 「불 머금은 항아리」 역시 표면적으로는 환금 가능한 교환가치와 그렇지 않은 가치의 대립을 내세우고 있는 것 같지만, 좀 더 들여다보면 이 소설의 주제는 다른 방향을 가리키고 있음을 알 수 있다.

---

6) 정과리, 「꿈 이야기―한국적 모더니티의 한 심연」, 『현대문학』, 2000. 5, 63면.
7) A. 주판치치, 『실재의 윤리』, 299면.

"하지만 전 믿을 수가 없습니다. 사람이 어떻게 제 허물을 한 가지도 세상에 흘리지 않을 수가 있습니까. 허물을 한 가지도 남기지 않는다고 그 사람이 어찌 허물이 없는 사람으로 남을 수가 있습니까. 전 그래서 차라리 그 사람의 허물을 찾고 싶어하는 위인입니다. 온전한 것보다는 그 허물을 차라리 더욱더 따뜻하게 사랑하고 싶어서 말씀입니다. (…중략…) 이렇게 세상을 떠돌며 살아가는 사람의 운명이라고나 할까요…….."

사내의 목소리가 어딘지 조금 적막스러워지고 있었다. 노인은 잠시 침묵을 지키고 혼자 생각에 잠기고 있었다. 하지만 그는 끝내 그 사내를 용서할 수 없는 것 같았다.

"아서시오. 내 노형이 살아온 내력을 알 수는 없소마는, 사람이 모두 남의 험집만 찾아 모아 보시오. 세상엔 아무것도 정도가 없을 게요."

노인이 다시 사내에게 말했다.

"이 사기장 일 한 가지만 보아도 그건 이치가 분명한 일이오. 가마 일에도 자주 실수는 있게 마련이오. 아니 이 사기장 일로 말하면 정해진 이치로 되는 일보다는 실수가 거의 전부라 할 게요. 세상 사람들은 흔히 사기를 굽는 비법이나 숨은 이치가 따로 숨겨져 있는 줄 알지만 이건 차라리 우연을 기다리는 일에 더 가깝소. (…중략…) 한다고 세상 일을 모두 그런 우연으로만 생각해 보오. 아무것도 그저 법도가 없는 천지가 되고 말게요. 우연이라 하지만 세상이 제대로 돌아가게 되려면 그 우연을 우연 아닌 것으로 만드는 나름대로의 법칙은 있어얄 게 아니겠소. 그래 나는 사기를 깨는 게요. 내 실수의 흔적을 줄여 없애기 위해서 말이외다. 죽은 사기를 깨 없애는 데에 그 사기를 구워내는 법칙이 생기는 게요. 죽은 사기들을 부수면 부술수록 살아 남은 우연들이 남아서 분명한 법칙의 묶음을 이루는 이치지요. 그래서 이 사기장의 일에도 그 나름의 보람이나 법도가 정해져 온 것이오. 그런데 노형 같은 사람이 많아서 그 사람의 실수들을 찾아 엮어 보시오. 아무 곳에도 신용할 법칙이 남아나지 못할 게요. 실수가 없을 사람도 없고, 실수가 없는 일이 없을 수도 없지만, 또한 그 실수를 사람답게 감싸고 아껴주는 것도 사람 나름의 생각일 테지만, 그런 사람이 들끓다 보면 세상은 그저 아무 곳에도 법도가 없는 무법 천지가 되고 말게요……."8)

산중의 가마를 찾아온 사내는 "도자기를 시장으로 끌어내려고 하는" 단순한 장사꾼이 아니며, 돈벌이가 아니라 뭔가 다른 이유 때문에 "사람의 허물을 찾고 싶어하는" "비정스런" 인물이다. 같은 맥락에서 그 사내와 대좌하고 있는 허 노인 역시 단순히 사기를 내다 팔기를 거부하는 인물로서만 설정되고 있지는 않다. 사내와 허 노인은 교환가치와 진정한 가치의 대립이라는 손쉬운 대립 구도를 체현하고 있는 것이 아니라, 무엇이 가치 있는 것이며 어떻게 가치가 발생하는가 라는 보다 근본적인 문제에 대해 서로 상반된 생각을 내세우며 대립하고 있다.

시대의 변화에 뒤처진 예인이나 장인의 삶을 대상으로 진정한 가치 운운하는 것은 그리 어렵지 않지만, 지금까지 살펴본 바에 따르면 이청준 소설만큼 '진정한' 가치라는 것에 대해 끊임없는 의심과 불신을 버리지 않은 경우도 없을 것이다. 시장 한 가운데에서 별을 보는 것이 진정한 것인가, 판검사가 되는 대신 소설을 쓰는 것이 진정한 것인가, 도시를 버리고 고향으로 향하는 것이 진정한 것인가? 이청준 소설은 이러한 의심과 불신의 목록을 수없이 찾을 수 있는 더할 나위 없이 좋은 아카이브다. 그렇다면 시장의 질서를 외면하고 줄을 타거나 매를 잡거나 변사 노릇을 하거나 사기를 굽는 것은 진정한 것인가?

이런 질문들을 계속하다 보면 이청준 소설의 주인공에 어울리는 인물은 허 노인 쪽이 아니라 오히려 "온전한 것보다는 그 허물을 차라리 더욱더 따뜻하게 사랑하고 싶어"하는 사내 쪽이라고 할 수도 있을 것이다. 그는 단지 돈을 위해 사기를 몰래 반출하는 인물이 아니라 의심과 불신

---

8) 이청준, 「불 머금은 항아리」, 『예언자』, 문학과지성사, 1977, 90~92면.

을 통해 삶의 한 진실에 이를 수 있다고 생각하는 인물이다. 또한 이 사내는 아버지와의 동일시에 실패하고 아버지를 배신한 아들, 즉 이청준 소설의 많은 주인공들이 공통적으로 도달한 자리를 대표하고 있다. 배신한 아들은 아버지의 이름이 함의하는 가치에 대해 전적으로 동의하지도 못하지만, 그렇다고 교환가치를 전적으로 받아들이지도 못한다. 그 결과 "세상을 떠돌며 살아가는" 아들은 "이건 이렇고 저건 저렇다 치자고 사람들 간에 미리 서로 약속된 일의 값과 질서들"을 인정하지 못하고 그러한 값(가치)과 질서의 이면에 감춰진 허물만을 찾아다니는 "비정스런" "겁 많고 옹졸스런" "의혹과 불신"을 버리지 못하는 어른으로 성장한다.

그러나 허 노인 역시 단순히 진정한 가치를 고집하는 것만으로 자신의 역할을 다하는 것은 아니다. 그뿐이라면 허 노인 역시 시대의 흐름에서 낙오된 무능한 아버지로 사라져 갔을 것이다. 사기 굽는 일과 관련하여 말하면, 허 노인 역시 진정한 가치는 없다고, 적어도 진정한 가치가 미리 확정되어 있는 것은 아니라고 생각하는 쪽에 가까운 것처럼 보인다. 가치란 옳은 것 또는 좋은 것으로서의 가치이며 따라서 옳고 그름 또는 좋고 나쁨을 판단할 수 있을 때 비로소 정립 가능하므로, 가치의 문제는 법의 문제이기도 하다. 그러나 "사기를 굽는 비법이나 숨은 이치" 따위가 처음부터 존재하지 않는 것처럼, 허 노인은 어떤 것이 가치 있는 것이고 어떤 것이 그렇지 않은 것인가를 판단하는 법, 혹은 이렇게 하면 진정한 가치에 도달하고 저렇게 하면 그렇지 않은 행동의 규범을 제시하는 법이 미리 정해져 있다고는 생각하지 않는다.

그럼에도 불구하고 현실적으로는 이런저런 법과 규범들이 존재하지 않느냐 따라서 법은 법이므로 따라야 하지 않느냐고 주장한다면, 이런 주장에 대해 "비정스런" 사내는 단지 현실적으로 존재하는 실정적인 법과 규범들을 따르는 것 따위가 어떻게 하면 가치 있는 삶을 살 것인가

라는 질문에 충분한 답이 될 수 있는가 라고 반문할 것이다. 법과 규범을 따르기 위해 어쩔 수 없이 혹은 어쩌다가 저지른 허물(죄)들, 또 법을 따른다는 명분이나 변명 아래 은폐한 허물들은 어떻게 할 것인가? 이 모든 것들에도 불구하고 그럼에도 법은 법이므로 따라야 한다고 말한다면, 이때의 법은 가치의 법이 아니라 물신(物神)으로서의 법일 뿐이다.

　사내는 허 노인이 깨어 버린 사기 항아리들, 즉 법을 지키기 위해 은폐되거나 버려진 허물들이야말로 삶의 진실일 것이라고 생각한다. 그러나 사내는 허 노인에 대해 오해하고 있다. 허 노인은 사기를 굽는 법에 따라 그 법에 어긋난 사기를 없애는 것이 아니다. 좋은 사기를 굽는 법도 없고 어떤 사기가 좋은 사기인가를 판단해 주는 법도 없다. 사내는 법이 있고 그 법에 어긋나는 사기를 허 노인이 깬다고 오해하지만, 법의 내용을 이루고 있는 것이 실제로는 한낱 우연에 지나지 않는바 그 알 수 없는 우연들이 모여서 "신용할 법칙"이 만들어지고 세상의 "법도"가 형성된다고 생각하는 허 노인에게는 반대로 사기가 깨지고 나서야 비로소 법이 탄생하는 것이다. 이런 맥락에서 허 노인이 사기를 굽는 과정은 법에 따른 것이 아니라 그 자체로 법을 만들어가는 행위이고, 허 노인의 삶 또한 마찬가지이다. 이때의 법은 정해진 외부의 법이 아니라 자신의 행위에 의해 정초하는 법이며, 이 법의 다른 이름은 윤리일 것이다. 다시 말해 "너의 의지와 준칙이 언제나 동시에 보편적 입법의 원칙으로서 타당할 수 있도록 그렇게 행위해야 한다"는 윤리적 명령이 법이 되기 위해서는 주체의 행위에 의해 "바로 이 행위 속에서 법칙 그 자체가 구성"되어야 하는 것이다.9)

　용술이 허 노인을 배신하지 않고 계승하는 것은 아버지의 법을 계승

---

9) A. 주판치치, 『실재의 윤리』, 252면.

하는 것이고 이는 또 아버지와의 상징적 동일시를 수행하는 것이다. 통상적으로 법 혹은 상징적 질서와 동일시하는 것은 그 법과 질서에 복종(subject to)하는 것이며, 그 결과 주체(subject)가 되는 것을 뜻한다. 그러나 용술의 경우 사건의 추이가 반드시 그러하지만은 않다. 용술이 복종하는 법은 자신의 행위에 의해 정초되는 법이기 때문이다. 「불 머금은 항아리」와 같은 소설집에 수록된 「지배와 해방」에서 이정훈이 자유에 의한 지배, 곧 해방에 대해 "우리의 삶을 그의 지배력으로 구속하고 규제하고 억압하는 것이 아니라 오히려 그것들로부터 우리의 삶을 해방시키고 그 본래의 자유롭고 화창한 삶의 모습으로 돌아가 있게 하려는 것일진대 독자들도 그의 지배를 승인하고 스스로 그의 질서를 따르지 않을 수가 없을 것"이라고 역설하는 장면 역시 이런 맥락에서 이해할 수 있다. 요컨대, 어떤 법(질서)이건 이미 정해진 외부의 법인 한, 그것을 받아들이는 것은 지배에 복종하는 것이므로 필연적으로 자유에 반하는 것이 아닐 수 없다. 따라서 자유에 의해 법을 따르는 것이 가능하다면, 그 법은 스스로의 자유에 의해 만들어가는 법일 수밖에 없다.

한편, 「불 머금은 항아리」와는 다른 과정을 통해 아버지와의 동일시에 성공하는 사례를 「흐르지 않는 강」에서 찾아볼 수 있다. 「흐르지 않는 강」은 외형상으로 이청준 소설의 계열 중에서 가장 특이한 경우에 속하며, 이에 대한 논의 역시 거의 찾아볼 수 없다. 가령, 이청준 소설을 지적 경향과 지방적 경향으로 나눌 수 있다면 「흐르지 않는 강」은 도시의 지식인 주인공이 등장하는 것도, 남도의 시골을 배경으로 하는 것도 아니라는 점에서 위의 두 경향 중 어느 쪽으로 쉽게 분류되지 않는다. 여름 한철 서울에서 회나 매운탕을 찾아오는 손님, 그리고 인근 군부대의 휴가병이나 외출병을 상대로 술장사를 하는 술집들이 들어서는 한탄강 근처의 외딴 마을을 배경으로 하는 「흐르지 않는 강」의 화자 '나'는 근방에서 가장 능숙한 횟거리 사냥꾼으로 소문난 ‘두목’을 따라다니는 소년이다. “아무렇게나 들판에 갈겨 놓은 씨가 자라서 생긴 돌배” 신세와 같다는 뜻에서 ‘돌배’로 불리는 ‘나’의 친부가 누구인지는 알 수 없으나, ‘나’의 어머니가 두목의 ‘색시’ 노릇을 하곤 한다는 사실은 두목과 ‘나’의 관계의 성격을 짐작케 한다.

소설의 배경 자체가 근대 문물의 영향을 거의 발견할 수 없는 외딴 마을이기도 하거니와 “불어난 강물만 보면 두목은 웬일인지 멍텅구리처럼 정말로 그 강물을 틀어막고 싶어 발광기를 일으켰다. 그리고 정말로 강가의 산기슭으로부터 바윗돌을 굴려 내리고 낑낑거리며 그 바윗돌들을 강상 깊숙이까지 져다 던졌다”는 서술에서 단적으로 보이는 두목의 행태 또한 문명 이전의 신화적 분위기를 증폭시키고 있다. 발광기가 발동하면 그는 ‘나’에게 “이 새끼, 오늘 내가 꽥 널 죽여 줄 테다. 널 잡아먹고 니네 마마상도 잡아먹을 테다. 으흐흐”와 같은 “아무 조리도 없었고 뜻도 없”는 “무슨 짐승의 울음이나 신음소리 한가지”인 말을 지껄이고, 그로 인해 “마을 사람들이나 나는 두목의 그 미친 지랄기에 대해 더욱더 알 수 없는 두려움을 지니게” 된다. 특히 서울 손님들이 찾아오고 술집 색시가 새로 들어올 때는 예외 없이 두목이 발광하고 술 시합에서 독기를 뿜어대며 서울 손님들을 결딴내고 색시를 차지하곤 한다.

> 원시 무리 이론은 여자들을 독점하고 자식들을 모두 무리에서 쫓아내 버리는 질투심 많은 폭력적인 아버지를 등장시키고 (…중략…) 어느 날 문득 추방당했던 형제들이 힘을 합하여 아버지를 죽이고 그 고기를 먹어 버림으로써 부군(父群)을 결딴낸다. (…중략…) 그들이 아버지를 제거함으로써 그 증오를 해소하고 그와 동일시하려는 자신들의 소망을 성취시키고 나면, 이때까지 억눌려 있던 애정이 고개를 드는 것이다. 이것은 통상 자책이라는 형태로 나타난다. 이어서 죄의식이 생겨나는데, 이것은

무리 전체의 집단적 자책과 일치하게 된다. 이로써 죽은 아버지는 살아 있을 때보다 더욱 강력한 아버지가 된다.[10]

「흐르지 않는 강」의 두목은 어느 단계까지는 프로이트의 「토템과 터부」에서 제시된 원초적 아버지(primordial father)의 이미지를 전형적으로 반영하고 있다. 프로이트의 아버지 서사는 크게 표준적인 오이디푸스 분석에서의 아버지와 「토템과 터부」에서의 아버지로 구분되는바, 전자가 "이상적 동일화의 지점인 안도감을 주는 자아 이상"으로서의 아버지라면 후자는 "무자비한 금지의 행위자인 흉포한 초자아"로서의 아버지라고 할 수 있다.[11] 달리 말하면, 전자가 문명화와 사회화를 위해 응당 동일시해야 할 법의 은유로서의 상징적 아버지라면, 반대로 후자는 공동체의 모든 여자들을 독점하고 아들들을 핍박하는 야만적이고 외설적인 아버지이다. 프로이트는 후자의 경우에 있어서도, 협력한 아들들에 의해 살해된 아버지가 상징적 금지의 작인(토템)으로 공동체에 귀환함으로써 아들들로 구성된 사회의 상징적 법으로 자리 잡는 과정을 인류학적으로 설명하고 있다.

　　나는 점점 더 견딜 수 없도록 두목이 미워졌다. 두목에 대한 그런 미움증은 아까 강가에서부터 이미 씨를 품기 시작한 것 같았다. 두목이 색시를 후려내기 전에 시간을 질질 끌며 서울 손님들을 짓이겨대는 것은 늘 나의 기분을 후련스럽게 해 주었다. 나는 언제나 그런 두목의 편이

---

10) S. 프로이트, 『종교의 기원』, 이윤기 옮김, 열린책들, 2003, 215~217면.

11) S. 지젝, 『까다로운 주체』, 이성민 옮김, 도서출판b, 2005, 501~502면. 라캉 정신분석학에서는 부르주아 핵가족에서의 아버지가 위의 두 가지 기능이 통합된 존재이며, 이러한 아버지상이 오이디푸스 위기(상징적 동일시의 실패)를 초래한 것으로 간주한다. 다시 말해, 현실의 아버지는 더 이상 상징적인 법의 권위를 지탱하지 못할 뿐 아니라 점점 더 외설성을 드러냄으로써 아들과 상상적으로 경쟁을 벌이는 체면을 잃은 아버지로 바뀌게 되어 아들이 상징적 동일시에 실패하게 되는 위기를 초래한다.

되어 두목의 배짱을 부러워하고 자랑스러워하였다. 하지만 이 날만은 그게 그렇지를 못했다. (…중략…) 나는 마침내 화가 치밀어 두목을 죽여 버리기라도 하고 싶었다. 그 두목을 마음껏 미워하고 마음껏 화를 냈다. 작자를 미워하면 할수록 아랫도리로는 그만큼 세찬 힘이 태여져 왔다. 희미하게 멀어져 가던 강남옥 색시가 조금씩 조금씩 다시 내 쪽으로 다가들어 왔다. (…중략…) 두목에 대한 불같은 미움이 순식간에 무서운 죄책감으로 변해 있었다. 이윽고 나는 부르르 몸이 떨려왔다. 두목에게 씻을 수 없는 죄를 지은 것 같았다. 두목을 심하게 배반하고 난 기분이었다.[12]

어느 해 여름이 오기 전까지만 해도 '나'는 항상 두목의 편이었다. 그가 서울 손님들을 짓이겨대고 색시들을 후려내는 데서 후련함을 느꼈고 그런 그의 배짱을 부러워했고 자랑스러워했다. 그러나 서울 손님과 함께 강변에 나온 강남옥의 색시를 본 순간 그녀에게 처음으로 성욕 비슷한 것을 느낀 '나'는 동굴에서 두목과 그녀의 정사를 엿보던 중 두목이 죽여 버리고 싶을 만큼 미워진다. 그 미움이 "두려운 질투"에서 기인한 것이며, 이 때문에 '나'가 두목에게 지울 수 없는 죄를 지은 것 같고 그를 배반한 것 같은 "죄책감"을 느끼는 과정은 쉽게 이해할 수 있다. 두목에 대한 '나'의 복합적인 심리는 오이디푸스 콤플렉스의 전형에 가까운 것처럼 보이기 때문이다.

그러나 아들이 아버지를 배신한다면, 모든 사례에 있어 그것은 오이디푸스 콤플렉스에 대한 도식적인 요약, 즉 "아들이 어머니와 안심하고 동침하기 위해서 아버지를 죽이기를 원한다"는 단순한 이유 때문이 아니다. 예컨대, 두목에 대한 살의와 관련하여 '나'는 성욕을 느낀 대상인 강남옥 색시 때문이라면 그녀가 사라지면 그만이지만, "두목을 죽이지 않으면 그가 먼저 그의 장님 색시를 죽이고 말게 틀림없었기 때문"이라는

---

12) 이청준, 『흐르지 않는 강』, 문장, 1979, 72~73면.

것이 "두목을 죽여야 할 진짜 이유"라고 밝힌다. 두목의 집에는 그와 어떤 인연인지, 지금 어떤 상태인지 억측만 무성할 뿐인 수수께끼의 눈먼 여자가 있다. '나'는 두목이 그 장님 색시를 "그냥 우리 속의 짐승처럼 먹여 기르"면서 학대할 뿐 아니라 언젠가는 그녀를 죽이리라고 짐작한다. 이런 맥락에서 '나'가 두목을 죽이려는 욕망을 품고 있다면, 그것은 단지 한 여자에 대한 성욕이나 질투 때문이 아니라 두목의 정당하지 못한 행동을 막겠다는 타당한 명분(법) 때문이다. 마찬가지로 모든 아들이 아버지를 배신하려는 욕망을 품는다면, 그 역시 아버지가 정당한 법의 대표자가 아니라는 사실을 인지했기 때문이며 아버지를 대신해 정당한 법의 대표자가 되려고 하기 때문이다.

그런데 '나'가 두목을 죽이기 위한 기회를 노리고 있던 사이, 장님 색시가 먼저 자살로 삶을 마감한다. 자신의 예상이 맞았음을 확인한 '나'는 두목의 죄를 벌하기 위해 마침내 "세모잡이" 독사가 들어 있는 냄비의 뚜껑을 연다. 그 순간 잠자고 있는 듯 보였던 두목이 눈을 뜬다. '나'는 "이젠 끝장이구나"하는 생각에서 두려움에 떨지만, 두목은 "걱정마라. 난 다 알고 있으니까"라는 의외의 말로 이야기를 시작한다.

> "말하지 않아도 상관없어. 난 종식이 네가 날 미워하지 않는다는 걸 알고 있으니까…… 종식인 다만 아무것도 갚아 주려고 하지 않는 사람들이 원망스러웠던 거지. 사람들은 벌써 세상을 태어난 것만으로도 갚아야 할 것을 지니는 건데 말야. 사람 사는 것이 모두 그렇게 빚을 지는 일이거든. 거기서도 난 유독히 더 갚을 것이 많았지. 한데도 갚을 것은 너무 적었구 말이다…… 그래 종식인 내게 세모잡일 가지고 온 거야…… (…중략…) 그래 난 참으로 갚아야 할 것이 너무도 많았어. 한데도 또 갚을 것이 너무 아무것도 없었구…… 그런데 이제 종식이가 내게 그걸 갚게 해 주러 온 거야. 이런 식으론 아무리 가도 갚는 것이 너무 적을 테니

까…… 내가 아무리 배를 주리고 산을 내려가지 않는대도 말이다……
죽음은…… 그래 사람이 목숨을 끊어 죽는다는 것은 우리가 세상을 살
면서 얻은 것들을 모두 다 그 세상으로 되돌려 갚아 주는 것이 되지. 그
길 밖엔 없어. 내가 갚을 길은 다만 그 길밖에……."

　두목은 조금씩 숨이 차오르고 있었다. 숨이 차오르는 가운데도 놀랍도
록 침착하고 양순한 두목의 목소리였다. 하지만 나는 그 두목의 말이 뭐
가 뭔지 도무지 분명한 뜻을 알아들을 수가 없었다. 내가 두목의 말이나
표정에서 알아들을 수 있는 것은 다만 그가 이미 나의 마음속 계획을 환
히 다 알고 있었다는 것과 그러면서도 정말로 그가 내게 화를 내지 않고
있다는 것 정도였다.

　"종식이가 옳은 거야. 그리고 난 화내지 않아. 난 종식이가 날 미워하
고 있지 않는다는 걸 아니까…… 그리고 난 갚아야 할 게 너무도 많은
사람이거든……."

　두목이 마지막으로 다시 그걸 확인해 주었다. 그리고 그도 이젠 더 이
상 기력이 부쳐 견딜 수가 없는지 거기서 말을 끝내고 말았다. 나는 왠
지 눈물을 참을 수가 없었다. 두목을 죽일 생각 같은 건 머릿속에서 이
미 사라진지 오래였다. 두목의 모든 걸 용서해 버리고 싶었다. 아니 두목
에겐 처음부터 내가 그를 용서하고 말고 할 일이 있었던 것도 아닌 듯싶
었다. 하지만 나는 이제 내 힘과 뜻으로는 그 두목에게 아무것도 해 보
일 수가 없었다.[13]

　두목은 무엇을 알고 있는가? 그는 '나'가 부당하다고 느끼고 있는 사
태의 핵심을 '나'보다 더 잘 알고 있다. 두목에 의하면, 그 부당함(죄)은
좋아하고 미워하고의 문제 이전에 누군가가 살아가면서 세상에 대해 지
은 빚에 관한 것이며, 기원으로 거슬러 올라갈 때 그 빚은 받은 만큼 주
고 준 만큼 받는다는 대칭적 교환의 원칙에 어긋났다는 사실로부터 비
롯된다. 이와 같은 상호주의적 교환으로서의 삶 안에서 살아가는 방식을

---

13) 이청준, 『흐르지 않는 강』, 209~210면.

존중한다면, 또 그 교환 안에서만 인간적인 삶을 영위할 수 있는 것이라면, "사람들은 벌써 세상을 태어난 것만으로도 갚아야 할 것을 지니는" 것이며 "사람 사는 것이 모두 그렇게 빛을 지는 일"이 아닐 수 없다. 특히 두목의 삶은 모든 것을 독차지하려고 했을 뿐, 뭔가를 공유한 적이 없으므로 "유독 더 갚을 것이 많"은 것은 당연하다. 그러므로 두목의 죄를 벌하려고 찾아온 "종식이['나']가 옳은" 것이다.

「흐르지 않는 강」의 두목과 프로이트의 원초적 아버지가 갈라지는 것은 이 지점에서다. 원초적 아버지는 모든 것을 독점하면서도 부채의식이나 죄의식이 전혀 없으며 그 때문에 아들들에게 살해되는 것으로 단죄된다. 반면에 두목은 자신의 삶이 빛짐의 연속이었음을 스스로 알고 있고 그 결과 "배를 주리고 산을 내려가지 않는" 방식으로 스스로를 단죄하려 하며 마침내는 스스로 강물을 거슬러 올라가 돌아오지 않음으로써 "자기 형벌"을 완수한다. 그러한 두목을 보면서 '나'는 "모든 걸 용서해 버리고" 싶었고 "처음부터 내가 그를 용서하고 말고 할 일도 없었던 것 같"다고 생각한다. 스스로 죗값(빛)을 치르는 사람을 용서할 수는 없다. 그것은 사람의 능력 밖의 일이다. '나'가 할 수 있는 일은 두목을 용서하는 것이 아니라 두목이 스스로 빛을 갚고 죗값을 치르는 것을 보고 기록함으로써 교환의 원칙이 필연적임을 확인시켜 주는 것뿐이다.

살아오면서 많은 빛을 졌지만, 두목이 자신의 빛(죄)을 절감한 것은 장님 색시의 자살 때문이다. '나'는 장님 색시의 죽음 앞에서 처음으로 눈물을 보이는 두목을 보면서 "두목에게도 울음을 울 일이 있었을까. 색시의 죽음이 정말로 두목을 그토록 못 견디게 한 것일까"라는 의문을 갖는다. 소설의 결말에 이르러서야 장님 색시의 자살에 숨은, 「흐르지 않는 강」의 스토리의 근저에 놓인 사연이 밝혀진다. 그 사연 역시 주고받음의 대칭성과 관련된 문제 이외의 것은 아니다.

기지촌에서 그는 언젠가 그의 어머니가 불의에 세상을 떠났다는 소식을 듣게 되었다고 했다. 그는 곧 의붓아비를 쫓아 나섰단다. 어머니의 죽음이 슬퍼서가 아니라 의붓아비가 그의 어머니를 죽게 했다는 고이한 소문 때문이었다. 의붓아비를 찾고 보니 불행히도 그게 헛소문이 아니더라는 것이었다. (…중략…) 그러나 그는 의붓아비를 죽일 수가 없었다. 잠든 아비의 목을 허리띠로 졸라매려 덤벼들었다가 거꾸로 그 허리띠에 자신의 허리가 묶여 천장에 매달리고 말았다는 것이었다. 밥까지 굶은 채 하루 한나절 동안 천장에 매달려 있던 두목이 무서운 의붓아비의 손아귀를 빠져나올 수 있었던 것은 순전히 그 사내의 어린 딸아이 때문이었더라고. (…중략…) 두목은 그때 사내 대신 그를 풀어준 계집아이를 기지촌까지 끌고 가서 눈을 멀게 한 다음 나중에는 자신의 색시로까지 삼게 되는데, 그 원부의 씨앗을 자신의 색시로 삼게 되는 데에서만은 사람 따라 이야기가 조금씩 달라지고 있었다. (…중략…) 마마상은 계집아이의 눈을 멀게 한 것은 두목의 고의에서가 아니라 주사약의 실수 때문이었을 거라고 단정했다. 실수로 잘못 눈을 멀게 했기 때문에 두목은 그때까지도 늘 계집아이를 괴롭힐 생각만 하다가 갑자기 마음이 달려져서 그 눈이 먼 계집아이를 평생 동안 자기 색시로 돌봐 줄 마음을 먹게 됐을 거라는 거였다. 아마도 그런 사연 때문에 두목은 늘상 그의 색시를 돌보려 하는데도 색시 쪽에선 오히려 누군가가 끊임없이 그를 해치려 하고 있는 것 같은 살의에 떨고 있었을 거란다. 그리고 그런 색시에 지쳐버린 두목은 마침내 오랫동안 마음속에 잠들고 있던 그 의붓아비에 대한 복수심이 새삼 되살아나서 이번에는 정말로 그녀를 죽이고 싶은 생각이 들게 되었을지도 모르는 일이라고.[14]

친부의 이름도 알지 못한 채 태어나 의붓아버지가 생기자 가출, 포천 근처의 기지촌에서 아이들에게 주사약을 놓아 미군부대 물건을 훔치게 하며 살아가던 두목이 의붓아버지의 전처소생인 계집아이를 장님 색시

---

14) 이청준, 『흐르지 않는 강』, 229~230면.

로 삼게 된 사정은, 분분한 소문처럼 어머니의 복수를 위해 고의로 주사약을 써 그녀의 눈을 멀게 했을 뿐 아니라 데리고 살면서 평생 그녀를 위협하기 위해서일 수도 있고, 아니면 실수로 눈을 멀게 한 그녀에 대한 사죄를 위해서일 수도 있다. 그러나 어느 쪽이든, 어머니의 원한을 풀기 위한 두목의 복수가 제대로 이루어지지 않았다는 것은 분명하다.

받은 만큼 되돌려줄 수 있다면 복수는 정당한 것이다. 그런데 아버지의 죄를 딸에게 대신 묻는 것은 정당한 복수가 될 수 있는가? 설령 그렇다고 해도 딸의 눈을 멀게 하고 데리고 사는 것이 복수일 수 있는가? 복수를 위해 고의든 실수든 딸의 눈을 멀게 해 데리고 살고 있지만, 그 행동이 오히려 죄스러움만 증폭시키게 되었다면 그것은 복수인가? 복잡한 문제들을 차치하고라도, 설령 두목이 의붓아버지를 죽이는 데 성공했다면 그것은 복수인가? 복수는 언제나 너무 넘치거나 너무 모자라는 것이어서 어떤 경우에도 대칭적인 주고받음으로 완결되는 것은 불가능하다.[15]

이후 두목의 삶에서 장님 색시의 존재가 어떤 영향을 미쳤는지 소설에서는 분명하게 밝혀져 있지 않지만, 짐승에 방불한 충동과 생명력을 지닌 두목이 인간의 표정을 짓는 순간은 오로지 장님 색시 앞에서였을 뿐이라는 짐작을 할 수는 있다. 이는 짐승과 인간이 서로 대립한다거나 어느 쪽이 더 가치 있다는 것도 아니고, 두목이 장님 색시를 인간적으로 대했다는 것은 더더욱 아니다. 이는 두목이 유일하게 장님 색시 앞에서만 총체적 교환으로서의 삶에 대한 부채의식(죄의식)을 느꼈다는 것을 의미한다.

두목이 강으로 사라지고 난 후 '나'는 두목의 거처였던 골짜기 동굴에

---

15) 두목과 의붓아버지, 어머니, 누이 사이에서 발생하는 사건은 역할 배치가 다소 다르기는 하지만 전체적인 구도에 있어 '남도사람' 연작과 매우 흡사하다.

머물면서 다시 횟거리 사냥을 시작한다. "대가 났어. 작자의 대를 똘배가 이으려는 게냐. 녀석도 이젠 지네 옛날 두목 흉내를 내어 어른 노릇을 좀 해 보고 싶은 게지"라는 마을 사람들의 말처럼, 이는 아들로서의 '나'가 어른으로서 첫발을 내딛는 것이며 또한 아버지로서의 두목을 계승하는 것이다. 표면적으로 그 계승은 '나'가 두목의 야생적이고 생명력 넘치는 삶의 방식을 잇는 것이지만, 단지 이런 차원에서 이해될 수 있는 것만은 아니다.

'나'가 아버지에 대한 배신을 실행에 옮기려던 아들로서 겪었던 내적 갈등을 봉합하고 아버지를 계승하는 데 성공할 수 있었던 것은, 단순히 두목이 살아온 방식을 받아들여서가 아니라 죽음을 통해 세상에 진 빚을 스스로 갚고자 한 두목의 뒤에 남은 일종의 법, 즉 교환의 총체적 장으로서의 삶의 원칙과 동일시하는 데 성공했기 때문이다. 앞에서 살펴보았듯이, 이 원칙은 원래는 전통적인 공동체 안에서 관습적으로 지켜졌던 증여·답례 교환의 배후에 자리 잡고 있던 것이지만, 근대 문명의 세례를 찾아보기 힘든 외딴 마을에까지 찾아든 "의뭉스럽고 간특한 가겟거리 사람들"에 의해 점차 법으로서의 힘을 잃어 가고 있다. 두목, 또 두목의 뒤를 이은 '나'의 삶과 도시에서 돈벌이를 위해 찾아든 사람들의 삶은 가시적인 수준에서는 충동적이고 야생적인 삶과 이보다 문명화된 삶으로 구별될 수 있지만, 이런 차이보다 더 근본적인 수준에 자리 잡고 있는 것은 받은 만큼 주려는 대칭적 교환으로서의 삶과 덜 주고 더 받으려는 이해타산에 따르는, 그리하여 필연적으로 비대칭에 이르는 삶의 방식상의 차이이다.

해결되지 않은 아버지와의 관계가 주인공의 주요한 갈등을 만들어내는 이청준 소설의 많은 경우와 비교할 때, 「불 머금은 항아리」와 「흐르지 않는 강」은 아버지와의 상징적 동일시가 성공하는 사례를 제시하고 있다는 점에서 주목할 수 있다. 전자의 아버지가 외부에서 주어진 법을 따르는 것이 아니라 스스로 법을 만들어가는 경우를 대표한다면, 후자의 아버지는 삶을 규정하는 기본 원칙으로서의 교환의 원칙을 스스로 완결하는 경우를 대표한다. 이러한 아버지와의 상징적 동일시에 성공했다는 것은, 다시 말하면 이런 아버지라면 아들이 동일시할 만하다는 것을 의미하며, 또한 이런 삶이야말로 이청준 소설이 지향하는 방향임을 암시한다고 할 수 있다.

2. 공동체의 대칭성과 개인의 윤리

이와 같은 맥락에서 이청준의 대표작으로 꼽히는 「당신들의 천국」(1974)에 접근할 수 있다. 이청준 소설에서 인정될 수 있는 삶의 방식이란 대칭적인 교환을 완결하는 것이거나 그렇지 않으면 자기 스스로 법(윤리)의 정초자가 되는 것이다. 「당신들의 천국」은 대칭적 교환의 성공이 얼마나 지난한 것인지, 그리고 '나'로부터 비롯하는 법이라는 것이 과연 가능한지의 문제를 끈질기고 진지하게 시험하고 있다.

"건강인"과 "문둥이"의 관계, 나아가 원장과 원생이라는 지배자와 피지배자의 관계에서 커뮤니케이션(교환)은 당연히 비대칭적인 것처럼 보인다. 외압에 의해 어쩔 수 없이 섬을 떠난 지 5년 뒤 민간인 신분으로 소록도를 다시 찾아 2년이 넘도록 섬에서 살고 있는 조백헌 원장이 이정태 기자에게 던지는 질문은 이러한 비대칭성의 형편을 일목요연하게 보여 준다. 소록도 병원의 원생들이 "내가 꾸민 천국을 믿지 않으려는 이유, 나의 동기나 천국을 허심탄회하게 받아들을 수 없었던 이유, 섬에 대한 나 나름대로의 성실한 봉사를, 나의 선의와 노력을 자기도취적인 동정으로만 폄하하려는 이유”는 무엇인가? 조 원장이 진심에서든 자기 도취적인 동정에서든 원생들에게 뭔가를 주려고 했다면, 그들은 그저 받아들이면 되었던 것 아닌가?

그러나 원생들은 끝내 자신들의 “자유”에 의거해 조 원장이 주는 것을 받기를 거부한다. 뭔가를 받으면 반드시 되돌려줄 의무가 발생한다는 것을 원생들은 잘 알고 있기 때문이다. 그리고 전임 주정수 원장의 재임 시절처럼 원생들은 늘 받은 것보다 많이 돌려주었기 때문에, 다시 말해 그들이 준 만큼 돌려받지 못했기 때문에 항상 배신당한 희생자였고 피해자였다는 것 역시 잘 알고 있다. 그들은 교환이 비대칭에 이르게 된다는 사실을 잘 알고 있기 때문에 더 이상 받지도 않고 주지도 않는다. 원생들이 받으려 하지 않는다면, 조 원장은 아무것도 줄 수 없고 또 당연히 뭔가를 되돌려받을 수도 없다. 이러한 사정은 7년이 지났어도, 그보다 더한 시간이 지나도 쉽게 바뀌지 않을 것이다.

“원장님은 제 기사 속에서 굉장한 거인으로 묘사되고 있었으니까요. 사실은 결과가 어떻게 되었습니까. 공사는 그럭저럭 끝났다 해도 일의 결과는 처음 예정과는 딴판으로 되어 가고 있질 않습니까”라는 이정태의 솔직한 논평에서 드러나듯 「당신들의 천국」의 전체 스토리는 한편으로는 소록도의 원생들을 위한 조 원장의 거인적 사업과 다른 한편으로는 그에 대한 원생들의 완강한 거부라는 두 축을 중심으로 구성되어 있다. 「당신들의 천국」은 주요 사건의 전개에서 주인공의 실제 모델인 조창원 원장의 행적을 비교적 충실히 반영하고 있으나, 원장과 원생 간의 비대칭적 관계를 서사의 핵심 동력으로 상정한 것은 작가의 주제의식에 따른 것이다. 조창원의 자전적 기록에 의하면, 오마도 간척사업과 관련된 사건의 주요 갈등은 원장과 원생 간의 문제라기보다는 1963년 민정 이양과 뒤이은 국회의원 선거, 간척사업을 둘러싼 이권 다툼 등 소록도 외부의 변수가 개입해 빚어진 것으로 밝혀져 있다.16) 이에 비해 이청준에 의해 재창조된 「당신들의 천국」에서는 끊임없이 조 원장의 앞을 가로막을 뿐 아니라 그가 열정적으로 덤벼들면 들수록 그에 비례해 더욱더 완강해지는 원생들의 거절에 대한 기록이 전면화된다. 그 교환의 비대칭성은 우선 언어(대화)의 비대칭성으로 드러난다.

5·16이 나던 해 8월, 현역 의무장교인 조 원장이 새로 부임하자마자 원생 둘이 탈출한다. 상황 파악을 위해 섬을 둘러보던 조 원장은 다른 원생들에게 탈출의 이유를 묻는다. 그러나 "오른손이 문득 그의 권총집 근처에서 경련하듯 떨"리는 중에 조 원장이 "거의 광인처럼 악을 쓰"지만, "말을 해라, 말을. 너희는 알고 있다. 말을 해라!"라는 요구에 아무도 대답하지 않는다. "당신 자신이 알아보시오"라는 이상욱의 무언의 조언에 따라 조 원장은 원생들의 "정직한 대답" 혹은 "어떤 말 못할 내력이나 비밀"을 듣기 위해 건의함을 설치하지만 당연하게도 이 순진한 계획 역시 실패한다. 또다시 "이 섬 안에서는 모든 일이 입으로 말해지는 것과 실제 행동 사이에 거리를 가지고 있는 게 사실입니다. 그게 오히려 상식이 되고 있는 편"이라는 이상욱의 충고를 받아들인 조 원장은 "인화단결, 정정당당, 상호협조, 재건"이라는 실천 강령으로서의 운영 방침이 씌어진 액자를 내건다.

만약 언어가 진술적 의미의 차원에서만 교환되는 것이라면 액자 속의 말보다 더 좋은 의미의 말은 생각할 수 없다. 그러나 세상의 모든 "방침"들이란 사실상 진술적 차원에서는 이와 마찬가지일 것이다. 병원, 특

---

16) 소록도80년사편찬위원회, 『소록도 80년사—1916~1996』, 국립소록도병원, 1996, 179면; 조창원, 『허허, 나이롱 의사 외길도 제 길인걸요』, 명경, 1998, 128면. 소록도 병원에서의 조창원의 행적, 이에 대한 이규태의 르포 「소록도의 반란」, 또 이에 대한 이청준의 「당신들의 천국」 간의 관계에 대해서는 김윤식, 「<당신들의 천국>의 세 가지 텍스트론」, 『우리 소설과의 대화』, 문학동네, 2001 참조.

히 나병원이라는 특성상 조 원장은 더 적합한 언어들을 찾아낼 수 있다. "조 원장이 이 섬 원생들에게 익혀 주고 싶어한 말은 아직 그뿐이 아니었다. 나병은 낫는다—나병은 유전하지 않는다. 그 며칠 사이에 섬 안 곳곳에서는 그런 말들이 쓰인 커다란 구호판들이 수없이 솟아나고 있었다." 조 원장이 찾아낸 것은 과학적인 동시에 계몽적인 언어이다. 중립적이고 객관적인 것으로 믿어지는 과학적 담론보다 진술적 차원에서 더 옳은 말을 찾기는 불가능하다. 그것은 "어떠한 사정에서도, 어떤 목적을 위해서도, 어떤 청중에게 말해도 옳은 것"이라는 진술적 발화의 이상에 가장 가까운 것처럼 보이기 때문이다.17)

사실과의 대응이라는 차원에서 볼 때, 나병은 불치병이 아닐 뿐더러 유전되지도 쉽게 전염되지도 않는다. 그것은 과학적 진리이다. 그럼에도 불구하고 지금까지는 병원 종사원들까지도 그 진리에 따라 행동하기는 커녕 "위생복, 위생장갑에 마스크까지 덮어 쓰고도 원생들에게 약을 건네줄 때는 핀세트를 사용하는 따위의 경원스런 태도"를 버리지 못했다. 조 원장은 과감하게 이런 구태를 뜯어고치고, 그뿐 아니라 원생과 건강인 간의 접촉 규정을 철폐하고, 직원 지대와 병사 지대의 경계를 가르고 있던 철조망을 철거하고, 미감아(未感兒) 아동들과 직원 지대 아이들의 공학 수업을 단행한다.

이처럼 조 원장 쪽에서는 자신이 약속한 병원 운영 방침을 하나하나 실행으로 옮기는 데 반해 원생들 쪽에서는 아무런 응답이 없다. 조 원장에게 그들은 "무엇을 생각하는지, 그리고 언제까지 그런 눅눅한 침묵만 계속하고 있을 것인지 속을 짚어낼 수 없는 사람들"이다. "입으로 말해지는 것과 실제 행동 사이에 거리"가 문제라면 "말로 가르쳐 준 것을 믿

---

17) J. L. 오스틴, 『말과 행위』, 김영진 옮김, 서광사, 1992, 178면.

도록 해 주는 일"이 최선의 해결책임에는 이견이 있을 수 없으며 이를 위해 조 원장이 자신의 말(약속)을 지키기 위해 노력하고 있다는 것 역시 의심의 여지가 없다. 만약 조 원장의 약속이 자신과의 약속일 뿐이라면, 이쯤에서 그가 약속을 지켰다고 스스로 만족한다 해도 크게 탓할 수는 없을 것이다.

그러나 모든 약속은, 나아가 모든 말은 타자를 향한 말인 동시에 타자에 대한 요구이다. 예컨대, 취임 연설을 통해 원생들에게 앞으로의 병원 운영 방침에 대해 약속하기에 앞서 조 원장은 병원 직원들에게 같은 내용을 미리 약속한 바 있다. 여기 동석해 조 원장의 말을 듣던 이상욱은 그의 약속이 동시에 "원장에 대한 무조건한 신뢰와 승복의 요구"와 다르지 않음을 간파하고 "그들에게 도대체 무엇을 약속하고 무엇을 구하겠단 말인가"라는 의심을 품게 된다.

만약 조 원장의 약속이 요구가 아니라면, 그는 앞으로 이러저러하겠다는 자신의 약속을 홀로 무조건 지키기만 하면 된다. 그러나 조 원장이 자신의 약속을 지키기 위해서는 그 약속의 말이 요구한 것에 상응한 원생들의 응답(반응)이 반드시 필요하다. 이상욱의 생각처럼, 조 원장은 원생들에게 무엇을 약속하는 동시에 무엇을 구해야 한다. 그가 (요)구해야 할 것은 소록도 병원을 천국으로 만들겠다는 자신의 말을 믿어 달라는 것일 수도 있고, 또 이를 위해 자기의 계획에 협력해 달라는 것일 수도 있다. 중요한 것은 요구의 구체적 내용이 무엇이냐는 것이 아니라 원생들이 그 요구에 상응한 응답을 돌려주지 않는다면 그가 혼자서 아무리 약속을 지키려고 노력한들 그 약속은 지켜질 수 없다는 사실이다.

"당신은 앞으로 이 섬과 섬사람들을 위해 당신이 시작하고자 하는 일에 일신을 위해서는 물 한 모금 사사로이 취하지 않을 것임을 자비하신 주님과 여기 모인 증인들 앞에서 서약하시겠습니까? (…중략…) 당신은 이 일을 하는 동안 당신 일신을 위해서는 어떠한 공훈이나 명예도 좇지 않을 것이며, 보답을 바라지 않고 우상도 만들지 않을 것임을 여기 모인 증인들 앞에 주님의 이름으로 서약하시겠습니까?”

(…중략…)

증인의 무리 중에 대답을 하고 일어서는 사람이 있었다. 황 장로였다. 장내는 다시 한 번 분위기가 무겁게 가라앉고 있었다.

“지금 원장께서 하신 서약을 우리 문둥이들의 가엾은 후손의 이름으로 한 번 더 행하게 해 주십시오. 그리고 그 서약대로 일이 이루어지지 않을 때, 원장의 목숨을 이 섬 5천 문둥이를 대신해 여기 모인 주님의 증인들에게 맡길 수 있는가를 물어 주십시오.”

(…중략…)

원장은 느닷없이 그 권총집에서 진짜 금속물을 꺼내어 식탁 위로 올려 놓았다. 그리고는 오른손은 성서 위에, 왼손은 그 권총 위에 올려놓고 신부님을 앞질러 스스로 서약을 계속해 나갔다.

“미안합니다. 하지만 여러분이 원한다면 나는 지금 나 자신을 보다 분명하게 지켜 줄 이 권총으로 나의 서약을 거듭해 드리겠습니다. 나에게서 만약 배반이 행해질 때 나의 목숨은 물론 당신들의 것입니다. 하지만 그보다도 먼저 이 권총이 여러분과 여러분의 주님 앞에서 행한 나의 서약을 지켜 줄 것입니다. 그리고 여러분의 주님이나 여러분에 앞서 이 권총이 나의 배반을 단죄할 것입니다.”

(…중략…)

황 장로가 그때 또 자리에서 일어섰다.

“배반은 원장님께만 일어날 수 있는 것이 아니오. 보다 더 추악하고 무서운 것은 그 배반이 바로 우리들 자신에서 일어났을 때라는 것을 우리 모두가 알고 있소. 원장님께서 서약을 하셨으니 이제 우리가 서약을 해야 할 차례요. 우리도 마땅히 서약을 해야 하오.”[18]

---

18) 이청준, 『당신들의 천국』, 문학과지성사, 1984, 163~165면.

마침내 조 원장과 원생들은 천국을 짓기 위한 오마도 간척사업을 시작하기에 앞서 공회당에 모여 서약식을 갖는다. 여러 겹의 약속(서약)이 겹쳐진 이토록 거창하고 중층적인 서약식이 필요한 것은 간척사업이 소록도의 장래가 걸릴 만큼 거창한 역사(役事)인 때문이기도 하지만, 이는 또한 어느 일방의 약속이 아니라 조 원장과 원생들 상호간에 맺어지는 약속이 최초로 모습을 드러내는 순간인 때문이기도 하다. 그래서 원생들을 대표하는 황 장로는 조 원장뿐 아니라 원생들의 약속도 필요함을 강조한다. 누군가 혼자서도 할 수 있는 일을 굳이 타자와 약속할 필요는 없다. 아니, 보다 엄밀히 말해 약속이 동시에 요구라면, 혼자서 지키는 약속은 약속이 아니다. '나'가 타자에 대한 약속을 지키면서 뭔가를 요구하고 타자가 이에 상응한 응답을 되돌려주는 경우에만 약속이 지켜질 수 있다. 요컨대, 약속은 '나'와 타자가 동시에 지킬 때, 다시 말해 '나'와 타자 사이에서 약속의 이행이 대칭적으로 교환될 때 비로소 완결될 수 있다.

약속을 맺고 지키는 데 있어 요구와 응답의 주고받음이라는 구조적 대칭성 외에 이를 통해 무엇을 주고받는가 라는 내용의 대칭성을 문제 삼을 수도 있다. "바다를 메워 지상낙원을 건설하기 위한 '약속'이란, 따지고 보면 당초부터 비대칭적임이 드러나 있다. '우리의 땅 갖기'란 황 장로로 대표되는 나환자들만의 것이지 조 원장의 것은 아니었다는 사실이 그것"이라는 언급을 통해 김윤식이 지적하고 있는 것은 내용상의 대칭성이다.19) 물론, 약속 이행을 통해 원생들이 얻게 되는 "땅"과 조 원장이 얻게 되는 "성취욕(오만함) 충족"을 동일한 척도로 잴 수는 없다. 그러나 교환되는 것의 내용적 차이에도 불구하고, 서로가 상대방에게서 요

---

19) 김윤식, 「<당신들의 천국>의 세 가지 텍스트론」, 192면.

구한 것을 받는다는 것으로 요약되는 교환의 구조적 차원에서의 대칭성이라는 큰 틀에는 변함이 없다.

끝내 간척사업을 마무리하지 못하고 섬을 떠나는 조 원장에게 "그 알량한 자유 하나로 모든 것을 행하려 한 옹졸스런 문둥이들이 외려 그 원장을 용납할 수가 없었던 것"이라고 그간의 사정의 전말을 한 마디로 요약하고 있는 황 장로의 고백에서처럼, 불행하게도 '나'와 대면하고 있는 타자가 대단히 알량하고 옹졸해 '나'의 약속을 믿지 않거나 그 약속을 지키기 위해 '나'가 노력한 만큼의 성의에 보답하지 않을 수도 있다. 그러나 그렇다고 해서 그 타자의 자유를 무시한 채 '나'만은 약속을 지켰다고 주장할 수는 없다. 만약 조 원장이 그렇게 주장한다면, 그것은 "약속을 지킨 대신 이곳에 자신의 동상을 세"우는 것이며, 이상욱이 그토록 경고했던 길을 그대로 쫓는 꼴이 되고 만다.

조 원장은 자신이 맺은 약속을, 원생들은 그들이 맺은 약속을 지켰는가? 아마도 그들은 약속을 지키려고 최선을 다했을 것이다. 조 원장 편에서는 일신을 위해 물 한 모금 사사로이 취하지 않고, 어떤 공훈이나 명예, 보답도 바라지 않으려고 했을 것이고, 또 원생들 역시 자발적이고 열성적으로 바다를 메울 둑을 쌓으려고 했을 것이다. 그들은 서로 자신들의 약속을 지킴으로써 상대방 역시 약속을 지킬 것을 요구하고 또 강제한다. 그러나 간척사업이 진행되는 동안 오마도와 마주하고 있는 해안 마을 주민들의 방해와 태풍이라는 불가항력적인 자연의 횡포가 조 원장과 원생들 상호간의 약속 이행을 끊임없이 위협하고, 끝내 자연의 배반에 이은 "인간들의 두 번째 배반극은 서서히 그 막이 올려"진다.

기묘한 말의 요술이었다. 배반이 없게 하자고 똑같이 서로 서약을 하고 시작한 일이었다. 배반을 당한 기분으로 말하면 이날 밤 조 원장 쪽에서도 결코 원생들만 못할 수는 없는 형편이었다. 배신에 대한 대가를 치러야 할 사람은 오히려 그 황 장로와 원생들 쪽일 수도 있었다. 그것이 황 장로의 말 속에선 처지를 정반대로 바꾸어 놓고 있었다. 주님은 오로지 원생들의 편일 뿐이었고, 배신의 죗값을 치러 보여야 할 사람은 오직 조 원장 한 사람뿐이었다. 이유는 다만 조백헌 그 한 사람만이 문둥이가 아니라는 점 때문일 터였다. 문둥이가 아닌 조백헌 한 사람과 문둥이들뿐인 섬사람들 사이에서 배반은 그토록 일방적으로 결판이 나고 있었다. (…중략…) 원장이 거의 반사적으로 되물었다. 되묻고 난 원장은 그러나 이제 마지막으로 할 말이나 다 하고 말겠다는 듯, 노인의 대꾸도 기다리지 않고 모질게 상대방을 몰아세우기 시작했다.

"어울리지 않는 궤변은 이제 그만두시오. 당신들은 벌써 마음속에서 열번 백번 나를 심판하고 있는 게요. 도대체 당신들의 자비하신 주님은 어째서 당신들 편에만 있고 내게는 그 주님이 있어 주지 않는단 말이오. 내게도 그 당신들의 주님이 함께 있고 내가 그 주님의 뜻을 배반한 일이 없다고 믿고 있다면 당신들은 또 누구의 이름을 팔아 나에게 서약의 약속을 이행해 보이라 하겠소."[20]

「당신들의 천국」의 스토리의 핵심에는 작가 자신이 '배반Ⅰ' '배반Ⅱ' 라고 명명한 장으로 대표되는 두 개의 사건이 있다. 배반Ⅱ와 비교하면 배반Ⅰ은 보다 가시적인 차원에서 발생하고 전개된다. 간척사업이 답보 상태에 이르고 자신들의 피해가 늘어가자 원생들은 "문둥이들만 몰아대지 말고 너도 한 번 우리 손에 물구멍으로 죽어 들어가"라며 조 원장의 목숨을 요구한다. 원생들이 요구하는 "목숨값"이란 물론 조 원장이 약속을 어긴 대가임에 틀림없다. 그러면 조 원장은 약속을 어겼는가? 간척사업이 진행되는 동안 조 원장이 사사로운 이익이나 명예를 취하지 않은 것은 사실이라 하더라도 자신의 요구에 따라 공사에 동원된 원생들의

---

20) 이청준, 『당신들의 천국』, 248~249면.

노력에 그가 아무 보답을 주지 못한 것 또한 사실이다. 이런 측면에서 원생들이 자신들의 희생에 대한 대가로 조 원장의 목숨을 내놓으라는 것은 한편으로 생각하면 정당한 요구일 수 있다.

그러나 조 원장은 자신의 배신을 인정하지 않는다. 그 부인은 단지 약속을 지키려 했던 자신의 태도가 진실하다고 주장하는 것만으로는 정당화될 수 없다. 조 원장의 정당화 논리는 두 가지이다. 첫째, 그는 자기가 약속을 지켰다고 주장하는 대신, 만약 자기가 약속을 어긴 것이라면 원생들 역시 마찬가지로 약속을 어긴 셈이라고 주장한다. 원생들 입장에서는 자신들이 제공한 것에 대해 정당한 대가가 주어지지 않았다는 것은 비교적 분명하지만 그렇다고 해서 조 원장이 약속을 지키지 않았다고 단정할 수 있는 근거가 분명한 것은 아니다. 이정태의 말처럼 "저들[원생들]이 얼마나 더 기다려 줄 수 있을 것인지"가 문제의 핵심인바, 그것은 당연히 "아무도 장담할 수 없는 일"이다. 여하간 "배반이 없게 하자고 똑같이 서로 서약"을 한 이상, 원생들이 조 원장 쪽에서 약속을 어겼다고, 즉 배신이 발생했다고 먼저 판단하는 순간, 이미 그들은 스스로 약속 자체를 파기하는 것이 된다. 그 결과 "배신에 대한 대가를 치러야 할 사람은 오히려 그 황 장로와 원생들 쪽일 수도 있"다.

둘째, "저들이 얼마나 더 기다려 줄 수 있을 것인지"가 문제라면, 과연 그것은 누가 어떻게 판단할 수 있는가? 그러나 얼마나 더 기다려야 약속된 바를 이룰 수 있는지 정확하게 판단할 수 있다고는 "아무도 장담할 수 없"다. "우리는 주님의 참뜻을 깨닫고 주님께 복종하고자 했으나 원장이 끝끝내 고집을 세우다 보니까 거기서부터 배반이 생기기 시작한 거"란 황 장로의 말과 같이, 원생들은 그 판단을 "주님의 참뜻"에 맡겨 버린다. 전지전능한 신이라면 당연히 어떤 판단이라도 정확히 내릴 수 있을 것이다. 그러나 황 장로와 원생들이 그 "주님의 참뜻"을 파악하는 것은 가능한가?

앞에서 기독교를 '신은 무엇을 원하는가, 신의 참뜻은 무엇인가?'라는 알 수 없는 질문을 길들이려는 시도로 규정한 바 있다. 그러나 동시에 기독교는 신의 계시에 숨겨진 비밀 메시지를 읽어내는 일을 금지하는 종교이기도 하다.[21] 가령, 오마도 간척사업 도중 끊임없이 이어지는 시련은 공사를 그만두게 하려는 뜻인가, 반대로 더 열성을 다하게 하려는 뜻인가? 이 질문에 대한 가능한 유일한 답은 인간은 신의 뜻을 알 수 없다는 것이다. 따라서 조 원장이 "당신들에겐 다만 당신들의 처지가 가엾어서 당신들의 피를 아끼기 위해 오마도 공사를 그만 끝내라는 주님이 계시지만, 내게는 앞으로도 끊임없이 이 섬을 헤엄쳐 나가다가 물귀신이 되어 갈 더 많은 사람들의 피를 아끼기 위해 오늘 이 일을 끝내 놓으라는 나의 주님이 계셔 온 거란 말요"라고 강변한다면, 이에 대해 원생들은 쉽게 반박할 수 없다.

요컨대, 배반 Ⅰ 은 약속이 맺어지기도 어렵지만 일단 맺어진 약속을 파기하는 것 역시 그만큼 어렵다는 사실을 보여 주고 있다. 약속이 '나'와 타자 간에 서로 주고받아야 하는 것이라면, 약속의 파기 역시 마찬가지이기 때문이다. 배반 Ⅰ 이 봉합될 수 있었던 것 역시 조 원장 쪽에서 약속의 파기를 받아들이지 않았기 때문인바, 특히 황 장로가 말했던 대로 "원장을 어떻게 하고 싶어서가 아니라, 우리는 그저 원장이 자기의 약속을 어떻게 지켜 주는가를 지켜보러 온 것뿐"이라면, 조 원장이 약속의 파기를 먼저 선언하지 않는 한 당연히 약속은 계속 유효할 수밖에 없다.

그러나 약속이 파기되지 않았으므로 아직 유효하다는 것과 약속이 지켜졌다는 것은 엄연히 다르다. 조 원장이 언제 끝날지 알 수 없는 오마

---

21) S. 지젝, 『그들은 자기가 하는 일을 알지 못하나이다』, 박정수 옮김, 인간사랑, 2005, 66~68면.

도 공사를, 언제 지켜질지 알 수 없는 천국 건설에의 약속을 언제까지나 연기할 수 없었듯이, 조만간 약속이 지켜지지 않는다면 언젠가는 그것이 흐지부지 파기될 것이라는 사실 역시 자명하다. 조 원장과 원생들 중 어느 편이 속여서도 아니고 노력이 부족해서도 아니며 따라서 어느 쪽이 약속을 배신했는가 역시 분명히 밝힐 수 없지만, 여하간 약속은 지켜지지 않을 것이고 따라서 배신은 발생할 것이다. 「당신들의 천국」의 배반 Ⅱ는 이런 맥락에서 이해할 수 있다.

> "공연히 쓸데없는 소리들이야. 사또가 귀띔을 했거나 안 했거나 무슨 차이가 있나. 원장이 사또를 시켰다면 그렇게 해서 자기 동상을 갖고 싶어한 거나 아랫사람들이 그걸 지어 바친다고 하니까 맘이 쏠리기 시작한 거나……. 어차피 그는 이 섬을 배반하지 않았나. 이순구로 보아도 그의 자의로 말을 꺼냈거나 사또의 시킴을 받아서거나 어차피 그의 배반은 더하고 덜할 수가 없는 것이지. 주정수고 이순구고 그 처지에선 그렇게 될 수밖에 도리가 없었던 게야. 우리가 굳이 그 일을 되돌아봐야 할 일이 있다면 다시는 서로 그런 처지를 만들지 말아야 한다고나 할지……."
> 노인은 말꼬리를 흐린 채 거기서 그만 입을 다물어 버리고 말았다. (…중략…) 황 노인은 너무도 간단히 이순구라는 사나이를 용서해 버리고 있는 것처럼 보였다. 하지만 노인은 자신의 말처럼 그 인간의 모든 것을 받아들이고 있지는 않았다. 노인은 이순구 한 사람의 배반을 용서한 대신 이 섬과 섬사람 모두를 용서하지 않고 있었다. 처지가 달라지면 섬사람들은 누구나 또 이 섬과 섬사람들을 배반하게 되리라고 노인은 근본부터 섬사람들을 용서하지 않고 있었다. (…중략…) 상욱은 그 동안 혼란스럽기만 하던 생각들이 정연하게 한 가지로 모아지고 있었다. 그 역시 이순구라는 사내에 대한 노인의 용서를 바라고 있었던 것은 아니었다. 용서를 바라기는커녕 노인의 입을 통해 보다 분명한 사내의 배반을 듣고 싶었고, 그 배반에 대한 노인의 단죄와 저주를 보고 싶었을 뿐이었다.[22]

22) 이청준, 『당신들의 천국』, 146면.

표면적으로 배반Ⅱ는 이상욱에 의해 감행된다. 소록도에서 은밀히 태어나 육지에서 성장했고 보건과장으로 소록도로 돌아왔다는 내력을 숨긴 그는 원생들의 신념과 희망을 지켜 주기 위해서는 조 원장이 오히려 섬을 떠나야 한다는 주장을 굽히지 않는다. 이는 그가 "동상의 망령" 즉 약속은 배신당할 수밖에 없다는 불길한 예언을 끝내 떨쳐 버리지 못하기 때문이며, 이는 또 그 자신이 태생적으로 배신을 품고 있기 때문이다. 그의 아버지 이순구는 "남몰래 어린애를 낳고, 그의 이웃과 섬사람들의 은밀한 배려 속에 그 아이를 숨겨 기르다 무사히 섬을 내보내게까지 된 일로 하여 그는 누구보다도 그 이웃과 섬사람들에 대해 갚아야 할 은혜가 많"았지만 "뜻밖에도 그 은혜를 거꾸로 갚아낼 심산인 듯" 권력의 끄나풀 노릇을 자임해 수많은 악행(죄)을 저질렀고 그리하여 주정수 시절의 배신극에서 주요한 역할을 담당하다 한 원생의 손에 복수의 칼을 맞았던 인물이다.

은혜를 원수로 거꾸로 갚은 아버지의 배신을 알고 있는 아들은 어떤 태도를 취할 수 있는가? 아들은 부당하고 부정한 일을 저지른 아버지의 죄를 물을 수도 있다. 그러나 "불안했기 때문에 그는 한사코 병원 부서 사람들의 신임을 사두고 싶었다"는 서술이 암시하듯, 아버지의 배신은 아들을 보호하려는 절망적인 노력의 산물은 아닌가? 아버지의 죄를 전적으로 아들의 탓으로 돌릴 수는 없다 하더라도 그러한 사정을 모른 체할 수도 없으며, 특히 그 판단의 몫이 제3자가 아니라 아들 자신에게 주어진다면 고민은 더욱 깊어지지 않을 수 없다. 아들은 자신과 연루된 죄를 저지른 아버지에 대해, 마치 자기는 아무 죄도 없다는 듯이 그를 단죄하기도 어려우며, 그렇다고 해서 그를 용서하는 것 역시 쉽지 않다. 어느 쪽이든 아들은 아버지의 죄에 대해 무책임하다는 비난에서 비켜나기 어렵다.

위의 인용에서 보이는 이상욱과 황 장로의 대화는 이러한 딜레마를 좀 더 일반화하여 제시하고 있다. 이상욱은 황 장로의 입을 빌려 아버지 이순구의 배신에 대한 단죄와 저주를 듣기를 원한다. 그러나 주정수 시절부터 소록도에서 이어진 배신과 복수의 악순환을 목격해 왔던 황 장로는 이순구에 대해서는 물론 주정수와 사또에 대해서도 그들의 배신은 "그 처지에선 그렇게 될 수밖에 도리가 없었던 게"라고 결론짓는다. 이는 물론 그들을 용서하는 것이 아니다. 황 장로의 결론은 배신을 쉽게 단죄할 수도, 용서할 수도 없는 곤경에서 "이순구 한 사람의 배반을 용서한 대신 이 섬과 섬사람 모두를 용서하지 않"는 것을 의미한다. 곧, 어떤 상황에 처한다면 누구도 누구에 대해 배신을 감행할 수 있다는 것이다.

약속을 지킬 수 있는 상황에서 약속을 지키는 것은 누구나 할 수 있다. 그러나 상황이 변해 약속을 지키기 어려운 처지가 된다면, 특히나 '나'가 의도한 것이 아니라 어쩔 수 없이 그런 처지를 맞게 된다면, 그럼에도 불구하고 '나'는 어떠한 경우에도 약속을 지킬 것이라고 자신할 수 있는가? 이런 질문에 대해 그것은 "아무도 장담할 수 없는 일"이라는 결론에 이를 수밖에 없다면, 다른 사람들에게는 물론 '나' 자신에게도 배신의 혐의를 두지 않을 수 없으며 따라서 단죄하거나 용서할 수 있는 권리 역시 '나'를 포함한 어느 누구에게도 쉽게 주어질 수 없게 된다. 상황에 의해 누군가는 어쩔 수 없이 배신의 가해자가 되었으며, 또 누군가는 어쩔 수 없이 그 배신의 피해자가 되었을 뿐이기 때문이다.

그렇다고 해서 황 장로의 결론이, 이곳의 배신자가 저곳의 영웅이 된다는 식의 경박한 상대주의로 수렴되는 것은 아니다. 그는 "서로 그런 처지를 만들지 말아야 한다고나 할지……"라는 말로 이상욱과의 대화를 끝맺고 있지만, 그럼에도 불구하고 배반 I 에서 조 원장과 원생들이 그러했듯, 자신의 의도와 무관하게 서로가 배신자의 자리에 서게 되는 상황이 여전히 반복된다는 사실을 피할 수는 없다. 황 장로가 말하고 있는, 개별적인 인간의 능력 범위를 벗어난 도저히 어쩔 수 없는 처지란 상대주의라는 말보다 월등 무거운 의미를 지닌 운명이라는 말로 번역되어야 하는바, 「당신들의 천국」의 3부에서 조 원장과 이정태의 대화가 이 운명을 중심으로 전개된다는 사실은 이와 무관하지 않다.

사건 전개를 비교적 뚜렷하게 파악할 수 있는 1, 2부와 달리, 주로 관념적인 대화와 편지 등으로 구성되어 진지한 동시에 다소 장황한 3부의 내용을 요약하는 것은 쉽지 않으나, 통상적으로 3부에 이르러 "자생적 공동 운명"이라는 「당신들의 천국」 전체의 핵심 주제가 피력되는 것으로 이해되어 왔다. 다시 말해, 조 원장은 섬사람들과 운명을 함께해 그들의 믿음을 얻고 그리하여 "자생적 운명에 근거한 힘의 행사를 통한 자유와 사랑의 실천적 화해"로 나아가야 한다는 결론에 이르게 되며, 또한 「당신들의 천국」 역시 이러한 화해에의 기대를 피력하는 긍정적 결말을 제시하고 있다는 것이다. 윤해원과 서미연의 결혼으로 암시되는 자생적인 공동의 운명이란 서로 다른 운명을 지닌 '나'와 타자가 운명을 공유하는 것인바, 이는 운명의 공유를 통해 서로 배신하지 않는다는 믿음에 이를 수 있지만 또한 운명의 공유는 "어느 쪽이 어느 쪽에다 그것을 합하고 싶어한다고 그렇게 하나로 보태질 수는 없"기 때문에 자생적일 수밖에 없음을 의미한다.

조 원장이 "흙과 돌멩이보다는 사람의 마음이 먼저 이어져야 합니다"라는 경구를 담고 있는 결혼식 축사를 연습하는 장면으로 끝나고 있는 「당신들의 천국」은 표면적으로는 자생적 공동 운명에 대한 희망과 기대를 결론으로 삼고 있는 것처럼 보이기도 한다. 이처럼 화해를 지향하는 긍정적 결말에 대해서는 여러 논란이 있어 왔는바, 단지 화해에의 지향이라는 해결책만으로는 「당신들의 천국」에서 그간의 사건 전개를 통해 제기되었던 문제들에 충분히 답한다고 보기 어려운 측면이 있는 것이 사실이다. "「당신들의 천국」은 지적 분석으로부터 신념의 표명으로, 매우 현실적인 검증으로부터 근거가 약한 이상주의로 변조되어 마지막에 이르러서는 신소설이나 이광수의 계몽소설과 거리가 멀지 않은 인상마저 남긴다"거나 "「당신들의 천국」이 형이상학적 물음을 함의한 관념소설이 못 되고 계몽적 성격으로 규정될 수 있는 것"이라는 지적들은 이런 맥락에서 이해할 수 있다.[23]

물론 이러한 지적이 「당신들의 천국」의 결말이 비극적이거나 회의적인 태도를 암시해야 했음을 의미하는 것은 아니다. 이 지적은 「당신들의 천국」이 제기한 질문들이 운명이라는 불가항력적인 힘 앞에서 더 이상 나아가지 못하고 멈춰 선다면, 특히 이상욱이나 서미연과 같은 미감아 출신 인물만이 섬사람들과 운명을 함께 할 수 있고 건강인인 조 원장은 여전히 그 공동 운명으로부터 배제되고 만다면, 이는 배반 I 에서 조 원장이 느꼈던 절망, 즉 "배신의 죗값을 치러 보여야 할 사람은 오직 조 원장 한 사람뿐이었다. 이유는 다만 조백헌 그 한 사람만이 문둥이가 아니라는 점 때문일 터"라는 현실적 한계의 수긍에서 더 이상 나아갈 곳이 없다는 문제에 대한 것이다. 아마도 조 원장은 언젠가는 섬사람들과 운명을 공유할 수 있을지도 모른다. 그러나 운명을 함께하지 못하는 또 다른 무수히 많은 '나'와 타자들은 여전히 비대칭적인 교환에 구속될 수밖에 없는 것은 아닌가?

조 원장은 진실로 유쾌해 하고 진실로 호탕스러워지고 있는 것이 아니었다. 그 유쾌함, 그 호탕스러움에서도 이정태는 이상스럽게 처절스런

23) 정명환, 「소설의 세 가지 차원」, 『우리 시대의 작가연구총서－이청준』, 은애, 1979, 243면; 김윤식, 「<당신들의 천국>의 세 가지 텍스트론」, 211면.

어떤 조 원장의 광기 같은 것이 느껴져 오고 있었다. 이정태는 오히려 그 원장의 광기 속에서 그의 소망과 괴로움을 볼 수 있었다. 외로운 침묵 속에 얼마나 많은 말들이 참아져 오고 있었던가를 알 수 있었다. 그가 얼마나 사람을 만나 그의 고통스런 말들을 나누어 지녀 주기를 바라고 있었는가를 알 수 있었다.

"내 이형한테 하나 보여주고 싶은 게 있는데, 이형은 이게 뭔지 말을 해 줄 수가 있겠오?"

(…중략…)

"원장님께서 아름답게 보고 계시다면 그걸로도 작품의 가치는 충분한 것 아닙니까."

이정태는 대꾸가 차츰 조심스러워지고 있었다. 조 원장은 아직 그쯤으로는 만족할 수가 없는 모양이었다.

"아니, 그런 소릴 듣자는 게 아냐요. 난 확신을 얻고 싶어요. 일테면 공인을 받자는 것이지요. 나 혼자서 말고 다른 사람에게도 이게 작품이라 할 수가 있느냔 말이오. 다른 사람들도 이 나무뿌리의 아름다움을 보고 그것과 말을 할 수가 있느냔 말이오."

"……"

엉뚱하게도 원장은 지금 예술을 묻고 있는 것이었다. 원장이 묻고 있는 것은 이를테면 창작자와 창작물 사이의 대화에 관한 것이었다. 창작자와 대상과의 영혼의 교감에 관한 것이었다. 조 원장으로서는 아마 당연한 노릇일지도 모르는 일이었다. 어쨌거나 그 역시 원장의 광기의 한 모습이었다.[24]

이런 맥락에서 「당신들의 천국」에서 "조백헌 그 한 사람만이 문둥이가 아니라는 점 때문일 터"라는 현실 수긍의 한계를 시험하는 관념적 모험이 암시되는 장면을 살펴볼 필요가 있다. 정명환은 조 원장이 "통치자로부터 성자로 전신(轉身)"했다고 간단히 말하고 있지만,[25] 외로운 침묵

---

24) 이청준, 『당신들의 천국』, 315~316면.

을 견디며 "이 섬은 미치지 않고는 견뎌낼 수가 없단 말요"라고 토로하는 그를 과연 성자로 볼 수 있을지는 의문이다. 자신이 배신을 감행하기 전 "제가 지금 원장님께 바라고 있는 것은 원장님께서 예수나 불타가 되셔야만 가능할 만큼 어려운 일은 아닙니다"라며 섬을 떠날 것을 제안했던 이상욱의 요구와 달리 섬으로 돌아온 조 원장에게 필요한 것이 종교적 경지일 수는 있으나, 그렇다고 해서 그가 성자가 되었다고 쉽게 단정하기는 어렵다.

중요한 것은 조 원장이 광기를 보이고 있다는 사실이 아니라 이 장면에서 그가 제기하고 있는 예술의 성립 근거에 관한 질문이다. 이정태는 조 원장 내면의 광기가 고사목(枯死木) 조각으로 표현되고 있음을 오히려 다행으로 생각한다. 굳이 정신분석학의 승화 개념을 끌어오지 않더라도 이정태의 판단이 예술에 의한 자기표현을 통해 억압된 것(광기)을 다스릴 수 있다는 생각에서 비롯된 것임은 쉽게 짐작할 수 있다. 그러나 조 원장의 질문은 단지 한 개인의 내면에서 일어나는 과정, 즉 "창작자와 창작물 사이의 대화"에 국한된 것이 아니라 "나 혼자서 말고 다른 사람에게도 이게 작품이라 할 수가 있느"냐, 다시 말해 '나'가 아름답다고 판단할 때 타자 역시 그럴 수 있느냐는 문제에 관한 것이다. 이는 화자와 청자, 혹은 작가와 독자 간의 커뮤니케이션에서 '나'의 진실이 어떻게 타자에게 전달될 수 있느냐의 낯익은 문제가 '나'의 미적(취미) 판단이 어떻게 타자에 의해 동의를 얻을 수 있느냐의 문제로 변환된 것이다.

"원장님의 실패도 아마 원장님께 그런 선의나 희생이나 의욕이 없어서가 아니라 원장님의 다스림을 받는 원생들과의 관계에서의 실패일 것"이라는 이정태의 분석처럼, 조 원장이 자신의 약속을 지키는 데 실패

---

25) 정명환, 「소설의 세 가지 차원」, 242면.

한 것이나 소록도로 돌아온 뒤에도 여전히 공동 운명에서 배제되는 것은 '나'만의 문제가 아니라 '나'와 타자 간의 관계의 문제이며, 나아가 교환의 문제이다. 상호간에 공평하게 주고받는 대칭적 교환이 불가능하다면, '나'와 타자 사이에는 배신과 복수의 악순환만이 반복될 뿐이다. 조 원장의 뒤를 이어 여러 원장들이 부임했어도, 또 조 원장이 섬으로 돌아왔어도 "애초의 약속과 희망대로 원생들로 하여금 그들이 땀을 흘려 일한 만큼 그들의 몫을 차지하게 해" 주지 못했고 그 결과 "오마도 일이 저렇게 되고 보니까 원생들의 불신은 전보다도 더 심해졌"고 "섬사람들과 원장 사이의 눈에 보이지 않은 갈등을 해소"한다는 조 원장의 계획도 실패했다. 이처럼 "오마도를 둘러싼 긴 싸움에서, 말없는 섬사람들의 압력 속에서, 그를 무겁게 짓눌러 온 의혹 속에서, 몰인정한 일반의 편견 속에서, 진실로 이 섬과 섬사람들을 위한 조 원장의 소망은 갈수록 깊이를 더해갔고, 그러나 그것은 또 어느 것 하나도 제대로 이루어진 것이라곤 없"다면, "미치지 않고는 견뎌낼 수가 없"다는 조 원장의 고백은 당연한 귀결이다.

조 원장과 원생들이 언젠가 운명을 공유할 수 있다면, 그들은 더 이상 상호간에 타자가 아닐 것이므로 교환의 대칭성은 문제되지 않을 수도 있다. 그러나 수준을 달리해서 질문을 계속한다면, 서로 다른 운명을 가진 공동체들 간에는 여전히 교환의 비대칭성이 문제될 것 아닌가? 이런 질문을 거두지 않는다면, 「당신들의 천국」의 스토리 안에서는 조 원장과 원생들의 공동 운명이 기대되고 있고 심지어 그 기대가 조만간 실현될 것이 분명히 예상된다 하더라도, 문제는 여전히 서로 운명을 공유하지 못하는 '나'와 타자의 관계이다.

이런 맥락에서 미적 판단에 관한 조 원장의 "엉뚱한" 질문에 접근할 수 있다. 어떤 것의 아름다움에 대한 '나'의 판단은 당연히 개별적인 것이며 개인의 자유에 의거한 것이지만 동시에 보편적일 것이 요청된다. 그런데 미적 판단을 통한 개별과 보편의 매개 가능성을 고찰했던 아렌트 역시 고충을 토로했듯이 "만일 일반자가 규칙이나 원칙, 법으로 주어져서 판단이 단지 그 아래로 개별자를 귀속시키는 것이라면, 이는 상대적으로 쉬운 일이다. 만일 개별자만이 주어져 있고 그것을 위한 일반자가 발견되어져야 한다면 어려움은 커진다."[26] 보편에 의해 개별을 귀속시키는 것은 상대적으로 쉽지만, 개별로부터 보편을 발견하는 것은 그보다 훨씬 어렵다. 이 난제를 해결하기 위해 아렌트는 '나'의 판단을 타자의 실제적 판단이 아니라 가상적 판단과 비교하는 것에 의해 대표로 사유하기(representative thinking)가 가능해지며, 이러한 과정을 거쳐 개별적 판단으로부터 보편적 규범을 세울 수 있다고 말한다.[27] 조 원장의 질문 자체가 단편적이기 때문에, '나'의 개별적 판단이 어떻게 보편적 규범이 될 수 있는가를 본격적으로 논의하기에는 사정이 여의치 않다. 다만, 자신의 미적 판단이 보편적 판단이 될 수 있느냐에 관한 조 원장의 질문은 "공동 운명"이라는 거창하지만 불가항력적인 작인에 의하지 않고서도 '나'와 타자가 어떤 합의에 이를 수 있는, 현실적 한계 너머의 길을 열어놓고 있다는 사실에 주목할 수 있다. 그리고 개별에서 보편으로 나아가는 예술적 과정에 관한 조 원장의 질문은 「불 머금은 항아리」에서 사기를 굽는 행위를 통해 법을 정초해 온 허 노인의 삶과 접목된다.

　운명을 공유하고 서로 믿음으로써 '나'와 타자 간의 비대칭적 교환,

---

26) H. 아렌트, 『칸트 정치철학 강의』, 김선욱 옮김, 푸른숲, 2002, 145면.
27) 이수형, 「근대문학의 기획」, 『문학, 잉여의 몫』, 문학과지성사, 2012, 39~43면. 푸코의 윤리 개념 역시 '나'의 개별적 판단으로부터 출발하여 보편적 판단 규범(법)에 이르는 과정으로 요약할 수 있다(M. 푸코, 『성의 역사—쾌락의 활용』, 문경자·신은영 옮김, 나남출판, 2004, 43~45면). 칸트와 푸코의 윤리 모델의 비교에 대해서는 S. 지젝, 『당신의 징후를 즐겨라!』, 주은우 옮김, 한나래, 1997, 294~295면 참조.

곧 배신과 복수의 악순환으로부터 벗어난다면 좋을 것이다. 그런데 운명을 공유한다는 것은 어떤 상태를 가리키며, 또 그것은 어떻게 가능한가? 조 원장은 섬사람들과 운명을 공유하려 하지만, 이정태가 소록도를 둘러보던 중에 "섬 전체가 하나의 운명 단위로 집단으로만 존재해 온 원생들이 개별적인 독립 인격체로 분화되어 가는" 변화의 징후를 발견했듯이 공동 운명 단위로 간주되었던 섬사람들마저도 점차 그 공동 운명으로부터 자유로운 개별적인 존재가 되어 가고 있다면, 문제는 좀 더 복잡해진다. 이런 정황을 고려한다면, 「당신들의 천국」의 결말은 표면적으로는 "공동 운명"이라는 명제에 의해 완결되고 있지만, 동시에 완결되지 않은 또 다른 질문을 던지고 있다고 보는 것이 타당하다. "흙과 돌멩이보다는 사람의 마음이 먼저 이어져야 합니다"라고 힘주어 말하는 성자에 가까운 조 원장과 "나 혼자서 말고 다른 사람에게도 이게 작품이라 할 수가 있느"냐고 엉뚱하게 질문하는 광인 비슷한 조 원장이 실은 한 사람인 것처럼, 「당신들의 천국」 역시 당위와 의문 중 어느 한 쪽도 성급히 버리지 않고 있는 셈이다.

3. 타자에 대한 용서

지금까지 이청준 소설을 통해 '나'와 타자 사이의 주고받음이 대칭적이지 않을 때 배신과 복수라는 또 다른 교환 과정이 작동하게 되는 많은 사례를 살펴보았다. 선물(증여)과 그에 대한 답례로 이루어지는 교환의 지속이 선순환이라면, 배신과 그에 대한 복수로 이루어지는 교환의 지속은 악순환이다. 물론 선물에 대한 답례가 이루어지지 않을 때 배신이 발생한다는 점에서 선순환과 악순환이 서로 별개의 것은 아니다. 그러나 대칭적이어야 할 선물·답례의 교환이 비대칭적인 상태에 이를 때 발생하는 배신·복수의 교환 역시 그 자체로 또 다른 비대칭성에 이르게 되며, 따라서 배신과 복수는 끊임없이 되풀이된다.

배신과 복수의 악순환으로부터 벗어날 수 있는 길은 대가를 요구하지 않는 것이다. 누군가에게 선물할 때 대가를 바라지 않음으로써 배신이 발생할 가능성을 차단할 수 있으며, 설령 배신이 발생한다 하더라도 그에 대한 대가를 요구하지 않음으로써 복수하려는 생각을 버릴 수 있다. 선물이란 원래 대가를 바라지 않고 주는 것을 의미하므로 전자에 대해서는 여전히 선물이라고 부를 수밖에 없는 데 비해,[28] 배신의 대가를 요구하지 않는 후자의 경우에 대해서는 이를 지칭할 수 있는 보다 적절한 말이 있는바 그것은 바로 용서이다.

복수하지 않는 것으로서의 용서란 '나'가 타자에게 받은 만큼을 되돌려주지 않는다는 점에서 비대칭적인 행위이다. 그러나 배신·복수의 비대칭성이 어쩔 수 없는 비대칭성이라면, 용서의 비대칭성은 자발적으로 선택된 비대칭성이다. 또, 비대칭적인 용서에 의해 배신과 복수의 악순환으로부터 벗어날 수 있다는 점에서 역설적으로 용서는 대칭성을 추구한다. '나'는 누군가가 건넨 배신에 대해 아무것도 되돌려주지 않는 것이 아니라 용서를 되돌려주는 것이며, 이때 용서는 리쾨르가 말한 것처럼 대가를 바라지 않는 선물이다. 그리하여 "희생자가 주는 용서의 선물을 통해서 죄책을 갖는 범죄자와 희생자 사이에는 불균형과 모순에도 불구하고 역설적인 상호관계가 성립"될 수 있다.[29]

---

28) 답례에 의해 교환되는 선물과 구별하기 위해 대가를 바라지 않는 경우를 순수한 선물, 즉 "순수 증여"(나카자와) 혹은 "증여로서의 증여" "절대적 증여"(데리다)라고 부를 수도 있다(나카자와 신이치, 『사랑과 경제의 로고스』, 김옥희 옮김, 동아시아, 2004, 83면).

29) 최태연, 「폴 리쾨르의 후기역사철학—기억과 망각의 긴장 속에서 용서를 향하여」, 『해석학연구』 17, 2006, 46면.

언어나 욕망 등과 관련된 다양한 형태의 교환에서 발생하는 비대칭성을 집요하게 탐구한 이청준의 소설이 용서라는 주제에 착목한 것은 예정된 귀결이라고 할 수 있는바, 이 주제가 본격적으로 부각되는 것은 '남도사람' 연작에서부터이다. 떠돌이 소리꾼 의붓아버지와 누이를 버리고 길을 떠났던 사내는 누이를 찾아 헤매다가 그녀가 아버지에 의해 눈이 멀었다는 소문을 듣고 "제 아비를 용서하지 못했다면 그건 바로 원한이지 소리를 위한 한은 될 수가 없었을 거"라는 이유에서 누이의 "한의 매듭을 풀어 가는 소리"가 용서를 전제로 한 것이라 믿고 싶어한다. 이러한 소망은 당연히 "아비를 죽이고 싶어한 부질없는 자신의 원망을 후회하고, 그 아비와 누이를 버리고 달아난 자신의 비정을 속죄하고" 그리하여 "서로를 용서하고 용서받"고 싶다는 사내 자신에 대한 소망이기도 하다.

　　이미 짐작이 드셨겠지만, 그 여자의 소리가 어떤 것이었겠습니까…….
사람들은 흔히 남도소리를 한의 가락이라 말들 하지요. 하지만 그걸 좀
더 옳게 말하자면 한풀이 가락이라고 말해야 할 거외다. 남도소리는 우
리의 마음속에 그 몹쓸 한을 쌓는 것이 아니라, 거꾸로 그 한으로 굳어
진 아픈 매듭들을 소리로 달래고 풀어내는 것이란 말이외다. (…중략…)
그런데 그 여자에게 소리로 풀어내야 할 한의 매듭이란 무엇이었겠소.
그리고 그 눈이 멀게 된 사연까지는 제쳐둔다 하더라도 그게 어떻게 매
듭이 지어진 것들이었겠소……. 그야 물론 허물이 온통 오라비에게 있다
고 할 수는 없겠지요. 하지만 그 한의 매듭을 풀어 가는 소리가 그 여자
의 필생의 삶이 되고 있음을 보았을 때, 그 오라비가 자신을 밝히고 나
설 수가 있었겠소. 그리고 새삼 용서를 말하고 후회를 말한들 그게 두
사람에게 무슨 소용이 있었을 일이겠소……. (…중략…) 하지만 아마 작
자가 그때 깨달은 것 중엔 이런 것도 있었지 않았나 싶습니다. 그가 설
령 그때 그 누이 앞에 모습을 드러내고 화해와 용서를 구하고, 그걸 누

이가 받아들여 주었다 하더라도, 그 누이나 자신 앞에는 여전히 그 회한과 용서로 살아내야 할 자기 몫의 삶이 남을 수밖에 없다는 사실을 말입니다. 그래 사내는 누이를 단념하고 길을 되돌아섰을 거외다. 그리고 아직도 그 소리에 의지하여 자기 몫으로 점지된 그 회한과 용서를 필생의 빚으로 살아가는 걸 거외다.30)

이청준 자신이 언급한 바와 같이 고향이나 가족, 여타 인간관계를 포괄하는 사회와의 관계에서 "마땅히 누려야 할 삶의 자리를 잃거나 빼앗겼을 때 오는 아픔"이 한(恨)이라면,31) 한은 곧 삶의 세계에서 응당 받아야 할 것을 받지 못한 데서 비롯한 배신의 정념에 다름 아니며 이는 또 '나'의 복수를 작동시킬 것이다. 그러나 누이는 그 한을 복수 대신 소리로 풀고 있다. 그 "소리"는 가깝게는 눈 먼 누이가 부르는 단가나 판소리 가락을 의미하지만, 좀 멀게는 사내가 어린 시절 들었던 "우우우 노랫소리도 같고 울음소리도 같던 어미의 그 이상스런 웅얼거림"이기도 하며, 더 멀게는 「이어도」의 천남석이 들었던 "바닷소리처럼 웅웅거리는 듯한 이어도의 노랫가락"이기도 하다. 그것은 또 「비화밀교」(1985)에서 고향 선배인 민속학자 조 선생의 권유로 따라 간 제야의 산행 중에 '나'가 들은 "마치 입속을 맴도는 낮은 신음소리나 비탄과 비슷한 지하의 합창소리 같은" "아아, 아아" 하는 소리로 이어진다. "우우우" "웅웅" "아아, 아아" 등으로 전사(轉寫)되는 소리는 시각과 대비되는 동시에 언어와 대비된다. 시각과 언어가 타자의 타자성을 발현하는 대표적인 계기라면, 소리는 보고 보이는 관계 이전의 것이며 또한 의미 이전의 것이다.32)

---

30) 이청준, 「다시 태어나는 말」, 『남도사람』, 문학과비평사, 1988, 169~170면.
31) 이청준, 「삶의 과정으로서의 한」, 『코리안 이마고』 2, 1998, 14면.
32) S. 지젝, 『까다로운 주체』, 512면.

"아까 산을 올라올 때도 말했지만, 이걸 하나의 밀교로 말한다면 역시 드러난 교리를 말하기란 쉽지가 않겠지. 어쩌면 나의 선친의 감동이 거기 제대로 통했던 거라고 할 수도 없는 거구……. 하지만 교리의 본질과 관계없이 내 개인의 경험으로 말한다면 그 소망이나 감동을 통하여 나는 용서를 받았다는 것이었지. 그것은 물론 나의 선친께서도 마찬가지였겠지만, 그곳은 바로 용서의 자리였거든."

"용서라 한다면 누가 누구를 용서하는 것입니까. 그리고 그 용서의 의미는 무엇일까요?"

"누가 누구를 용서한다기보다 서로가 서로를 용서하는 것이었지. 그리고 아마 자기 자신을 용서하는 것이겠구. 그야 나와 선친으로 말한다면 일방적으로 용서만 받은 건지 모르지만, 그러니 어쨌든 서로가 상대방을 용서한다는 것, 누가 누구에게 어떤 허물을 지어 온 처지라도 적어도 오늘 밤 우리끼리만은 여기서 이 고을의 이름으로 그것을 서로 용서하고 허물하지 않는 것……. 그것은 우리가 오늘 밤 이곳에서 누구와도 함께 하나가 되고 있는 일이며, 우리가 함께 똑같은 소망으로 하나가 되는 것은 비로소 하나의 힘을 이루는 일이 되겠지."

"하지만 그 소망이나 힘은 한 번도 폭발의 정점이 없었던 것이지요."

나는 집요하게 물고 늘어졌다. (…중략…) 하지만 나는 아직도 확연치가 못했다. 알 수 없는 아쉬움 같은 것이 남아 있었다. 그 자정의 마지막 절정에서 허무하게 스러져 내려앉고 만 합창소리의 운명, 그 소리와 소망과 힘의 의미는 무엇이란 말인가.[33]

고향을 떠나 있던 '나'에게는 초행길이지만, J읍에는 오래 전부터 새해 첫날 제왕산 정상에서 은밀한 불놀이를 벌이는 풍속이 있어 왔다. 조선생에 따르면, 그날 하루 산정(山頂)은 "산 아래서 이루어지는 모든 세속의 질서가 사라지고 그저 한 가지 이 산 위에서만이 간절한 소망으로…… 나도 그것이 무엇인지는 확실히 말할 수가 없지만…… 하여튼

---

33) 이청준, 「비화밀교」, 『비화밀교』, 나남출판, 1985, 198~199면.

오직 한 가지 소망으로 자신을 귀의시켜, 그 소망으로 하여 모든 사람들이 한데 뭉쳐서 어떤 보이지 않는 힘을 탄생시키고, 그것을 지켜가는 숨은 근거지”로 변한다. “확실히 말할 수가 없”는 “간절한 소망”의 표출이 바로 “아아, 아아”하는 소리인바, 이 소리와 함께 표현되는 공동의 소망에 의해 산 위에서는 “누구와도 함께 하나가 되”어 간다. 그리고 “함께 똑같은 소망으로 하나가 되는 것”을 통해 “비로소 하나의 힘을 이루”고 이를 통해 “누가 누구에게 어떤 허물을 지어 온 처지라도 적어도 오늘 밤 우리끼리만은 여기서 이 고을의 이름으로 그것을 서로 용서하고 허물하지 않는” 것이 가능해진다.

「비화밀교」는 그 제목이 암시하는 것처럼 종교적이고 제의적인 힘을 형성하고 보존해 서로에 대한 용서를 가능케 하는 과정을 보여 주고 있는데, 이와 같은 주제는 「당신들의 천국」에서 조 원장의 입을 빌려 피력된 “자생적 운명에 근거한 힘의 행사를 통한 자유와 사랑의 실천적 화해”라는 주제에 비견될 만하다. 이렇게 보면 「당신들의 천국」에서 말하는 “자유와 사랑의 실천적 화해”라는 주제 역시 궁극적으로 ‘나’와 타자 사이에서 발생하는 배신과 복수의 악순환을 끊는 용서의 실천을 뜻한다고 할 수 있다.

‘남도사람’ 연작의 마지막 편인 「다시 태어나는 말」(1981)에서 “사람들 자신의 배반에 대한 당연한 응보”로서 “가혹한 말의 복수”에 시달리며 ‘잃어버린 말을 찾아서’ 헤매던 지욱이 누이의 용서를 믿고 싶어하는 사내에 관한 이야기를 듣고서 “끝내 믿음을 지켜” 온 용서라는 말을 마침내 찾았듯이, ‘남도사람’ 연작이나 「비화밀교」에서 용서라는 말의 소중함은 여러 차례 반복해서 강조되고 있다. 그런데 정작 그 말의 의미에 대해서는 충분히 밝혀지지 않는바, 「비화밀교」의 ‘나’ 역시 “그 소리와 소망과 힘의 의미는 무엇이란 말인가”라고 질문을 던지지만 이에 대해 조 선생은 그것은 "가시적 현상의 질서 뒤에 숨어 있는 또 하나의 힘"이며 증명하지 않더라도 존재 자체로 신성한 것일 뿐, 굳이 "증거"를 찾으려 해서는 안 된다는 대답만을 되풀이한다.

증거를 찾기 어렵다는 점에서 그리고 "간절한 소망"에 의해 뒷받침되고 있다는 점에서 용서라는 말은 「몽압발성」에서 다루어진 바 있는 "우리들이 갈구해 온 구원"이 지은 소문과 비슷한 것일 수도 있다. 앞에서 분석했듯이, 사실에의 대응 여부와 상관없이 말은 수행적 효과를 발휘할 수 있으며 따라서 '그날 하루, 그곳에서만은 용서가 가능하다'는 말(소문)에 대한 증거가 있든 없든, 그 말에 대한 소망과 믿음이 공유되는 한 그날 그곳에 모인 사람들은 서로를 용서할 수 있을 것이다.

문제는 용서의 힘의 증거를 찾아야 하느냐 숨겨진 채로 두어야 하느냐가 아니라 그것이 작동하는 방식에 있다. 즉, 아무리 좋은 소망과 믿음이라도, 예컨대 서로를 용서하는 것이 가능하다는 소망과 믿음이라 할지라도, 그 힘이란 그것을 공유하는 사람들 사이에서만 유효하다는 것이다. 여기서 조 선생이 그토록 경계하던 증거란 일종의 반증의 성격을 띠게 된다. 다시 말해, 100명 중 99명이 서로를 용서할 수 있기를 원하고 또 그렇게 믿고 따르려 하더라도 단 한 명이 그렇지 않다면, 그 집단에서 서로가 서로를 용서할 수 있다는 소망과 믿음은 불완전한 것이 되고 따라서 서로가 서로를 용서하는 것 역시 불가능해진다. 증거를 찾으려 한다면 필연적으로 반증을 발견하게 될 것이다.

용서를 말하고 있는 소설들이, 가령 '남도사람' 연작은 그 제목에서 암시되는 것처럼 지방적 공동체를 전제로 하고, 「당신들의 천국」이나 「비화밀교」 역시 각각 운명 공동체와 밀교 공동체를 전제로 하고 있다는 것은 단순한 우연이 아닐지도 모른다. 공동체는 소망과 믿음을 공유하는 사람들로 구성된다. 이는 어떤 공동체의 구성원들이 모두 같은 소망과 믿음을 공유함을 의미하는 것이 아니라 그것을 공유하지 않는 사람들은 공동체에서 배제됨으로써 결과적으로 소망과 믿음을 공유하는 공동체가 유지, 재생산됨을 의미한다. 예컨대 「비화밀교」에서 제시된 믿음의 공동체는 제의적 성격이 강조된 초월적, 모성적 공간이나 현상 세계의 질서를 극복하기 위한 상상의 공간 등으로 이해할 수 있지만,34) 어느 경우에도 이 공동체가 조 선생의 생각에 동의하지 않는 "춤추는 젊은 이들"을 배제한 상태에서만 유지될 수 있다는 사실에는 변함이 없다. 소망과 믿음을 공유하는 사람들이 서로를 용서한다는 것이 용서라는 이름에 값할 수 있는가?

소망과 믿음을 공유한다는 것이 배신하지 않는다는 것을, 적어도 배신할 위험이 적다는 것을 의미한다면, 배신하지 않을 만한 사람을 용서한다는 것은 동어반복이거나 모순에 가깝다. 소망이나 믿음을 공유하고 나아가 운명을 공유하려는 것이 잘못이라는 것이 아니라 그런 것들을 공유하지 않는 타자에 대해 맹목이라면 그 용서는 결국 완고한 도그마의 차원을 넘어서기 어렵다는 것이다. 이런 맥락에서 "나 혼자서 말고 다른 사람에게도 이게 작품이라 할 수가 있느"냐는 조 원장의 질문으로 돌아갈 수 있다. 예술에 대한 '나'의 판단에 동의할지가 의심스러운 사람, '나'의 규범을 따를지가 의심스러운 사람, 그것이 바로 소망과 믿음 혹은 운명을 공유하지 않는 사람이고 또 타자이기 때문이다.

「벌레 이야기」(1985)는 바로 이 타자를 대상으로 한 용서의 문제를 다루고 있다. 유괴 사건으로 아들을 잃은 '나'의 아내는 범인 김도섭에 대한 "원한과 복수심"에 치를 떤다. 그러나 "자신이 직접 눈깔을 후벼 파고 그의 생간을 내어 씹고 싶"고 나아가 "아이가 당한 것 한가지로 손목

---

34) 이승준, 「이청준 소설에 대한 정신분석적 연구」, 고려대 박사논문, 2002, 81면; 이현석, 「이청준 소설의 서사시학 연구」, 서울대 박사논문, 2007, 139~140면.

을 뒤로 묶어 지하실에 가두고 목을 졸라 땅바닥에 묻고 싶"다는 아내의
소망은 이루어질 수 없다. "당연한 일이지만, 그러나 당국은 아내에게
아무런 복수의 기회도 용납하지 않았다. 범행을 자백한 그 순간부터 위
인은 아내의 보복을 피해 당국의 보호를 받게 된 격이었다." 근대적 사
법 제도는 피해자의 사적 복수를 금지한다. 법적 형벌을 정의의 실현이
라고 설명해 형벌에서 복수의 성격을 탈각시키려 하기 때문이다.35) 물
론, 형벌을 복수로 간주하는 입장도 여전히 존재하지만, 여하간 사적으
로 복수하든 법에 의해 처벌(복수)하든 피해자와 가해자 간에 대칭적 교
환이 이루어지는 것은 거의 불가능하다.

   그러던 중 이웃에 사는 김 집사의 권유로 교회에 나가면서 아들의 영
혼의 구원을 위해 기도하던 아내는 "주님의 사랑에 자신을 맡기겠노라,
스스로 감사의 눈물을 흘리기까지" 하면서 점점 평온을 되찾아 간다. 그
녀의 변화에 김 집사는 사람에게는 남을 심판할 권리가 없으니 신에게
모든 것을 맡기고, 또 김도섭을 용서해 원망과 분노와 미움과 저주를 버
리고 신을 영접하라고 권유하기 시작한다. 마침내 아내는 김도섭을 용서
할 마음을 먹는다. "용서를 하고 있진 않았더라도, 그를 스스로 용서해
야 한다고, 용서를 하고 싶"다고 믿는 그녀는 교도소에서 사형을 기다리
는 김도섭을 직접 만나 용서하겠다는 계획을 세운다.

   「벌레 이야기」는 아내가 김도섭을 용서하기로 결심하는 과정에 기독
교를 개입시키고 있지만, 기독교에서 말하는 용서를 직접적으로 문제 삼
고 있는 것은 아니다. 많은 연구자들이 지적했듯이, 그녀의 용서는 기독
교에서 말하는 용서에 미치지 못한다. 기독교에서의 용서가 선의를 지닌
사람에 의해서가 아니라 자신이 먼저 용서받은 자임을 깨달은 사람에

---

35) 양명수, 「죄와 벌의 인과 관계에 대한 연구―헤겔 법철학과 형벌 신학」, 『헤겔 연구』
    13, 2003, 85~86면.

의해 이루어지는 것이라면, 김도섭에 대한 아내의 용서는 이와는 거리가 멀며,[36] 또 그녀가 굳이 김도섭을 직접 만나 용서하겠다는 것이 "주님을 옳게 영접할 무슨 불가피한 마음의 빚" 때문이라면, 이 역시 김도섭을 용서함으로써 자기 역시 신에게 구원받겠다는 주술적 태도를 크게 벗어난 것이 아니다.[37]

"인간의 구원이란 인간끼리의 책임과 관계 속에서 용서 받은 다음 이루어지는 것"이며, 이를 "인간으로서 감당하려는 노력이 있어야 하는데 그걸 감추고 숨기는 풍속적 장치가 우리 주변엔 참 많"다는 작가의 지적에서 암시되듯,[38] 「벌레 이야기」에서 문제 삼고 있는 것은 기독교의 용서가 아니라 종교라는 너울을 벗겨낸 인간끼리의 용서, 곧 '나'와 타자 사이에서 "인간의 이름으로"(「행복원의 예수」) 행해지는 용서이다. 그러나 그 "풍속적 장치"의 보호막을 벗어나자마자 인간의 용서는 여지없이 실패한다. 이미 기독교에 귀의하여 "주님의 이름으로 자신의 모든 죄과를 참회하고 그 주님의 용서와 사랑 속에 마음의 평화를 누리고" 있는 김도섭 앞에서 아내는 자신의 용서를 철회하고 절망에 빠지기 때문이다.

> 내가 그 사람을 용서할 수 없었던 것은 그것이 싫어서보다는 이미 내가 그러고 싶어도 그럴 수가 없게 된 때문이었어요. 집사님 말씀대로 그 사람은 이미 용서를 받고 있었어요. 나는 새삼스레 그를 용서할 수도 없었고, 그럴 필요도 없었지요. 하지만 나보다 누가 먼저 용서합니까. 내가 그를 아직 용서하지 않았는데 어느 누가 나 먼저 그를 용서하느냔 말이에요. 그의 죄가 나밖에 누구에게서 먼저 용서될 수가 있어요? 그럴 권리는 주님에게도 있을 수가 없어요. 그런데 주님께선 내게서 그걸 빼앗아가 버리신 거에요. 나는 주님에게 그를 용서할 기회마저 빼앗기고 만

---

36) 유광웅, 「개신교에 있어서의 죄고백과 용서」, 『조직신학논총』 2, 1996, 293면.
37) 송상일, 「소설가 아담의 고뇌」, 『작가세계』, 1992. 여름, 134면.
38) 이청준, 「작가는 말한다」, 『서울신문』, 1985. 8. 31.

거란 말이에요. (…중략…) 그가 나를 용서한다구요? 게다가 주님께선 그
를 먼저 용서하시구……. 하긴 그게 아마 사실일지도 모르겠어요. 그래
서 나는 질투 때문에 더욱더 절망하고 그를 용서할 수가 없었을 거에요.
하지만 그것이 과연 주님의 뜻일까요? 당신이 내게서 그를 용서할 기회
를 빼앗고, 그를 먼저 용서하여 그로 하여금 나를 용서케 하시고……. 그
것이 과연 주님의 공평한 사랑일까요. 나는 그걸 믿을 수가 없어요. 그걸
정녕 믿어야 한다면 차라리 주님의 저주를 택하겠어요. 내게 어떤 저주
가 내리더라도 미워하고 저주하고 복수하는 인간으로 살아가겠다는 말
이에요…….39)

아내의 절망은 무엇보다 "살인자가 그 아이의 어미 앞에서 어떻게 그
토록 침착하고 평화스런 얼굴을 할 수가 있"으며 "살인자가 어떻게 성
인 같은 모습으로 변할 수가 있"는지 이해할 수 없다는 데서 비롯한다.
침착하고 평화스런, 성자 같은 얼굴로 이미 신에게 용서받았다고 말하는
살인자의 모습은, 살인자라면 마땅히 어떠할 것이라는 아내의 예상과는
전혀 다른 것이었고, 이런 점에서 아내의 절망은 본질적으로 자신의 예
상과 믿음이 배신당한 데 대한 것이다. 그 절망은 앞에서 분석했던 「숨
은 손가락」의 동준이 느낀 절망과 흡사하지만 좀 더 노골적이다.

현우의 배신에 대한 복수를 위해 자기가 받았던 것을 똑같이 되돌려
주기로 다짐했던 동준은 마음 한 구석에 현우가 "어떤 뜻밖의 반격을 기
도하고 있는 것은 아닐까"라는 의혹과 불안을 버리지 못하고 있었고, 그
것은 현우의 예상 밖의 반응으로 현실화된다. 동준이 절망한 이유는 현
우가 자신의 배신을 마땅히 인정할 것이라는 예상이 어긋났기 때문이고,
자신의 죗값을 달게 받기는커녕 오히려 동준을 다시 한 번 궁지로 몰아
넣기 때문이다. '나'의 질문이나 요구에 타자가 '나'의 예상대로 응답할

---

39) 이청준, 「벌레 이야기」, 『비화밀교』, 145~146면.

는지 알 수 없으며, '나'의 기대나 믿음에 부응하여 마땅히 되돌려주어야 할 것을 타자가 얼마든지 저버릴 수 있다는 점에서 동준의 불안과 의혹은 실상 모든 커뮤니케이션 상황에 내재하는 것이다. 물론 동준이 품었던 일말의 의혹과 불안마저 없었을 뿐 아니라 어떤 식으로든 살인자를 용서하고자 했던 아내였기에 그 배신감은 보다 극적으로 증폭된다.

아내의 용서가 실패한 이유를 검토할 때, 우선 그녀가 김도섭의 죄에 대한 처벌을 요구할 수 있는 권리의 연장선상에서 용서를 이해하고 있다는 점을 지적할 수 있다. 엄밀히 따지면, 아들을 죽인 살인자에 대해 부모가 어떤 권리를 가질 수 있는가 혹은 아들의 죽음에 대한 대가로 부모는 살인자에게 무엇을 요구할 수 있는가 등의 질문 역시 쉽게 답할 수 있는 성질의 것은 아니지만, 적어도 아내가 믿기에는 복수할 수도 있고 용서할 수도 있는 두 개의 권리가 동시에 주어져 있으며, 다만 자신의 의사에 따라 둘 중 하나를 정당히 행사할 수 있을 것이다. 게다가 그 권리는 "그의 죄가 나밖에 누구에게서 먼저 용서될 수가 있어요? 그럴 권리는 주님에게도 있을 수가 없어요. 그런데 주님께선 내게서 그걸 빼앗아가 버리신 거에요"라는 말이 명시하듯, 아내만이 행사할 수 있는 배타적인 권리이다. 요컨대, 아내에게 있어 용서는 자신만이 행사할 수 있으며 또 자신이 원하기만 하면 당연히 실행에 옮길 수 있는 권리와 같은 것이다.

만약 아내가 김도섭을 직접 면회하지 않았더라면 그녀가 자살에 이르는 최악의 결말은 피할 수도 있었을 것이다. 그렇다고 하더라도 그녀의 용서가 대가를 바라지 않는 선물이 될 수는 없다. 김도섭과 대면한 상태에서 아내가 느낀 배신감이라는 감정 자체가 애초에 어떤 요구, 즉 상대방에게 뭔가 바라는 바가 없다면 존재할 수 없는 것이다. 아내가 김도섭에게 요구한 것은 무엇인가? 아내는 자신의 용서에 대한 대가로 자신만이 지닌 권리의 인정을 요구한 것이며, 아내의 배신감은 김도섭이 그 권리 인정에 대한 요구를 받아들이지 않았다는 이유에서 비롯된 것이다. 물론 그녀는 자신에 앞서 김도섭을 용서하고 게다가 "침착하고 평화스런 얼굴"이나 "성인 같은 모습"까지 갖도록 한 신에 대해서도 마찬가지 배신감을 느낀다. 신 역시 그녀의 권리를 인정하지 않기 때문이다.

"어떤 일을 행하거나 타인에게 당연히 요구할 수 있는 힘이나 자격"이라는 권리의 사전적 의미에 이미 요구의 성격이 포함되어 있다. 그런데 과연 현실에서의 '나'는 타자에게 어떤 것을 당연히 요구할 수 있는 권리를 지닐 수 있는가? 진술적 차원에서라면 '나'를 비롯한 모든 인간은 용서할 권리나 복수할 권리뿐 아니라 만족할 권리, 나아가 행복할 권리까지 갖고 있다는 것이 틀린 말은 아니다. 그러나 현실 세계에서 권리의 글자 그대로의 의미가 실현되어 왔다면, 이청준의 소설은 애초에 존재할 이유가 없다. 이는 이청준의 소설이 '나'에게는 더할 나위 없이 정당한 요구가 타자에게는 얼마든지 받아들여지지 않을 수 있다는 사태로부터 출발하고 있음을 상기하는 것만으로 충분하다. 결국 「벌레 이야기」에서 아내의 요구에 대한 정당성(권리)이 대단히 극적으로 강조되고 있기는 하지만, 아내와 김도섭의 관계는 '나'의 정당한 요구만큼을 타자에게서 되돌려받을 때 완결되는 교환의 대칭성이 실제로는 비대칭성에 봉착한다는, 이청준 소설에서 빈번하게 발견되는 사례의 하나에 지나지 않는다. 자신의 정당한 요구가 받아들여지지 않는 한, 나아가 정당한 요구에 대한 권리가 애초에 부인되는 한, '나'는 인간이 아니라 한낱 "벌레"에 지나지 않는 존재일 뿐이다.

한편, 김 집사가 설교하는 기독교 교리는 '나'와 신의 비대칭적 관계를 전제함으로써 인간관계의 대칭성에 이를 수 있다는 논리를 일방적으로 강요하는 것으로 볼 수 있다.[40] 김 집사는 신을 원망하는 아내에게 인간은 "무조건 당신[신]의 뜻을 따라 복종을 해 나갈 의무밖에 없"으며 따라서 "주님께서 그를 용서하셨다면 우리도 그를 용서"하는 것이 "전지전능하신 주님의 종이 된 우리 인간들의 의무"임을 역설한다. '나'가 당연하게 생각하는 권리를 신에게 요구할 수 있는가? 또, 그 권리 요구에 합당한 응답을 돌려주지 않았다고 신을 탓할 수 있는가? 이러한 질문에 대해 신에게 그런 요구를 하는 것은 불가능하다고 대답할 수밖에 없다면, 이는 곧 '나'와 신의 관계에 놓여 있는 근본적인 비대칭성을 받아들이는 것이다. 그리하여 '나'가 "전지전능하신 주님의 종이 된"다면 그로부터 모든 인간은, 설령 아들의 살인자라 할지라도 "똑같은 여호와 하느님의 사랑 안에 있는 아들 딸"이며 "형제자매"라는 결론에 도달하게 된다. 신이 유독 '나'에게만 특혜를 베풀 이유는 없으며, 또 특혜를 베푼다면 감사히 받아야 할 테지만 그렇지 않다고 해서 신을 원망할 수는 없다. 심지어 아들의 살인자에게 특혜를 베푸는 것이 아닌가, 그것이 공평한 사랑인가를 의심해서도 안 된다. 이런 측면에서 모든 인간은 싫든 좋든 서로 사랑하고 용서하는 대칭적 관계를 이룰 수밖에 없다. 그렇지 않으면 신의 뜻을 거스르게 될 것이기 때문이다.

지금까지 몇 차례 언급했던 '신은 무엇을 원하는가, 신의 참뜻은 무엇인가?'라는 질문을 다시 상기해 본다면, 이에 대해 기독교는 상호 배치되는 두 가지 대답, 즉 신은 인간을 구원하고 용서한다는 대답과 신의 뜻은 알 수 없다는 대답을 동시에 제시한다고 볼 수 있다. 논리적으로는 배치되는 두 대답이 종교적으로는 하나가 될 수 있을 텐데, 「벌레 이야기」의 김도섭과 아내는 그 각각의 대답을 하나씩만 끌어안고 있을 따름이며, 김 집사 역시 이 둘을 기계적으로 연결하고 있을 뿐이다.

---

40) 이러한 태도는 통속 기독교적인 것이다(송상일, 「소설가 아담의 고뇌」, 133면).

아내는 김도섭에 대한 용서에 실패했을 뿐 아니라 기독교에 대해서도 배교했다. 다시 말해, 그녀가 용서하는 데 실패한 타자는 그녀의 아들을 살해하고도 그녀의 권리(요구)를 인정하지 않은 김도섭만이 아니라 그녀에 앞서 살인자를 용서함으로써 그녀의 권리를 박탈한 신이기도 하다. '나'에게는 지극히 정당한 요구, 그것이 용서할 권리를 인정하라는 요구라 할지라도 그 요구가 타자에게 인정되지 않는다면, '나'는 타자를 용서할 수 없다. 피해자의 권리로서의 용서가 아닌 용서, 대가를 요구하지 않는 용서가 불가능하다면, 적어도 이청준 소설의 세계 안에서는 "어떤 저주가 내리더라도 미워하고 저주하고 복수하는 인간으로 살아가겠다"는 아내의 절규처럼 배신과 복수의 악순환이 끝없이 계속될 것이다.

리쾨르에 의하면, 아우구스티누스가 원죄론을 정교화한 이유 역시 바로 「벌레 이야기」의 아내가 직면했던 곤경, 즉 인간적 논리로는 납득하기 어려운 기독교 신에 관한 수수께끼를 풀기 위해서였다. 아내의 입장에서 보면, 명백하게 복수의 대상인 동시에 그럼에도 불구하고 그녀가 용서하려고 했던 김도섭이 어째서 자신의 죄에 합당한 대가를 치르지 않아도 되는가 라는 의문은 풀리지 않는다. 이에 대한 아우구스티누스의 대답은 명료하다. 즉, "모든 사람은 죄의 덩어리이다. 그리하여 신성한 정의 앞에서 속죄의 빚을 지고 있다. 하느님은 그 죗값을 물을 수도 있고 덮어 둘 수도 있다. 어떻게 하시든 우리는 탓할 수 없다. 빚진 자는, 누구에게는 죗값을 묻고 누구는 면해 주어야 한다고 할 수 없다. 그것은 교만이다"는 것이다.[41]

위에서도 지적했듯이, 「벌레 이야기」의 아내의 신앙심은 이른바 "교만"의 차원을 끝내 벗어나지 못했다. 다시 말해, 그녀는 자신이 죄인이

---

41) P. 리쾨르, 『해석의 갈등』, 양명수 옮김, 아카넷, 2001, 300면.

라는 사실을 깨닫는 데 실패했다. 다시 아우구스티누스의 원죄론으로 돌아가면, 인간의 원죄는 최초의 인간이 자진해서 즉 자신의 의지에 의해 지은 죄가 대물림을 통해 모든 인간에게 미친 것으로 설명된다.[42] 그 자신 기독교 신앙 안에 있던 리쾨르가 이러한 원죄 개념에 대해 법적 범주(죄에 대한 처벌)와 생물학 범주(유전)가 뒤섞여 있다는 이유로 그 정당성을 의심하고 있는 것처럼,[43] 아우구스티누스의 원죄론 자체에 대해서는 이견이 있을 수 있지만 여기서 이에 대해 따로 논의하는 것은 적절치 않다. 다만, 이청준 소설에서도 용서의 문제에 관한 한, '나' 자신의 죄를 인식하는 것이 중요한 계기가 된다는 점을 지적할 수 있다. 물론 이때의 죄가 기독교에서처럼 특정한 신에 대한 죄로 환원되는 것은 아니다.

4. 어머니의 증여와 망자(亡者)의 희생

죄를 지었으면 벌을 받아야 한다는 생각은 근본적인 수준에서 인간의 심성에 자리 잡고 있는 인류학적 사유의 일종이다. 이에 대해 리쾨르는 다음과 같이 말한다. "흠[죄]은 반드시 대가를 치르게 된다는 생각은 모든 제도, 모든 노력, 모든 법령의 배후에 자리 잡고 있다. 그것은 응보의 하나님이라는 관념보다 앞선 관념이다. 복수의 분노라는 관념이 선천적으로 있었기 때문에 원시인들은 두려워 떨며 신의 인준을 받으려 했던 것이다. 잘못, 곧 부정한 행위가 금기의 권세를 훼손했을 때 거기에 대해 반드시 반격이 가해지는 식이었다. 자연의 규칙을 알아내기에 앞서 사람은 흠 있는 행위에 대한 복수의 필연성을 고백했다."[44] 이와 같은

---

42) P. 리쾨르, 『해석의 갈등』, 301면.
43) P. 리쾨르, 『악의 상징』, 양명수 옮김, 문학과지성사, 1994, 91면.

범죄와 형벌의 균형 감각, 곧 범죄와 형벌 사이의 대칭성 역시 준 만큼 받고 받은 만큼 준다는 교환의 원칙으로 포괄된다.

형벌은 누군가가 지은 죄에 대한 대가이며, 또한 형벌을 부과하는 주체가 누구이든 형벌은 일종의 복수이다.45) 리쾨르는 악(惡), 즉 어떤 도덕적 기준에 어긋나는 행위와 처벌에 관한 사고의 범주를 몇 가지로 나누고 있다.46) 첫째, 공동체의 금기를 어기는 부정(不淨)한 행위(defilement)가 있다. 이러한 행위는 '나'의 선의나 악의와는 상관없이 객관적인 금기의 위반 여부에 의해 판단되며, 금기를 어긴 행위에 대해서는 즉각적인 응보로서의 처벌(avenging punishment)이 가해짐으로써 누군가가 지금 당하고 있는 고난이나 불행이 바로 정당한 벌이라는 관념이 확립된다. 둘째, 계약 관계를 훼손하는 것으로서의 죄(sin)가 있다. 이 죄는 신과의 관계 단절, 즉 신에게서 벗어나 떨어져 있는 상태와 관련된 것으로 운명적인 성격을 띤다. 셋째, 개인적 차원에서 자신의 의지에 의해 저지른 죄(guilt)가 있다. 전자의 죄가 운명적인 것이며 따라서 이 경우 모든 사람이 죄인이지만, 후자의 경우에는 개인별로 죄의 경중이 다르고 또 그에 한정해서 책임을 따지게 되므로 처벌의 제각각 수위도 달라진다. 이러한 두 가지 죄에 대한 처벌은 단지 즉각적인 응보의 법을 따르기보다 전자의 경우 최후의 심판이나 속죄양의 형태로, 후자의 경우 법적 제재나 내면의 형벌이라는 형태로 정착된다.47)

근대적인 삶에서는 당연히 개인적인 죄(guilt)에 대한 관념이 발전해 왔다고 예상할 수 있지만, 실제로 죄와 벌에 대한 관념은 위의 세 형태가 여전히 서로 착종되어 있다고 보는 것이 타당하다.48) 이는 이청준의 소

---

44) P. 리쾨르, 『악의 상징』, 42면.
45) P. 리쾨르, 『해석의 갈등』, 386면.
46) 국역본에서는 각각 흠, 죄, 허물로 번역된다.
47) P. 리쾨르, 『악의 상징』, 53면.

설을 통해서도 확인할 수 있는데, 가령 「눈길」(1977)에서 자신에게 닥친 불행을 "늘 자신의 부덕과 허물 탓으로 돌려 스스로 부끄러움을 금치 못하곤" 했던 어머니의 태도는 지금의 고난이 응보의 결과라는 관념과 닿아 있다. 반면, 아들인 '나'는 도시로 올라오면서 겪었던 좌절을 자신의 죄의 대가로 쉽게 수긍할 수 없다. 받은 만큼 주려 하고 또 준 만큼 받으려 하는 '나'로서는 죄와 벌의 관계에 있어서도 지은 죄만큼만 벌을 받는 것이 정당하다고 판단하는바, 자신은 그러한 좌절을 겪어야 할 만큼의 죄를 지은 일이 없다고 생각하기 때문일 것이다. 삶에서 맞닥뜨리는 고난이나 불행에 대해 서로 다른 태도를 보이는 어머니와 '나' 사이의 교환의 대칭성이라는 문제에서 출발한 「눈길」의 스토리는 '나'가 어머니의 삶 안에서 이루어지는 좀 더 속 깊은 주고받음의 정체를 확인하는 것으로 끝맺고 있다는 것은 앞에서 살펴본 바 있다. 장편 「축제」(1996)에서는 이와 관련된 주제가 다시 한 번, 보다 확장된 형태로 다루어진다.

"뭣보다 그분은 이미 선생님만의 어머니가 아니시지 않아요. 전 선생님의 작품 속의 어머니의 장례식을 보러 온 거란 말예요"라는 잡지사 기자의 말처럼, 「축제」는 「눈길」에서 "날 들여다봐 주러 오는 사람들한테 쓴 소주 한잔을 대접해 보내고 싶은 게 죄가 될거냐"라고, 앞으로 맞게 될 자신의 장례식을 걱정했던 어머니의 장례가 실제로 치러지는 과정을 기록하고 있다. 또, 「축제」는 남의 손에 넘어간 옛집에서 하룻밤을 지내고 황망히 헤어졌던 「눈길」은 물론, 광주의 친척집에 선물하기 위해 갯가에서 게를 잡던 「키 작은 자유인」(1989) 등, 어머니가 등장했던 여러 소설들과 직간접적으로 조응하고 있다. 이런 표면적인 특징만으로도 「축

---

48) 양명수, 「악의 상징과 리쾨르의 해석학」, 『해석학 연구』 5, 1999, 17면.

제」가 "기왕의 작품에 산포되어 있던 요소들을 불러들여 나름의 질서를 띤 하나의 이야기로 완성"했으며 또 그런 이유에서 "단속적으로 이어온 어머니 이야기에 한 매듭을 짓는 작품"이라는 평가를 이끌어 내기에 부족함이 없다.[49]

어머니의 부음을 접한 준섭이 황급히 고향으로 향하는 장면에서 시작되는 「축제」의 스토리는 「눈길」에서 집요하게 추궁된 바 있는 어머니와 '나' 사이의 "빚다툼"을 다시 끄집어냄으로써 본격적으로 전개된다. 「눈길」의 경우 어머니가 아무것도 주지 않았다는 사실이 강조되고 있다면, 「축제」에서는 어머니가 아무것도 받지 않으려 했다는 점이 부각되고 있다. 그러나 준섭의 고백처럼, 어머니 쪽에서 먼저 아들로부터 뭔가를 받기를 거부했다 하더라도 아들로서는 어머니의 기대(기다림)를 배신했다는 부채의식으로부터 자유로울 수 없다. 또한 자신이 빚을 질 수밖에 없었던 데에는 어머니의 "결연스런" "모질고 비정한" "손사랫짓"에도 그 책임이 있다고 변명하는 것 역시 "당신이 어머님을 그렇게 모질고 강인한 분으로 말할 때면 그걸로 그 어머님께 대한 무엇인가를 회피하고 싶"기 때문이라는 아내의 지적처럼, 애써 그 부채의식을 감추려는 의도를 반영하고 있다. 이런 점에서 준섭의 심리는 「눈길」의 '나'와 크게 다르지 않다.

준섭이 어머니에게 아무것도 주지 않은 것은 한편으로는 어머니로부터 아무것도 받지 않았기 때문이기도 하고, 또 한편으로는 운이 나빠 자신의 형편이 나아지지 않았기 때문이기도 하고, 심지어는 어머니 자신이 받기를 거부했기 때문이기도 하다. 준섭의 이런저런 변명이 말하는 바는 그것은 자신의 잘못(죄)이 아니라는 것이다. 설령 잘못이라 하더라도 적

---

49) 손경목, 「소멸과 생성의 제의」, 『창작과 비평』, 1996. 가을, 318면.

어도 자신만의 잘못은 아니며 어머니에게도 어느 정도 책임이 있다는 것이다. 그렇다면 어머니가 손사랫짓을 하며 아무것도 받지 않으려 했던 이유는 무엇인가?

"한평생 주기만 하고, 주는 데에 늘 모자라기만 했던 노인"이라는 준섭의 회상대로, 주지 못함을 부끄러워하며 나아가 주고도 늘 부족하다고 느낀다는 점에서 자식에 대해 부모는 답례를 바라지 않고 증여하는 희귀한 경우라고 할 수 있다. 이는 준섭이 자신의 동화의 한 장면을 빌려 딸 은지에게 할머니의 사랑을 설명하는 다음의 장면에서도 여실히 드러난다. "할머니께서 은지를 위해 나이를 나눠주시고 지혜를 나눠주시는 것은 모두 그 할머니의 사랑 때문이란다. 그러니 그 사랑 때문에 할머니는 키가 작아지고 몸집이 작아져서 점점 더 어린애가 되어 가시는 것도 아랑곳 않으시고 기쁜 마음으로 그렇게 하실 수가 있으신 거란다."[50] 어머니는 일방적인 나눠줌, 증여를 통해 자신의 사랑을 실천하고 증명하며, 그에 대해 아들은 효, 실은 자신의 불효를 깨닫는다. 아들은 어머니에게 순수하게 증여하지 않았기 때문이다.

이를 통해 어머니와 아들의 관계에서의 "빚다툼"은 어머니의 일방적인 증여로 마무리되고 있지만, 이것만으로는 「축제」의 주제를 모두 포괄할 수 없다. 어머니의 증여에만 주목한다면 "신실하게 효의 도리를 좇는 인물의 모습을 보여주는 까닭에 불효자들의 현실과의 마찰이 「축제」에서 관심의 수면 위로 떠오를 여지는 거의 없다"는 식의 비판,[51] 즉 효란 소중한 것이지만 아무리 그래 봐야 부모 자식 관계에 국한된 것이 아닌가 라는 지적에 충분한 답을 제시할 수 없게 된다. 물론 고향에 내려올 때부터 "노인을 조용히 정성스럽게 모시려"는 마음을 품고 있던 아들

---

50) 이청준, 『축제』, 열림원, 2003, 230면.
51) 손경목, 「소멸과 생성의 제의」, 319면.

준섭은 어머니와 자신의 관계를 사랑이나 효라는 가치로 정리할 계획을 미리 세우고 있었다고 할 수 있지만, 그러나 「축제」는 어머니의 사랑을 깨닫는 아들의 이야기만으로 한정되지 않는다.

죽은 어머니와의 관계는 준섭의 생각대로 정리될 수 있다 하더라도, 살아남은 사람들 간의 관계는 그렇지 못하다. 가령, 오래 전에 가출했다가 신문의 부고를 보고 찾아온 준섭의 서질녀(庶姪女) 용순은 홀로 영정을 지키며 어머니에 대한 심사를 정리하고 있는 준섭에게 "생전에 그렇게 효도를 했으면서도 그게 아직 모자라 돌아가셔서까지 그렇게 할머니 지키고 앉아 계신 거예요? 아니면 생전의 할머닌 소설로 다 팔아먹었으니 이제는 할머니의 죽음까지 써서 팔 궁리를 하고 계신 건가요?"라고 비아냥거리는 등 끈질기게 준섭을 불편하게 한다. 준섭의 형이 죽은 뒤 할머니의 손에 자란 용순은 자신의 불행한 처지를 벗어나기 위해 여러 차례 준섭에게 도움을 청했으나 그럴 여유가 없었던 준섭은 조금만 더 기다리라는 대책 없는 약속만을 되풀이했고 그 때문에 용순은 준섭에게 일종의 배신감을 품게 된다. 용순의 처지에서는 삼촌에게 도움을 청하지 못할 이유가 없다. 또한, 준섭이 문학상 수상으로 받게 된 상금을 빌려달라면서 "막말로 그 돈이 어디 삼촌 혼자서 번 돈이에요? 할머니 팔아먹고 식구들 팔아먹고"라고 말했던 용순으로서는 자신의 요구를 좀 더 정당한 것으로 생각했을 수도 있다. 가족을 팔아먹었다는 용순의 비난은 단지 가족을 소재로 소설을 썼다는 사실에 대한 것만이 아니라 작가가 되기 위해 가족을 "방치하듯 해 두고 살아 온 준섭의 이기적인 처사나 불효"에 대한 것이기도 하기 때문이다.

이런 맥락에서 자기 나름대로 정당하다고 생각한 대가에 대한 요구를 저버린 준섭에게 용순은 "절대로 잊지 마세요…… 두고 보세요. 삼촌에게 기어코 복수하고 말 거예요"라는 저주를 퍼붓는다. 게다가 용순이 항상 "할머니를 대신해 삼촌을 원망"한다는 명분을 내세웠다는 점은 준섭으로 하여금 다른 가족뿐 아니라 특히 어머니에 대한 부채의식을 끊임없이 상기하도록 만든다.[52] 용순의 말대로라면 준섭이 애써 정리했던 어머니와의 관계 역시 실은 자기 좋을 대로 변명해 버린 데 지나지 않을 수도 있다.

용순에 관한 일뿐 아니라 장례식이 진행됨에 따라 "당초 예정이나 요량의 틀을 벗어나 모든 일이 제멋대로 흘러가"고, 준섭은 "노인을 보내 드리려던 모양새는 뭐래도 그런 것은 아니었다"고 당황해한다. 어머니의 장례가 준섭이 계획했던 대로 나눠줌(증여)을 기리는 효라는 이름 아래 흐뭇하게만 치러질 수 있는가? 「축제」는 그것이 쉽지 않음을 가감 없이 보여 준다. 예컨대, 동화 속에서 치매로 인해 점점 어린애가 되어 가는 어머니의 용태를 손녀에게 나이를 나눠주고 있는 것으로 묘사한 준섭의 상상은 가족의 동의를 얻지 못한다. 장례식 일정에 맞춰 동화책이 인쇄되어 도착하고 준섭의 아내가 남편을 대신해 "우리집 식구들이 할머니의 치매증을 어떻게 함께 앓았고 그것을 어떻게 서로 곱게 앓고 싶어했는지를, 그래서 어떻게 할머니를 곱게 보내 드리려 소원해 왔는지를 이해"하자고 말해 보지만, 실제로 병든 어머니를 모셨던 준섭의 형수 외동댁은 당장에 "자네도 그렇게 큰소리를 칠 만큼 괴롬이 많았던 줄은 몰랐데이"하고 고까워하는 어조로 빈정거린다.

노인에게 항상 그 마음의 통로를 밝게 열어 놓게 했으면 그 침묵이나 치매증도 훨씬 덜했을지 모른다. 하지만 누구도 노인을 그래 드릴 수가 없었다. 주위에선 오히려 그것을 부추기기만 한 셈이었다. 노인보다 주위에서 먼저 그 통로를 틀어막아버린 것이었다. 그것은 준섭 역시 마찬

---

52) 김경수, 「메타픽션적 영화소설」, 『작가세계』, 1996. 가을, 322면.

가지였다. 며느리에 대해서나 용순에 대해서나 옛날 누구보다 당신의 말을 빼앗는 데에 앞장서 나섰던 준섭은 이번에도 수많은 속앓이를 견뎌 왔을 힘든 외동댁을 위하여, 행여 그 며느리의 심기라도 건드릴까 눈치를 보느라고 그런 노릇조차 그리 기회를 자주 하지 못한 것이었다.

노인은 그래 결국 이도저도 모든 삶의 통로를 닫아 건 채 그 깜깜한 침묵의 늪 속으로 가라앉아 들어갔고, 그 막막하고 하염없는 가수 상태를 견딘 끝에 드디어 그 침묵의 완성을 보게 된 것이었다. 그리고 그 격절스런 침묵의 완성과 함께 주위에서들은 이제 그 당신 생전의 노인이나 자신들의 허물을 모두 당신의 무덤 속으로 함께 묻어 보내려는 것이었다.

그것은 물론 누구를 허물할 일이 아니었다. 그 노인의 침묵이 시작되면서부터 말을 잃은 것은 당신만이 아니었다. 노인의 침묵과 함께 당신의 주위 사람들도 차츰 서로 말을 잃어 갔다. 노인과 다른 사람들간에는 물론이고, 외동댁과 친자식들간, 친자식과 친자식간에서까지 할 말을 못하고 서로 눈치들을 살폈다. 노인을 중심으로 서로간에 마음의 골이 깊어지고 그 갈등의 골은 끝내 서로간의 인륜 관계에까지 적지 않은 손상을 입혔다.

이제 노인의 침묵이 마지막 절정을 맞아 명부의 땅으로 떠나가려는 마당에 남은 사람들은 서로 그간의 허물을 털어 함께 묻어 보내고 그 갈등 속에 잃어버린 생자의 말을 다시 찾아 끊어진 관계들을 회복하려 하고 있는 것이었다.53)

치매에 걸린 시어머니를 홀로 모신 외동댁의 처지에서 보면, 준섭의 동화는 그야말로 물정 모르는 동심을 위한 것일 뿐 현실과는 전혀 무관한 것이 아닐 수 없다. 그녀에게는 자신의 것을 모두 나눠주는 어머니가 아니라 담배 피우다 집을 불태울 뻔하고 갯일을 나간다고 고집을 부리다 물귀신이 될 뻔한 어머니가 오히려 현실에 가까울 것이다. 물론 준섭

---

53) 이청준, 『축제』, 223~224면.

의 생각처럼 "오관의 기능과 기억력이 급속히 떨어져 가고 말과 거동새가 혼란스럽게 그지없"게 된 어머니의 치매기가 심해진 것은 주위 사람들이 잘못 탓이기도 하다. 악의는 없다 하더라도 실없이 놀리는 주위 사람들에 대한 불신감과 서운함이 어머니의 병세를 악화시켰기 때문이다. 또, 실수를 거듭한다고 해서 어머니의 담뱃대를 빼앗고 머리를 짧게 깎이고 비녀까지 숨긴 외동댁의 처사가 반드시 옳다고 할 수만은 없을지도 모른다. 그러나 그렇다고 해서 준섭이 어머니 주변의 일을 자기가 옳다고 생각하는 대로 바로잡을 수는 없다. 그가 말을 꺼내는 순간, 그 즉시 내가 잘했네 네가 잘했네 하는 분란이 벌어질 것이고, 그 분란에서 가족들 모두를 만족시킬 해답을 찾기란 불가능하기 때문이다. 이런 이유로 가족들은 서로 눈치를 살피느라 말을 아꼈고, 그럼에도 불구하고 곳곳에서 갈등이 불거져 "노인을 중심으로 서로간에 마음의 골이 깊어지고 그 갈등의 골은 끝내 서로간의 인륜 관계에까지 적지 않은 손상을 입"혀 왔다.

어머니의 죽음으로 한자리에 모인 딸들과 며느리들 사이에서 점점 심화되는 불화를 어떻게 해소할 수 있을 것인가? 효라는 주제와 관련해서라면, 또 준섭의 생각대로라면, 자식들은 모두 어머니로부터 큰 빚을 졌다는 사실을 깨닫는 것으로 이 불화가 해소되어야 하지만, 실상은 그렇게 간단하지 않다. 예컨대, 모든 자식이 빚을 졌다고 해도 누군가는 더 많은 빚을 졌을 수도 있고, 또 누군가는 상대적으로 적은 빚을 졌음에도 다른 자식들보다 더 많은 마음고생을 했을 수도 있다. 이는 죽은 어머니와의 빚다툼이 끝나자마자 곧바로 산 자식들 간의 빚다툼이 시작됨을 의미한다. 그리고 일방적으로 증여하는 어머니가 죽고 없는 상황에서 남은 자식들 간의 빚다툼이 누구에게나 공평하게 만족스러운 상태(대칭성)에 이르기 어렵다는 것은 명약관화하다.

이러한 빚다툼의 해소는 준섭의 내면적인 깨달음에 의해서가 아니라 외동댁의 "돌아가신 양반 두고 입을 열면 흉이 되고 차라리 말을 않고 말어야제. 하기사 인자는 이도저도 다 당신이 눈을 감고 돌아가신 마당인께…… 그라고 자식들 처지나 된께 허물없이 이런 소리도 할 수 있는 것이제마는……"라는 말에 의해 겨우 그 실마리를 찾는다. 장례가 진행될수록 어느새 "자식들 사이에서까지 이것저것 노인의 일이 함부로 짓씹혀대기 시작"하고 "허물털이, 아니면 허물 묻어 보내기"라고 명명되는 이러한 절차를 통해 가족들은 "노인이나 자신들의 허물을 모두 당신의 무덤 속으로 함께 묻어 보내"기를 원한다.

> 허물털이, 아니면 허물 묻어 보내기. 아쉽고 허망스러운 섭은 대목이 없을 수는 없겠지만, 그리고 외동댁이나 누구의 말마따나 자식된 처지에 허물이 더해 그럴 수도 있겠지만, 그 실은 모두가 그동안 마음속에 묻어 온 노인의 허물들을 털어내어 그것을 당신의 저승길에 함께 묻어 보내려는 절차를 치르고 있음이었다. 알고 그러든 모르고 그러든 그것이 노인에 대한 뒷사람의 허물을 벗는 일이기도 한 때문이었다.54)

빚진 자인 자식들이 어머니의 허물을 들추어냄으로써 당신의 허물은 물론 자신들의 허물까지 함께 털어 버리려는 것은 어떤 측면에서는 아쉽고 야속하고 심지어는 부당하기까지 한 일이 아닐 수 없다. 어째서 그 모든 것이 망자의 허물 탓이기만 할 것인가? 그럼에도 불구하고 이러한 절차는 반드시 필요하다. 그렇지 않으면, 그 대신 살아남은 자들의 허물(죄)이 차례차례 고발될 것이고 그 허물에 대한 처벌이 요구될 것이고, 결국 앞에서 익히 보아 왔던 배신과 복수의 끊임없는 교환이 작동하게 될 것이기 때문이다.

---

54) 이청준, 『축제』, 220면.

　　요컨대, 살아 있는 동안 대가 없이 주기만 하는 존재였던 어머니는 죽어서는 살아남은 자식들의 죄까지도 모조리 떠맡는 존재가 된다. 이러한 변환을 설명하기 위해 희생, 특히 제의적 희생의 개념을 살펴볼 필요가 있다. 희생에 의해 공동체 내부의 폭력을 진정시키고 분쟁의 폭발을 막는 기능을 수행하는 희생제의의 구조를 정교화한 지라르의 논의의 배경에는 죄(배신)과 벌(복수) 사이의 악무한적 교환이 자리 잡고 있다. 가령 누군가가 죄를 지었다면, 응당 그에 대한 복수가 이루어져야 한다. 그러나 "복수가 벌하는 그 죄악은 거의 항상 자신을 첫 번째 죄악으로 여기지 않고, 자신을 더 원초적인 죄악에 대한 복수로 여"긴다는 설명처럼, 누군가의 죄의 기원을 따져 보면 그것 역시 필연적으로 다른 누군가의 죄에 대한 복수일 것이므로, 복수는 또 다른 복수를 낳고 그리하여 무한히 계속된다.55) 지라르가 말하는 폭력이란 곧 최초의 복수가 다른 복수를 부르고 그 복수가 또 다른 복수를 부르는 무한한 연속을 통해 복수가 역병처럼 세상을 휩쓰는 사태를 가리킨다.

　　이처럼 복수가 연속되는 이유는 대칭적 교환에 대한 불안 때문이다. 모든 공동체에는 주는 만큼 받고 받은 만큼 준다는 교환의 원칙이 관습이나 법에 의해 지지되고 있으며, 구성원들에 의해 이 원칙이 제대로 지켜진다고 믿어지는 한, 가령 지금 즉시 준 만큼 받지는 못하더라도 조만간 교환이 대칭을 이룰 것이라고 간주되는 한, 사회는 위기를 피할 수 있다. 그러나 어떤 계기에 의해 그 원칙에 대한 믿음이 붕괴될 때, 구성원들은 "더 빠른 상호성"을 요구한다. 즉, 뭔가를 주었다면 곧바로 그에 상응한 것을 돌려받아야 하며, 그렇지 않을 경우 곧바로 복수를 감행하게 된다.

---

55) R. 지라르, 『폭력과 성스러움』, 김진식·박무호 옮김, 민음사, 1994, 29면.

제도의 붕괴는 동시에 모든 것에다가 한결같이 괴물 같은 양상을 부여함으로써, 위계질서와 기능의 차이들을 없애거나 한데 뭉뚱그려버린다. 위기에 처하지 않은 사회에서 차이가 생겨나는 것은 현실의 다양성과 '차이를 부여하는' 교환 체계 때문이다. 이 교환 체계는 그것이 당연히 내포하고 있는 상호성의 요인을 감추고 있는데, 만약 그것을 감추지 못할 경우에는 이 교환 체계, 즉 문화는 사라지게 된다. 예컨대 결혼 제도의 교환이나 심지어 소비재의 교환도 거의 교환으로 보이지 않는다. 하지만 사회가 정상적인 상태에서 벗어나 있을 때는 교환의 왕복 작용이 순식간에 이루어지는, 더 빠른 상호성이 자리 잡게 된다. (…중략…) 말하자면 서로간의 거리가 짧아지면서 드러나는 이런 상호성은 좋은 상호성이 아니라 나쁜 과정의 상호성이다. 이것은 모욕, 구타, 복수와 신경증 증세에서 볼 수 있는 상호성이다. 그래서 전통 문명에서는 이처럼 너무 즉발적인 상호성을 좋아하지 않았던 것이다.56)

이런 상황에서 희생제의는 어떻게 복수의 악순환을 중단시킬 수 있는가? 그것은 "희생제의란 단지 복수의 위험이 없는 폭력"이며 "제의의 기능은 폭력을 순화시키는 것에, 다시 말해 폭력을 속여서 복수 받을 위험이 없는 희생물에게로 향하게 하는 데에 있"기 때문에 가능하다.57) 즉, 끊임없는 복수를 야기할 수밖에 없는 폭력의 대상을, 복수하는 것이 아예 불가능한 존재로 대체하는 것이 바로 희생제의의 기본 구조이다. 이때 복수할 위험이 제거된 폭력의 대상은 희생양이 된다.

다시 「축제」에 대한 논의로 돌아오면, 받지 않고 주기만 하는 증여하는 어머니와 모든 죄를 짊어지고 희생된 어머니는 대가를 요구하지 않는다는 점에서 동일하다. 즉, 어머니는 자식에게 준 만큼 돌려받으려고 하지 않을 뿐 아니라 자식이 부당하게 죄를 뒤집어씌우는 것에 대해 복

---

56) R. 지라르, 『희생양』, 김진식 옮김, 민음사, 1998, 28면.
57) R. 지라르, 『폭력과 성스러움』, 27면.

수하지도 않는다. 증여와 희생 중 어느 쪽이 더 본질적인가를 묻는 것은 부적절한 질문일 것이다. 다만 「축제」의 후반부는 망자의 희생 쪽에 좀 더 초점이 맞춰져 있다고 할 수 있다.

뒤에 남은 자식들은 발인 전날 밤 "노인의 젊었을 적 모진 성품에 대한 전날 밤의 성토에 이어 이번에는 말년의 치매기에 대한 원정이나 거리낌 없는 허물"을 책망한다. 위에서도 지적했듯이, 모든 죄가 어머니에게로 귀속되는 것은 결코 정당한 일일 수 없다. 그럼에도 불구하고 남은 자식들 간의 분쟁이 달리 해소될 길이 없기 때문에 죽은 어머니를 희생양으로 삼아 "남은 사람들은 서로 그간의 허물을 털어 함께 묻어 보내고 그 갈등 속에 잃어버린 생자의 말을 다시 찾아 끊어진 관계를 회복"하려 한다. 이런 측면에서 「축제」에서 그려지는 어머니의 장례식은, 제목 그대로 일종의 희생제의가 된다.[58]

그런데 배신과 복수의 악순환을 종식시키기 위해서는 희생제의가 유일한 방법인가? 지라르는 역사의 진행이 "제약으로부터의 해방을 주장하지만 그것은 또 다른 희생양을 내세울 뿐"이라고 극단적으로 말한 바 있지만,[59] 하필 왜 희생양인가 라고 반문할 수도 있고, 희생이 아니라 '모든 사람들에게 정당한 몫을' 혹은 같은 맥락에서 '각자의 죄에 대한 정당한 응보를'이라고 요구할 수도 있을 것이다. 그러나 적어도 이청준 소설의 세계에서 그와 같은 대칭적 교환은 쉽게 성립하지 않는다. 물론 누군가에게 희생양 되기를 요구하는 것은 전적으로 부당하다. 어느 누구도 다른 모든 사람들의 죄까지 짊어져야 할 만큼 큰 죄를 지었을 리 만

---

58) 차이를 지우는 무차별적인 시공간이자 비일상적인 혼돈과 무질서가 지배하는 시공간인 제의는 "차이를 지우는 더 빠른 상호성"의 위기를 재현하고 있다. 물론 제의의 핵심적 기능은 단지 위기의 재현에 있는 것이 아니라 그 위기를 해소하고 다시 질서를 회복하는 데 있다(R. 지라르, 『폭력과 성스러움』, 151면).
59) 김진식, 『르네 지라르에 의지한 경제 논리 비판』, 울산대 출판부, 2005, 28면.

무하기 때문이다. 그럼에도 불구하고 지금까지 누군가는 그런 식으로 희생되어 왔다. 가깝게는 「축제」의 어머니가 그러하고, 좀 더 확장하면 「가해자의 얼굴」(1992), 「흰옷」(1994), 「신화를 삼킨 섬」(2003) 등에서 6 · 25 전후의 혼란 중에 죽거나 실종된 사람들이 그러하다.

지라르에 의하면, 희생제의를 기록하고 있는 신화나 설화는 살아남은 자, 즉 희생양에게 폭력을 집중한 박해자의 시각을 담고 있는 기록이며 이런 점에서 그 기록은 모두 박해의 텍스트(text of persecution)이다. 그 텍스트에는 "그 사람이 저질렀다고 믿고 있는 어떤 범죄 때문에, 그리고 그 범죄가 초래한 집단의 재난 때문에 그 사람을 어쩔 수 없이 박해의 희생물로 선택했다"고 기록된다.[60] 설령 그 기록이 사실이라고 하더라도 그것으로 희생이 정당화되지는 않는다. 왜냐하면 희생제의란 희생되는 누군가의 죄의 처벌하기 위해서가 아니라 단지 박해자들, 즉 살아남은 자들의 필요를 위해 저질러진 것이기 때문이다.

이와 달리 "희생양이 무죄라는 것을 감추려는 텍스트들의 진짜 모습을 드러"내는 "희생물이 바로 희생양이라고 말해 주는 텍스트"가 있다.[61] 죽은 어머니를 희생양으로 삼아 뒤에 남은 자식들 간의 관계 회복이 시작되는 장면으로 끝나는 「축제」는 희생에 대해 다시 생각해 보도록 하는 계기를 제공하고 있다. 그리고 "이제 누가 당신의 그런 사랑을 기리고 명념하려 하는가. 묻어 보내지 않고 지니고 싶어하는가"라는 준섭의 반문이 암시하는 것처럼, 「축제」는 죽은 어머니가 살아남은 자들의 허물까지 함께 짊어지고 가는 죄인이 됨으로써 무엇보다 큰 선물을 주었다는 사실을 기억해야 함을 강조한다.

---

60) R. 지라르, 『희생양』, 50면.
61) R. 지라르, 『희생양』, 203면; 김현, 『르네 지라르 혹은 폭력의 구조』, 나남출판, 1987, 70면. 이러한 텍스트의 대표적인 사례는 인간의 죄를 대신 속죄하는 희생양 예수에 대한 기록이다.

5. 희생에 대한 애도

「가해자의 얼굴」, 「흰옷」, 「신화를 삼킨 섬」 등 6·25 전후의 사건을 다룬 이청준의 소설은 전쟁에서 희생된 사람들을 직간접적으로 다루고 있다. 이러한 소설들의 주제와 관련한 이청준의 입장은 「가해자의 얼굴」에서 그 개요를 확인할 수 있거니와, 이를 본격적으로 살펴보기 전에 우선 전쟁의 피해자라는 말의 의미에 대해 짚어 볼 필요가 있다. 간단히 말하기는 쉽지 않지만, 전쟁의 피해자라는 말이 통상적으로 "부당한 피해를 본 수난자의 처지" 혹은 좀 더 나아가 "제국주의 외세로 인한 우리 민족과 국토의 분단, 자본주의 지배 이데올로기 아래서의 인민에 대한 일방적인 억압과 수탈상, 반민중적 독재권력으로부터의 기본 생존권과 인간성 말살 현상…… 우리 모두가 그런 모순 상황의 피해자" 정도를 의미하는 것으로 이해해도 크게 무리는 없을 것이다. 이는 둘 다 「가해자의 얼굴」의 주인공 김사일의 대학생 딸에 의해 피력된 견해인바, 그녀 자신은 후자의 의미에 무게를 싣고 있지만, 전자의 경우는 소위 보수나 진보를 막론하고 대부분 동의할 수 있는 일반적인 수준을 벗어나지 않는다. 그런데 정작 전쟁 체험 세대인 김사일은 후자는 말할 것도 없고 전자의 "부당한 피해를 본 수난자"라는 입장에 대해서도 쉽게 수긍하지 않는다. 「가해자의 얼굴」은 이와 관련된 김사일의 입장이 어떻게 변화해 왔는가를 추적하고 있다.

서울에서 중학교를 다니다 혜화동의 누나 집에서 전쟁을 맞았던 김사일은 장성해서도 그 집을 물려받아 살면서 전쟁 중에 생사를 알 수 없게 된 자형을 기다리고 있다. 보도연맹원이었던 자형이 좌우이념 대립의 혼란한 와중에 실종된 탓에 그는 이념 문제에 심한 반발감을 갖게 되고, 또 그 결과 전쟁에 대한 "피해의식과 투철한 대공 시각"이 점점 견고해진다. 김사일이라는 인물의 성격은 한국 사회에서 능히 있을 수 있는 지극히 평범한 경우의 하나인바, 「가해자의 얼굴」은 그의 미묘한 입장 변화에 주목한다.

　　그러면서 그는 한동안 그 끔찍스런 회상에 진저리를 치면서도 자신만은 그 아수라 속에 큰 변 당하지 않고 새 세상을 살게 된 것을 은근히 다행스러워하기까지 하였다.

　　"계급 좋아하고 이념 좋아하는 사람들은 그때 일을 말할 때 흔히 이쪽이 어떻고 저쪽이 어떻고 편을 갈라 세우길 좋아하지. 하지만 자형이나 그 청년에겐 그런 게 있을 수가 없었어요. 이쪽이나 저쪽이나 죽음길뿐이었거든. 편을 말하려면 무슨 선택이 가능해얄 텐데, 그 사람들 일에는 그런 게 있을 수가 없었으니까. 죽음에서 도망을 칠 길은 처음부터 마련이 없었지만, 적어도 총을 들고 맞선 전쟁이라면 어느 편이든 제 죽음의 자리라도 정해 죽을 기회가 주어져야 하는데, 그런 게 아니었어요. 사방이 죽음의 함정뿐인 속에서 눈을 감고 마냥 허둥대기만 한 꼴이었달까. 그래 나같이 그 참극의 마당을 멋모르고 무사히 스쳐 지내온 사람들은 우정 더 몸서리를 쳐 대면서 제 고마운 행운을 두고두고 더 소중스러워하게 되는지도 모르지만."

　　그런데 그리 엉겁결에(본인은 아직 그렇게 말한 일이 없었지만, 혹은 제법 영악하게) 별다른 큰 변고 없이 그 시절을 겪어 넘긴 자신의 행운에 대해 남편은 차츰 그 감회가 달려져 가고 있었다. 신혼시절도 채 끝나기 전인 30대 중반 무렵부터 남편의 주위에서 이상하게 요절을 해 가는 친구들이 자주 생기면서부터였다. 그런 일이 생길 때마다 남편은 자기 일처럼 맥을 놓고 비감어린 탄식을 내뱉곤 했다.

　　"그 전쟁은 죽은 자들만의 삶을 빼앗아간 게 아니었어. 제대로 철이 들 나이는 못되었지만, 나 모양 그땐 운 좋게 명을 부지해 나온 사람들도 영혼에 치명적인 타격을 입고 있었던 거예요. 일테면 그 인생에 회복 불능의 큰 얼이 가고 만 거지."

　　(…중략…)

이편도 저편도 선택이 불가능했다던 그 혼란기의 와중에서 그는 이제 분명히 한쪽으로 자리를 골라 선 것이었다. 그리고 그럼으로써 그도 자신도 그 치유불능의 피해자의 자리에서 가해자와는 영영 등을 돌리고 살아야 할 요지부동의 신념을 쌓아가고 있었다.[62]

"별다른 큰 변고 없이 그 시절을 겪어 넘긴 자신의 행운에 대해 남편은 차츰 그 감회가 달려져 가고 있었다"라는 아내의 서술처럼, 가령 "양쪽에서 서로 잡아 죽이려 쫓아다녔던" 혼란의 와중에 "사방이 죽음의 함정뿐인 속에서 눈을 감고 마냥 허둥대"다 실종되어 생사조차 알 수 없게 된 자형과 달리 별 탈 없이 살아남은 자신의 처지를 다행스러워하던 김사일은 전쟁이 끝나고 10여 년이 흐르는 동안 "치유불능의 피해자의 자리에서 가해자와는 영영 등을 돌리고 살아야 할 요지부동의 신념"을 갖게 되고 어느새 스스로를 전쟁의 피해자로 굳게 믿기에 이른다. 왜 그는 이처럼 입장을 변화시키게 되었는가? 이 질문에 대한 해답은 김사일이 다시 한 번 입장을 바꾸는 과정을 통해 암시되고 있다.

다시 시간이 흘러 1970년대 초 남북적십자회담과 남북공동성명을 비롯한 남북 교류가 활발해지자 김사일은 자신의 피해자로서의 신념에 대해 의혹을 갖게 된다. 구체적으로 그 의혹은 "어쩌면 이전부터도 자신 속의 다른 무엇으로부터 눈을 돌리기 위해 부러 그 피해의식을 더 과장해 오고 있었는지도 모른다"라는 내용으로 드러나게 되는데, 이러한 의혹의 빌미는 전쟁 중의 한 사건에서 비롯된 것이다. 어린 김사일이 혼자 지키고 있는 집에 한 청년이 몰래 찾아든다. 자형과 함께 붙들려 있다 탈출한 그는 자형이 살아 있지만 앞으로 어떻게 될지는 알 수 없다는 요지의 소식을 전한다. 문제는 그가 더 이상 전할 말이 없는 데도 불구하

---

62) 이청준, 「가해자의 얼굴」, 『가해자의 얼굴』, 중원사, 1992, 157~159면.

고 "알겠어?"를 섞어 가며 중언부언 "장황한 이야기와 요령부득의 다짐질"을 계속한다는 것이다. 반동 가족이라는 이유로 감시를 받는 처지였던 김사일은 청년이 한시라도 빨리 떠나주기를 은근히 바랐고, 청년도 드디어 김사일의 기미를 알아차린 듯 목소리에 차츰 기운이 빠진다. 그는 마지막으로 "그래 알겠다……. 지금까지 내 말 기억했다가 너의 누님께 잘 말씀드려라. 그럼 이제 난 너만 믿고 가겠다. 잘 있거라. 정말 잘 있어야 해. 너. 알았어?"라고 자문자답 하고서는 집을 떠난다.

다급하게 다그치는 듯한 청년의 "알겠어?"는 숨을 곳을 호소하고 싶지만 겁에 질린 아이 앞에서 차마 그 말을 하지 못하는 자기의 심정을 알겠느냐는 속내를 드러낸 것이다. "청년의 속마음을 미처 다 알아차릴 여유가 없"기도 했고 동시에 "이미 그걸 알고 있었"지만 어쩔 수 없기도 했던 김사일은 청년의 간절한 요구에 아무 응답도 주지 않았고, 그래서 청년은 집을 떠났다. 홀로 고민하다 아내에게 그 사건을 고백함으로써 지금까지 피해자로 자처했던 김사일은 "비정하게 다시 등을 떠밀어 내보낸 그 이름 모를 젊은이"에 대한 가해자가 된다.

그 대문간 밖의 남편은 언제부턴가 다시 그 옛날의 어린 중학생 아이로 누군가를 하염없이 가다리고 있었다. 손 여사는 이제 그 남편의 표정에서 그걸 읽고 있었다. 그 불안하고 초조한 아이의 기다림. 그가 기다리는 것은 그 자형의 출현일 수도 있었고 그의 소식을 가져오는 사람일 수도 있었다. 심지어는 이미 저 세상 사람이 되어 갔을 젊은이나 그의 사후의 소식 같은 것일 수도 있었다. 어쩌면 그는 또 그것을 기다리기보다 그런 일이 없기를 거꾸로 빌고 있을 수도 있었다. (…중략…) 다시 말하자면 아이가 그 문 밖을 서성대기 시작한 것은 남북공동성명 따위로부터의 일이 아니라, 그 누님이 세상을 뜨고부터, 그리고 그 청년이 죽음의 벌판으로 위험한 새벽길을 떠나간 그때부터였음이 분명했다. 무서운 전란을 겪고 난 사람들이 대개 그렇듯 남편도 외견상 억눌리고 상처 입은 수난자의 입장을 내세워 왔을 뿐, 그 실은 어릴 적부터 그 자형과 젊은 이에 대한 은밀스런 죄책감 속에 거기 줄곧 그렇게 불안감에 쫓기며 조그만 아이로 서 있어 온 것이었다. 그것이 그 남북간 공동성명을 계기로 너무나 급격히 무너져 내리면서 끝내는 그 당당한 피해자의 자리와 반격성의 권리를 잃게 된 것뿐이었다.[63]

"이편도 저편도 선택이 불가능했다던 그 혼란기의 와중에서 그는 이제 분명히 한쪽으로 자리를 골"랐다는 말이 암시하듯, 전쟁이 끝나고 1960년대를 거치는 동안 김사일은 스스로를 피해자로 자처하면서 삶의 위기를 벗어나 어느 정도 안정된 위치를 찾을 수 있었다. 그리고 이러한 과정은 전쟁이 끝난 후 이데올로기 대립의 위기를 거치면서 남북한에 공통적으로 강력한 관료국가체제가 정착했다는 점에서 김사일 개인의 차원을 넘어 남북한 사회 전체로 확장될 수 있을 것이다.[64] 물론 남북한에 극단적인 이념을 표방하는 강력한 체제가 들어선 것이 과연 위기의 해소인가 아니면 심화인가, 이도저도 아닌 임시방편의 봉합책일 뿐인가 등에 대한 질문이 당연히 제기될 수 있지만, 적어도 김사일에게는 또 김사일로 대표되는 집단에게는 이를 통해 "혼란기의 와중에서 이제 분명히 한쪽으로 자리를 골"랐다는 것이 그리 터무니없는 인식은 아니다. 이런 맥락에서 김사일이 "피해의식과 투철한 대공 시각"을 점점 더 견지하게 된 이유 역시 그가 실제로 전쟁 때문에 입은 피해 정도와는 무관하게, 다만 위기를 멀리하고 안정을 가까이하기 위한 그의 필요에 의해 그랬던 것이라고 할 수 있다. 그런데 "피해자의 자리와 반격성의 권리를

---

63) 이청준, 「가해자의 얼굴」, 163~164면.
64) 최장집, 『민주화 이후의 민주주의—한국민주주의의 보수적 기원과 위기』, 후마니타스, 2002, 44~48면.

잃게” 되자 그의 삶은 다시 위기를 맞는다.

　전쟁에서 살아남은 다행스런 경우에서 치유불능의 피해자로, 그러한 피해자에서 다시 은밀한 죄를 지은 가해자로 처지가 바뀌는 과정을 통해 가해자로서의 죄의식을 떨쳐 내지 못하던 김사일은 “바로 87년의 초여름 무렵” 어느 날 시국 사건에 연루되어 집에 은신해 있던 딸과 통일 문제로 서로 대립하게 된다. 논쟁이 진행되면서 남북이 서로 수난자의 자리에서 만난다면 보다 쉽게 일체감을 형성할 수 있으리라는 딸의 생각에 대해 김사일은 반대로 서로 가해자의 자리에서 만나야 할 것을 강조한다.

　　한동안 세월이 흐르다 보니, 처음에 피해자의 자리에 있던 사람들은 그간에 피해자로서의 과도한 자위권과 반격권을 누림으로 하여 어느덧 새 가해자의 딱지를 얻게 되고, 이들 앞에 가해자로 억압을 받아온 사람들은 그간의 수난과 자기 회복의 갈망 속에 목소리가 서서히 드높아가면서 새로운 수난자로서의 요구를 내세우고 나서는 형편이었다. 수난자 의식은 그런 식으로 일정한 시간대를 거치면서 항상 새 가해자로 변신해 가는 과정을 좇게 되고 그 수난자와 가해자의 자리를 번갈아가면서 복수와 보상, 억압과 수난의 악순환을 되풀이하게 되더란 말이다. 하지만 가해자 의식은 다른 가해자를 용납하려지고 않으려니와 더욱이 새로운 수난자를 요구하지도 않는다. 그것은 용서와 화해를 구하는 자기 속죄의식을 덕목으로 하고 있기 때문이다. 그래서 그 같은 가해자 의식으로 해서는 가해자와 피해자, 억압과 수난의 악순환의 고리를 끊고 너와 나 사이에 진정한 화해와 이해를 지향하고 만남의 문이 열리게 될 수도 있으리라는 것이다. 세월의 힘을 빌려 가해자와 수난자의 자리가 바뀌는 것도 우스운 일이지만, 그래서 나는 너나없이 늘 가해 당시의 자기 자리에 서서 그때의 제 허물을 생각하고 그 빚을 갚으려는 자세로 임해야 한다는 것이다.65)

김사일이 염려하는 것은 수난자(피해자)로서의 요구를 앞세운다면 "가해자 없는 피해자가 있을 수 없는 터에 거기엔 필연코 제물로서의 가해자가 필요해지게 마련"이며, 그 결과 "화해와 통합을 위한 일에 또 다른 가해자가 필요하게 되고, 한쪽이 다른 쪽에 원한과 복수의 새 빚구실을 쌓아가는 가해자와 수난자의 관계"가 되풀이될 것이고, 그로 인해 "수난자와 가해자의 자리를 번갈아가면서 복수와 보상, 억압과 수난의 악순환을 되풀이"하게 될 수도 있다는 것이다. 요컨대, 김사일의 염려는 이청준 소설의 핵심 주제인 가해(배신, 죄)에 대한 복수, 그 복수에 대한 복수의 연쇄는 결코 대칭적인 상태에 도달할 수 없다는 인식을 남북 관계에 적용한 끝에 나온 결론이며, 그가 말하는 가해자 의식은 복수의 비대칭적 교환의 악순환을 끊기 위해 가까스로 찾아낸 방편이다.

김사일이 말하는 가해자 의식은, 직접적으로는 "알겠어?"를 다급하게 되풀이하던 이름 모를 청년에 대한 죄의식, 즉 의도치 않게 저지른 죄(빚)에 대한 부채의식에서 비롯된 것이지만, 좀 더 확장된 맥락에서는 희생된 자에 대해 살아남은 자가 취해야 할 태도를 암시하는 것으로 볼 수 있다. 가령, 김사일이 가해자라면 피해자는 누구인가? 표면적으로 제시되는 피해자는 김사일이 자신의 안전을 위해 은연중에 떠나기를 종용했던 이름 모를 청년이지만, 거기에만 국한한다면 가해자 의식은 여전히 대칭적 교환의 틀, 즉 자신이 지은 죄에 대해서만 책임을 지겠다는 상태에 머물기 쉽다. 특정한 누군가에 대해 '나'가 지은 죄가 문제라면, 그 죄에 대해 처벌을 받거나 사죄하는 등의 방법으로 죗값을 치를 수 있지 않은가? 혹은 김사일만큼도 죄를 짓지 않은 경우라면 가해자 의식으로부터 면제될 수 있지 않은가? 그러나 이런 식의 질문을 통해서는 "너나

---

65) 이청준, 「가해자의 얼굴」, 170~171면.

없이 늘 가해 당시의 자기 자리에 서서 그때의 제 허물을 생각하고 그 빚을 갚으려는 자세로 임해야 한다”는 것으로 요약되는 가해자 의식의 정체를 파악할 수 없다.

가해자 의식을 이해하기 위해서는 가해자 쪽에서가 아니라 희생자 쪽에서 접근해야 한다. 전쟁을 거치면서 ‘빨갱이’나 ‘반동’이라는 이름으로, 심지어는 이런저런 이름으로 명명되지도 못한 채 희생당한 사람들이 있다. 그들의 죽음은 누구의 죄이며 누구의 책임인가? 희생양이 희생양인 이유는, 일차적으로는 그들이 부당하게 죽음을 당해서라는 사실 때문이지만 또한 그 죽음에 대해 어느 누구도 책임지려 하지 않거나 책임지기 어렵다는 사실 때문이기도 하다. 이때 중요한 것은 그러므로 아무에게도 책임이 없다거나 혹은 ‘나’와 ‘너’가 아닌 제3의 가해자에게 책임을 물어야 한다는 안이한 대답이 아닌, 다른 대답을 모색하는 일이다.

1960년대를 거치면서 김사일이 고집했던 “피해의식과 투철한 대공 시각”과 “피해자의 자리와 반격성의 권리”가 북한 쪽에 책임을 물으려 한 것이었다면, 김사일의 딸이 말하는 남북한 모두 피해자라는 견해는 남북한에게는 책임이 없다거나 제3자에게 책임을 물어야 한다는 입장을 함의하고 있다. 물론, 죄에 대한 책임을 묻는 것 자체가 잘못된 것은 아니다. 문제는 책임을 물음으로써 의도한 바에 있다고 할 수 있다. 왜냐하면 “이제 분명히 한쪽으로 자리를 골”랐던 김사일이 그러했고, 또 확장된 맥락에서 남북한 사회가 그러했듯이, 특정한 누군가에게 예컨대 ‘빨갱이’나 ‘미제(美帝)’에게 책임을 전가했던 것은 희생자들의 부당한 죽음을 위해서가 아니라 살아남은 자들, 지라르의 말을 빌리면 박해자들의 안정된 삶을 위해서였기 때문이다. 지라르의 논의를 전적으로 적용하기에는 다소 무리가 따를 수 있지만, 희생양을 만듦으로써 살아남은 자들의 공동체가 맞은 위기를 봉합시킬 수 있었다는 점에서 전후의 남북한 사회가 어느 정도 희생제의에 의지해 왔다는 점을 부인하기는 어렵다.

그러나 오래된 희생제의를 거부하는 것 역시 쉬운 일이 아닐 뿐더러 또 그것을 거부한다고 해서 문제가 끝나는 것도 아니다. 자신을 '빨갱이'의 피해자로 간주했던 김사일은 자형과 이름 모를 청년의 실종 역시 그들의 책임으로 돌렸고, 그 덕분에 자신은 위기를 극복하고 "무난한 세월을 누려" 올 수 있었다. 반면에 누군가에게 책임을 전가할 수 없다는 사실을 깨달은 순간, 그의 삶은 다시 위기를 맞고 "엉뚱한 조바심"이나 "두려움과 회오"에 불안해한다.

「흰옷」과 「신화를 삼킨 섬」은 이러한 위기와 관련된 문제를 해결하려는 시도의 산물이다. "방법적 측면에선 '서편제'의 정서에 많이 의지해 있지만, 주제의 방향은 91년에 씌어진 중편 '가해자의 얼굴'의 그것을 이어 풀어나가려는 쪽"이라는 작가 자신의 언급을 굳이 참조하지 않더라도,66) 어린 시절 전쟁을 겪고 보수적인 견해를 형성하게 된 아버지 황종선과 자주적인 역량에 의한 남북한 통일을 강조하는 아들 동우가 전쟁 무렵의 사건을 이해하는 데 있어 보이는 입장의 차이를 중심으로 전개되는 「흰옷」은 그 설정에서 「가해자의 얼굴」과 매우 유사하다.

아버지 황종선은 전쟁 전후의 국민학교 시절을 "생애를 온통 다 털어서도 어느 때보다 뜻이 깊고 알뜰한 보람과 추억이 깃든" 때로 기억하고 있다. 반면에 아버지의 모교에 교사로 부임한 동우는 그 무렵 학교에 근무했던 이열, 전정옥, 방진모 선생 등의 행적에 더 많은 관심을 보인다. 이열, 전정옥 선생은 1951년 입산해 빨치산 활동을 하다 죽었고, 방진모 선생 역시 좌익 활동으로 고초를 겪은 끝에 지금은 은둔자로 살고 있기 때문이다. 아버지와의 견해차를 좁히지 못하고 끝내 딸이 가출하는 것으

---

66) 이청준, 『흰옷』, 열림원, 1994, 269면.

로 끝을 맺는 「가해자의 얼굴」만큼은 아니지만 "그 교장과 전 선생들은 네가 말한 혁명가나 선각자라면 몰라도 좌익 공산당하곤 거리가 먼 사람들일 게여"라고 고집하는 황종선의 태도가 암시하듯, 「흰옷」에서 부자간의 견해 차이 역시 쉽게 거리를 좁히리라고 예상하기는 어렵다.

「흰옷」에는 전쟁이나 통일을 둘러싼 황종선, 동우 부자의 의견 대립 외에 거친 바다를 배경으로 기행과 파행을 일삼은 아버지와 풍금 반주로 노래를 가르치는 전 선생 곁에서 보낸 황종선의 어린 시절에 대한 기억, 그리고 방 선생의 회상 등이 서술의 많은 부분을 차지하고 있다. 이를 통해 「흰옷」이 겨누고 있는 주제는, "역사의 상처와 그 진혼을 거론하기에 앞서 역사적 존재인 한 개인에게 정신적 위기가 닥쳤을 때 그가 치러내야 할 생의 위기와 그에 대한 위기 극복의 제의적 삶의 패턴의 중층구조로 읽혀야 할 것"이라는 적절한 지적이 보여 주듯,[67] 수십 년 간 묻혀 있다 불거져 나온 전쟁의 기억이 황종선의 삶에 불러일으킨 위기를 어떻게 해소할 것인가의 문제라고 할 수 있다. 그 무렵을 어린 시절의 "소중스런 위안거리"와 전쟁이 가져온 "갯바람기"의 대립으로 정리하고 살아왔던 황종선의 삶이 맞은 위기는 「가해자의 얼굴」의 김사일이 맞은 그것과 같은 성격의 것이다. 한편, 끝내 과거의 기억을 정리하지 못한 방 선생의 경우는, "꿈이 아무리 곱고 기다림이 간절했더래도 제 살아온 흔적이나 그림자가 아무것도 없"지 않느냐는 황종선의 말처럼, 전쟁 후의 그의 삶 전체가 위기였다고 할 수 있다.

이러한 위기의 해소를 위해 「흰옷」은 빨치산 활동 중에 죽은 이열, 전정옥 선생과 경찰에 투신했다 죽음을 맞은 허 선생 등에 대한 공동 위령굿을 결말로 삼고 있다. 동우에 의해 계획되어 어린 학생들을 중심으로

---

67) 김경수, 「사회적 위기와 제의적 소설」, 『작가세계』, 1994. 가을, 301면.

치러진 위령굿에서 혼주(魂主) 역할을 맡은 방 선생이 대사(代辭) 형식을 빌려 말하는 내용에서 드러나듯, 이 위령굿은 위기를 맞은 "망자"와 "살아남은 자"의 관계를 새롭게 정리하는 작업이다.

> 망자는 생자의 사슬이 되어 생자들을 묶고, 생자는 망자의 사슬이 되어 망자들을 서로 묶어 망자들의 영혼은 아직도 눈을 감지 못한 채 저승길을 떠나지 못하고 이 산하를 떠돌게 하고, 살아남은 자들은 오랜 세월 그 삶이, 혹은 제 헛된 미망과 집착에서, 무력한 민초들의 피를 빨아 제 왕국을 세우려는 욕심에서, 혹은 또 뒷말을 이어 살아가는 후인의 도리에서, 이날까지 제 사슬에 제가 묶여 지나오게 한 것이제. (…중략…) 하지만 지난 일을 따지고 지난 허물을 들추고만 있으면 무엇하나. 인제 기나긴 옛 꿈을 깨어났으면 그나마 다행이고, 그걸 알았으면 이제라도 서둘러 그 질긴 질곡의 사슬을 풀어내도록 해야허제. 그 헛된 이념과 사상의 사슬, 대립과 미움과 원한과 복수의 사슬, 거짓과 속임수와 미망의 사슬들을…… 누구보다 저 아이들에게서 그걸 끊어 풀어줘야제. 오늘 다시 저 아이들을 묶는 사슬을 만들지 말아야제. 그래서 저 아이들이 각기 제몫의 세상살일 자유롭고 화창하게 꾸미고 살아가게 해줘야제. 그래서 오늘 여기 이렇게 굿마당을 꾸미게 된 것이제. 망자들의 영혼을 묶은 그 질긴 질곡의 마디를 풀어주자고. 그것으로 생자들도 그 허망한 악몽과 망자들의 그림자를 털고 일어나 이승에서의 제 삶을 제길 따라 살아 흘러가게 해보자고……(68)

위령굿이 치러지는 현장에서 그런 기색을 내비치지는 않았지만 "망자와 자신의 심회를 뒤섞어놓은 선생의 회한기 어린 술회는 전날의 동우라면 듣기에 심히 서운하고 실망스러운 것"이라는 서술이 암시하는 것처럼, 동우의 입장에서는 역사에 대한 증언이나 진보적 역사의식 등에

---

68) 이청준, 『흰옷』, 249~250면.

대한 언급 대신 죽은 자와 살아남은 자를 얽어맨 "질긴 질곡의 사슬을 풀어내도록" 하자고 말할 뿐인 방 선생이 실망스러울 수도 있다. 방 선생의 태도, 나아가 위령굿으로 끝나는 「흰옷」의 결말 처리 방식에 대해서는 이견이 있을 수 있지만,[69] 위령굿이라는 장치는 「흰옷」에서 주목하는 바가 희생당한 자와 살아남은 자의 관계 정리임을 분명히 하고 있다.

망자의 영혼이 "아직도 눈을 감지 못한 채 저승길을 떠나지 못하"는 이유는 무엇인가? 그것은 우선 살아남은 자들이 "제 헛된 미망과 집착에서, 무력한 민초들의 피를 빨아 제 왕국을 세우려는 욕심에서, 혹은 또 뒷말을 이어 살아가는 후인의 도리에서" 등의 이유로 망자를 거듭해서 불러내기 때문이다. 그렇다고 해서 살아남은 자들의 일방적인 요구에 따라 망자의 영혼이 이리저리 끌려 다니는 것만은 아니다. 김사일과 황종선의 경우에서 볼 수 있듯, 부르지 않았는데도 망자의 영혼이 튀어나와 살아남은 자들의 삶에 불안을 조장하기도 한다.

불쑥 튀어나오는 망자의 영혼은 일종의 유령이다. 이는 "실제 죽음이 상징적인 죽음, 빚 청산을 수반하지 못한" 때문이고, 그 결과 망자는 "자신의 부채가 상환될 때까지 끔찍한 유령으로 되돌아오"게 된다.[70] 따라서 살아남은 자들이 일방적으로 "허망한 악몽과 망자들의 그림자를 털고 일어나 이승에서의 제 삶을 제길 따라 살아" 보자고 선언한다고 해서 망자의 영혼이 유령으로 귀환하는 것을 멈추지는 않는다. 중요한 것은 망자의 죽음에 대한 애도(mourning)를 수행하는 일이고, 또 이를 통해 그들의 빚을 갚는 일이다. 물론 망자에게 남은 빚은 살아남은 자들에 의

---

69) 이에 대한 부정적인 평가의 전형은 "이청준의 화두는 용서와 화해의 정서 속에 해소되어 들어가지만, 이 화두를 낳은 현실 속으로 사유는 조금도 진전되지 않은 채 굿소리 속에 묻혀지는 것"과 같은 지적에서 찾아볼 수 있다(윤지관, 「상품인가 물건인가―국가경쟁력과 민족문학」, 『창작과 비평』, 1994. 여름, 65면).

70) S. 지젝, 『이데올로기라는 숭고한 대상』, 이수련 옮김, 인간사랑, 2001, 234면.

해 청산되어야 한다. 그 빚은 전쟁을 거치면서 '빨갱이'나 '반동'이라는 부당한 이름으로, 혹은 그런 이름조차 없이 희생당했을 뿐 아니라 전후에도 살아남은 자들의 필요에 따라 이런저런 이름으로 부당하게 전용되었던 망자에게 그 자신의 이름을 되찾아줄 때 청산될 수 있다. 이런 연후에야 비로소 "망자들의 영혼을 묶은 그 질긴 질곡의 마디를 풀어"줄 수 있고, 살아남은 자들 역시 "망자들의 그림자를 털어"낼 수 있다. 위령굿을 통해 이러한 애도가 완료될 수 있는가는 여전히 문제로 남는바, 「신화를 삼킨 섬」은 그 문제의 연장선상에서 이해할 수 있다.

「신화를 삼킨 섬」은 여러 겹의 스토리로 이루어져 있다. 정권을 장악하려는 신군부의 음모가 노골적으로 드러나던 무렵, 비정상적인 권력에 정통성을 부여할 목적으로 '큰당집'으로 불리는 기관이 '역사 씻기기' 사업을 계획한다. 이 사업의 일환으로 전라도에서 동학란과 전쟁에 희생된 사람들의 진혼 씻김굿판을 벌이던 유정남 일행이 제주도에 도착하는 장면에서 시작하는 「신화를 삼킨 섬」은 4·3 사건의 원혼에 대한 위령굿을 열어 주겠다는 정치권력과 이를 한사코 마다하는 섬사람들 간의 긴장을 중심으로 스토리가 전개된다. 그 스토리의 안팎에는 유정남의 아들 정요선에게 부과된 출생의 비밀이 있고, 무업(巫業)을 대물림 받지 않으려는 제주도 터주당골 추심방의 아들 만우, 또 다른 심방의 딸 연금옥 그리고 정요선 사이의 삼각관계가 있으며, 일본에 귀화한 한국인 2세 고종민의 민속학적 관찰기와 기관을 대신해 사업 실무를 담당하는 이 과장에게서 암시되는 권력의 알레고리가 있다.

희생양 모티프를 함의하는 아기장수 설화가 프롤로그와 에필로그로 제시하고 있다는 것에서 암시되듯, 「신화를 삼킨 섬」의 주제는 정치권력에 의해 희생된 제주도와 섬사람들을 어떻게 애도할 것인가의 문제에 닿아 있다. 4·3 사건만 하더라도 어떤 측면에서는 단독정부를 수립하려는 남한 정부가 제주도를 희생양으로 삼아 자신들의 위력을 시위한 것으로 볼 수 있다는 점에서, 정치권력에 대한 섬사람들의 불신과 무관심은 당연한 반응이다. 게다가 제주도에 전승되는 김통정 장군 전설에 대한 신문사 편집국장 송일의 역사 인식이 전하는 것처럼, 권력에 반발하는 세력 역시 또 다른 권력을 추구했던 것일 뿐이라면,71) 섬사람들은 자신들의 땅을 다른 사람들의 싸움판으로 넘겨준 채 정작 그들 자신은 이데올로기 싸움의 희생물이 되고 말았던 과거에 진저리 치지 않을 수 없다.

내가 이 섬의 숙명을 느끼고 이 섬과 이 나라의 일을 알려고 하는 대학물 먹은 사람이어서가 아니라, 바다 건너 나라에서도 여전히 같은 운명의 굴레 속에 배고프고 억눌리며 쫓겨 살아온 비슷한 삶의 내력 때문이겠지요. 그리고 이 제주도의 역사의 숙명을 이 나라 전체의 것으로 말한 것은 단순히 지역의 확대에서가 아니라, 정형도 알고 있을 그 가없은 아기장수 이야기가 이 나라 어디에나 전해지고 있는 데서도 알 수 있듯이 그 억눌림과 쫓김의 제주 섬 역사가 곧 바다 건너 전라도의 역사나 이 나라 전체의 역사와 같은 맥을 이루고 있기 때문이겠구요. 오래 전 옛날부터 근자의 4·3 사건에 이르기까지 이 섬은 늘 뭍동네나 이 나라 전체의 큰일을 대신해 어쩔 수 없는 굿마당 노릇을 해온 것 같거든요. 섬사람들이야 싫든 좋든 저희끼리 이쪽저쪽 편이 다른 뭍 세력이 건너 들어와 제각기 그럴 듯한 명분을 내세워 때마다 억지 굿마당을 내놓으라 얼러 몰아붙이니 당해낼 재간이 없었구요. 그렇더라도 섬사람들은 그저 마당이나 빌려주고 굿구경 떡이나 먹으랬으면 또 모르지요. 커녕은 이쪽저쪽 다투어 섬사람들을 굿판 한복판으로 끌어내다 떼죽음을 시키곤 했으니, 그 일방적인 명분놀음에 피를 본 건 애꿎은 이 섬사람들뿐 아니었

---

71) 소설에 삽입된 기사의 제목 '국가와 인신공희'에 의해 명시되는 바와 같이, 송일과 고종민의 대화는 "국가 수호의 책임이란 미행 아래" 자행되어 온 홀로코스트, 즉 희생제의를 주제로 진행된다.

겠어요.72)

4·3 사건의 혼란을 겪은 끝에 일본으로 밀항한 고종민의 아버지는 "역사에서 정정이 불안해질 때마다 일부 힘있는 사람들이 그 섬을 어떻게 이용해 왔고 그 섬사람들을 어떻게 희생시켜왔는지 내 삶으로 겪어 알고" 있다고 힘주어 경고한다. 그러나 4·3 사건 당시 희생당한 사람들의 유골이 새로 발굴되고 이들을 위한 위령굿이 계획되는 과정에서 각각 진보와 보수를 대표하는 "청죽회와 한얼회 간에 그 이름 없는 희생자들을 서로 자기 쪽 자리에 옮겨 두려는 유골 쟁탈전이 벌어"진다는 사건의 추이는 고종민의 아버지가 경고했던 위기와 비극이 다시 한 번 반복될 것임을 암시한다.

우여곡절 끝에 위령굿이 치러지기는 하지만, 이제 문제는 4·3 사건의 희생자들을 애도하는 일에서 끝나지 않는다. 역사 씻기기 사업을 주도했던 큰당집은 처음의 계획을 수정하여 청죽회와 한얼회 간의 좌우 대립을 의도적으로 부추기고 이를 통해 전국 계엄을 선포함으로써 정권을 장악하려는 신군부의 음모를 노골적으로 실행에 옮긴다. 그 무렵 육지의 신군부 역시 민주화를 요구하면서 K시(광주)로 남행하고 있던 재야 지도자 행렬에 대한 태도를 바꿔 "행렬의 남하를 방치하겠다는 것뿐 아니라, 나아가 오히려 그 혼란과 무질서 상황을 조장하고 행렬의 위험한 폭발까지 유도하려는 의도"를 드러낸다. 이러한 일련의 과정이 K시에서 또 한 차례 무수한 희생양을 만들어 낼 사건을 배태하고 있다는 것을 짐작하기란 어렵지 않다.

그리하여 희생양의 역사는 다시 한 번 반복될 것인바, 「신화를 삼킨 섬」에 반영된 이러한 세계 인식은 "허무주의적 역사관"으로 비판될 수

---

72) 이청준, 『신화를 삼킨 섬』 1, 열림원, 2003,178~179면.

도 있다.[73] 그러나 「신화를 삼킨 섬」이 전달하고자 하는 주제는 살아남은 자들이 희생된 망자들이 남긴 빚을 제대로 청산하지 못한다면, 그리하여 "이름 없는 희생자들을 서로 자기 쪽 자리에 옮겨 두려"는 일이 되풀이된다면, 어떤 희생도 가해자와 피해자 간에서 발생하는 배신과 복수의 끊임없는 악순환으로부터 자유로워질 수 없으리라는 것이다. 「신화를 삼킨 섬」의 소설적 성패에 대한 평가는 엇갈릴 수 있으나, 그럼에도 불구하고 「신화를 삼킨 섬」을 비롯한 이청준 소설에서 제기되고 있는 질문의 내용과 그 질문의 해답을 좇는 방향은 여전히 중요한 의미를 지닌다.

---

73) 정홍섭, 「이야기로 풀어낸 역사와 신화화된 이야기」, 『실천문학』, 2003. 가을, 326면.

배신과 복수의 곤경을 넘어서

소록도에 천국을 건설하겠다는 거창한 사업의 전말을 추적하고 있는 「당신들의 천국」(1974)에서 대역사를 둘러싼 갈등이 고조되고 끝내 파국에 이르는 극적인 사건이 전개되는 장을 위해 '배반 I' '배반 II'라는 제목을 마련했던 작가 이청준은 그뿐 아니라 "도대체 모든 것이 배반의 연속이었다" "피할 수 없는 운명의 배반이었다" 등과 같이 되풀이되는 진술을 통해 스토리의 도처에 산재하는 배신(배반)의 혐의를 상기시키고 있다. 그 혐의는 표면적으로는 조백헌 원장과 원생들 혹은 섬사람들과 육지 주민들 간의 대립에서 비롯된 듯 보이지만, 곰곰이 살펴보면 그것이 서로 분명하게 구별되는 건강인과 문둥이의 관계에만 잠복해 있는 것은 아님을 알 수 있다. 아버지 이순구로 대표되는 배신과 복수의 기억을 감추고 있는 이상욱 과장이 "처지가 달라지면 섬사람들은 누구나 또 이 섬과 섬사람들을 배반하게 되리라"는 황 장로의 불길한 예언을 끝내 떨쳐내기 어려웠던 것처럼, 「당신들의 천국」의 심층에는 어느 누구라도 다른 누군가에 대해 배신자가 될 수 있다는 비관적인 인식이 자리 잡고 있다.

배신이란 말 그대로 믿음을 등지고 돌아서는 것이다. 그런데 왜 하필 배신인가? 믿음을 저버리지 않는 것이 더 바람직한 행동이라는 데에는 의심의 여지가 없는데, 그럼에도 불구하고 끊임없이 배신 운운하는 것은 이청준 스스로도 비교적 솔직하게 고백하고 있는 바대로 "겁 많고 옹졸스런 인간관"이나 "의혹과 불신" 같은 부정적 태도에서 비롯된 것은 아닌가? 이청준 소설을 특징짓고 있는 배신의 의미를 파악하기 위해 그것이 발생하는 원장면을 살펴보기로 하자.

「키 작은 자유인」(1989)에서 도시의 상급학교에 진학하기로 되어 있던 '나'는 자기 몸을 의탁할 친척에게 체면치레를 하기 위해 값으로 따지기에는 누추할망정 자기 나름에는 소중한 선물(도시로 떠나기 전날 어머니와 함께 갯가에서 잡은 게)을 전달하지만, 그것이 아무 소용도 없는 쓰레기로 버려지는 장면을 목격한다. '나'가 뭔가를 선물한다는 행동에는 상대방이 그 선물을 받을 것이라는 기대가 전제되어 있다. 그런데 「키 작은 자유인」에서처럼 '나'의 기대를 저버리고 상대방이 선물 받기를 거부한다면 어떻게 할 것인가? 언뜻 생각하기에는 선물을 마다할 사람이 얼마나 있겠으며 또 설령 선물 수령이 거부된다고 해서 '나'가 아쉬울 게 뭐가 있겠느냐고 할 수도 있겠지만, 문제가 그렇게 간단한 것은 아니다.

선물이란 애초부터 답례를 바라지는 않았다 하더라도 대체로 보답을 받게 마련이다. 물론 선물에 대한 답례가 반드시 등가일 필요는 없다. 누군가는 값어치가 큰 선물에 대한 답례로 단지 감사의 마음만을 돌려받는 경우도 있을 텐데, 그가 그 감사의 마음을 자신의 선물에 상응하는 것으로 인정하고 거기에 만족한다면 그것으로 충분하다. 그러나 상징적인 것이든 물질적인 것이든 답례를 받지 못한다면 문제가 발생한다. 요컨대, 모스가 인류학(인간학)적 차원에서 선물의 성격을 '줄 의무 · 받을 의무 · 되돌려줄 의무'로 규정했던 것처럼, 선물에는 주는 계기만이 아니라 돌려받는 계기 또한 포함되어 있다. 이런 맥락에서 「키 작은 자유인」의 ‘나’는 대단히 곤란한 상황에 처했음을 알 수 있다. 어린 ‘나’가 돌아올 잇속을 계산하고 선물을 했을 리는 없지만, 아무튼 도시의 친척이 선물 받기를 거부한 순간 ‘나’는 그로부터 아무것도 받지 못하게 되고 그 결과 누구 하나 도와주지 않는 처지에서 고단한 도시 생활을 꾸려 나갈 수밖에 없을 것이기 때문이다.

이청준 소설의 인물들이 겪는 배신은 기본적으로 자기가 준 것에 상응하는 만큼을 돌려받지 못한다는, 즉 준 만큼 받지 못한다는 형태로 나타난다. ‘나’가 준 것을 상대방이 받지 않기도 하고(이때 ‘나’는 당연히 아무것도 돌려받지 못한다), 혹은 받고도 그에 대한 답례를 돌려주지 않기도 하고, 어떤 경우에는 ‘나’가 준 것을 오해해 전혀 엉뚱한 것을 되돌려주기도 하는 등, 그 양상은 다양하다. 또 이의 연장선상에서 자신의 소설이 복수 혹은 보상으로서의 글쓰기의 산물이라고 밝힌 이청준의 의도를 짐작할 수 있다. 복수와 보상은 모두 ‘갚다’의 의미를 지닌다. 무엇을 갚는 것인가? 이는 준 만큼 받지 못해 청산되지 못한 몫(빚)에 관한 것이다. “눈에는 눈, 이에는 이”이라는 오래된 격률이 전하는 메시지대로, 복수는 상대방이 ‘나’에게 한 만큼을 되돌려줌으로써 비대칭적인 주고받음에서 대칭적인 상태를 회복하려는 경향을 반영하고 있다.

「숨은 손가락」(1985)의 동준은 오랜 친구인 현우의 배신으로 감당하기 힘든 고초를 겪은 끝에 “내가 네게 신세를 진 만큼만”을 현우에게 돌려줌으로써 복수하려는 계획을 세운다. 「벌레 이야기」(1985)의 아내 역시 자신의 아들을 유괴 살해한 범인에 대해 “아이가 당한 것 한가지로 손목을 뒤로 묶어 지하실에 가두고 목을 졸라 땅바닥에 묻”음으로써 복수하고 싶어한다. 준 만큼 받는다는 원칙의 변형인, 당한 만큼 갚아준다는 원칙은 겉으로 보기에는 지극히 간단하고 정당한 것 같지만, 실제로는 지켜질 수 없다. 가령, '나'의 눈 한쪽이 상한 대가로 누군가의 눈 한쪽을 상하게 했을 때, 그가 '나'만큼 괴로워하지 않는다는 어떻게 할 것인가? 그렇다고 해서 그의 다른 한쪽 눈까지 요구할 수 있는 것인가? 복수는 언제나 너무 모자라거나 너무 넘치는 것이어서 어떤 경우에도 대칭적인 주고받음에 이르는 것은 불가능하다. 모자란 복수는 여전히 빚을 남기며, 넘치는 복수는 또 다른 복수로 이어질 뿐이다.

물론 배신, 또 그에 대한 복수의 혐의에 주목하는 것을 필요 이상으로 과도한 의혹과 불신의 탓으로 치부할 수도 있다. 배신을 걱정하고 복수를 꾀하기보다는 서로 믿는 것이 여러모로 나을 테지만, 실상은 믿을 만한 사람들에 한정하여 관계를 맺기 때문에 배신과 복수를 염려하지 않는 것일 뿐이며 따라서 믿지 못할 사람이나 한두 번 배신했던 사람은 그 믿음의 공동체에서 아예 배제된다고 하는 편에 가깝다. 상호 신뢰에 대한 피상적인 강조가 허약하기 그지없다는 사실을 인정하지 않을 수 없다면, 그보다는 오히려 상대방이 되돌려주는 반응에 상관없이 '나'는 줄 것이라는 식의 태도가 배신과 복수의 곤경을 넘어설 수 있는 보다 근본적인 실마리를 제공할 수 있을지도 모른다. 이때 '나'는 타자로부터 돌려받을 것을 기대해서가 아니라 마땅히 그래야 한다고 판단하거나 진정으로 그러기를 원하기 때문에 뭔가를 줄 것이다.

천국 건설 사업이 교착 상태에 빠진 후 섬을 떠났다가 몇 년 뒤 돌아온 조 원장은 그간의 사정을 회고하면서 "내가 꾸민 천국을 믿지 않으려는 이유, 나의 동기나 천국을 허심탄회하게 받아들을 수 없었던 이유, 섬에 대한 나 나름대로의 성실한 봉사를, 나의 선의와 노력을 자기도취적인 동정으로만 폄하하려는 이유"가 무엇인지를 묻는다. 진심에서든 동정에서든 조 원장이 뭔가를 주려 했다면, 원생들은 그저 받아들이면 되었던 것 아닌가? 그러나 전임 원장에게서 보았던 비극을 통해 원생들은 뭔가를 받으면 반드시 되돌려줄 의무가 발생한다는 것을 잘 알게 되었다. 조 원장에 앞서 천국 건설을 약속했던 전임 원장은 동상으로 상징되는 가시적인 성과를 거둬 원생들에게 어느 정도 혜택을 돌려주기는 했지만, 그에 대한 대가로 원생들은 더 많은 것을, 견디기 힘든 노동과 나아가 목숨까지를 바쳐야 했다. 그들은 받은 것보다 많이 돌려주었기 때문에, 즉 준 만큼 돌려받지 못했기 때문에 항상 배신당한 희생자였고 피해자였다는 사실을 잘 알고 있으므로, 더 이상 받지도 않고 따라서 주지도 않으려 한다.

"원장님의 실패도 아마 원장님께 그런 선의나 희생이나 의욕이 없어서가 아니라 원장님의 다스림을 받는 원생들과의 관계에서의 실패일 것"이라는 이정태 기자의 판단이 보여주듯, 원생들을 위해 일하려는 조 원장의 선의와 의욕을 굳이 의심할 필요는 없을 것이다. 그는 과감하게 구태를 뜯어고쳐 원생과 건강인 간의 접촉 규정을 철폐하고, 직원 지대와 병사 지대의 경계를 가르고 있던 철조망을 철거하고, 미감아 아동들과 직원 지대 아이들의 공학 수업을 단행한다. 그러나 조 원장 쪽에서는 자신이 약속한 병원 운영 방침을 하나하나 실행으로 옮기는 데 반해 원생들 쪽에서는 아무런 응답이 없다. 조 원장에게 그들은 "무엇을 생각하는지, 그리고 언제까지 그런 눅눅한 침묵만 계속하고 있을 것인지 속을 짚어낼 수 없는 사람들"이다.

이런 상황에서 조 원장이 성공 여부를 장담할 수 없는 천국 건설을 계획한 것은, 한편으로는 그의 조급함에서 빚어진 것이기도 하지만, 다른 한편으로는 조 원장의 약속이 단지 한 사람만의 약속에 그치지 않고 섬사람 모두의 약속이 되기 위해 어쩔 수 없이 치러야 하는 과정이기도 하다. 마침내 조 원장과 원생들은 "배반이 없게 하자고 똑같이 서로 서약"하고 천국 건설 사업을 시작한다. 그 사업은 어느 한쪽이 일방적으로 약속하고 그 약속을 지키는 것으로 이루어지는 것이 아니라, 조 원장 쪽에서는 일신을 위해 물 한 모금 사사로이 취하고 않고 어떤 공훈이나 명예, 보답도 바라지 않겠다는 약속을, 원생들 쪽 또한 자발적이고 열성적으로 바다를 메워 둑을 쌓겠다는 약속을 서로 함께 이행할 때에만 실현 가능한 것이다.

「당신들의 천국」은 절반은 실패고 절반은 성공이다. 아마도 그들은 서로에 대한 약속을 지키기 위해 최선을 다했을 것이다. 그러나 바다를 메우는 데 들인 자신들의 노고에 대한 보답이 주어지지 않는 한, 원생들은 배신당한 것이며, 원생들이 그 배신에 대한 복수로 조 원장에게 "문둥이들만 몰아대지 말고 너도 한 번 우리 손에 물구멍으로 죽어 들어가"라고 요구하는 순간, 조 원장 역시 배신을 겪게 된다. 어느 누구도 배신할 의사가 없었고 오히려 약속을 지키기 위해 최선을 다했지만, 결국 배신은 발생했다는 점에서 「당신들의 천국」의 기획은 실패를 맞는다. 곧, 자신이 들인 노고에 대한 정당한 몫을 돌려받는 상태에는 끝내 이르지 못한다.

그러나 절반은 성공이다. 배신과 복수로 점철된 실패극 끝에 조 원장은 섬으로 돌아오지만, 그렇다고 해서 뭔가 달라진 것은 없다. "애초의 약속과 희망대로 원생들로 하여금 그들이 땀을 흘려 일한 만큼 그들의 몫을 차지하게 해" 주지 못했고 "일이 저렇게 되고 보니까 원생들의 불신은 전보다도 더 심해졌"고 그 결과 "섬사람들과 원장 사이의 눈에 보이지 않은 갈등을 해소"한다는 계획도 성과를 내지 못한다. 이런 상황에 처해 "이 섬은 미치지 않고는 견뎌낼 수가 없단 말요"라고 말하는 조 원장의 심정을 이해하기란 그리 어렵지 않다. 그럼에도 불구하고 조 원장은 때로는 성자와 같은 태도로, 또 때로는 광인과 같은 태도로 섬사람들을 위해 일하기를 포기하지 않는다.

　자신의 몫을 돌려받겠다는 것은 전혀 부당하지 않으며 오히려 지극히 정당한 요구이다. 아마도 현실을 움직이는 원칙은 그 요구로부터 찾아져야 할지도 모른다. 문제는, 그럼에도 불구하고 현실은 그 요구들을 전적으로 만족시키지 못해 곳곳에 빈틈을 드러낼 수밖에 없으며, 그 결과 정당한 요구가 배신을 낳고 그 배신이 복수를 낳고 그 복수가 또 다른 복수를 낳는 악순환을 피할 수 없다는 사실이다. 이청준 소설은 처음부터 배신과 복수의 부도덕성을 단죄하지도 않고 마찬가지로 용서와 희생의 미덕을 추켜세우지도 않는다. 그보다는 오히려 의혹과 불신을 끝까지 밀고 나간 끝에 도달한 곤경을 보여준다. 그러한 곤경을 겪은 끝에 '나'가 배신과 복수의 마음을 버릴 수 있다면, 이는 '나'의 선의나 후의 때문이라기보다는 그럴 수밖에 없기 때문이라고 보는 편이 타당할 것이다. '그럴 수밖에 없음'이란 한편으로는 운명이면서 다른 한편으로는 의무이자 윤리이며, 이 둘이 교묘하게 결합된 것이 "자생적인 공동 운명"이다. 운명이므로 저절로 용서하고 희생하게 되는가? 그러나 그 운명은 또한 '나'의 의해 자발적으로 선택되어야 한다. 그럴 수밖에 없는 운명을 자발적으로 선택하기, 이 묘한 이율배반을 통해 「당신들의 천국」은 배신과 복수의 복마전을 넘어설 수 있는 통로를 제시하고 있다.

언어의 정치학과 문학의 수행성

1. 이청준 소설과 언어의 수행성

이청준의 소설은 등단작 「퇴원」(1965)에서부터 이미 독특한 언어의식을 반영해 왔다. 1965년 『사상계』 신인문학상 심사평은 작가에 의해 작은 병원에 몰아넣어진 "의사와 간호부와 두 명의 환자와 한 환자의 아내와 그리고 나"라는 인물들이 "아무런 대화도 맺어지지 않는" "무언극"을 수행하고 있으며, 이는 궁극적으로 "모든 요구는 언어가 허용될 수 있는 한계 이전의 것이었다"라는 결론으로 수렴하고 있음을 지적하고 있다.[1] 통상 언어의 한계라는 말은 언어가 지닌 어떤 능력의 한도, 가령 언어가 지닌 의사 전달 능력의 부족 등을 의미할 것이다. 그런데 「퇴원」의 병실에서 타자와 대화하는 '나'가 마주하는 문제는 언어의 전달 능력이 부족하다는 데 있는 것이 아니라 오히려 언어가 너무 많은 것을 전달한다는 사실에 있는 것처럼 보인다. 그래서 간호사 미스 윤이 한 마디씩

---

1) 정명환 외, 「애매한 가운데 풍요한 가능성」, 『사상계』, 1965. 12, 270면.

질문을 던질 때마다 '나'는 너무 많은 것을 생각하게 된다.

언어의 이와 같은 양상은 등단 이듬해에 발표된 「굴레」(1966)에서도 마찬가지로, 그리고 보다 구체적으로 드러난다. 모집 인원 약간 명의 채용공고에 천 명이 넘는 응시자들이 몰린 신문사 입사 시험을 치르던 '나'는 별 기대도 없던 필기시험을 통과하여 면접을 보게 된다. X 지방 출신은 안 되고 아버지 없는 사람도 안 된다는 내규가 있다는 소문에 결과는 뻔하리라 예상하면서도 면접장에 들어간 '나'는 영락없이 법정에 선 피고 신세가 되어 있음을 자각한다. 1차 면접을 끝내고 2차 면접을 보던 '나'는 유사하게 반복되는 질문들의 목적이 "비굴한 웃음을 웃게 하고, 고분고분 대답을 시켜보자는 것"이라고 생각한다.

> 대학을 갓 나와 철없이 패기에 차서 거리를 활보하는 젊은 녀석들을 무더기로 끌어다가 콧대를 꺾어 놓을 일을 해 보고 싶습니다. 가령 면접 시험관 같은 것 말입니다. 이놈들에겐 우선 합격이 될지도 모른다는 착각이 들게 한 다음, 풀이 죽어서 애원하는 눈초리를 하고 제 앞에 서 있게 하고 싶다는 말씀입니다. 그렇게 하여 세상맛을 보여 주면 젊은 녀석들 거리에서 철없이 굴지도 않고 세상은 좀 더 주무르기 편하게 될 테지요. (…중략…) 이것은 아마 생각하고 계신 점과 부합하리라 믿어지고 있어서 드리는 말씀입니다만, 말하자면 사회 정의를 실현해 가는 한 방편이지요.[2]

문법이나 계산을 가르치는 교사가 학생들에게 질문하는 이유가 어떤 정보를 얻기 위함이 아니듯,[3] "우리 신문을 보십니까?" "우리 사로 와서 무슨 일을 하고 싶습니까?" 등과 같은 면접관의 질문 역시 어떤 정보를

---

2) 이청준, 「굴레」, 『별을 보여 드립니다』, 일지사, 1971, 92~93면.
3) G. 들뢰즈·F. 가타리, 『천 개의 고원』, 김재인 옮김, 새물결, 2001, 147면.

얻기 위한 것이 아닐 것이다. 그 질문은 철없이 패기에 차 있는 대학 졸업자에게 세상맛을 보여주고 나아가 사회 정의를 실현하기 위해 어떤 명령을 내리고 지시를 하고 있다. 면접관 앞에서 '나'가 대화의 파행 혹은 언어의 한계라는 문제에 부딪치는 이유는 "우리 사로 와서 무슨 일을 하고 싶습니까?"와 같은 질문이 과소정보를 전달하고 있기 때문이 아니라 과잉정보를, 혹은 정보 이외에 다른 어떤 것을 과잉 전달하고 있기 때문이다.

주지하다시피, 오스틴은 진위 판단이 가능한 의미를 진술하는 진술문(constative)과 말을 하는 것이 어떤 행동을 수행하는 수행문(performative)으로 발화를 구분했으며, 이를 다시 발화행위, 발화수반행위, 발화효과행위 개념으로 발전시킨 바 있다. 이는 다음과 같이 정의된다. "발화행위는 어떤 뜻과 지시를 가진 문장을 발화하는 것이며, 그리고 뜻과 지시는 전통적으로 '의미'와 같다. 둘째, 우리는 또한 통보, 명령, 경고, 보증 등과 같은 발화수반행위를, 즉 어떤 관습적인 힘을 갖는 발화를 수행한다고 말했다. 셋째, 우리는 또한 발화효과행위도 수행할 것이다. 확신시키기, 설득하기, 저지하기 그리고 심지어 예를 들어 놀라게 하기 또는 오도하기와 같이 어떤 것을 말함으로써 우리가 성취하거나 이루는 것이 발화효과행위이다."[4] 말과 행위의 관계를 명확히 구명하는 것은 쉽지 않지만, 대체로 발화하는 것이 통보하기, 명령하기, 경고하기, 보증하기 등과 같은 행위를 함께 수반한다고 인정된다. 이런 맥락에서 볼 때, 「굴레」의 면접 발화는 기죽이기, 길들이기, 사회 정의 구현하기 등으로 목

---

4) J. L. 오스틴, 『말과 행위』, 김영진 옮김, 서광사, 1992, 139~140면. 이런 정의에도 불구하고 "발화행위를 수행하는 것은 그 자체가 발화수반행위를 수행하는 것이라고 말할 수 있"으며 "어떤 표현이 수행된 발화효과행위와 구별되는 수행된 발화수반행위인지 아니면 그 어느 것도 아닌지"를 판단하는 것이 불확실하다면, 발화행위와 발화수반행위, 발화효과행위를 구별하는 기준이 명확한 것은 아니다.

록화되는 행위를 수행하고 있음을 알 수 있다.

명령어의 배치물[5)]

"수행적 발화는 '이러저러한 권력을 소유하고 있다는 공공연한 주장'을 함축하고 있다"는 부르디외의 지적을 참조한다면,[6)] 이청준의 소설에 반영된 위와 같은 언어의식을 매개로 언어와 권력의 관계를 밝히고자 하는 연구가 상당히 축적되어 왔다는 것은 자연스러운 귀결일 것이다. 또한, 오스틴의 화용론을 언어의 정치학이라는 차원에서 접근한 들뢰즈와 가타리는 말과 말 내부의 행위(발화수반행위) 사이의 내적, 암묵적 관계를 잉여적인 것으로 규정하고 이를 명령어(order-word)로 개념화하고 있는데,[7)] 이를 참조한다면 이청준의 소설은 언어의 정치학에 관한 문학으로 분류될 수도 있다.

물론, 이청준의 소설은 고도로 추상화되는 경우가 많으며, 예컨대 그의 초기작으로 '언어사회학서설' 연작을 예비하는 「마기의 죽음」(1967)의 사례에서처럼 "말은 그것을 원하는 사람에게 힘을 지니게 되고 나중에는 그 사람들에게 복종을 요구"하며, "의사소통의 수단으로서의 언어가 나중에는 인간을 지배하고 명령"하는 언어의 수행성이 현실 정치를 반영하기보다 알레고리의 형식을 통해 관념적으로 형상화되는 경향이 자주 발견된다.[8)] 그럼에도 불구하고 권위주의 정부의 장기 집권 아래 수행적 발화와 정치권력의 관계가 대단히 노골적인 차원에서 작동했던 당시의 정치적 맥락 안에서 이청준 소설의 언어의식의 형성 과정을 추적

---

5) G. 들뢰즈 · F. 가타리, 『천 개의 고원』, 145면.
6) P. 부르디외, 『상징폭력과 문화재생산』, 정일준 옮김, 새물결, 1997, 151면.
7) G. 들뢰즈 · F. 가타리, 『천 개의 고원』, 161면.
8) 이청준, 「마기의 죽음」, 『별을 보여 드립니다』, 180~181면.

하는 것은 의미 있는 작업일 것이다. 이러한 측면에서 1960~70년대 이청준 소설에 반영된 정치적 상황과 여기서 비롯된 언어와 문학의 수행성에 대한 작가의 인식을 검토하고, 「당신들의 천국」(1974)에서 이러한 언어관이 형상화되는 양상을 분석함으로써 작가의 정치의식의 일단을 살펴보고자 한다.

2. 언론과 문학의 자유에 대한 억압

1960년대 후반에서 1970년대 초에 걸쳐 발표된 「조율사」(1967), 「씌어지지 않은 자서전」(1969), 「소문의 벽」(1972)은 집필 시기뿐 아니라 주제의식이나 사건에서도 유사한 측면이 많다. 「조율사」는 1967년 탈고되어 한 잡지사로 넘겨졌으나 발표가 보류된 끝에 1972년 『문학과 지성』에 연재되었고, ‘선고유예’라는 제목으로 1969년 『문화비평』 창간호에 연재되다 중단, 이듬해 연재 재개되었으나 다시 중단된 「씌어지지 않은 자서전」 역시 1972년 단행본으로 묶어 출간되었다. 이 작품들이 발표 보류되거나 연재 중단된 사정은 「소문의 벽」에 반영되어 있다.

세 작품의 공통점 중 하나는, 주인공이나 관찰자로 등장하는 소설의 화자가 잡지 편집자라는 점이다. 여기에는 작가 자신이 대학 졸업을 앞둔 1966년 1월부터 『사상계』 편집부에서 근무한 바 있으며, 『여원』으로 이직했다가 1969, 71년에는 『아세아』와 『지성』에 창간 멤버로 참가하기도 했다는 이력이 영향을 미쳤을 것이다. 「조율사」에서 편집자인 ‘나’가 직면한 문제는 “무슨 이유에선지 요새 와선 통 필자들이 글을 잘 쓰려하지 않”는다는 것이다.

쌍가락지, 올빼미, 바꿔치기 등등 자유당 시절의 유물들이 되살아나고 빈대표, 유령표, 기표 감시 등 새로운 전통을 착착 기록하면서 6·8 공명선거는 전무후무한 막걸리 선심 속에 그 흥성한 막을 내렸다. 그리고 학생들이 거리로 쏟아져 나왔다. (…중략…) 그러나 축하인지 규탄인지 모를 학생들의 시위는 쉬 끝나지가 않을 기세였고, 학생들이 거리로 나간 채 학교 문은 닫혀졌고, 거리는 최루까스 경찰봉이 휩쓸었다. 정국은 경화되었다고 했다.

여기서 나는 그 구린내 나는 기억들을 되살려 내거나 거리로 나간 학생들에게 학교문을 닫아버린 것 같은 슬픈 이야기를 끌어내려는 것은 아니다. 그런 것은 이 시대를 살고 있는 우리 모두가 다 잘 알고 있는 일들이다. (…중략…) 우리는 이 6·8 사태와 정국 수습에 관하여 시내의 거의 모든 대학 교수들에 대하여 설문을 발송했었다. 6·8 사태의 책임 소재와 이 비상정국 수습방안에 관한 의견, 그리고 국회에서 개헌선 의석을 돌파한 여당과 야당에 대한 충고, 이런 것이 그 설문의 질문 내용이었다.9)

경제 호황으로 인해 별 이슈 없이 진행되었던 1967년 5월 대선에서는 박정희 후보가 무난히 연임에 성공했지만, 곧 이어 6월 8일 치러진 총선에서는 개헌선 확보를 위해 금권, 관권 선거가 자행된 결과 여당이 사상 최대 의석을 얻는 사건이 발생해 1964년의 한일회담반대, 1965년의 한일협정비준반대에 이어 부정선거를 규탄하는 대규모 반정부시위가 다시 전개되었다. 국회는 6개월간 파행되었고 정부는 1965년에 이어 다시 휴교령을 내렸고 중앙정보부는 동백림 사건, 제3차 민비련 사건을 터뜨렸다.10) 「조율사」에서 대학교수를 대상으로 6·8 사태와 관련한 설문조사를 실시하던 '나'는 "잘 써내려고 하지를 않을 것"이라는 편집장의 충고

---

9) 이청준, 「조율사」, 『문학과 지성』, 1972. 봄, 54~55면.
10) 서중석, 『대한민국 선거이야기』, 역사비평사, 2008, 143~154면; 이정민, 「동백림사건을 둘러싼 남한정부와 서독정부의 외교 갈등」, 성균관대 석사논문, 2011, 6~11면.

에 "대답해 주리라고, 대답해 줘야 한다"고 믿고 있다가 낭패를 본다.

1965년 6·3 사태 당시 학원보장법안과 언론윤리위원회법안을 통과시켜 학생과 언론을 통제하려 했던 정부는 언론윤리위원회 파동에서 반대측에 섰던 『경향신문』, 『동아일보』, 『조선일보』를 탄압하기 시작했다.11) 이 과정에서 민정이양 문제로 정치군부와 대립했던 『사상계』 역시 한일협정반대의 참모본부 역할을 수행해 정부로부터 극심한 탄압을 받았다. 군정반대를 주제로 삼은 1963년 4월호가 6만 5천부나 발행되기도 했던 『사상계』는 정부의 세무사찰, 판매방해 등에 의해 재정이 급격히 악화되었으며, 편집위원으로 참여한 대학교수들에 대한 징계가 거론되자 1965년 11월 편집위원회가 해체되어 지식인의 미디어 실천의 장으로서의 『사상계』의 위상 역시 크게 약화되었다. 1966년 민중당 주최 강연회에서 월남 파병에 반대해 구속되었던 발행인 장준하는 야당의 대통령후보 단일화를 추진하다 재차 구속되자 6·8 총선에 옥중 출마하여 당선된 후 『사상계』을 사직하게 된다.12)

「조율사」에서 "철저한 민권 신봉자들"에 의해 운영되던 잡지가 처한 상황은 실제 『사상계』가 겪었던 역경과 흡사한바, "7만부 발행을 자랑한 『내외(內外)』지의 발행부수가 몇 차례의 반감기를 거쳐 드디어는 2천부가 되"었다는 설명 등, 「씌어지지 않은 자서전」에서 '나'가 퇴직한 잡지 『내외』는 보다 분명하게 『사상계』를 참조하고 있다. "4백에서 2백으로 페이지를 줄이고 발행부수를 2만으로 떨구면서 편집장은 대략 이런 내용의 편집후기를 썼는데"나 "면수가 2백에서 백으로 그리고 발행부수는 2만에서 8천으로 떨어지던 때의 편집후기"와 같은 부분 역시 실제

---

11) 김형진, 「박정희 정권 시기의 언론정책에 관한 연구」, 서울대 석사논문, 1999, 74~80면.
12) 이용성, 「<사상계>의 지식인과 잡지이념에 대한 연구」, 『출판잡지연구』 5, 1997, 60~66면.

1966년 11월과 1967년 2월의 『사상계』 편집후기와 그 내용이 유사하다.

「비화밀교」(1985)나 「신화를 삼킨 섬」(2003) 등에서 광주 5·18이나 제주 4·3이 추상화되어 다루어지는 것에 비할 때 「조율사」에서는 1960년대 말의 정치적 상황이 비교적 구체적인 수준에서 반영되고 있다. 6·8 사태에 관한 설문을 50명의 대학교수에게 발송했으나 "회수된 회답지는 모두 열두 장뿐이었다. 더욱이 기이한 것은 어떤 특정 대학교로 발송된 질문지는 단 한 장도 회수되지 않는 점이었다"는 서술은 당시 지식인의 비판적 역할, 나아가 언론의 자유가 극도로 위축되어 있음을 보여준다.

'조율사'라는 제목 자체가 "요즘은 글다운 글을 써내는 사람이 없"는 문인 그룹을 가리키거니와, 「조율사」와 「씌어지지 않은 자서전」 등에서 신문과 잡지에 대한 언론의 자유가 억압된 상황을 통해 궁극적으로 문제 삼고자 하는 것은 결국 문학 혹은 작가에게 주어진 자유를 어떻게 정립할 것인가에 있다. 마침 「조율사」에는 "한 소설 작품의 반미 사상 고취 여부에 관한" 재판이 언급되고 있다. 1965년 3월 발표된 「분지」가 북한의 언론매체에 게재된 것이 문제가 되어 1965년 7월 중앙정보부가 작가 남정현을 구속했고 1967년 5월에 반공법 위반으로 징역 7년 구형, 6월에 선고유예 판결이 내려진 바 있다는 사실을 감안한다면, 연주 허가를 받지 못하는 등의 이유로 연주회를 할 수 없는 악사들이 조율에만 힘쓴다는 조율사 우화는 당시의 언론계, 문화계에 대한 정부의 억압을 반영한 것으로 볼 수 있다.

「분지」 필화 사건에 대한 문학계의 반응은 반공법을 적극적으로 비판하는 데에는 이르지 못한 대신, 실정법 저촉 여부는 사법부가 판단할 문제임을 인정하나 "창작활동의 자유" "창작의욕의 위축" 등의 요소를 고려해 선처를 바란다는 소극적인 태도에 머물고 있다.13) 「조율사」의 화자 역시 "위축되어 있는 피고측에 서서 문학인으로서 문학의 자유와 권리를 주장하지 못"한 B 시인을 비판함으로써 창작활동의 자유, 곧 문학의 자율성을 간접적으로 옹호하는 입장을 보인다. 여기서 B 시인으로 지칭된 문인은 김춘수이다. "작가는 무엇이든 어떻게든지 말할 수 있는 절대적 추상적 자유가 있는 것은 아니다. 작품 속에 작가는 자기의 기질이나 개성을 멋대로 쏟아버릴 것이 아니라, 어떤 통제를 가해야 할 것이다. 그것은 작가로서의 수련이 아닐까"와 같은 요지의 김춘수의 기고문은 「조율사」에 그 내용이 거의 그대로 인용되고 있다.[14]

그런데 억압적인 정치 상황에서 문학의 자율성을 옹호하는 것이 대체로 동의된 입장이라고 할지라도 여전히 문제는 남는다. 문학의 자율성이라는 개념이 일종의 모순을 자체 내에 갖고 있기 때문이다. 가령, 프랑스 혁명의 실패를 목격한 실러가 혁명의 본래 목표가 빗나갔기 때문에 예술과 미학은 아직 중요한 기능을 지닐 수 있다고 말했을 때, 예술은 이미 정치적인 성격을 띤다. 이 경우 예술의 자율성은 "미라는 매체를 통해 어떤 총체화하는 실천"이며 "이러한 실천은 사람들로 하여금 자유로운 주체들의 연합을 통해 강압 없이 서로 결합하고 자신의 감성적 본성이나 이성적 강요에 의해 일방적으로 테러당하지 않을 수 있게" 할 수 있다. 그런데 이러한 적극적인 의미와 달리 현실적으로 예술은 "단지 종교나 정치 혹은 과학과의 오랜 결합으로부터 예술을 분리시키는 [따라서 애초 기획했던 총체화와는 대립하는] 어떤 사회적 세분화의 결과로서만 자율적"인 것처럼 보일 뿐이다.[15] 예술의 자율성 개념에 내재한 이러한 모순은 근대문학의 기원에 닿아 있는 보편적인 문제이긴 하나,[16]

---

13) 양진오, 「필화의 논리와 그 문학적 의미에 대한 연구」, 『어문논총』 46, 2007.
14) 김춘수, 「남정현 사건」, 『동아일보』, 1967. 6. 3.
15) G. 플룸페, 『현대의 미적 커뮤니케이션』 1, 홍승용 옮김, 경성대 출판부, 2007, 3장 참조.
16) 이수형, 「근대문학의 기획」, 『문학, 잉여의 몫』, 문학과지성사, 2012, 43~44면.

1968년으로 해가 바뀌자마자 시작된 이어령과 김수영의 불온시(不穩詩) 논쟁이 이 문제의 핵심을 단적으로 반영하고 있다는 점에 주목할 수 있다.

1967년의 문화계를 "예언자적 기능으로서의 창조력이 극도로 위축된 시기의 문화"로 총평하면서 그 이유를 문화인들이 "막연한 두려움이며 꼬집어 말할 수 없는 불안, 그리고 가상적인 어떤 금제의 힘" 곧 '에비' 에 들려있다는 진단에서 찾은 「'에비'가 지배하는 문화」에서 촉발된 이어령과 김수영의 논쟁은 예술의 자율성 자체에 내재한 모순의 양쪽을 대변하고 있는 것으로 볼 수 있다. 「분지」 필화 재판에 변호인 측 증인으로 참석하기도 했던 이어령은 "정치권력의 에비, 문화기업가들의 지나친 상업주의의 에비, 소피스트케이트해진 대중의 에비"를 거론하면서, 가령 정치권력의 에비와 관련해서는 "오늘날의 정치권력이 점차 문화의 독자적 기능과 그 차원을 침해하는 경향이 있다 할지라도 문화의 침묵은 문화인 자신들의 소심증에 더 많은 책임이 있"으며, "어린애들처럼 존재하지도 않는 막연한 '에비'를 멋대로 상상하고 스스로 창조의 자유를 제한하고 있다"고 비판한다.[17] 이에 대해 김수영은 "창작의 자유가 억압되는 원인을 지나치게 문화인 자신의 책임으로만 돌리는 것"은 오류이며 "오늘날의 '문화의 침묵'은 문화인의 소심증과 무능에서보다도 유상무상의 정치권력의 탄압에 더 큰 원인이 있다"고 반박한다.[18]

김수영의 반박에 대해 이어령은 "권력을 가진 관의 검열자들은 육안으로도 볼 수 있는 문화의 병균에 지나지 않"으며 오히려 "문화의 위기는 자유 속에 내던져지는 순간이 더욱 무서운 것이다. 그때 문화인들은 눈으로 볼 수 없는 자각조차 할 수 없는 숨어있는 또 다른 검열자와 만

17) 이어령, 「'에비'가 지배하는 문화」, 『조선일보』, 1967. 12. 28.
18) 김수영, 「지식인의 사회참여」, 『사상계』, 1968. 1, 93면.

나게 된다"고 재차 반박하는바, 이때 숨어있는 검열자가 바로 "대중의 검열자"이다.[19] 이어령이 강조한 대중의 검열에 대해 김수영은 만약 숨어있는 검열자가 있다면 그것은 대중이라는 검열자라기보다는 "문화를 단 하나의 이데올로기와 동일시하는" "획일주의가 강요하는 대제도의 유형무형의 문화기관의 에이전트들의 검열"이며, 획일적인 이데올로기를 대행하는 "이들의 검열 제도가 바로 대중의 검열자를 자극하는 거대한 테제가 되고 있는 것"이라고 다시 반박한다.[20]

"문화의 문제는 언론의 자유의 문제와 직결되는 것이고 언론의 자유는 국가의 정치의 유무와 직통하는 문제"임을 내세우는 김수영의 입장은 정치를 근본적인 층위에 두고 있으며, 정치적 작용은 가상적 금제인 에비가 아니라 가장 명확한 금제라는 점을 강조하고 있다. 이에 대한 이어령의 반박은 정치적 자유가 오히려 문화인의 주체성과 창조적 상상력에 위협을 가할 수 있다는 점에 초점을 맞추고 이를 위해 숨어 있는 대중의 검열자를 끌어들이고 있다.

이때 대중의 검열이란 통상적인 의미로서의 상업주의나 통속성과는 전혀 무관하며, 오히려 대중의 정치적 편향이라는 의미에 가깝다.[21] 애초에 정치권력 외에 문화기업과 대중을 또 다른 '에비'로 지목했을 때, 이어령이 주목한 부분은 문화기업의 지나친 상업주의와 대중의 반문화적, 반지성적 취미였는데, 문화엘리트주의로 요약될 수 있는 이러한 입장이 김수영과의 논쟁을 거치면서 대중의 정치적 편향성에 대한 거부로 그 성격이 바뀌고 있음을 확인할 수 있다.[22] 따라서 논쟁이 진행되면서 애초에 이어령이 지적한 정치권력, 문화기업, 대중이라는 세 요소가 모

---

19) 이어령, 「누가 그 조종을 울리는가」, 『조선일보』, 1968. 2. 20.
20) 김수영, 「실험적인 문학과 정치적 자유」, 『조선일보』, 1968. 2. 27.
21) 김유중, 「김수영 시의 모더니티」, 『정신문화연구』 28-3, 2005, 153면.
22) 강웅식, 「전체주의적 반공주의와 순수·참여 논쟁」, 『상허학보』 15, 2005, 209면.

두 거론되고 있기는 하지만 결국 최종적인 문제는 문화(문학)와 정치의 관계로 수렴된다. 이어령이 사회체계의 분화를 전제하고 그 분화 안에서의 문학의 자유를 말하는 데 비해 김수영은 보다 직접적인 정치의 차원에서 언론의 자유를 말하고 있다.[23] 이어령과 김수영의 논쟁은 비평사에서 그 자체로도 중요한 의미를 지니고 있지만, 여기서 주목하는 것은 「조율사」, 「씌어지지 않은 자서전」 등 일련의 이청준 소설이 이 논쟁과 여러 면에서 조응하고 있다는 점이다.

3. 작가와 독자 혹은 수행적 언어로서의 문학

「조율사」, 「씌어지지 않은 자서전」, 「소문의 벽」 등에서 '에비'를 상상해 스스로의 자유를 제한하는 문화인들의 소심증을 연상시키는 유사 사례를 발견하는 것은 그리 어렵지 않다. 가령, 「조율사」에서 문인을 포함한 "지식인의 실천성의 요구는 그의 창조 작업과 별개의 것이 아니며, 그 안에서 동시에 이행되어가야" 함을 역설한 글을 발표한 평론가 지훈은 누군가로부터 감시당하고 있다는 망상에 시달린다. 「씌어지지 않은 자서전」에서 왕이라는 인물은 "민중의 지팡이가 곤봉체조나 좋아해서는 안 된다"라는 말과 함께 발작을 일으키고 있으며, 모종의 음모 사건의 피의자로 불시 체포되어 심문을 받는 '나'는 그 심문관이 자신과 달리 4·19 혁명 대신 4·19 의거라는 말을 쓰고 있다는 사실에 두려움을 느낀다. 무엇보다 「소문의 벽」에서 누가 자신을 쫓는다는 강박관념 때문에 정신병원에 입원한 작가 박준의 상황에 대해서는 "모두가 엄살로 여겨

---

23) 오문석, 「김수영의 시론 연구」, 연세대 박사논문, 2002, 112면.

버리고 싶어하는 눈치"를 보이고 있다.

이청준은 이러한 사례들을 단지 개인의 소심증으로만 간주하는 것은 아니라는 점에서 이어령의 입장과 거리를 두고 있지만, 동시에 이로부터 정치권력의 검열을 직접 겨냥하는 것도 아니라는 점에서 김수영의 입장과도 거리를 둔다. 이청준의 독자적인 입장을 살펴보기 위해서 문학예술 활동에 대해 "하나는 거의 언제나 그것을 달갑게 생각지 않는 정치권력과 다른 하나는 시민대중"이라는 두 개의 감시자가 있다는 「씌어지지 않은 자서전」의 진단을 검토할 필요가 있다. 이 역시 이어령과 김수영의 논쟁을 배경으로 이해할 수 있는데 불온시 논쟁에서 문제가 된 정치권력과 대중의 관계가 이청준에게서는 다소 다른 양상으로 드러난다는 점에 주목할 수 있다.

전자의 감시는 오늘날 대부분의 문학예술인들의 오랜 싸움과 또 그 정당성을 최소한의 한계에서 인정받음으로써 점차 해소의 길이 트여지고 있는 것 같다. 그리고 아직도 그 굴레에서 벗어나지 못하고 있는 나라들의 경우에는 문학이 시민대중의 정신 속에 깊이 뿌리를 박고 공감을 얻음으로써 그 명맥을 이어가고 있다. 그리하여 문학은 어떤 정치권력의 간섭 속에서도 정직하고도 충실하게 그가 속한 시대와 시민정신에 접근해가서 거기에서 호흡만 가능하게 되면 얼마든지 값있게 존재해 나갈 수가 있다. 진정한 시민정신은 권력의 소장에 관계없이 영구불변하며 이것의 획득은 곧 문학정신의 목적이며 문학 자체를 불멸의 것으로 만든다. (…중략…) 그러나 어떤 오염된 시민의식이라는 것은 언제나 문학의 편이, 말하자면 진정한 인간정신의 보편성을 편들어 주지만은 않는다. 때로는 무기력한 몰락으로 인한 진공상태로서, 더 위험한 것으로는 우중의 집합체로서의 부당한 감시 간섭으로. (…중략…) 진정한 시민정신은 정치권력의 간섭보다 더 중요한 단계에서 문학의 존립을 최종적으로 좌우하는 것이다.[24]

이어령에게는 정치권력과 대중이 각각 문학의 검열자라면, 김수영에게는 당시 한국 사회에는 정치권력의 검열 외에 대중의 검열이라고 할 만한 작인은 아직 형성되지 못한 상태로 비쳐진다. 정치권력의 검열에 비해 대중의 검열의 폐해를 지나치게 강조하는 이어령에 대한 김수영의 비판은 적절하다. 한편, 두 검열의 범죄의 비중을 가리는 것이 목적이 아니라고 한 발 물러서면서도 "대중의 검열자가 종을 칠만한 힘이 없다"라고 결말을 맺는 김수영의 입장은 정치권력이 문화기관에로, 문화기관이 대중에게로 검열의 영향력을 미친다는 체계적인 일원론을 전제하고 있다.

이와 달리 「씌어지지 않은 자서전」에서는 대중(시민정신)이 정치권력의 검열로부터 문학을 구원하기도 하지만 동시에 부당하게 감시하기도 하는 양면성을 띤 작인으로 등장하고 있다. 이는 김수영의 일원론과는 다르지만 그렇다고 대중이 정치권력보다 더 위험한, 숨어있는 검열자라는 이어령의 주장과 궤를 같이하는 것도 아니다. 이청준의 진단은 문학이 대면해야 할 근본적인 존재이자 문학 자체의 존립을 좌우하는 존재가 바로 대중, 구체적으로는 독자라는 의미로 이해될 수 있다. 요컨대, 문학은 대중(독자)으로부터 공감을 얻음으로써만 존립할 수 있다는 것이다.

문학과 대중(독자)의 관계라는 주제와 관련하여, 가령 「분지」 필화 사건이 발생하자 즉각 문학의 사회적 기능을 옹호하는 글을 통해 "한국과 같은 후진사회에서 문학이 넓은 기반을 가지고 성장할 수 있는 유일한 길은 대중의 저항을 대변하는 일을 맡는 것"임을 강조한 백낙청이 서 있는 자리는 비교적 분명하다.25) 작가에게 "폭넓은 자유가 실현되는 사회에 대한 구체적 이상과 포부를 갖고 그 실현의 일부로서 자신의 자유를

---

24) 이청준, 「씌어지지 않은 자서전」, 『소문의 벽』, 민음사, 1972, 202~203면.
25) 백낙청, 「저항문학의 전망」, 『조선일보』, 1965. 7. 13.

주장하고 쟁취"하는, 곧 언론의 자유를 위한 싸움이 중요하며 이는 또한 대중의 대변자 역할에 충실함을 의미하는 것이기도 하다는 논리는 1966년 『창작과 비평』 창간호에 발표된 「새로운 창작과 비평의 자세」에서 보다 정교하게 발전된다는 점에서 이 주제에 대한 백낙청의 입장과 사명감을 재차 확인할 수 있다.

단순 비교는 어렵지만, 이에 비해 이청준의 문학이 선 자리는 대중을 대변하는 것이 아니라 독자로부터 동의와 승인을 얻는 것에 가깝다고 할 수 있다. 물론, 대중이라는 사회적 존재를 독자로 변환 혹은 한정하는 데에는 여러 가지 부가조건이 따를 수밖에 없으며, 무엇보다 문학이 사회의 부분체계에 불과하다는 한계조건을 인정하지 않을 수 없다. 그럼에도 불구하고 독자의 존재를 문학의 존립을 위한 근본적인 자리에 위치시키는 것은, 예컨대 이어령의 경우처럼 문학의 가치가 "시와 그 예술의 순수한 의미"로 물신화되는 함정을 극복할 수 있는 가능성을 제공한다. 뒤에서 다시 언급하겠지만, 독자의 동의와 승인이 없는 한 "시와 그 예술의 순수한 의미"가 그 자체로 존립한다는 것은 불가능하기 때문이다.

위의 인용에서 이청준은 "진정한 시민정신"과 "오염된 시민의식"을 언급하고 있다. 이는 임의의 기준에 의해 독자대중의 질적 수준을 평가하고 있는 것으로 볼 수도 있으나, '진정한 : 오염된'이라는 구별보다 더 본질적인 문제는 진정하든 오염되었든 간에 독자대중 없이는 문학이 존립할 수 없다는 엄연한 사실이다. 요컨대, 오염된 시민의식에도 불구하고 진정한 문학(이어령이 강조한 바 있는 "시와 그 예술의 순수한 의미")은 존립해야 한다 혹은 존립할 수 있다는 식의 당위적 논리가 이청준에게는 성립하지 않는다.

「조율사」와 「씌어지지 않은 자서전」의 곳곳에서 당시 형성되기 시작한 대중사회에 대한 이청준의 예민한 관찰을 발견할 수 있다. 「씌어지지 않은 자서전」에서 그 단적인 사례로 비유된 것은 "토마토가 모자란다, 왜 당국은 토마토를 재배자들에게서 싸게만 사들이려 하면서 시장가격은 엄청나게 인상하도록 내버려 두느냐" 등을 비판하는 『내외』(『사상계』) 대신 "토마토를 어떻게 더 보기 좋고 멋지게 만들어 먹을 것인가"를 알려주는 『새여성』(『여원』)이 팔려나가기는 상황이다. 이처럼 유동적인 욕망을 소유한 존재인 대중은 계몽의 대상이 아니라 알 수 없는 타자로서의 위치를 점한다. 그 결과, 가령 「조율사」의 한 장면에서처럼 민권을 신봉하는 잡지 기고자들이 민중을 대변하고 옹호하는 글을 발표했을 때 충심으로 환영했던 시민들이 언제부턴가 태도를 바꾸는 사건이 발생할 수도 있다. 이제 민권론자들이 선택해야 할 올바른 길은 그들 자신이 민중의 대변자임을 자임하기 이전에 그들의 말이 민중을 대변한다는 점에 대해 민중들로부터 동의와 승인을 얻어내는 노력을 병행하는 것이다. 작가와 독자의 관계도 이와 다르지 않다. 이로부터 「씌어지지 않은 자서전」과 「소문의 벽」에 등장하는 심문관과 전짓불 모티프의 이중적 의미를 파악할 수 있다.

심문관과 G 사이의 대화는 진위의 차원이 아니라 수행적 차원에서 진행되고 있다. 질문하기, 질문에 대답하기, 증명하기, 선고하기 등이 발화수반행위의 대표적인 사례라는 점을 떠나서도,[26] 심문관이 G에게 "당신이 진술한 이야기의 내용이 아니라 그 태도에 의해서" 유죄판결을 내린다고 선고하는 장면은 발화의 내용(의미)이 아니라 그 발화와 함께 수행되는 태도(행위)가 문제의 핵심이라는 점을 여실히 드러내기 때문이다. 이 에피소드를 쓴 작가 박준은 전짓불을 감춘 소문의 벽 앞에서 곤경에 처하거니와, 본질적으로 소문이란 진위를 판단하기 어렵거나 심지어 불

---

26) J. L. 오스틴, 『말과 행위』, 128면.

가능하지만 누군가의 믿음을 사고 나아가 행위를 이끌어낼 수 있다는 점에서 한층 수행적이다.

「조율사」, 「씌어지지 않은 자서전」, 「소문의 벽」에 등장하는 작가 인물들로부터 유추하면, 이청준에게 작가란 기본적으로 창조적 자아의 소유자이며 대중을 대변하기보다 자기 진실의 진술에 성실한 자이다. 이런 점에서 위의 소설들에 등장하는 심문관은 억압적인 정치권력이 아니라 "개인의 진실을 확정적이고 단정적으로 말하기를 강요하는 외부요인의 어떤 총체"에 가깝다는 지적은 일리가 있으나,[27] 그렇다고 해서 이로부터 개인적 진실의 특권화(물신화)를 찾는 것은 성급한 판단이다. 「씌어지지 않은 자서전」에서 심문관에게 4·19 직후를 제외하면 자신의 삶 전체를 지배해 왔던 허기라는 개인적 진실에 대한 진술만을 되풀이해 유죄판결을 선고받은 '나'는 열흘간의 선고유예 기간 중에도 동일한 진술을 반복하다 마지막 날에 이르러서야 자신의 소설이 잡지에 발표되어 독자대중과 대면하기 시작했다는 사실을 알게 된다. 이에 심문관은 '나'가 발표할 소설에 대한 검토를 계속하는 조건으로 선고유예를 연장한다. 비교적 분명하게 정치권력의 은유이던 심문관 이미지가 이 지점에서 문학의 독자로 그 성격이 바뀌고 있는데, 그럼에도 불구하고 '나'의 자기 진술이 여전히 타자의 검토의 대상이라는 사실은 바뀌지 않는다. 이는 개인적 진실이 특권화 혹은 물신화되는 상황과는 거리가 멀며, 따라서 '나'는 여전히 심문관·독자 앞에서 수행문을, 곧 그들로부터 동의와 승인을 구하는 수행적 언어를 발화해야 한다.[28]

'언어사회학서설' 연작의 하나로 발표된 「지배와 해방」(1979)에서 작

---

27) 김영찬, 「이청준 격자소설의 정치적 (무)의식」, 『한국근대문학연구』 12, 2005, 343면.
28) "그의 소설쓰기란 그 나름의 권력 생산을 위한 구체적인 실천행위"라는 지적 역시 이청준 소설이 전제하고 있는 작가와 독자의 수행적 관계에 주목한 결과로 볼 수 있다(우찬제, 「권력의 역설, 그 문학적 지평」, 『세계의 문학』, 1992. 가을, 123면).

가 이정훈은 "작가는 왜 글을 쓰는가"라는 주제에 대해 강연하면서 작가의 자기 진실이 단독으로는 성립할 수 없으며 "다른 동시대 사람들의 자발적인 동의와 넓은 공감을 얻"는 과정을 거쳐야 함을 역설한다. 여기서 정교화된 이청준의 소설론에 따르면, 작가는 좌절과 실패를 구제해 줄 새로운 질서를 마련하고 그것이 독자에 의해 동의되고 승인되기를 기대한다. 그러한 기대가 가능한 이유는 작가에 의해 마련된 질서가 동시에 독자의 자유를 창조하고 확대하는 질서이기도 하기 때문이다. 아렌트의 논의를 빌리면, 개인의 진실에 입각한 진술은 자신의 사적인 이해관계에서 자유롭고자 하는 독자의 상상력과 공통감각에 의한 판단을 거쳐 동의와 승인을 얻을 수 있게 된다.[29] 이런 측면에서 접근할 때, 문학은 그 자체로 수행적인 언어 행위의 산물이다. 문학의 언어는 수행문과 마찬가지로 진위 판단에 관계된 것이 아니라 어떤 세계를 만들어내는 행위를 수행하기 때문이다.[30] 그리고 문학에 의해 창조된 세계가 독자의 상상력과 공통감각에 의해 적절하다고 판단된다면, 그 문학적 발화는 동의와 승인, 공감을 얻는 행위를 수반할 것인바, 이에 관한 가장 대표적인 사례는 소설이 국민국가라는 새로운 세계(질서)를 창조하고 이를 독자들이 승인한 경우일 것이다.[31]

물론, 상상력에 의한 공감이나 수행적 언어 등의 개념은 이청준 소설뿐 아니라 문학 일반에 적용될 수 있겠으나, 이청준의 경우 1960~70년대의 억압적인 정치·언어적 상황에 대한 고민 속에서 작가가 창조한 세계가 독자에 의해 승인받는 작가·독자 관계를 형성하고 이를 하나의 소설론의 수준에서 담론화할 만큼 문학의 수행성에 대단히 자각적이었

29) H. 아렌트, 『칸트 정치철학 강의』, 김선욱 옮김, 푸른숲, 2000, 187~189면.
30) J. 컬러, 『문학이론』, 이은경·임옥희 옮김, 동문선, 1999, 7장 참조.
31) B. 앤더슨, 『민족주의의 기원과 전파』, 윤형숙 옮김, 사회비평사, 1991.

을 뿐 아니라 창작활동을 통해 이러한 소설론을 실천에 옮겨 근대문학
의 대표적인 속성으로서의 자율성이 포괄하는 통상적인 의미역을 넘어
서려 했다는 점에서 그 의의를 찾을 수 있다.

4. 수행적 언어에 의해 매개되는 정치

수행적 언어에 대한 이청준의 소설적 탐구는 '언어사회학서설' 연작
이라는 성과를 낳는데 이 연작이 언어의 수행성 자체에 대한 문제의식
을 발전시키고 있다면, "60, 70년대 우리 사회의 현실을 소록도의 현실
에 빗대어 이야기한 정치 알레고리"로서 작가 특유의 정치학을 전개한
것으로 평가받는[32] 「당신들의 천국」은 1960~70년대의 정치적 상황을
주요하게 참조하면서 이를 언어의 수행성이라는 맥락으로 해석하고 있
다는 점에서 이청준 소설에 반영된 정치의식의 일단을 점검할 수 있는
적절한 대상으로 판단된다. 「당신들의 천국」에 드러난 정치학은 동시에
언어의 정치학이기도 한바, 그것은 '약속하다'라는 수행동사를 중심으로
전개된다. 이는 「당신들의 천국」의 핵심 장에 [약속에 대한] '배반 I'
'배반 II'이라는 제목이 붙여진 데서도 확인할 수 있다. 5·16이 있던 해
8월 현역 의무장교 신분으로 소록도 병원에 부임한 신임 원장 조백헌
대령은 원생들의 탈출 사건으로 어수선한 분위기 속에서 마침내 부임
연설을 시작한다. 연설의 핵심은 바로 소록도 개발에 대한 약속이다.

　"우리는 이 섬을 다시 꾸며야겠습니다."
　드디어 원장에게선 그 약속이라는 것의 정체가 드러나기 시작하고 있

---

32) 류양선, 「낙원에의 꿈과 관념의 정치학」, 『성심어문연구』 20·21, 1999, 61면.

었다. 이 섬과 섬사람들을 위해 가장 두려워해 오던 일이 원장의 입을 통해 흘러나오기 시작한 것이었다. 그는 섬을 다시 꾸미겠노라고 선언했다. 섬을 다시 꾸미면서 이번에는 정말로 이 섬에 발을 딛고 사는 모든 사람들이 이곳을 자기의 행복스런 낙토로 믿게 해 주겠노라고 힘있게 다짐했다. 떠나가선 다시 또 돌아오고 싶은 그리운 고향으로 만들어 갖자고 간곡한 설득을 펴기도 했다. 환경도 보다 개선하고 이 섬에 살고 있는 사람이면 누구나 자기의 생활을 각자가 창의적으로 개발해 나갈 수 있도록 자활 대책을 연구하겠노라는 약속도 했다.

"나라가 온통 재건 사업에 총력을 기울이고 있는 이때, 우리들이야말로 이 섬을 다시 꾸미러 나서는 것은 어떤 다른 사람들의 그것보다도 값지고 보람 있는 일이 아닐 수 없습니다. 하지만 이 일을 위해서는 중요한 전제가 있습니다."

거기서 비로소 원장은 원생들에 대한 자신의 주문을 말하기 시작했다.[33]

조 원장의 연설은 선언하고 다짐하고 설득하고 약속한다. 그것은 수행문이며, 따라서 말인 동시에 행위이다.[34] "이 섬 병원의 원장이라는 직위야말로 사실은 이 병원과 섬 전체를 통치한다고 말해도 좋을 만큼 모든 권한이 함께 주어진 절대 지배자"라면 조 원장의 연설은 명백히 정치의 일환이다. "나라가 온통 재건 사업에 총력을 기울이고 있는 이때" 무엇보다 경제 성장이라는 명분으로 집권한 군부처럼 조 원장 역시 자신의 통치를 인정받기 위해 소록도 개발을 공약으로 내세운 셈이다. 아마도 제1차 경제개발 5개년 계획의 실시로 농지 개량사업이 관개개선에서 농지조성 중심으로 전환되어 간척 붐이 일었다는 당시 상황도 조 원장

---

33) 이청준, 『당신들의 천국』, 문학과지성사, 1984, 58면.
34) 데리다에 의하면 많은 정치적인 행위들이 이러한 수행적 발화에 의해 창설된다(J. 데리다, 「독립선언들」, 『법의 힘』, 진태원 옮김, 문학과지성사, 2004).

의 개발 공약에 어떤 영향을 끼쳤을 것이다.[35] 물론, 낙토복지(樂土福地)에 대한 조 원장의 약속이 소록도 개발에 국한된 것은 아니지만 오마도 간척사업이 그 핵심에 있는 것은 사실이다.

자신의 연설에 침묵으로 일관하는 원생들의 태도를 돌리기 위해 조 원장은 구호조로 요약한 "인화단결, 정정당당, 상호협조, 재건"이라는 운영 방침을 내걸고 "나병은 낫는다―나병은 유전하지 않는다"라는 말이 쓰인 구호판들을 수없이 세운다. 나병은 유전하지 않는다는 말은 과학적 진술이며 참이다. 인화단결, 정정당당 등은 그 자체로 정당한 말이다. 소록도 개발에 대한 약속은 정당하거나 필요한 것이다. 그런데 왜 원생들은 조 원장의 연설에 침묵으로 일관하는가? 그것은 구호(slogan)가 곧 명령어이기 때문이다.[36] 다시 말해, 조 원장은 선언하고 다짐하고 설득하고 약속하지만, 동시에 그 조건으로 뭔가를 주문하고 요구하고 명령하고 있다. 원생들이 조 원장의 약속에 반응한다면 그것은 단지 언어적 차원에서의 대답만으로 그치지 않을 것이다. 원생들이 침묵하는 것은 조 원장의 수행적 발화에 대해 어떠한 행위도 되돌려주지 않겠다는 의사의 표시이다.

소록도에는 이미 수십 년 전 조 원장과 동일한 연설을 수행한 사람이 있었다. "나는 여러분에게 약속하겠습니다"라고 연설의 서두를 뗐던 일본인 주정수 원장 역시 말로 "약속하고 선언하고 장담하고 역설하고 설득"했으며, 이에 호응해 "원생들 스스로가 공사 협력을 다짐"하자 마침내 소록도 개발 사업이 시작된다. 그러나 모두가 만족한 1차 공사가 끝난 뒤에 2차 공사가 시작되고 그 뒤에도 다시 선창 공사와 해안도로 공사가 이어진다. 공사가 계속될수록 주정수에게는 "이젠 설득이고 뭐고

---

35) 윤양수·지광효, 「우리나라 간척사업의 실태분석」, 『국토연구』 1, 1982, 207면.
36) G. 들뢰즈·F. 가타리, 『천 개의 고원』, 154~155면.

필요가 없었다. 모두가 원생들을 위한 일이었다. 그들을 위한 일에 일일이 구차스런 설득을 벌일 필요가 없었다." 이는 주정수의 수행적 언어에 심각한 파탄이 생겼음을 의미한다.

들뢰즈와 가타리에 따르면 모든 수행적인 발화는 명령어로 환원되지만, 하버마스는 이에 대해 좀 더 기술적으로 접근한다. 예컨대, 명령이라 해도 그것이 의사소통적으로 도달된 동의의 결과 정당한 것으로 받아들여져 따르는 경우와 그렇지 않은 경우가 있을 수 있다. 하버마스는 전자를 발화수반적인 것으로, 후자를 발화효과적인 것으로 구별한다. 이는 발화수반행위와 발화효과행위를 보다 정교하게 구별하려는 시도의 산물이다. 하버마스에 따르면, 전자는 의사소통적·상호이해지향적이며, 후자는 전략적·성공지향적이다.[37]

원장들의 공약은 일방의 약속이 아니라 상호 인정에 의한 쌍방 간의 계약이다.[38] 일방이 먼저 약속을 제안하고 설득과 협의를 거쳐 상호 이해 아래 다른 일방도 약속함으로써 계약 행위를 수행한다면 그것은 최소한의 정당성을 가진다. 주정수의 경우, 그의 원래 의도는 알 수 없으나 구차하게 설득하는 과정이 필요 없다고 생각하는 단계에 이르러서는 그 자신은 여전히 약속을 지키고 있다고 판단할지 모르나, 최소한의 정당성도 확보하지 못한 채 일반적으로 명령에 따를 것을 요구받는 원생들에게 그 약속은 이미 배신당한 약속이다.

조 원장의 경우는 어떠한가? 우여곡절 끝에 원생들을 설득한 조 원장은 오마도 간척사업을 시작하기에 앞서 공회당에서 서약식을 갖는다. 이

---

37) J. 하버마스, 『의사소통행위이론』 1, 장춘익 옮김, 나남출판, 2006, 424~436면. 발화의 도구적 속성이 강조되는 맥락을 고려해 통상 '발화효과행위'로 번역되는 'perlocutionary'를 '발화수단행위'로 번역한 것은 적절해 보인다.
38) 정과리, 「모범적 통치에서 상호 인정으로, 상호 인정에서 하나됨으로」, 『스밈과 짜임』, 문학과지성사, 1988, 90면.

서약(약속)하기는 거창하면서 중층적이다. 조 원장은 일신의 이익과 명예를 추구하지 않을 것을 서약하고, 서약이 지켜지지 않을 때 원생들에게 목숨을 내놓을 것을, 나아가 스스로 권총으로 단죄할 것을 서약한다. 물론, 원생들도 배반하지 않을 것을 서약한다. 조 원장은 자신의 약속을 배신할 생각이 없고 실제로도 배신하지 않는다. 다만 그는 자신의 약속을 지키기 위해 "5천 원생들의 전체 이익을 위해서는 그 정도의 독단이나 원장으로서의 통치 기교를 사양해서는 안 된다고 생각"하고 "필요한 과장이나 협박술을 서슴지 않고 동원"할 뿐이다. 조 원장에게는 그렇게 할 수 있는 충분한 명분이 있지만 "문제는 오히려 그 명분의 지나친 완벽성, 명분이 너무도 훌륭했기 때문에 아무도 그 명분에는 입을 열어 말을 할 수 없었던 명분의 독점성이었다. 게다가 명분은 언제나 힘있는 자의 차지였다."

조 원장은 자신의 의도와 상관없이 주정수의 뒤를 그대로 따르고 있다. 이정태가 밝혔듯이 조 원장에게는 "희생과 선의의 동기"가 있다. 또한, 이상욱이 밝혔듯이 조 원장은 "돈 없는 자에겐 돈으로, 병을 앓는 자에겐 건강으로 각각 그의 천국을 삼게" 하려는 명분이 있다. 조 원장의 선한 동기와 명분은 그가 확고하게 믿는 진실이지만 그것은 동시에 자기 진실에 불과한 것이기도 하다. 가령, "가난한 자와 병을 앓는 자에게, 가난하고 병을 앓을망정 아직도 차마 눈감아 버릴 수 없는 뜨거운 진실"이 남아 있다면 어떻게 할 것인가? 이 역시 누군가에게는 진실이자 포기할 수 없는 명분일 터이나 조 원장의 거창한 "명분 앞에 다른 사람들은 아무도 자신을 주장할 자기의 명분을 따로 지닐 수가 없"다. 타자의 동의와 승인을 구하지 않는 자기 진실의 물신화는 결국 동상을 낳을 것이다.

「당신들의 천국」의 조 원장과 원생들의 관계는 「지배와 해방」에서의 작가와 독자의 관계와 유사하다. 이는 두 관계가 모두 수행적 언어를 매개로 성립되어 있기 때문이다. 「지배와 해방」에서 "작가는 왜 글을 쓰는가"라는 주제로 강연했던 이정훈은 독자들이 작가의 자기 진실을 받아들이기 위해 글을 읽을 리 없으며 "작가의 글과 독자와의 관계는 그런 일방 통행적인 파괴 관계보다는 상호 창조가 가능한 조화로운 대결이나 화해의 관계여야 한다"고 말한 바 있다. 이런 점에서 '자유에 의한 지배＝해방'의 가치는 정치와 문학에서 공통적으로 추구해야 할 과제이다.

5. 1960~70년대와 언어의 정치학

조 원장은 "약속을 지킨 대신 이곳에 자신의 동상을 세웠"던 주정수의 전철을 밟을 위기에 처하지만, 그보다 먼저 공사 관리권을 인계하라는 외부의 압력에 밀려 소록도를 떠난다. 「당신들의 천국」의 마지막 3부는 조 원장이 5년 뒤에 섬으로 돌아온 후 2년여가 지난 시점에서 시작한다. 진지한 동시에 장황한 3부의 내용은 공동 운명을 함께 하면서 믿음을 구하고 그 믿음 안에서 자유로 사랑을 행하고 사랑으로 자유를 행함으로써 자유와 사랑의 실천적 화해를 추구하려는 주제의식을 전달하고 있다.39) 이러한 주제는 다소 추상적으로 보이지만, 조 원장의 지배 행위와 관련하여 구체적으로 다음 두 사항을 살펴볼 수 있다.

① 전 사실 원장님 부임 직후부터 이 섬의 선의의 지배자로서의 원장님과 그에 대한 피치자로서의 원생들과의 사이에 어느 정도까지 협의적인 지배 질서가 가능할 것인지에 대해 지극히 깊은 관심을 가져왔습니

---

39) 김현, 「자유와 사랑의 실천적 화해」, 『당신들의 천국』, 388~389면.

다. 하지만 전 마침내 원장님에게서마저도 저의 그런 기대가 얼마나 부질없는 환상이었는가를 확인할 수 있었을 뿐입니다. (…중략…) 전 결국 이 몇 년 동안 원장님과 원생들의 관계에서, 한 선의의 지배자와 피지배자들 사이의 어떤 대등한 상호 지배 질서, 만인 공유의 화창한 지배 질서가 탄생하는 것을 본 것이 아니라, 한 지배자가 어떤 불변의 절대 상황 속에 갇힌 다수의 인간 집단을 얼마나 손쉽게, 그리고 어느 단계까지 저항 없는 조작을 행해 갈 수 있는가 하는 슬픈 지배술의 시범을 보아 왔던 셈입니다.

② "운명이 자생적인 것일 수밖에 없는 것이라면, 그 자생적인 운명의 일부분으로서 선택되어져야 할 힘의 근거가, 그 원장이라는 직위와 권능이 오늘날처럼 섬사람들의 운명이나 선택과는 아무 상관도 없이 일방적으로 군림해 올 수밖에 없는 상황에선 어쩔 수가 없는 일이겠지요……."

"자생적인 운명의 일부분으로서 선택되어져야 할 힘의 근거라는 말의 뜻은, 그 원장이나 원장의 권능이 섬사람들 자신의 의사에 의해 그들 가운데서 선택되어져야 한다는 뜻입니까……."

"물론이지요. 그렇지 못한 힘은 언제나 그 힘 자체의 욕망을 충족시킬 지극히도 이기적인 명분을 지어내게 마련이니까요. 명분은 언제나 힘에 대한 봉사만을 일삼아 왔으니까요. 그리고 그게 이 섬을 실패시키고 있는 가장 깊은 원인이겠지요."

"이 섬에서 과연 그런 때가 올 수 있을까요?"[40]

조 원장에게 보낸 이상욱의 편지(①)는 조 원장의 지배가 실패했음을 밝힌다. 위에서 지적했듯이, 그 자신의 선의에도 불구하고 훌륭한 명분을 독점하고 그 외의 다른 명분은 인정하지 않았으며 자신의 명분을 위해 타자의 승인과 동의를 구하기보다 독단, 통치 기교, 과장, 협박술을 서슴지 않고 동원했던 조 원장이 주정수의 "슬픈 지배술"(전략적·성공지

---

40) 이청준, 『당신들의 천국』, 356·368~369면.

향적 발화효과행위)의 전철을 답습해 가고 있다는 사실이 실패의 증거이다.

한편, 섬을 찾은 이정태와 조 원장이 나누는 대화(②)는 "지배자와 피지배자들 사이의 어떤 대등한 상호 지배 질서"를 위한 필수적인 조건으로 "원장의 권능이 섬사람들 자신의 의사에 의해 그들 가운데서 선택되어져야 한다"는 것, 다시 말해 정치권력이 공동체 구성원의 참여(선거·피선거)로 구성될 수 있는 정치적 자유권(참정권)의 확보를 적시하고 있다. 선거권과 피선거권은 대의제(representation)를 전제로 한다. 대의는 대표이자 대변인바, 조 원장이 훌륭한 명분에도 불구하고 원생들을 대표·대변하는 데 실패했다는 점을 고려한다면 과연 대의제가 이를 보충할 수 있을지는 여전히 의문의 대상이다. 이런 점에서 「당신들의 천국」의 결말이 "기본적으로 민주주의 체제에 대한 신뢰를 보여" 주는 동시에 인간 존재의 딜레마를 남기고 있다는 지적은 타당하다.41)

> 우리나라에는 논설이나 회화에 있어서 '주장'만이 있지 '설득'이 없는 것이 탈이라는 것이다. (…중략…) 이런 경우에 '주장'이란 한 발자국만 더 내디디면 명령으로 화하는 성질의 것이고, 이런 현상은 으레 문화의 기반이 약하고, 정치적으로는 노상 독재의 위협에 떨고 있는 사회에 수반되는 현상이다. (…중략…) 그러다가 힘이 약한 '주장'이 명령을 넘어서서 어쩌다가 행동으로 나올 때, 독재가 어떠한 수단을 쓰는가에 대한 최근의 가장 전형적인 예가 누구나 다 하는 6·8 총선거의 뒤처리 같은 것이다. 이것은 완전한 힘과 힘의 대결이나 '설득'이 허용되지 않기는커녕 '주장'이 지하로 그의 발언을 매장시키기 시작한다.42)

정치가 반드시 언어행위에 한정된다고 할 수는 없지만, 수행적 언어를

---

41) 윤지관, 「억압사회에서의 소설의 기능—이청준 문학의 의미와 한계」, 『실천문학』, 1992. 봄, 164면.
42) 김수영, 「지식인의 사회참여」, 89면.

주요한 매개로 하여 작동한다는 것은 틀림없을 것이다. 이에 관한 이청
준의 정치관은 최소한의 정치적 권리와 자유의 보장을 요구하는 것처럼
보인다. 그런데 위의 인용에서 보이듯, 김수영에 의해 진단된 1960년대
후반의 정치 상황은 "주장만 있지 설득이 없는" 게다가 그 "주장이란 한
발자국만 더 내디디면 명령으로 화하는" 극도의 파행 상태를 노정하고
있다. 하버마스의 구분을 빌리면, 1960년대 언어의 정치에서는 의사소통
적·상호이해지향적 발화수반행위가 최소화된 반면 전략적·성공지향
적 발화효과행위가 압도적으로 우세했던 것이다. 권력을 가진 주장과 그
렇지 못한 주장 간에 설득에 의한 의사소통이나 상호 이해가 결락된 채
주장이 일방적인 명령으로 변질되고 급기야 수행적 언어의 범위를 넘어
물리적 폭력이 행사되는 1960년대, 더 나아가 초법적 권력 앞에서 정치
가 마비된 유신체제 하의 1970년대를 염두에 둔다면 참정권에 대한 이
청준의 요구는 최소한이지만 필수불가결한 요구일 것이다. 「당신들의 천
국」은 정치 영역에서 상호 이해에 이르는 정당한 수행적 언어가 작동해
야 함에 대해, 문학이라는 또 다른 수행적 언어로 독자들에게 동의를 구
하고 있다.

참고문헌

1. 자료

이청준, 『별을 보여 드립니다』, 일지사, 1971.

______, 『가면의 꿈』, 일지사, 1975.

______, 『예언자』, 문학과지성사, 1977.

______, 『남도사람』, 예조각, 1978.

______, 『흐르지 않는 강』, 문장, 1979.

______, 『살아 있는 늪』, 홍성사, 1980.

______, 『매잡이』, 민음사, 1980.

______, 『잃어버린 말을 찾아서』, 문학과지성사, 1981.

______, 『시간의 문』, 중원사, 1982.

______, 『병신과 머저리』, 삼중당, 1983.

______, 『당신들의 천국』, 문학과지성사, 1984.

______, 『씌어지지 않은 자서전』, 중앙일보사, 1987.

______, 『남도사람』, 문학과비평사, 1988.

______, 『자유의 문』, 나남, 1989.

______, 『키 작은 자유인』, 문학과지성사, 1990.

______, 『비화밀교』, 나남, 1990.

______, 『가해자의 얼굴』, 중원사, 1992.

______, 『흰옷』, 열림원, 1994.

______, 『축제』, 열림원, 1996.

______, 『신화를 삼킨 섬』, 열림원, 2003.

______, 「소매치기올시다」, 『사상계』, 1969. 5~6.

______, 「어떤 귀향」, 『세대』, 1972. 8.

______, 「조율사」, 『문학과 지성』, 1972. 봄~가을.

______, 『작가의 작은 손』, 열화당, 1978.

______, 『잃어버린 밀실을 찾아서』, 월간에세이, 1994.

______, 『오마니』, 문학과의식, 1999.

______, 『그와의 한 시대는 그래도 아름다웠다』, 현대문학, 2003.

______, 『인생』, 열림원, 2004.

2. 국내 논저

강웅식, 「전체주의적 반공주의와 순수·참여 논쟁」, 『상허학보』 15, 2005.

권택영, 「이청준 소설의 중층 구조」, 『이청준 깊이 읽기』, 문학과지성사, 1999.

김경수, 「사회적 위기와 제의적 소설」, 『작가세계』, 1994. 가을.

______, 「메타픽션적 영화소설」, 『작가세계』, 1996. 가을.

김병익, 「말의 탐구, 화해에의 변증」, 『잃어버린 말을 찾아서』, 문학과지성사, 1981.

김상환, 「해체론의 선물－데리다와 교환의 영점」, 『철학과 현실』 63, 2004.

김선하, 「말하는 주체와 자기－화용론의 주체에 대한 해석적학 고찰」, 『동서철학연구』
         25, 2002.

김성경, 「이청준 소설 연구－외디푸스 서사 구도를 중심으로」, 연세대 박사논문,
         2001.

김성례, 「증여론과 증여의 윤리」, 『비교문화연구』 11-1, 2005.

김승옥, 『뜬 세상에 살기에』, 지식산업사, 1977.

김영찬, 「이청준 격자소설의 정치적 (무)의식」, 『한국근대문학연구』 12, 2005.

김영화, 「한국의 경제발전과 교육의 역할」, 『교육재정경제연구』 6-1, 1997.

김영화·김병관, 「한국 산업화 과정에서의 교육과 사회계층 이동」, 『교육학연구』
         37-1, 1999.

김유중, 「김수영 시의 모더니티」, 『정신문화연구』 28-3, 2005.

김윤식, 「감동에 이르는 길」, 『이청준론』, 삼인행, 1991.

______, 「고백체와 소설 형식」, 『외국문학』, 1989. 가을.

______, 「미백의 사상 또는 이청준의 글쓰기의 기원에 대하여」, 『작가세계』, 1992. 여
         름.

______, 「심정의 넓힘과 좁힘」, 『한국현대소설비판』, 일지사, 1981.

______, 「앓는 세대의 문학」, 『현대문학』, 1969. 10.

______, 「우리 근대문학 연구의 한 방향성」, 『외국문학』, 1992. 봄.

______, 「<당신들의 천국>의 세 가지 텍스트론」, 『우리 소설과의 대화』, 문학동네,
         2001.

김진석, 「짝패와 기생－권력과 광기를 가로지르며 소설은」, 『작가세계』, 1992. 여름.

김진식, 『르네 지라르에 의지한 경제 논리 비판』, 울산대 출판부, 2005.

김치수, 「소설에 대한 두 질문」, 『박경리와 이청준』, 민음사, 1982.

김태환, 「고향을 찾아서」, 『눈길』, 열림원, 2000.

김 현, 『문학과 유토피아―공감의 비평』, 문학과지성사, 1992.

______, 「세대교체의 진정한 의미」, 『세대』, 1969. 3.

______, 「자유와 사랑의 실천적 화해」, 『당신들의 천국』, 문학과지성사, 1984.

______, 『르네 지라르 혹은 폭력의 구조』, 나남출판, 1987.

______, 『현대한국문학의 이론/사회와 윤리』, 문학과지성사, 1991.

김형진, 「박정희 정권 시기의 언론정책에 관한 연구」, 서울대 석사논문, 1999.

나민주, 「고등교육정책의 주요 논리―역사적 고찰」, 『고등교육연구』 7-2, 1995.

류보선, 「귀향의 변증법」, 『또 다른 목소리들』, 소명, 2006.

류양선, 「낙원에의 꿈과 관념의 정치학」, 『성심어문연구』 20·21, 1999.

박일형, 「선물의 경제―모스, 바타이유, 데리다, 베케트」, 『비평과 이론』 7-1, 2002.

______, 「문학의 경제, 선물의 경제」, 『비평과 이론』 9-1, 2004.

박준호, 「기술론과 직접 언급론」, 『범한철학』 23, 2001.

백낙청, 「민족문학의 새로운 고비를 맞아」, 『민족문학과 세계문학』 2, 창작과비평사, 1985.

______, 「시민문학론」, 『민족문학과 세계문학』 1, 창작과비평사, 1978.

______, 「2000년대의 한국문학을 위한 단상」, 『창작과 비평』, 2000. 봄.

변광배, 『존재와 무―자유를 향한 실존적 탐색』, 살림, 2005,

서동욱, 『차이와 타자』, 문학과지성사, 2000.

서중석, 『대한민국 선거이야기』, 역사비평사, 2008.

소록도80년사편찬위원회, 『소록도 80년사―1916~1996』, 국립소록도병원, 1996.

손경목, 「소멸과 생성의 제의」, 『창작과 비평』, 1996. 가을.

손정수, 「예술과 현실의 대립과 초월」, 『시간의 문』, 열림원, 2000.

송상일, 「소설가 아담의 고뇌」, 『작가세계』, 1992. 여름.

______, 『국가와 황홀』, 문학과지성사, 2001.

오문석, 「김수영의 시론 연구」, 연세대 박사논문, 2002.

우찬제, 「권력의 역설, 그 문학적 지평」, 『세계의 문학』, 1992. 가을.

양명수, 「죄와 벌의 인과 관계에 대한 연구―헤겔의 법철학과 형벌신학」, 『헤겔 연구』 13, 2003.

______, 「악의 상징과 리쾨르의 해석학」, 『해석학 연구』 5, 1999.

양진오, 「필화의 논리와 그 문학적 의미에 대한 연구」, 『어문논총』 46, 2007.

유광웅, 「개신교에 있어서의 죄고백과 용서」, 『조직신학논총』 2, 1996.

유기환, 『조르주 바타이유』, 살림, 2006.

윤지관, 「억압사회에서의 소설의 기능―이청준 문학의 의미와 한계」, 『실천문학』, 1992. 봄.

______, 「상품인가 물건인가―국가경쟁력과 민족문학」, 『창작과 비평』, 1994. 여름.

이경현, 「1960년대 소설에 나타난 대학생상 연구」, 서울대 석사논문, 2002.

이만갑, 「사회불안의 전위, 인텔리 실업자」, 『사상계』, 1961. 2.

이수형, 『문학, 잉여의 몫』, 문학과지성사, 2012.

______, 『1960년대 소설 연구―자유의 이념, 자유의 현실』, 소명출판, 2013.

이승준, 「이청준 소설에 대한 정신분석적 연구」, 고려대 박사논문, 2002.

이용성, 「<사상계>의 지식인과 잡지이념에 대한 연구」, 『출판잡지연구』 5, 1997.

이정민, 「동백림사건을 둘러싼 남한정부와 서독정부의 외교 갈등」, 성균관대 석사논문, 2011.

이현석, 「이청준 소설의 서사시학 연구」, 서울대 박사논문, 2007.

장경렬, 「알레고리의 소설 미학」, 『숨은 손가락』, 열림원, 2001.

정과리, 「꿈 이야기―한국적 모더니티의 한 심연」, 『현대문학』, 2000. 5.

______, 「모범적 통치에서 상호 인정으로, 상호 인정에서 하나됨으로」, 『스밈과 짜임』, 문학과지성사, 1988.

______, 「의사의 윤리에 대해서―<당신들의 천국>과 <페스트>의 경우」, 『문학이라는 것의 욕망』, 역락, 2005.

정명환, 「소설의 세 가지 차원」, 『우리시대의 작가연구총서―이청준』, 은애, 1979.

조창원, 『허허, 나이롱 의사 외길도 제 길인걸요』, 명경, 1998.

조현일, 『전후소설과 허무주의적 미의식』, 월인, 2005.

채대일, 「이청준 소설의 죄의식과 고백 양상 연구」, 서강대 석사논문, 2002.

최장집, 『민주화 이후의 민주주의―한국민주주의의 보수적 기원과 위기』, 후마니타스, 2002.

최태연, 「폴 리쾨르의 후기역사철학―기억과 망각의 긴장 속에서 용서를 향하여」, 『해석학연구』 17, 2006.

천이두, 「계승과 반역」, 『우리시대의 작가연구총서―이청준』, 은애, 1979.

한도현, 「1960년대 농촌사회의 구조와 변화」, 『1960년대 사회변화연구』, 백산서당, 1999.

3. 국외 논저

Anderson, B., 『민족주의의 기원과 전파』, 윤형숙 옮김, 사회비평사, 1991.

Arendt, H., 『칸트 정치철학 강의』, 김선욱 옮김, 푸른숲, 2002.

Austin, J. L., 『말과 행위』, 김영진 옮김, 서광사, 1992.

Barthes, R., "The Reality Effect", *French Literary Theory Today*, ed. by T. Todorov, trans. by R. Carter, Cambridge Univ. Press, 1982.

Bauman, Z., 『자유』, 문성원 옮김, 이후, 2002.

Bourdieu, P., 『상징폭력과 문화재생산』, 정일준 옮김, 새물결, 1997.

______, 『실천 이성』, 김웅권 옮김, 동문선, 2005.

______, 『혼돈을 일으키는 과학』, 문경자 옮김, 솔, 1994.

______, *The Logic of Practice*, trans. by R. Nice, Stanford Univ. Press, 1990.

Culler, J., 『문학이론』, 이은경·임옥희 옮김, 동문선, 1999.

Derrida, J., 『법의 힘』, 진태원 옮김, 문학과지성사, 2004.

______, *Given Time: I. Counterfeit Money*, trans. by P. Kamuf, Univ. of Chicago Press, 1992.

Deleuze, G. & Guattari, F., 『천 개의 고원』, 김재인 옮김, 새물결, 2001

Evans, D., *An Introductory Dictionary of Lacanian Psychoanalysis*, Routledge, 1996.

Fink, B., 『라캉과 정신의학』, 맹정현 옮김, 민음사, 2002.

Foucault, M., 『성의 역사─앎의 의지』, 이규현 옮김, 나남, 2004.

______, 『성의 역사─쾌락의 활용』, 문경자·신은영 옮김, 나남, 2004.

Freud, S., 『꿈의 해석』, 열린책들, 김인순 옮김, 2003.

______, 『농담과 무의식의 관계』, 임인주 옮김, 열린책들, 2003.

______, 『예술, 문학, 정신분석』, 정장진 옮김, 열린책들, 2003.

______, 『정신분석 강의』, 임홍빈·홍혜경 옮김, 열린책들, 2003.

______, 『정신분석학의 근본 개념』, 윤희기·박찬부 옮김, 열린책들, 2003.

______, 『종교의 기원』, 이윤기 옮김, 열린책들, 2003.

Girard, R., 『폭력과 성스러움』, 김진식·박무호 옮김, 민음사, 1993.

______, 『희생양』, 김진식 옮김, 민음사, 1998.

Hauser, A., 『문학과 예술의 사회사─현대편』, 백낙청·염무웅 옮김, 창작과비평사, 1974.

Habermas, J., 『의사소통행위이론』, 장춘익 옮김, 나남출판, 2006.

Kant, I., 『실천이성비판』, 백종현 옮김, 아카넷, 2002.

Lacan, J., 『욕망 이론』, 권택영 외 옮김, 문예출판사, 1994.

Laplanche, J. & Pontalis, J.-B., 『정신분석 사전』, 임진수 옮김, 열린책들, 2005.

Mauss, M., 『증여론』, 이상률 옮김, 한길사, 2002.

Nietzsche, F. W., 『선악의 저편/도덕의 계보』, 김정현 옮김, 책세상, 2002.

Pascal, B., 『팡세』, 이환 옮김, 민음사, 2003.

Plumpe, G., 『현대의 미적 커뮤니케이션』, 홍승용 옮김, 경성대 출판부, 2007.

Poe, E. A., 『도둑맞은 편지』, 김진경 옮김, 문학과지성사, 1997.

Polanyi, K., 『거대한 변환』, 박현수 옮김, 민음사, 1991.

Renaut, A., 『개인-주체 철학에 관한 고찰』, 장정아 옮김, 동문선, 2002.

Ricoeur, P,, 『악의 상징』, 양명수 옮김, 문학과지성사, 1994.

______, 『해석의 갈등』, 양명수 옮김, 아카넷, 2001.

Said, E. W., 『오리엔탈리즘』, 박홍규 옮김, 종로서적, 1991.

Sartre, J.-P., 『존재와 무』, 손우성 옮김, 삼성출판사, 1976.

______, *Notebooks for an Ethics*, trans. by D. Pellauer, Univ. of Chicago Press, 1992.

Stanzel, F., 『소설형식의 기본유형』, 안삼환 옮김, 탐구당, 1982.

Zizek, S., 『그들은 자기가 하는 일을 알지 못하나이다』, 박정수 옮김, 인간사랑, 2004.

______, 『까다로운 주체』, 이성민 옮김, 도서출판b, 2005.

______, 『당신의 징후를 즐겨라!』, 주은우 옮김, 한나래, 1997.

______, 『삐딱하게 보기』, 김소연·유재희 옮김, 시각과언어, 1995.

______, 『이데올로기라는 숭고한 대상』, 이수련 옮김, 인간사랑, 2001.

______, 『이라크』, 박대진 외 옮김, 도서출판b, 2004.

Zupancic, A., 『실재의 윤리』, 이성민 옮김, 도서출판b, 2004.

柄谷行人, 『세계공화국으로』, 조영일 옮김, 도서출판b, 2007.

______, 『일본 정신의 기원』, 송태욱 옮김, 이매진, 2003.

______, 『탐구』 1, 송태욱 옮김, 새물결, 1998.

中澤新一, 『대칭성 인류학』, 김옥희 옮김, 동아시아, 2005.

______, 『사랑과 경제의 로고스』, 김옥희 옮김, 동아시아, 2004.

작품 찾아보기

저자 이수형(李守炯)

1974년 경북 의성에서 태어나 서울에서 자랐다.
서울대 국어국문학과와 동대학원을 졸업했으며 현재 서울대 연구교수로 재직하고 있다.
2002년부터 비평을 시작했고 『문학과 사회』 편집동인으로 활동 중이다.
저서로 『문학, 잉여의 몫』(문학과지성사, 2012),
『1960년대 소설 연구-자유의 이념, 자유의 현실』(소명출판, 2013) 등이 있다.

이청준과 교환의 서사
배신과 복수의 정신경제학

초판 인쇄 2013년 6월 18일
초판 발행 2013년 6월 28일

지은이 이수형
펴낸이 이대현
편 집 권분옥
펴낸곳 도서출판 역락
　　　　서울 서초구 반포4동 577-25 문창빌딩 2층
　　　　전화 02-3409-2058(영업부), 2060(편집부)
　　　　팩시밀리 02-3409-2059
　　　　이메일 youkrack@hanmail.net
　　　　등록 1999년 4월 19일 제303-2002-000014호

ISBN 978-89-5556-056-5 93810
정 가 20,000원

* 잘못된 책은 교환해 드립니다.

이 도서의 국립중앙도서관 출판시도서목록(CIP)은 서지정보유통지원시스템 홈페이지(http://seoji.nl.go.kr)와 국가자료공동목록시스템(http://www.nl.go.kr/kolisnet)에서 이용하실 수 있습니다.(CIP제어번호: CIP2013009294)